Stockholm Syndrome

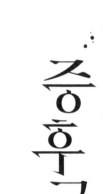

증후군

김빠장 장편 소설 CHICNOVEL

증후군 1

초판 1쇄 인쇄일 | 2018년 02월 20일
초판 1쇄 발행일 | 2018년 02월 28일

지은이 | 김빠
펴낸이 | 박성면
펴낸곳 | (주)동아

출판등록 | 제406−2012−000056호
주소 | 경기도 파주시 문발로 115, 세종출판벤처타운 201호
전화 | (031)8071−5201
팩스 | (031)8071−5204
E−mail | bear6370@hanmail.net

정가 | 10,800원

ISBN 979-11-5641-103-1 (04810)
      979-11-5641-102-4 (set)

Stockholm Syndrome

김빠 장편소설 CHICNOVEL

증후군

- 목 차 -

Stockholm Syndrome

1부

1. 본색

13일, 금요일.

정인은 쑥 들어가서 피로해 보이는 눈으로 손목시계를 확인했다.

일곱 시 오 분 전.

시간을 칼같이 지키는 놈이니 이미 삼십 분도 전에 기숙사 방에 도착해 그를 기다리고 있을 것이 분명했다. 정인은 곱슬기 하나 없는 검은 머리칼을 신경질적으로 쓸어 넘기며 낮게 욕설을 내뱉었다. 빠른 걸음으로 복도를 걷고 있는데 누군가 어깨를 툭 부딪히며 말을 걸었다.

"무슨 생각을 하는 거야? 불러도 못 듣고."

"아……, 그냥 멍 때리고 걷느라."

김승주였다. 매일 점심시간마다 바깥에 나가서 농구공과 씨름하는 것을 보여 주듯 잘 그을린 얼굴색과 쭉 뻗은 콧날이 언제 봐도 눈에 띄는 녀석이다. 그러나 지금은 그의 잘난 얼굴을 감상하고 있을 틈이 없었다.

"나가서 게임 한 판? 오랜만에 민우도 가기로 했는데."

그의 입에서 나온 이름에 정인의 얼굴색이 조금 더 어둡게 변했다.

'한민우, 씨발 새끼, 진짜……'

어떻게 보면 지금 그가 겪고 있는 고통스러운 상황은 모두 한민우 때문에 벌어진 일이었다. 적당히 여유로웠고 적당히 스릴 있었던 평화로운 학창 시절이 한순간의 실수로 찜찜하고 음습하게 변한 것이다.

"난 오늘은 빠질게. 잘 놀다 와라."

"너 벌점도 다 없어졌잖아. 가자, 빼지 말고."

평소 같았으면, 아니 일주일 전이었다면 망설일 이유가 없는 제안이었지만 지금은 고개를 저을 수밖에 없었다.

"그냥 늬들끼리 가라고."

"왜 이러냐, 요즘? 서정인, 이번에는 진짜로 하산 한번 해 보려고?"

김승주가 실실 웃으며 시답잖은 시비를 걸었다.

"몸이 좀 안 좋아서 그래."

더 이상 복도에서 지체할 시간이 없었다. 사흘 전 진학 상담 때문에 10분 늦었을 때, 녀석이 어떻게 굴었는지가 떠오르자 정인의 몸에 소름이 돋았다.

"그러고 보니 요즘 얼굴이 맛이 좀 간 것 같기는 하다? 눈도 퀭하고. 왜 그래? 설마 밤새 책 파고 있는 건 아니지?"

지잉-.

때마침 교복 바지 주머니 안에서 휴대폰이 요란하게 진동했다. 허벅지에서 부르르 강하게 떨려 오는 느낌에 정인은 인상을 찌푸렸다.

"전화 오는 거 아냐?"

김승주가 그의 바지에 시선을 주며 고개를 모로 까딱였다.

"간다."

정인은 휴대폰을 꺼내지도 않고 서둘러 그를 지나쳤다. 흘끗 시계를 보니 일곱 시 정각까지 5분밖에 남지 않았다. 교복 바지 안에서 휴대폰은 지치지도 않고 계속 진동하는 중이었다.

'씨발……'

발신인을 확인하지 않아도, 이렇게 지치지 않고 전화를 걸 놈은 한 놈밖에 없었다. 소름끼치는 그의 목소리가 저절로 머릿속에 울려 퍼지는 느낌이었다. 서둘러 계단을 내려가는 정인의 걸음이 더욱 빨라졌다.

"헉……. 헉…….."

숨을 몰아쉬며 달려가 기숙사 건물에 들어섰다. 승강기는 이제 막 1층을 떠나 위로 가는 화살표를 깜빡이는 중이었다. 정인은 다시 욕설을 내뱉으며 계단을 뛰어올랐다. 이제 15초 남았다. 고등학교 체력 검사 중 100미터 달리기를 할 때도 이렇게 온 힘을 다해 뛰지 않았었다.

「정인이 형. 저는요, 약속을 안 지키는 사람을 제일 싫어해요.」

침대 끄트머리에 허리를 꼿꼿이 세우고 앉아 있을 그의 모습이 눈앞에 어른거렸다.

빌어먹을.

하필이면 정인의 기숙사 방은 5층 건물의 맨 꼭대기였다. 그는 방 배정을 이따위로 해 놓은 누군가를 마음속 깊이 저주했다.

시계를 볼 여유도 없었다. 엘리베이터보다 더 빨리 4층 계단의 꼭대기에 올랐을 때, 이미 체력은 바닥이었다. 다리에 힘이 풀리고 입안에 침이 바싹 말라 왔다. 심장은 밖으로 튀어나올 기세로 뛰었다. 이러다 터지지 않을까 염려가 들 정도였다.

그는 이를 악물고 마지막 남은 층을 겨우 뛰어 올랐다. 온몸이 식은땀으로 흠뻑 젖어 있었다. 종아리와 허벅지 근육에 피가 몰려 딱딱하게 굳었다.

벌컥-.

숨을 몰아쉬며 문을 열었다. 불도 켜지 않은 방 안, 정인의 침대에 석상처럼 앉아 있는 그, 조승현이 보였다.

"하아……, 하아……."

쾅 소리가 날 정도로 문을 세게 닫은 후, 정인이 무릎에 손을 짚고 숨을 몰아쉬었다. 승현이 손에 들고 있던 휴대폰을 툭, 침대 위에 떨어뜨렸다.

"1초라도 늦었으면, 바로 전송하려고 준비하고 있었는데."

그가 무엇을 보고 있었는지는 확인하지 않아도 알 수 있었다.

"아쉬워라."

정인은 저도 모르게 어금니를 꽉 깨물었다.

"내 전화는 왜 안 받았어요?"

단정하게 잘린 머리카락 아래로, 시커먼 그의 눈동자가 정인을 똑바로 응시했다. 저 음침하고 어두운 눈동자를 어째서 처음부터 알아보지 못했을까.

"오는 길에 콜라 좀 사 오라고 시키려 그랬더니."

보일 듯 말 듯한 비열한 미소를 짓는 저 자식을 둔할 정도로 착하다고 생각했던 때의 그는 얼마만큼 멍청했던 걸까. 정인은 바보 같은 스스로를 마음속 깊이 저주했다.

"……뛰느라 몰랐어."

심장이 거칠게 뛰어 구토감이 일었다.

"지금 사 올게."

정인이 뒷주머니를 더듬어 지갑을 확인했다. 기숙사 밑에 자판기가 있긴 하지만 체육관 앞 매점까지 가서 사 올 생각이었다. 숨이 꼴깍 넘어가게 달려오긴 했지만, 막상 저승사자처럼 그를 기다리고 있던 승현의 얼굴을 보니 일단 피하고 싶다는 마음이 들었다. 정인이 황급히 문을 향해 뒤를 돌았을 때였다.

"서요. 거기."

잔인하리만큼 차분한 목소리가 뒤통수를 잡아챘다. 정인은 그 자리에 우뚝 멈춰 설 수밖에 없었다.

"정인이 형."

그따위로 부르지 마.

정인은 소름이 끼쳐 눈을 질끈 감았다.

"콜라는 됐으니까……."

뒤에서 승현이 숨을 길게 내쉬었다. 툭. 지익. 작고 기분 나쁜 소음이 들려왔다. 정인의 하얀 목덜미를 따라 식은땀이 주르륵 흘러내렸다.

"……시작할까요?"

정인은 입술을 꽉 깨물었다. 안 그러면 자신이 참지 못하고 그에게 욕을 할 것 같았다. 조승현 이 씨팔 새끼. 좆같은 새끼야. 남의 약점 물고 늘어지는 비열한 자식아.

"꾸물거릴 정도로 싫으신 거면, 우리 거래 없었던 거로 해도 전 상관없고요."

입술을 꾹 다물고 있던 정인이 뒤를 휙 돌았다. 바지 단추를 끄르고 지퍼만 내린 채, 조승현이 그를 보며 기묘한 표정을 지었다.

바깥에는 세차게 비가 내리고 있었다. 정인의 마음처럼 구름이 꽉 낀 하늘은 시커먼 색이었다. 불을 켜지 않은 방 안, 그가 등진 창에는 빛 한 점 들어오지 않았는데도, 음영이 뚜렷한 그의 이목구비가 똑똑히 보였다.

"내가, 언제……"

목이 막혀 성대에서 갈라진 음성이 튀어나왔다. 정인은 마른침을 한 번 삼키고 말을 이었다.

"꾸물거렸다고 그래."

승현의 한쪽 입술이 천천히 위로 올라갔다. 저 녀석이 저따위 표정을 지을 줄 안다는 사실은 그를 처음 봤을 때는 꿈에도 상상하지 못했다. 한 발짝 그를 향해 걸음을 떼며 정인은 최대한 얌전한 목소리를 내려 노력했다.

"너 기다릴까 봐 숨이 턱에 차도록 달려왔는데."

"아아. 난 이래서 형이 정말 마음에 들어요."

승현이 쿡쿡거리며 낮게 웃었다.

"입에 침도 안 바르고 거짓말 너무 잘한다니까."

정인 역시 그를 향해 한민우와 그 외 이름도 기억나지 않는 종자들이 찬양해 마지않았던 미소를 지어 보였다.

"거짓말 아냐, 진짜야. 나, 땀 흘리는 거 안 보여?"

'좆같은 새끼. 보름 뒤에 너는 나한테 뒤졌어, 개새끼야. 감히 날 협박해? 다리 하나는 작살을 내 줄 거야, 개 씨발 새끼.'

"됐으니까 시작하죠."

속으로 이를 갈며 정인이 그에게 저주를 퍼붓는 것을 아는지 모르는지, 승현이 어서 오라는 듯 정인을 향해 검지를 까딱거렸다.

쿠르릉─.

번개가 번쩍하더니 천둥이 내리쳤다. 굵어진 빗줄기가 조그마한 기숙사 창문을 세게 때렸다. 정인이 머뭇거리자, 승현이 매트리스 위에서 굴러다니는 그의 휴대폰을 집어 들었다.

"안 오세요?"

『으흣, 하아…….』

자그마한 기계를 통해 자신의 것이라고는 믿어지지 않는 낯선 목소리가 흘러나오기 시작했다.

정인의 수려한 미간에 주름이 꽉 잡혔다.

『씨발, 너무 꼴려……, 서정인…….』

휴대폰 속 작은 액정에서 한민우가 헉헉거리며 중얼댔다. 찢어 죽이고 싶은 한민우. 그 등신 같은 새끼가 그의 이름까지 부르는 바람에 빼도 박도 못하게 된 것이다.

"오늘 수업은, 이거 보면서 할 생각인데. 어때요?"

승현의 입술에서 느릿한 목소리가 흘렀다. 그는 더 이상 웃고 있지 않았다. 정인은 춥지도 않은데 온몸에 소름이 돋았다.

"해 봐요, 나한테도."

"……뭘."

좁은 기숙사 방 안에는 더 이상 도망칠 곳도 없었다. 침대 위에 우두커니 앉아 있는 그의 시커먼 눈동자가 위험하게 번뜩였다.

"한민우한테 했던 것처럼, 제대로 꼴리게 만들어 보라고요."

정인은 무거운 발걸음을 억지로 떼며 생각했다. 대체 어디서부터, 뭐가 어떻게 잘못되기 시작한 걸까. 아무리 생각해도 답을 알 수가 없었다.

* * *

정인이 어렴풋이 자각하고 있던 자신의 성 정체성을 확신하게 된 것은 지금보다 한참 어릴 적이었다. 몽정을 했을 때 그의 꿈에 나타나 오럴을 해 주었던 이는 숙맥같이 생겼지만 친절했던 과외 선생이었다.

S대를 다니던 그는 정인의 개인 과외를 도맡아 했다. 꾸준한 성적을 유지하게 해 주었으므로, 정인의 어머니는 그를 무척이나 좋아했다. 명절이면 과외 급여 외에 따로 보너스까지 두둑하게 챙겨 줄 정도였다. 일주일에 3번 있는 과외 시간, 정인의 방 침대 위에서 무슨 일이 벌어지고 있는지는 짐작도 하지 못한 채.

"정인아, 안 돼……, 흐웃……!"

'불가능이란 없다'고 어느 카피라이터가 썼던가. 그것은 정인에게 딱 어울리는 말이었다. 태어나서 지금까지 평생 공부만 하고 살았을 것 같은 뻣뻣한 법대생과 키스하고, 울먹거리는 그를 흥분하게 만들어 침대에 눕히는 데 성공하기까지는 장장 6개월의 시간이 걸렸지만 모든 일은 처음 시작만 어려울 뿐이었다.

"아아, 아아……!"

나중에는 과외 선생이 너무 크게 소리를 질러, 아래층에서 쇼팽을 감상하는 어머니에게 들리기라도 할까, 정인이 오히려 걱정을 할 지경이었다.

법대생은 정인에게 천천히 빠져들다 결국 추잡하게 집착하기 시작했다. 하루에도 몇 번씩 사랑한다는 메시지를 보내는 것도 모자라 네가 너무 예뻐서 견딜 수가 없다고, 소름 돋는 말을 잘도 내뱉으며 고백했다.

처음에는 자신의 말이라면 뭐든 들어주는 그가 좋았다. 하지만 시간이 갈수록 정인은 점점 그에게 싫증을 느끼기 시작했다. 나중에는 일주일에 세 번이었던 과외 시간을 피하고 싶을 정도였다.

어머니가 과일을 내려놓고 흐뭇한 웃음을 지으며 방을 나서자마자 허벅지를 슬슬 더듬으며, 섹스하고 싶다는 의중을 피력하는 과외 선생이 짜증이 났다. 그렇게나 하고 싶었고, 신세계를 본 것 같던 그와의 섹스도 처음만큼 스릴 있거나 즐겁지가 않았다.

"정인아……. 왜, 별로야?"

허리를 헉헉 움직여 그의 안에 박아 대면서도, 과외 선생은 늘 불안하고 초조한 얼굴로 묻곤 했다. 정인의 시큰둥함이 상대에게 그대로 전달되었다는 뜻이었다.

"아뇨, 선생님. 그런데 좀 더 세게 박아 주시면 안 될까요? 집중이 안 돼서."

"하아, 정인아, 미안……. 정인아……. 홋!"

폭주 기관차처럼 움직이는 그의 아래에 깔려 마구 흔들리고 있으면서 머리로는 몸을 섞었던 다른 남자애를 떠올렸던 날, 정인은 이제 그만 그와는 끝내야 할 때가 왔다고 생각했다.

"선생님, 아쉽지만 우린 여기까진가 봐요."

아버지가 바랐던 S대 법대 입학은 보기 좋게 실패했다. 어머니는 죄인처럼 고개를 숙였고, 아버지는 우리 집안에서 너처럼 머리가 나쁜 애가 태어난 것을 믿을 수 없다는 표정을 지었다. 그럼에도 정인은 내심 안도했는데, 그것은 곧 스토커로 변신할 것만 같은 과외 선생과 같은 대학 캠퍼스에서 마주칠지도 모른다는 불안에서 벗어날 수 있어서였다.

"정인아, 그게 무슨 말이야. 너 이번에 컨디션이 안 좋았고……. 다음 입시에서는 분명히 부모님 원하는 곳에 갈 수 있을 거야. 나랑 열심히 해 보자. 응? 할 수 있어, 정인아."

정인은 뜨악한 얼굴을 겨우 감추며 짐짓 슬픈 표정으로 고개를 숙였다.

"저 기숙학교 들어가게 됐거든요."

정인이 한 달 동안 밤낮을 가리지 않고 부모를 설득한 결과였다.

"뭐……, 뭐? 그럼 과외는……?"

혼이 빠진 얼굴로 중얼거리는 그의 눈치를 살피며 정인은 길게 한숨을 쉬며 고개를 숙였다.

"산골에 있는 재수 학원에 처박혀서 집에 올 생각도 말고 공부하래요."

"그럼 이제, 우리…… 못 보는 건가?"

세상이 무너지는 것 같은 표정을 짓던 과외 선생은 마지막에는 결국 꼴사납게 눈물까지 뚝뚝 흘렸다. 그 모습을 보며 정인은 그나마 가슴 깊숙한 곳에 한 꺼풀 깔려 있던 미미한 감정까지 싹 날아가는 기분이었다. 잘못 걸렸으면 귀찮은 인간에게 단단히 코가 꿸 뻔했다는 생각에 깊은 안도감마저 들었다.

"정인아, 너 대학가면 우리 꼭 만나자. 내가 기다릴게."

미친. 기다리긴 뭘 기다려.

정인은 슬프게 미소 지으며 비장미 넘치는 표정의 그를 향해 고개를 끄덕였다.

"건강하세요, 선생님."

마지막 수업에서 적선하듯 섹스를 해 주고, 현관까지 나가서 그를 배웅하는데 마음이 그렇게 후련할 수가 없었다.

그 후, 정인은 홀가분한 마음으로 서울에서 차로 다섯 시간 걸리는 거리의 재수 학원에 입학을 했다. 엄격한 학칙과 최고의 강사진이 존재하는 그곳은 판사인 아버지의 지인이 세금 탈루를 위해 세운 학원이었다. 집에 돈은 많은데 머리는 나쁘고, 외국으로 유학을 보내기에는 앞길이 걱정되는 자식들을 얌전히 처박아 둘 수 있다는 점에서 돈 꽤나 있는 집안에서 인기가 좋은 곳이었다. 물론 정인에게는 전원 기숙사제라 집에서 나올 수 있다는 점이 최고의 매력이었다.

정인의 집은 그에게는 정말이지 숨이 턱턱 막히는 감옥 같았다.

아버지는 대한민국 사회 보수 집권층의 훌륭한 예시였다. 깡촌 흙수저 출신으로 사법고시 수석 합격을 했을 때부터 권력의 달콤함만을 바라보며 살았고, 권력과 돈의 맛을 한꺼번에 본 이후로는 가진 자들의 충실한 대변인으로 활약하고 있었다. 그에게는 노력해서 안 되는 일이란 이 세상에 존재하지 않았다.

장자로 태어난 큰형이 아버지와 똑 닮은 성격이라는 것은 불행 중 다행이었다. 형은 아버지의 기대를 고스란히 충족시키며 밤낮 코피가 터질 정도로 공부를 했고, 그 결과 검사가 되어 당당히 법조계에 입문했다.

외할아버지의 부동산 투기로 졸부가 된 집안에서 태어난 어머니는 아버지와 선 자리를 포함해 세 번 만나고 결혼했다고 들었다. 가부장적인 아버지의 비위를 사근사근 맞추는 데 능했지만, 인터넷에서 찾아본 결과 본인이 교수로 재직하고 있는 대학 강단에서는 마녀 같은 독설로 유명했다. 집에서 아버지에게 받는 스트레스를 밖에서 푼다고 생각하면 이해하지 못할 것도 아니었다.

"사고 치지 말고 얌전히 공부해라."

정인이 철이 든 이후, 그는 아버지와 두 마디 이상 대화를 하지 않았다.

"네, 열심히 하겠습니다."

그는 이제껏 한 번도 크게 사고를 친 적이 없었다. 음대 성악과 교수인 어머니, 판사인 아버지 밑에서 죽을힘을 다해 말 잘 듣는 얌전한 아들을 연기해야 했던 탓이었다. 가장 큰 사고라면 역시 아버지와 형이 줄줄이 졸업한 대학에 뚝 떨어진 것 정도랄까.

정인은 머리가 나쁜 편은 아니었지만 법대는 관심도 없었고, 사법고시는 더더욱 그러했다. 아버지와 형처럼 따분하기 짝이 없는 인생을 살아야 한다는 것은 생각만 해도 끔찍했다. 정인의 목적은 대충이곳에서 열심히 하는 척하다가 외국으로 탈출하는 것이었다.

삼부자가 사이좋게 같은 대학의 졸업장을 따길 바라는 아버지의 마음을 헤아리지 못할 것도 없었지만, 세상에는 안 되는 일도 있는 법이라는 것을 아버지도 한 번은 알 필요가 있었다.

입시에 번번이 떨어진다면 한국에 있는 삼류 대학에 그를 입학시킬 순 없을 테니 외국으로 보내 줄 거라는 예상도 있었다. 집에서 벗어나 자유롭고 아름다운 나비처럼 훨훨 날아가, 사람들의 눈을 신경쓰지 않아도 되는 곳에서 방종하고도 즐거운 게이 라이프를 즐기는 것은 생각만 해도 짜릿했다.

"아들. 너한테 엄마 아버지 얼굴이 달려 있다는 거, 명심해."

"네?"

자신의 얼굴은 아무리 거울을 봐도 두 사람 사이에서 나올 수 있는 최고의 유전자를 뛰어 넘는 조합이었다. 모르는 척 되묻는 정인에게 어머니가 아버지의 눈치를 보며 그의 손을 꼭 잡았다.

"쓸데없는 문제 만들면 안 돼. 알았지?"

늘 그렇듯, 행동거지를 조심하라는 뜻이었다.

"열심히 하겠습니다."

똑같은 말을 앵무새처럼 반복하며 차에서 내린 후 정인은 휘파람을 불며 운동장에 즐비하게 늘어선 외제 세단 사이를 걸었다.

'드디어 탈출 한 발짝이다. 서정인!'

스무 해 동안 운동장만 한 거실이 있는 집에 살았어도 숨통이 콱콱 막혔다. 그나마 정인의 큰형이 아버지의 바람대로 정도를 걸어가고 있는 것이 다행이었다. 그가 둘째라 망정이지, 장남이나 외아들이었으면 아마 어깨를 짓누르는 책임감에 압사했을 게 분명했다.

입시에 실패하고 재수 학원을 향해 고개를 푹 숙이고 걸어 들어가는 초라한 군상들 사이에서, 정인의 발걸음은 날아갈 듯이 가벼웠다. 보는 눈만 없으면 공중으로 뛰어올라 두 발을 마주쳐 퉁기며 소리라도 지르고 싶은 심정이었다.

집에서 탈출했다는 해방감이 뿌듯하게 온몸을 감쌌다. 조금 쌀쌀

했던 3월의 날씨도 시원하게 느껴질 정도였다.

사계절이 한 바퀴를 꼬박 돌았다. 다음 입시에도 물론, 아버지가 원하는 대학에 들어갈 성적이 나오지 않았다. 포기할 줄 알았던 아버지는 그를 이 산골에 1년 더 처박아 두고 다음 입시를 준비시킨다는 엄청난 결정을 내렸다.

삼수를 하라는 소리였다.

정인은 입이 딱 벌어질 정도로 실망을 했지만 굴하지 않았다. 힘든 시간을 견디고 맞이하는 자유는 더욱 달콤할 것이라고 생각하며 자위했다.

하산해서 당장 서울로 돌아오라는 명령이 떨어지지 않은 것이 그나마 다행이라고 생각했지만, 문제는 다른 곳에 있었다. 그것은 그의 피 끓는 몸뚱이였다.

정인은 자신이 게이라는 사실을 여태껏 숨기고 잘 살아왔다. 하지만 이 학원은 마치 군대처럼 전원이 남자였다. 정인의 부모는 그가 이성에 한눈팔 일이 없어서 안심하는 듯 보였지만, 현실은 쫄쫄 굶은 욕심 많은 고양이를 생선 가게에서 기르는 것과 별반 다르지 않았다. 정인은 도를 닦는 수도승이 된 기분으로 들끓어 오르는 성욕을 꾹꾹 눌러 참아야 했다.

사방이 남탕인 곳에서 그의 눈에 들어오는 사람이 없었던 것은 아니었다. 그러나 세상과 단절된 것 같은 산속 재수 학원에서는 쓸데없는 일을 벌이지 않는 편이 좋다는 사실은 그도 알았다. 정인은 그의 부모가 당부했듯, 이곳에서는 아무런 문제도 일으키고 싶지 않았다. 곧 찾아올 달콤한 자유를 위해 육신의 고통을 간신히 감내하며 살았던 것이다.

가끔 술을 먹으면 게슴츠레한 눈으로 그를 훑곤 하던 한민우 새끼가, 2개월 전 취해서 그에게 키스만 하지 않았더라면 정인의 인생은 지금보다는 훨씬 더 괜찮았을 것이다.

「서정인……!」

정인은 사실 신경질적이고 까칠한 한민우보다는 그의 옆에 늘 붙어 다니는 김승주가 더 마음에 들었었다. 한민우와 어울리게 된 것도, 처음에는 한 반이었던 김승주 때문이었다. 승주는 체격도 좋고 얼굴도 남자다워 훌륭했다. 그의 농구하는 모습을 넋 놓고 쳐다보다 무심코 휴대폰을 들어 사진을 찍은 적도 있었다. 그리고 김승주는 무엇보다 성격이 괜찮았다.

생긴 지 3년밖에 안 된 이곳은 재수 학원 주제에 입학이 까다로웠다. 어마어마한 학비는 물론이고, 입학 전 부모와의 일대일 인터뷰까지 있었다. 말이 인터뷰지, 부모의 경제적, 사회적 지위를 확인하는 절차와 다를 바 없었다. 이곳은 입시에 실패한 돈 많은 집안의 꼴통들이 사회에 나가기 '힘든 시절'을 함께 나누며 인맥을 쌓기에 좋은 곳이었는데, 물론 학생들의 인성은 개판이었다.

그들의 속은 이미 썩을 대로 썩어 있었다. 집에서 더러운 것만 보고 배워 온 결과였다. 게다가 무슨 사정이 있든 일단 입시라는 관문에서 처음 '실패'를 맛보았다는 상처받은 자존심과 열등감이 짙게 드리워 있었다.

약육강식의 법칙이 확실히 지배하는 집단의 축소판이라고 하는 것이 맞았고, 정인 역시 그들과 별반 다르지 않았다.

그중 그나마 덜 썩은 성격이 김승주였다. 어릴 때부터 외교관인 아버지를 따라 외국을 많이 돌아다닌 영향에서인지, 자유분방하고 사람 자체가 밝았다. 공부에는 관심이 없었지만 잡다한 지식이 많고 긍정 파워가 넘치는 녀석이었다. 성격대로 삐쩍 마른 한민우는 타고난 꼴통이었지만 성격이 정반대인 그들은 그래서 더욱 잘 어울렸다.

정인은 자신과 비슷한 시기에 이곳에 들어온 그들이 사이좋게 시험을 다시 망쳤을 때, 내심 안도했다. 이곳은 그러니까 현실에서 벗어나고 싶은 인생의 실패자들이 모여 있는 커다란 나무 속 구멍 같은 곳이었다.

그들과 함께 낄낄거리고 있으면 따분한 자신의 처지를 잊을 수가 있었다. 이 재미없는 길을 걸어가야 하는 이가 저 혼자만은 아니라는 생각이 들었던 것도 사실이었다.

「서정인, 너무 꼴려 씨발……. 기집애냐? 왜 이렇게 몸이 야한 건데.」

어느 날, 외출하고 돌아온 한민우가 몰래 위스키를 숨겨 들어온 것이 화근이었다. 정인은 늘 어울려 다녔던 김승주 패거리들과 함께 술을 나누어 마셨고, 그 자리에서 한민우가 필통에 숨겨 두었던 약까지 꺼내는 바람에 일은 커지고 말았다. 한민우는 어릴 때부터 발랑 까진 녀석으로 가벼운 파티 드럭뿐만이 아니라 걸리면 상당히 위험한 약들도 종류별로 가지고 있었다.

그날, 푸른 알약 두 알에 완전히 취한 정인은 기숙사의 공동 화장실 맨 끝 칸에서 한민우와 질펀하게 섹스했다.

모든 일은 처음이 어려웠다. 한 번의 불장난으로 끝내려 했지만, 일은 마음먹은 대로 되지 않았다. 한창때의 그들은 타오르는 욕정에 너무나 쉽사리 굴복했고, 그 후로도 그들은 시간이 날 때마다 종종

몸을 섞는 사이가 되었다.

호텔 체인 상속자인 한민우는 얼굴이 매우 예쁘게 생긴 약혼자까지 정해져 있는 소위 '도련님'이었다. 정인에게는 아무런 상관이 없었다. 오히려 그가 나중에 자신에게 들러붙을 일이 없어 잘 됐다고 생각했을 뿐이었다.

한민우 역시, 산속에 틀어박혀 약혼자를 만나지도 못하는 상황이었기 때문에 억눌려 있는 성욕을 풀 수 있는 지금의 관계에 꽤 만족하고 있는 것으로 보였다. 1년이 넘게 이곳에 처박혀 있었으니 그들은 이제 부모님들이 슬슬 포기하고 자신들을 하산시킬 때가 되었다고 생각하는 중이었다.

다음 입시가 6개월 앞으로 다가온 그 시점에서 모든 것은 완벽하고 평화롭게 흘러가고 있었다.

장마가 시작되려는지 하늘이 무척 꾸물거리던 6월의 어느 날, 룸메이트인 조승현이 정인에게 특유의 무심한 얼굴로 말을 걸기 전까지는.

"형, 이거 한번 보실래요?"

"뭔데? 아까부터 눈을 못 떼던데. 야동이라도 보는 거야?"

늘 조용하고 무심하던 승현이 헤드셋 코드를 노트북 단자에서 잡아 뽑았을 때, 정인의 악몽은 시작되고야 말았던 것이다.

『너무 좋아. 흐윽, 서정인, 흐읏!』

한민우는 섹스할 때 한시도 입을 가만히 두지 못하는 스타일이었다.

초여름, 장마의 시작. 공기 중의 무거운 습기가 보이지 않는 젤리처럼 끈적하게 몸에 달라붙던 그날, 정인은 난생처음 모니터를 통해 자신의 섹스 영상을 보았다.

조그마한 화면 안에서, 한민우는 개처럼 그를 뒤에서 박아 대고 있었고, 끊임없이 그의 이름을 불렀다. 정인은 딱 죽고 싶었다.

"조승현, 이…… 이게 뭐야?"

다리에 갑자기 힘이 풀려, 그는 책상을 짚고 간신히 버텨야 했다.

"글쎄요. 이게 뭘까요?"

승현은 낮게 중얼거리면서도 노트북 화면에서 가늘어진 시선을 떼지 않았다. 정인은 그의 노트북을 거칠게 닫아 버렸다. 흘러나오던 소음이 얼마간의 간격을 두고 꺼졌다. 그제야 침대에 비스듬히 기대고 있던 승현이 그를 향해 고개를 들었다.

"이 뒤가 더 흥미진진한데. 사정하면서 거의 울거든요."

"너, 이……, 이거 어디서 났어?"

영상은 이틀 전, 그가 한민우와 함께 이곳 기숙사 방 안에서 뒹굴었을 때 찍힌 것이었다.

"저는 누가 제 방에 들어오는 거 딱 질색이라서요. 가끔 다른 방에서 도난 사고 있다는 소리도 들리고 해서 혹시나 해서 설치해 봤는데, 이런 끔찍한 게 다 찍혔더라고요."

정인은 눈을 질끈 감았다가 번쩍 떴다. 생각을 정리할 틈도 없었다. 머리보다 손이 더 빨리 움직였다.

그는 승현의 침대 옆에 놓인 노트북을 들고 책상 모서리에 세게 내리쳤다. 네모난 기계의 한가운데가 움푹 팰 때까지 두어 번 더 내려친 후, 결국 가운데가 부러져 두 동강이 난 철제 조각을 바닥에 내던졌다. 승현은 갑작스러운 그의 행동에도 놀라지 않고 그를 물끄러미 바라보고만 있는 중이었다.

"승현아, 미안하다. 노트북은 내가 바로 새 거로 사 줄게."

정인은 거칠게 숨을 몰아쉬었다. 완전히 노트북을 고장 내려면 물을 부어 버리는 게 더 확실할지 고민하며 두서없이 내뱉었다.

"내가 더 좋은 거로 사 줄 테니까 이건 잊어버려. 그리고……. 네가 본 것도 그냥 못 본 거로 하고 잊어 줬으면 좋겠다. 미안해."

승현은 말이 없었다. 그저 속을 알 수 없는 시선으로 정인을 바라볼 뿐이었다. 그의 눈동자 색이 저렇게 짙은 색이었던가.

"……못 본 거로 하라고요?"

그의 눈빛에 슬쩍 경멸이 스치는 것 같았다. 정인은 목덜미까지 달아올라 시뻘게진 얼굴로 변명을 시작했다.

"민우랑 그런 건 그냥 실수였어, 너도 남자니까 알잖아. 서로 딸이라도 쳐 줄까 하다가 갑자기 호기심에 그런 것뿐이야. 그게 다라고."

"아아. 상대는 한민우 선배가 맞나 보네요. 아리까리했는데."

승현이 묘한 얼굴로 아랫입술을 슬쩍 씹었다. 정인이 바랐던 대답은 이런 것 따위가 아니었다. 갑자기 몸속에서 불안감이 증폭되었다. 심장이 쿵쾅거리며 세게 뛰었다.

혹시나 조승현이 어디서 입을 잘못 놀리기라도 하면 어쩌나, 머리털이 쭈뼛쭈뼛 곤두섰다. 사고 치지 말라고 당부하던 아버지와 어머니의 얼굴이 번갈아 가며 뇌리에 스쳐 지나갔다.

"하아……, 승현아, 너 이리 좀 와 봐라."

정인은 그의 손을 잡고 승현을 일으켰다. 성큼성큼 자신의 침대로 걸어가 승현을 앉히고 그도 옆자리에 앉았다. 매트리스가 가볍게 흔들렸다.

"네가 뭘 염려해서 카메라 같은 걸 설치했는지는 모르겠지만, 솔직히 그거 같이 방 쓰는 나한테도 기분 나쁠 수 있는 일인 건 알지?"

승현은 꿀 먹은 벙어리라도 된 양 여전히 아무런 말이 없었다.

"그 자체로도 학칙 위반이야, 승현아."

그런 규칙이 있는지 없는지 알 바 아니었지만, 정인은 되는대로 입을 놀렸다.

"근데 나도 덮을게. 없던 일로 할게. 대신 네가 본 것도, 그냥 덮어 줘라."

승현이 정인을 물끄러미 바라보았다. 정인은 커다란 그의 손을 꽉 붙잡고 마른침을 삼켰다.

"아무한테도 말 안 해 줄 수 있지? 내가 네 성격을 잘 알지만, 그래도……."

그가 정인에게 잡힌 제 손을 한 번 쳐다보고 다시 새까만 시선을 위로 들었다.

"제 성격이요……?"

쉽게 대답을 해 주지 않고 쓸데없이 중얼거리는 그를 보며 정인은 애가 탔다.

역시 맨입으로는 안 된다 이건가.

"승현아, 이건……. 그냥 내가 혹시나 해서 그러는 거니까, 오해는 말아 줘."

입술이 바짝 말랐다. 정인은 아랫입술을 혀로 축이며 열심히 머리를 굴렸다. 어떻게 하면 그가 자신의 말을 고깝게 듣지 않을지, 짧은 시간 동안 최선을 다해 생각했다.

"이번 방학에 나 집에 갈 생각이거든. 저번에도 말했지?"

"……네."

"우리 큰형이 검산데, 최근에 부장 검사로 승진해서 기분이 되게 좋아. 아마 용돈을 좀 세게 받을 수도 있을 것 같아."

주절주절 말을 잇는 정인을 보며 승현이 건조하게 물었다.

"……그런데요?"

이제부터 시작이었다. 긴장한 정인의 손에 끈적하게 식은땀이 배어났다. 그는 얼른 잡았던 승현의 손을 놓고 침대 시트를 잡았다 놓으며 젖은 손을 닦았다.

"내 말, 기분 나쁘게 듣지 마. 승현아."

"해 보세요."

툭 내뱉는 말투가 마음에 들지 않았지만 지금 그게 문제가 아니었다. 정인은 미소를 띠려 노력하며 말을 이었다.

"나, 네 사정 알아. 지나가다 애들 하는 말 우연히 들었거든. 근데 그게 무슨 상관이야, 그렇지? 너는 머리가 진짜 좋으니까, 입시 같은 건 문제 없을 거잖아. 요즘은 장학금도 되게 잘되어 있고, 응?"

이 재수 학원의 떠오르는 별인 조승현의 톱급 성적과 어울리지 않게 그의 배경은 구질구질했다. 아버지는 사기죄로 감옥에 수감되어 있다 작년에 죽었고, 어머니는 집을 나간 지 오래라고 들었다.

고등학교를 중퇴한 그를 작년 가을, 학원 마케팅 팀이 모시듯 데려온 이유는 꼴통들로 꽉 차 있는 이곳의 최고 명문대 진학률을 조금이라도 높이기 위한 것이었을 것이다. 조승현은 공부가 부족하다는 평계로 지난 입시를 포기했지만, 그가 올겨울 입시에서 최상위의 성적을 거두리라는 것을 이 학원 내에서 모르는 사람은 없었다.

"……그래서요?"

승현의 속눈썹이 슬쩍 움직였다. 그가 동요하고 있다고 생각한 정인은 그를 설득하는 데 더욱 열을 올렸다.

"내가 너 도와줄게."

"……어떻게요?"

"네 나이 때는 사고 싶은 것도 많잖아, 원래. 책도 있을 거고, 참고서도 있을 거고, 또 뭐 이것저것 말이야. 응?"

스물인 승현은 정인과 한 살밖에 차이가 나지 않았다. 애 취급하는 것이 말이 안 되는 건 알지만, 정인은 지금 이 상황을 타개하기 위해서라면 무슨 말이든 해야 했다. 승현의 낡은 운동화와 오래된 가방, 부팅하는 데 한 시간은 걸리는 것 같던 고물 같은 노트북을 떠올리며 열심히 손짓 발짓을 시작했다.

"사고 싶은 거 살 수 있도록 내가 도와줄게. 우리 집, 자랑은 아니지만 가진 건 돈뿐이라서……. 내가 원래 받는 용돈도 작지는 않거든. 어때?"

"아."

승현의 입가에 옅은 미소가 걸렸다.

"형, 그러니까 지금 저랑 돈으로 거래하자는 말이네요? 제가 본 영상, 입 닫는 조건으로."

정인은 캄캄하던 하늘에 한 줄기 빛이 내려온 심정이었다. 역시 머리가 좋은 놈은 뭐가 달라도 달랐다. 이제부터는 본격적인 딜이었다.

등줄기에 식은땀이 흘렀다. 한 치의 실수도 없어야 했다. 만약 그가 턱도 없는 금액을 요구한다면 정인은 얼굴이 팔리는 것을 무릅쓰고 한민우에게 손을 벌릴 생각도 있었다. 영상에 나온 것은 정인 혼자만이 아니니까, 따지고 보면 그 자식에게도 절반의 책임은 있는 셈이었다.

정인은 굳어지는 입꼬리를 애써 끌어올리며 웃으려 노력했다.

"하하, 거래라고 하니까, 되게 딱딱하고 이상하게 들리잖아. 승현
아. 그냥, 너 놀라게 한 것 미안해서 내가 하는 성의 표시라고 생각해
주면 좋겠다."

"놀라긴 했죠. 많이."

"그래, 알아. 미안하다 정말. 그래서 그래, 나도."

정인은 초조했다. 빨리 이 일을 처리하고 싶은 마음이 간절했다.

"일단 아까 그 파일, 원본부터 나한테 줘라. 노트북에만 있는 거 아
니지?"

"……."

대답 없이 물끄러미 그를 바라보는 승현의 앞에서 정인은 다시 애
써 입술을 올렸다.

"내가 6개월 넘게 한방을 쓴 널 못 믿는 건 절대 아니지만 그래
도……, 사람 일이란 게, 뭐든 똑바로 해 놔야 나중에 더 편해지는 거
잖아?"

"정인이 형."

"그래."

"하나만 물어볼게요."

당장이라도 놈의 멱살을 틀어쥐고 파일부터 내놓으라고 고래고래
소리치고 싶은 것을 간신히 참으며 정인은 다정한 표정으로 고개를
끄덕였다.

"응, 얼마든지."

"한민우, 좋아해요?"

이건 또 무슨 개 풀 뜯는 소리일까.

짜증이 나서 인상을 찌푸릴 뻔했지만, 정인은 간신히 이마의 주름

을 폈다. 그리고 최대한 천천히 아이를 타이르듯 설명했다.

"아까, 내가 말했잖아. 그건 실수였다고."

"……저는 어떻게 하면 남자끼리 그런 실수를 할 수 있을지 잘 모르겠어서요."

정인은 숨을 크게 들이쉬며 머릿속으로 참을 인자를 새겼다. 이 와중에 조승현에게 커밍아웃까지 하고 싶은 마음은 없었다.

씨발. 파일만 받자. 파일만 받으면 다 끝이다.

"어차피 인간은 다 동물이잖아, 승현아. 남자 새끼들도 살 부비다 보면 꼴리는 게 정상이야. 이때, 민우도 나도 제정신이 아니었어. 하고서 바로 후회했었고. 정말, 말 그대로 실수였어."

입술에 침을 발라 가며 열심히 변명하는 정인을 보며 승현이 눈을 가늘게 떴다.

"……실수?"

이 녀석이 이런 표정도 지을 줄 알았던가.

기묘하게 뒤틀리는 승현의 입술을 보는데, 뭔가 기분 나쁜 근질근질한 불안감이 정인의 뱃속을 간질였다.

"한민우 선배는 굉장히, 기분 좋아 보이던데."

"……어, 어?"

정인은 뭐라고 대꾸해야 할지 알 수가 없었다. 솔직히 말하자면, 한민우는 지금 완전히 그에게 빠져 몸이 달아 있는 상태였다. 처음 맛보는 게이 섹스가 주는 쾌락에 허우적대며 시도 때도 없이 들이대는 것이 그 증거였다. 정인의 기숙사 방에서 쉬는 시간에 급하게 섹스한 것도 못 참겠다며 막무가내로 들이댔던 한민우 때문이었다.

"그건, 승현아……."

"형도 기분 좋았어요?"

승현이 말을 자르며 물었다. 정인의 심장에 들어차는 기분 나쁜 불안감은 점점 그 부피를 더해 가고 있었다.

불도 켜지 않은 방 안을 어둠이 점차 잠식했다. 하루 종일 몸에 쩍쩍 달라붙었던 꿉꿉한 습기가 결국, 빗방울이 되어 창문을 때리기 시작했다.

"……뭐?"

"그거 하면서, 형도 기분 좋으셨냐고요."

방 안이 어두웠기 때문일까. 늘 무심하리만큼 차분했던 그의 검은 두 눈에 빛이 번뜩이는 것 같은 착각이 들었다.

정인은 하, 하고 한숨 쉬듯 어색하게 웃으며 고개를 떨구었다가 다시 들었다. 정인의 표정은 심각하고, 다급했다.

"승현아, 이야기는 나중에 하고 일단 파일부터 줘."

"싫은데요."

"뭐?"

정인의 성대에서 쇳소리가 튀어나왔다. 승현은 정인을 뚫어져라 바라보며 흐릿한 미소까지 짓고 있었다.

이 새끼가 지금 뭐 하자는 거지?

"아까 이야기 잘 끝난 것 같은데, 조승현. 어……, 그, 돈이라면 내가 최대한 네가 원하는 선까지 맞춰 줄 수 있어. 그러니까 일단 액수만 이야기해 봐."

승현의 눈 밑 근육이 살짝 떨리는 것 같았다. 그래, 쪽팔려 하지 말고 원하는 대로 불러! 정인은 그를 붙잡고 소리치고 싶은 심정이었다.

"전 이야기 끝낸 적 없는데요, 형."

맥이 탁 풀렸다.

"……."

방 안을 꽉 채운 습하고 기분 나쁜 공기에, 정인의 등줄기에서 식은땀이 흐르기 시작했다.

"돈 가지고 쇼부 보려고 했던 건, 형의 일방적인 생각이었고."

"……."

"형 말대로, 파일은 저기 형이 부순 노트북에 담긴 게 다가 아니고."

승현의 차분한 목소리에 조금 흥분이 일었다.

대체 이 새끼, 뭐 하는 새끼일까.

정인이 마른침을 꿀꺽 삼켰다. 경직된 그의 흰 피부에 피가 몰려 달아올랐다.

"중요한 건, 저는 지금 형의 태도가 조금 짜증이 난다는 거예요."

뒤통수를 누가 후려갈기는 것 같았다. 정인의 그린 것 같은 고른 눈썹이 산을 그리며 휘었다.

"뭐……, 뭐?"

지금 이 새끼가 뭐라고 지껄이는 거지?

"형 집에 돈이 얼마나 많은지 모르겠는데, 인간을 그렇게 대놓고 거지 취급하면서 개무시하면 제가 기분이 좋을까요, 나쁠까요?"

정인은 자신의 눈앞에 있는 이가 이제까지 그가 알아 왔던 조승현이 맞는지 헷갈릴 지경이었다. 그는 뻑뻑해진 눈을 손등으로 비빈 후, 표정을 가다듬었다.

"승현아, 네가 지금 뭔가 오해하는 것 같은데, 난 그저 순수하게……."

"순수 좋아하네."

승현이 다시 입술을 비틀었다. 정인은 그제야 그것이 비웃는 표정이라는 것을 깨달았다. 승현은 아까부터 그를 보며 차갑게 조소하고 있었다.

"······조승현."

얼어붙은 그의 입에서 한숨 같은 목소리가 흘렀다.

"한민우하고 개처럼 붙어먹은 주제에, 그런 단어는 안 어울리잖아요."

"······뭐, 뭐라고?"

"안 들렸어요? 한민우하고 개처럼 떡 친 주제에 어디서 순수라는 단어 입에 가져다 붙이냐고 물었어요."

귀를 의심할 수밖에 없었다. 숨을 몰아쉰 정인의 얼굴이 엉망으로 일그러졌다. 승현이 그런 그에게 천천히 얼굴을 붙였다. 시커먼 시선이 코앞에 있었다. 정인은 저도 모르게 소름이 끼쳐 고개를 뒤로 뺐다.

"형은 기본이 안 돼 있어요."

정인의 반듯한 미간에 주름이 졌다. 분노를 주체할 수 없어, 꽉 다문 잇새로 그의 숨결이 거칠어졌다. 승현이 그런 그를 보며 피식 웃었다.

"······거래를 하려면, 제가 뭘 원하는지부터 먼저 물어봤어야죠."

"······."

"멍청하기는."

쿵. 누군가 머리를 세게 내려치는 것 같았다.

"이 새끼가 좋게 이야기하니까 사람이 만만해?!"

결국, 정인은 폭발했다. 소리를 버럭 지르며 먹살을 잡았지만, 그는 태연했다.

"역시, 이쪽이 형한테 더 잘 어울리네요."

"야, 이 새끼야. 그래, 네가 원하는 게 뭐야. 말해, 당장 말해!"

정인은 여차하면 그의 턱에 주먹을 날릴 준비도 되어 있었다. 곱상한 외모 때문에 시비가 털리는 일이 있을지도 모른다는 큰 그림을 그려 준 부모 덕택에 초등학교 내내 태권도장에 다녔다. 승현의 체격은 정인보다 더 컸지만, 승산이 아예 없는 싸움은 아니었다.

그런 정인을 마지막까지 붙든 것은, 영상의 복사본이 있을지도 모른다는 염려였다. 그를 깔아뭉개는 것은 일도 아니었지만, 그 후가 겁이 났던 것이다.

"원하는 게 있으면, 들어주시게요?"

승현이 그를 보며 입술을 들어 올렸다. 정인의 주먹이 부들부들 떨렸다.

"그렇다고 하잖아. 나, 말하는 건 지키는 놈이야. 여태까지 반년 동안 같은 방 쓰면서, 내가 너한테 섭섭하게 대한 적 있어? 말해. 원하는 게 뭔지."

"말 안 하면 때리실 건가요?"

승현이 입술을 비틀었다. 정인은 그의 먹살을 잡은 손에 힘을 풀고, 물끄러미 자신을 바라보고 있는 그를 보며 크게 심호흡을 했다.

"해 보세요, 어디."

씨발 새끼. 이 일만 끝나면 사람을 사서라도 이 자식을 어디에 가져다 묻고 싶은 심정이었다.

"승현아."

정인이 길게 한숨을 쉬며 그의 이름을 불렀다.

"혹시 돈 이야기해서 자존심 상하게 했으면, 내가 사과할게."

정인은 최대한 자신을 낮추려 안간힘을 썼다.

"……미안하다, 승현아. 원하는 게 뭔지 말해 줘. 그 영상만 확실하게 없애 주면, 그것만 확인할 수 있으면 네가 원하는 거 뭐든지 들어줄게."

분노와 당황스러움을 꾹꾹 누른 정인의 얼굴이 시뻘겋게 달아올랐다. 창밖의 빗소리는 점점 굵어지고 있었다. 방 안이 어두운 것이 차라리 다행인지도 몰랐다.

"와. 형, 지금 꼭 울 것 같은 표정이네요."

승현의 목소리에 정인은 입안의 살을 꽉 깨물었다. 참자. 참아야 한다.

"……그만큼 내가 절박하다는 거, 네가 알아줬으면 해."

"아아."

그의 입술에서 대답인지 감탄인지 모를 불명확한 소리가 흘러나왔다. 정인은 매트리스를 짚고 있는 승현의 손을 다시 찾아 잡았다. 그의 체온이 아까보다 조금 더 뜨겁게 느껴졌다.

"승현아, 내가 이렇게 부탁할게."

언제 소리를 질렀냐는 듯, 최대한 불쌍한 목소리로 정인은 그에게 나지막하게 속삭였다.

"원하는 게 뭔지, 제발 말해 줘."

"음……."

승현이 천천히 정인의 손바닥을 뒤집더니 손가락에 깍지를 껴서 꽉 얽어 쥐었다. 잡힌 손에 식은땀이 나서 끈적했지만, 그는 상관하지 않는 듯했다.

"정인이 형."

"그래."

"귀 좀요."

정인은 그에게 얼른 얼굴을 가져갔다.

"그래, 말해 봐. 얼른."

"후우……."

승현의 뜨끈한 숨결이 귓바퀴에 느껴졌다. 녀석이 의도한 바는 아닐 테지만 등줄기에 묘하게 소름이 돋고 뱃가죽이 당겼다. 정인이 반사적으로 목을 움츠렸을 때였다.

"백억이요."

뭐…… 뭐?

누가 야구 배트로 뒤통수를 갈기는 기분이었다.

"돈 준다면서요. 형 섹스 비디오, 백억에 저한테 사시라고요."

승현이 쿡쿡거리며 다시 웃었다. 정인은 손을 뿌리치고 눈을 까뒤집으며 그의 멱살을 다시 잡았다.

"이, 씨발 새끼가!"

승현의 몸이 뒤로 넘어갔다. 정인은 침대 위에서 그를 깔아뭉갰다. 온몸이 분노로 끓어올라 기절하기 일보 직전이었다. 승현은 지금 정인을 가지고 놀고 있었다.

"너, 너……, 지금 나하고 뭐 하자는 짓거리야. 어?!"

"왜요, 너무 많아요? 아까 돈 자랑할 때랑은 태도가 또 틀리네요?"

퍽-!

결국 정인은 참지 못하고 그에게 주먹을 날리고야 말았다. 승현의 입술에 피가 터졌지만, 그는 소리도 내지 않았다. 정인을 똑바로 올려다보며 피식 한 번 웃었을 뿐이었다.

"아아, 장관이네. 진짜. 형이 지금 어떤 얼굴 하고 있는지 알아요?"

정인은 그의 멱살을 쥔 채 몸을 부들부들 떨었다.

"조승현 이 개새끼……. 너, 네가 지금 나를……."

도저히 믿을 수가 없었다. 지난 1년 동안 자신에게 보여 줬던 저자세의 태도와는 전혀 다른 녀석의 모습에 정인은 기절초풍할 지경이었다.

"씨발……, 하아……. 씨발, 진짜……!"

숨을 거칠게 몰아쉬었다. 열이 속에서 치밀었다. 그런 그를 승현이 다시 비웃었다.

"한 대 때리고 다예요? 왜, 내가 열 받아서 형 동영상 인터넷에 올리기라도 할까 봐 겁나요?"

전혀 생각지 못했던 곳을 치고 들어오는 통에 정인의 얼굴이 새하얗게 질리며 굳었다. 그가 겁냈던 것은 그의 프라이빗한 사생활을 부모님이 알게 되는 것이었다. 모범생인 조승현이 할 수 있는 짓이라곤 기껏해야 기숙사 사감에게 찌르는 것 정도라고 생각했던 것은 크나큰 오산이었다. 정인은 저도 모르게 승현의 어깨를 꽉 붙들었다.

"아……. 안 돼, 안 돼!"

"화면으로 보니까 끝내주던데, 혼자 보기에 아까울 정도잖아요. 형이 잘 보는 포르노 사이트에 올리면 대박일 것 같은데, 어떻게 생각하세요?"

온몸이 사시나무 떨리듯 벌벌 떨렸다. 정인은 고개를 좌우로 세차게 흔들었다. 승현의 눈빛이 기괴하게 다시 빛을 냈다.

"아마 영상 본 사람들이라면 백이면 백, 다 형한테 박게 해 달라고 줄을 설 것 같은데. 그게 형이 원하는 거 아닌가요?"

심장이 딱딱하게 굳는 것 같고 명치가 꽉 막히는 것 같은 착각이 들었다. 정인은 그제야 자신이 어떤 상황인지, 확실히 깨달을 수 있었다.

장난이 아니다. 조승현은 지금 진심으로 그를 협박하는 중이었다. 미간이 시큰해지더니 뜨거운 것이 순식간에 눈에 차올랐다.

툭. 투두둑.

매끈한 아몬드같이 잘빠진 정인의 눈에서 뜨거운 눈물이 승현의 얼굴로 떨어졌다. 머릿속이 백지장처럼 하얗게 변하고 눈앞이 흐려졌다.

"형, 지금 울어요?"

흐린 시선을 꽉 붙잡고, 승현이 기가 찬다는 표정으로 웃었다. 얼굴에 떨어진 정인의 눈물을 손으로 쓱 문질러 혀로 핥았다. 그 모습을 보는 정인의 팔뚝에 소름이 돋았다.

"내가 형 영상 올릴까 봐 겁나서?"

"제발……. 제발…… 그러지 마라, 승현아."

"생각보다 좋은데요? 형이 내 이름 부르면서 애원하는 모습."

이 자식이 원하는 것이 그것일까. 애원하면 영상을 삭제해 줄까. 무릎을 꿇으면 될까. 백지 같았던 머릿속에 온갖 생각이 스쳐 지나갔다. 정인의 눈동자가 혼란을 담고 흔들렸다.

"근데, 진심이 안 느껴져서 조금 짜증 나요."

"내, 내가 어떻게 하면 돼? 장난치지 말고, 솔직하게 말해 줘."

정인의 높아진 목소리에도 울음이 묻어났다. 이 상황에서 눈물이 안 나는 게 더 이상했다. 세상이 이렇게 지옥 같아질 줄은, 한민우와 정신없이 몸을 맞추던 이틀 전만 해도 까맣게 몰랐다. 승현의 가라앉은 목소리는 지독히도 잔인했다.

"백억이 장난 같아요? 아까 돈 자랑하면서, 거기까지는 생각 못 했어요?"

"승현아……."

"내가 얼마 부를 거라 생각했는데요? 나는 얼마면 만족할 것이라 생각했길래?"

"하아, 조승현……, 제발……!"

정인은 이제 승현의 가슴팍에 기도하듯 매달리며 그의 이름을 부르짖었다. 승현이 정인의 양 팔목을 꽉 움켜쥐었다. 그의 아귀힘은 무지막지했다. 별로 힘들이지도 않은 것 같은데, 팔목에 피가 안 통하는 느낌이었다.

"제발, 뭐."

승현이 그의 얼굴을 뚫어져라 보며 팔을 번쩍 치켜드는 바람에, 정인은 승현의 몸 위에 거의 엎어지듯 누운 상태가 되었다. 숨결이 맞닿을 정도로 얼굴이 가까웠다.

"제발 뭐요."

엉망이 된 정인의 눈에서 흘러나온 눈물이 승현의 마른 뺨을 타고 흘렀다.

"백억은 힘들어……."

정인은 입술을 짓씹으며 작게 내뱉었다. 이제 녀석의 어떤 말도, 허투루 넘어가서는 안 됐다. 자신을 몸 위에 누이고 그를 뚫어져라 바라보고 있는 놈은 또라이가 분명했다. 머리 어디에 나사가 하나 풀린 놈이 분명했다.

정신을 놓고 싶을 정도의 상황이었지만, 그랬다가는 다 끝장날 것 같다는 예감이 강하게 들었다. 재수가 없어도 이렇게 없을 수가 없었다. 미친개에게 걸려도 단단히 잘못 걸린 것이다.

"이렇게 질질 짤 거면서, 아까 그 패기는 대체 뭐냐고요."

승현이 쯧, 하고 작게 혀를 찼다.

"한 번만, 봐줘. 승현아. 백억은……, 백억은 힘들어……."

정인은 당연하기 짝이 없는 말을 애원하듯 중얼댔다. 그의 눈물이 피가 배어나는 승현의 입술에 떨어졌다. 승현이 여전히 그의 팔목을 꽉 움켜쥔 채로 느리게 내뱉었다.

"진심으로 사과해요. 나한테."

주저할 여유가 없었다. 정인은 즉시 입을 열었다.

"미안해."

"이런, 씨발."

급한 사과와 동시에 날아든 날카로운 욕설에 정인은 입을 다문 채 숨을 들이쉬었다. 맛이 간 조승현의 눈동자가 그를 죽일 듯 노려보고 있었다.

"유치원생도 그것보다는 더 진심이겠어요."

팔목을 붙잡은 커다란 손에 더욱 힘이 꽉 들어갔다. 정인은 죽을힘을 다해 머리를 굴렸다. 이 또라이를 대체 어떻게 하면 만족시킬 수 있는지 미치도록 생각했다.

"……정말……, 미안하다, 승현아."

"……."

"……내가 너한테 함부로 말해서, 정말 미안하다. 조승현."

나는 오스카상을 목표로 하는 연기자다.

정인은 속으로 몇 번이나 되뇌며 떨리는 눈동자를 그에게 고정했다. 승현은 아까처럼 차지게 욕을 지껄이는 대신, 살기 넘치는 강렬한 시선을 꽂는 중이었다.

"……뭘 함부로 말했는데요?"

"가진 것도 없으면서……."

대답을 해야 하는 데 목이 꽉 막혀, 정인은 마른침을 한 번 삼켜야 했다. 솔직히 말하자면 그는 승현에게 잘못한 것이 하나도 없었다. 잘못은 음침하게 몰카 따위나 설치한 조승현에게 있었다. 그런데 한민우와 기숙사 방에서 저지른 단 한 번의 실수로 인해 이런 개 같은 상황에 부닥치게 된 것이었다. 조심성 없고 멍청한 스스로에 대한 자괴감이 밀려들었지만, 꾹꾹 눌러 삼켰다. 조승현의 따귀를 쳐도 시원치 않은데 그럴 수가 없는 상황이 미치게 화가 났지만 어쩔 수가 없었다.

'그래, 나는 지금 연기하는 중인 거다.'

"많이 가진 척, 함부로 말해서 미안하다."

"……그게 다예요?"

승현이 느릿하게 물었고, 정인은 재빨리 고개를 저었다. 동시에 안간힘을 쓰며 필사적으로 머리를 굴렸다. 잘못이 없으니 대답이 떠오를 리가 없었지만, 무슨 말이든 해야 했다. 정인은 혼란스러운 심정을 다잡으며 떨리는 입술을 다시 열었다.

"함부로 돈 이야기하면서 거래하려고 하고……."

"하아, 씨발……, 결국 같은 이야기 반복이잖아요. 그렇게 할 말이 없어요?"

승현의 입술이 다시 사납게 비틀렸다. 정인은 눈을 질끈 감고 빠르게 내뱉었다.

"네가 원하는 게 뭔지도 모르고, 내 말만 해서 정말 미안해……."

잠시 승현에게서 아무런 대답도 들려오지 않았다. 잡힌 손목은 여전히 아팠지만, 그의 대답이 올바른 방향으로 가고 있는 것 같았다. 정인은 모든 기억을 되살리며, 아까 승현이 했던 말을 떠올리려 애를 썼다.

"계속해 보세요."

'태도'.

불현듯 승현이 내뱉었던 단어가 정인의 머릿속을 스쳤다. 정인은 눈을 번쩍 떴다. 승현의 얼굴이 너무 가까웠지만, 그는 고개를 뒤로 빼지 않았다.

"내가……. 너한테……, 정말, 잘못했어."

"뭘?"

씨발. 뭘, 대체 그에게 뭘 잘못했을까.

여태껏 정인이 승현과 같은 방에 함께 살면서 그와 부딪힌 적은 없었다. 한민우와 김승주가 각자의 룸메이트에 대해 불평불만을 토로할 때도, 정인은 할 말이 없어 뒤로 빠져 있을 정도였다.

승현은 예의가 깍듯했고, 깔끔 떠는 성격인 정인이 흠잡을 데가 없을 만큼 청결했으며, 무엇보다 말이 없고 조용했다. 최고의 룸메이트였다.

정인은 자신 또한 조승현에게 나쁘지 않은 존재였음을 믿어 의심치 않았다. 가끔 집에서 보내 주는 먹을 것을 나눠 주기도 했고, 그의 구멍 난 속옷을 보고는 자신의 트렁크 속에 들어 있는 브랜드 속옷을 선물해 주기도 했었다.

「우리 말야. 너랑 나 외에는 이 방에는 다른 사람 들이지 말기로 하자. 난 누가 함부로 내 영역에 들어오는 건 딱 질색이거든.」

방을 배정받은 첫날, 승현에게 처음 제안했던 것은 정인이었다. 조승현이 그때 어떤 표정이었더라.

「네. 절대 그럴 리 없습니다, 선배님.」

「선배님은 무슨. 군대도 아니고 여기서도 기수 따져서 선후배 노릇 하는 거 웃기지 않냐? 그냥 형이라고 불러. 앞으로 잘 지내보자. 난 서정인이야.」

「조승현입니다. 앞으로 제가 많이 노력하겠습니다.」

「새끼. 태도 좋다, 너. 근데 키가 몇이야? 천장에 머리 닿겠다.」

어깨를 툭, 하고 짚었을 때 분명 승현은 웃었다. 보일 듯 말 듯 미소를 짓는 모습이 꽤 귀엽다고 생각했을 정도였다. 오래된 기억을 되짚고 있던 정인을 향해, 날카로운 목소리가 날아왔다. 그는 순식간에 멱살을 잡혀 현실로 내동댕이쳐졌다.

"뭘 잘못했냐고요, 형이. 나한테."

정인은 그제야 어렴풋이 알 수도 있을 것 같았다. 승현은 한 입으로 두말하는 성격이 아니었다. 누가 방에 들어오는 것이 싫다고 말했던 것은 정인이 먼저였고, 승현 역시 그 말을 확실히 지켰다.

아무리 그래도 몰래카메라까지 방 안에 설치하는 것은 많이 미친 거라는 생각이 들었지만, 그만큼 승현 역시 자신의 공간에 까탈스러우리만큼 신경을 쓰는 성격임이 틀림없었다. 정인은 시선을 아래로 떨구었다.

"약속을 어겨서 미안해. 내가 나빴다, 승현아. 이 방에 아무도 들이지 말자고 해 놓고선, 다른 사람 데리고 왔어."

게다가 섹스하는 모습까지 들켰다. 뒷말을 삼키는 그의 의도를 박살 내며 승현이 낮게 깔리는 목소리로 정확히 내뱉었다.

"그리고 섹스했고요. 다른 새끼랑."

굳이 알려 주지 않아도 알고 있는 사실을 콕 집어서 말하는 그를 보며 정인은 다시 한번 입술을 세게 씹었다. 참아야 했다.

"그래. 내가 잘못했어. 같이 방 쓰는 널 생각하면 그래서는 안 되는 거였는데……. 기분 나쁠 수 있다는 거 충분히 이해해. 진심으로 사과할게."

승현이 크게 숨을 들이마셨다 내쉬었다. 그의 눈빛이 아주 조금 부드러워진 것 같은 기분이 들었다. 정인은 이때 쐐기를 박아야겠다고 생각했다.

"다시는 그런 일 없을 거야. 맹세해. 네가 각서 쓰라면 쓸게."

앞으로 그와 함께 지내야 하는 시간은 6개월이 조금 못 되는 시간이었지만 정인은 이 일만 끝나면 무슨 수를 써서라건 기숙사 방을 바꿀 생각이었다. 예민하기라면 자신도 만만치 않았다. 한방을 쓰는 룸메이트를 못 믿어 몰카까지 설치하는 음침한 놈과는 같은 공간에 있기조차 싫었다.

"……정말 안 그럴 거예요?"

캄캄해진 방 안에 희미한 빛줄기가 다시 흘러 들어왔다. 정인은 그와 눈을 마주치며 진지한 표정으로 고개를 끄덕였다. 승현의 성대에서 얕게 숨소리가 번졌다.

"다시는 다른 사람이랑 섹스하지 마요, 형."

"응."

무조건 고개를 끄덕였다. 정인은 지금 승현이 지구가 네모나다고 말하면, 그렇다고 동의할 생각이었다.

"약속해요?"

"……약속할게."

또 재빨리 대답했다간 진정성이 없게 보일까, 심각한 표정으로 한 템포 느리게 뜸을 들이는 것도 잊지 않았다. 승현이 그의 팔목을 잡았던 손에 힘을 스르륵 풀었다. 전기가 통하듯 피가 한꺼번에 몰리면서 찌잉하는 통증이 느껴졌다.

개새끼.

정인은 주먹을 쥐었다 펴며 몸을 일으켰다. 그의 몸 위에서 엎어져 있는 것은 여간 불편하지가 않았다.

"약속해. 절대, 불편한 꼴 보이지 않을 거라고."

다시 진지하게 입을 열자 승현이 정인을 보며 들릴 듯 말 듯 한 낮은 목소리로 중얼거렸다.

"……파일은 노트북에 저장된 것뿐이에요."

승현의 고물 노트북은 지금, 그의 책상 옆에서 두 동강으로 분리된 채 바닥에 구르고 있다.

"다른 건 없어요."

정인의 커다란 눈에 핏발이 섰다. 잠시 둘 사이에 무거운 침묵이 흘렀다.

째깍. 째깍.

벽에 걸린 오래된 시계의 초침이 움직이는 소리까지 들릴 정도였다. 정인은 그 자리에 얼어붙은 채 움직이지 않았지만, 그의 머릿속은 과부하가 걸려 터지기 일보 직전이었다. 지금 놈이 지껄인 말이 사실인지 아닌지 믿을 수가 없었기 때문이다. 녀석에 대한 신뢰도가 바닥을 찍은 지금, 어떤 말도 허투루 들을 수가 없었다.

"그냥 너무 화가 나서 그렇다고 한 거예요. 나는 열 받아서 눈이 돌아갈 것 같은데, 형은 쓸데없는 데에만 신경을 쓰니까. 화가 나서."

승현의 목소리는 평소와 같이 차분하고 낮은 중저음으로 돌아와 있었다. 정인은 가슴속에서 치솟는 뜨거운 불길을 애써 쑤셔 넣었다. 분노에 손이 덜덜 떨렸지만, 이를 악물고 간신히 참아 냈다.

"……아냐, 내가 미안해."

승현이 고개를 들어 조금 놀란 표정으로 그를 바라보았다. 정인은 쥐나는 손바닥에 손톱이 들어갈 정도로 주먹을 꽉 쥐었다.

"너 놀라게 하고 멋대로 돈 이야기부터 꺼낸 거, 그래서 네 기분……, 나쁘게 한 것, 정말 미안하다, 승현아."

정인은 지금 이 순간, 학원 내의 전교생 앞에서 커밍아웃하는 것과 눈앞의 개새끼에게 사과하는 것 중, 무엇이 더 어려울지를 가늠해 보았다.

내가 내뱉는 것은 말이 아니다. 아무 의미 없는 헛소리다.

자기 최면을 거는 정인을 바라보는 승현의 긴 눈매가 슬쩍 가늘어지는 건 한순간이었다. 그의 한쪽 입술이 다시 비뚜름하게 위를 향했다. 눈앞에서 보고도 믿을 수 없는 표정 변화였다.

"어라, 안 넘어오네요?"

정인의 눈빛에 소리 없이 불꽃이 튀었다.

"……이번에도 욕하고 난리 칠 줄 알았는데. 주먹 한 대 더 날아올 거 각오하고 이빨 꽉 물고 있었거든요."

비열하게 보이는 그의 입술 사이에서 쿡쿡 웃음이 샜다.

"하하, 카피본이 없을 리가 없잖아요."

씨발 새끼! 개새끼! 그럴 줄 알았다. 함정일 줄 알았어.

"빡 돌게 하면 진짜 확 다 까 버리려고 그랬었는데."

승현이 입을 벌리고 소리 내어 웃기 시작했다. 그의 목울대가 아래 위로 정신없이 흔들렸다. 정인은 숨을 참았다.

"하하, 대박! 형이 무슨 생각 하는지 얼굴에 다 보여. 내가 형을 진짜 오랫동안 관찰하긴 했나 봐요."

입을 열었다간 욕이 튀어나올 것 같아, 정인은 그저 입안을 피가 나도록 꽉 물 수밖에 없었다.

"형이 이렇게 꾹꾹 눌러 참는 모습은 처음 보는데……. 좀 귀엽네 요."

승현이 뭐라고 지껄였는지 정인이 또 한 번 귀를 의심했을 때였다.

"그럼 이것도 참을 수 있을까?"

휙. 그의 커다란 손바닥이 정인의 뒤통수에 닿았다. 입술이 부딪힌 것을 느꼈을 때는, 이미 승현의 혀가 놀라 벌어진 정인의 입술 새를 파고든 후였다.

"……흐읍……!"

비릿한 쇠 맛이 나는 키스였다. 승현의 입술에서 터진 피가 정인의 혀끝에 번졌다. 갑작스러운 전개에 당황해 어쩔 줄 몰라 하는 정인의 혀를 승현이 제 것으로 얽어매고 거칠게 빨았다. 녀석의 혀는 두툼했 고 길었다. 능숙함이라고는 찾아볼 수 없는 키스였지만, 혀를 감으며 타액을 빠는 힘은 강하기 그지없다. 머리통을 꽉 휘어잡은 손끝은 거 칠었다.

"하……, 흐읍……!"

잠시 떨어지나 싶었던 녀석은 오히려 각도를 더욱 기울여 깊숙하게 그를 빨아들이고 있었다. 정인은 놀라서 눈도 감을 수가 없었다. 그것은 이제까지 정인이 다른 이들과 했던 은근하고 농밀한 키스와는 전혀 다른 종류의 입맞춤이었다. 승현은 마치 짐승처럼 게걸스럽게 그의 혀를 핥고, 입술을 깨물며, 타액을 쭉쭉 빨아 댔다.

"하아……."

그의 성대에서 나올 거라고 예상치 못했던 비음까지 흘러나오자, 정인은 혼란스러웠다.

'이 새끼, 뭐야? 진짜 뭐냐고!'

"오늘은 여기까지."

승현이 드디어 얼굴을 뗐다. 타액으로 엉망이 된 정인의 입술은 이에 몇 번이나 씹혀 붉어져 있었다. 두 사람이 뒹굴기에는 비좁은 싱글 침대에서 승현이 몸을 일으켰다.

정인은 벽 쪽으로 딱 붙어서 아무런 말도 하지 못하고, 손등으로 입술만 가린 채 가쁘게 숨만 몰아쉬었다. 겁탈이라도 당하기 일보 직전의 아녀자 같은 말도 안 되는 포즈였지만, 이렇게라도 자신을 방어하지 않으면 당장이라도 큰일이 날 것 같았다.

"앞으로 매일 저녁 일곱 시."

승현이 풀어진 넥타이를 바로 매며 고개를 비스듬히 기울였다. 어둠 속에서도 형형한 그의 눈빛이 또렷하게 보였다.

"1분도 늦지 말고 이 방으로 튀어 와요."

"……어?"

"형, 이번 방학 때 집으로 간다고 했죠?"

"……그래."

"딱 한 달 남았네요. 그때까지 형이 저한테 진정성 있는 사과를 하시는 거예요. 전 지금 무척이나 상처 받았고, 또 충격 받았거든요."

조승현, 아니 개승현이 개소리를 왈왈 짖었다. 정인의 뚜렷한 눈썹이 미간에 모여 파들거렸다.

"그럼 내 파일은……."

"형 하는 거 봐서 어떻게 할지 결정할 거예요. 형이 제 말을 잘 들으면, 영구 삭제가 되는 거고, 아니면 뭐……."

승현이 뒷말을 생략하며 어깨를 으쓱했다. 의미심장한 웃음이 소름끼쳐 정인은 치를 떨었다.

"일곱 시까지……, 이 방으로 오는 거, 그거면 되는 거야?"

"물론 아니죠."

그가 묘하게 입술을 비틀었다. 정인은 대체 그가 무슨 생각을 하고 있는지 짐작할 수도 없었다. 오후부터 추적대던 창밖의 빗소리가 점점 굵어졌다.

"내가 뭘 원하는지는, 천천히 알아내세요."

완전히 미친놈의 눈빛을 하고 있는 승현을 보며 정인은 머리털을 쥐어뜯고 싶은 심정이었다.

"안 그러면 내 메일함에 있는 형 섹스 동영상, 바로 형네 아버지 메일로 쏠 거예요. 최근에 승진했다던 검사 형님께도 함께."

정인의 눈동자가 분노와 좌절을 가득 담고 엉망으로 흔들렸다.

쾅.

거친 문소리가 나고 승현이 사라지자마자 정인은 침대에 털썩, 머리를 누이며 쓰러졌다. 그리고 자신이 스무 해 인생에서 뭘 그렇게 잘못하고 살았는지, 머리털을 쥐어뜯으며 심각하게 고민했다. 해답은 나오지 않았고 그는 괴로워하다 씻지도 않고 기절하듯 잠이 들었다.

승현은 밤 열두 시, 소등 시간 직전에 돌아왔다. 늘 그렇듯 승현은 책상에 앉아 스탠드 불을 밝히고 새벽까지 참고서에 집중했다. 아무 일도 없었다는 듯, 평소와 같은 행동 패턴이었다. 잠이 깨 버린 정인은 이불을 뒤집어쓰고 그의 인기척을 살피며 오들오들 떨다가, 새벽빛이 희미하게 들어오는 시각에야 겨우 다시 눈을 붙일 수 있었다.

2. 협박

　지옥 같았던 밤이 지나가고 날이 다시 밝았다. 당연한 말이겠지만 정인은 하루 종일 아무것에도 집중할 수가 없었다. 오전 수업 내내, 그는 이 사태를 어떻게 극복해야 할 것인가에 대해 고민했다. 일단 놈의 노트북은 박살을 내 버렸으니, 녀석이 보고 있었던 파일은 다시 열 수도 없을 것이다.

　하지만 만일 카피본이 존재한다면 정인이 아무리 노트북을 때려 부쉈다 한들, 소용이 없는 일이었다. 감춰진 USB나 하드디스크 드라이브가 있을 수도 있었고, 승현이 했던 말처럼 그의 메일함에 보관되어 있을 수도 있었다.

　웹하드에 저장되어 있는지도 모르는 일이었다. USB스틱이나 HDD를 싸그리 찾아 처리한다 해도 승현의 이메일이나 웹하드는 정인이 비밀번호를 알지 못하니, 해킹이라도 하지 않는 이상은 어떻게 손을 쓸 수도 없었다.

승현이 그의 눈앞에서 모든 파일들을 일일이 삭제하는 모습을 보여 주지 않는 한, 정인은 평생 자신의 섹스 동영상의 존재에 대해 두려워하며 살아가야 한다는 말이었다.

아니, 설사 승현이 모든 파일을 지운 척하더라도, 어딘가에 또 카피본을 감추고 있을지는 아무도 모르는 일이었다.

"하······."

정인은 지끈대는 관자놀이를 짓누르며 깊게 한숨을 내쉬었다. 차라리 배 째라는 식으로 나가 볼까도 생각했다가 아버지의 얼굴이 떠오르는 순간, 금세 마음을 고쳐먹었다.

이곳에 자신을 집어넣으며 사고 치지 말라고 딱 한 마디를 했던 그의 얼굴에 먹칠이 아닌 똥칠을 할 수는 없었다. 아버지의 뒤를 이어 법조계에 몸을 담고, 검사로서 탄탄대로를 달리고 있는 큰형 또한 게이 동생의 섹스 동영상 스캔들로 자빠트릴 수는 없었다.

섬세하고 자존심 강한 그의 어머니는 또 어떠한가. 아들의 섹스 영상, 그것도 남자에게 뒤로 박히고 있는 영상이 고상한 클래식계 아주머니들 입방아에 오르내리기라도 하면, 그 길로 몸져눕게 될지도 몰랐다.

사랑과 애정이 흘러넘치는 관계는 아니었지만 그래도 자신과 피를 나눈 가족인데, 정인은 그들이 무너지는 것을 옆에서 지켜볼 자신이 없었다.

'······한민우에게 말을 해야 하나?'

영상에 찍힌 것은 그뿐만이 아니었다. 재벌 호텔 체인 증손자인 한민우도 함께 찍혔다. 한민우에게 이 사실을 말한다면, 영화에서 보는 것처럼 그의 아버지가 조폭들을 불러 조승현 새끼를 족치고 시멘트를 발라 어디 강바닥에 묻어 줄지도 몰랐다.

"뭐 해? 어젠 하루 종일 전화도 안 받고."

호랑이도 제 말하면 나타난다더니, 한민우가 식판을 들고 정인의 옆자리에 앉았다. 김승주도 함께 나타나 그를 마주하고 의자를 뺐다.

"얼굴색이 왜 그래?"

한민우가 걱정스러운 얼굴로 정인을 보았다. 여차하면 정인의 이마에 손이라도 가져와 짚을 태세였다. 몸을 섞고 난 이후로 그는 정인을 마치 제 애인이라도 되는 것처럼 착각하고 있었다.

"속이 좀 안 좋아."

"보건실에서 약 받아 놓은 거 있는데, 이따 교실에서 줄게."

김승주가 수저로 크게 밥을 뜨며 말했다.

아, 착하고 몸도 좋은 김승주.

정인은 눈을 가늘게 뜨며, 잠시 그가 한민우가 아니라 김승주와 잤다면 일이 좀 달라지기라도 했을까, 생각했다.

승주는 점심시간 끝나고 갑자기 기숙사 방에서 섹스하자고 들이대지는 않았을 것이다. 민우처럼 조루도 아닐 테니 십 분은 그에게 너무 짧았을 테니까. 설사 그와 떡을 치다 일이 터졌다 하더라도, 정인은 지금 자신이 민우에게 말을 할지 망설이는 것과는 달리, 그에게는 바로 이 사태를 의논했을 거라는 생각이 들었다.

"……고맙다."

"외출계 쓰고 잠깐 나갈까? 시내 나가서 병원이라도 가?"

한민우가 질세라 초조한 얼굴로 정인에게 물었다. 정인은 내가 이

지경이 된 이유가 다 너 때문이라고 소리치고 싶은 것을 겨우 참았다. 눈앞에 있는 녀석을 죽여 버리고 싶은 것이 솔직한 심정이었다. 같이 살을 맞댈 때는 그래도 꽤 봐줄 만한 얼굴이더니, 지금은 턱이 뾰족한 너구리같은 게 오만 정이 떨어져 꼴도 보기 싫었다.

"쉬면 나아. 병원은 무슨."

"그럼, 저녁 먹고 내 방에 올래? 카드나 치자."

한민우가 눈을 가늘게 뜨며 입맛을 다셨다. '카드를 치자'는 말은 그와 정인 사이의 암호였다. 이 멍청한 새끼는 지금도 정인을 자빠뜨리고 싶어서 눈이 벌게져 있는 것이다. 이런 녀석과 대체 무슨 이야기를 할 수 있단 말인가.

"생각 없다, 난."

정인은 건조하게 대답했다. 비열한 면이 있는 한민우라면, 설사 이 일을 털어놓는다 해도 자기 혼자 빠져나가기 급급할지도 모른다는 생각이 들었다.

실제로 찍힌 영상은 교묘하게 그들의 얼굴이 잘 보이지 않는 각도였다. 어둡기도 했고, 실제로 정인이 한민우의 이름을 부른 적은 한 번도 없었다. 정인은 섹스할 때 주로 입을 다물고 있는 편이었으니까.

그 생각만 하면 또 울화가 치밀었다. 한민우가 마치 확인 사살하듯 몇 번이나 정인의 이름을 성까지 붙여 부르짖지만 않았더라도, 빠져나갈 구멍이 있었을지도 몰랐다는 생각에서였다.

"내 방에서 좀 쉬다가 가지 왜. 네 룸메이트 자식은 또 새벽까지 불 켜 놓고 공부할 거 아냐. 내 룸메는 오늘도 도서관에서 밤새울 거야, 아마."

쉽게 물러서지 않는 한민우는 단단히 몸이 달아 보였다. 정인은 한

숨을 감추지 못하고 지끈대는 관자놀이를 눌렀다. 이제 몇 시간 후, 수업이 끝나고 저녁 식사를 마치면 곧 일곱 시가 될 것이다.

승현이 일방적으로 그를 기숙사 방으로 호출한 시각이기도 했다. 그 생각을 하니 또 골이 멍했다. 정인은 음식이 줄지 않은 식판을 들고 자리에서 일어났다.

"어, 어디 가?"

"입맛 없어. 좀 쉰다."

정인을 따라 함께 일어서려는 민우를 승주가 만류했다.

"피곤하다는데 가끔은 혼자 좀 놀아. 맨날 서정인만 귀찮게 하지 말고."

뒤에서 들리는 승주의 목소리를 되새기며 정인은 다시 한번, 이 사건에 연관된 사람이 어린애 같은 한민우가 아니라 어른스러운 김승주였다면 뭐가 어떻게 달라졌을까를 생각했다.

부질없는 짓이었다.

잔반통에 손도 대지 않은 음식물을 털어 넣고 나가려는데 옆에서 바라보는 시선이 느껴졌다.

아무 생각 없이 고개를 돌리다 정인은 흠칫 놀라고야 말았다. 이제껏 그가 앉아 있던 자리에서 교묘하게 가려져 있던 테이블에서 승현이 앉아 밥을 먹고 있었다. 이파리가 커다란 장식용 활엽수에 가려 몰랐던 것이다.

"......"

느린 손길로 수저를 움직이면서도, 그의 눈동자는 정확하게 정인에게 꽂혀 있었다.

반듯하게 잘린 직모, 주름 하나 없는 반팔 셔츠, 낡았지만 깨끗한 운동화 같은 것들이 꽤 단정하다고 느꼈던 적도 있었지만, 지금은 소름이 끼칠 뿐이었다.

정인이 얼른 시선을 돌리기 직전, 승현이 벽에 걸린 시계를 흘끔 보았다. 그리고 정인에게 눈을 맞추며, 눈썹을 치켜 올리고 보일 듯 말 듯 웃었다. 정인은 얼른 식당을 빠져나왔다. 숨이 턱턱 막혀서 죽을 것 같았다.

*　　*　　*

그날 저녁이었다.

"늦었네요. 오 분."

승현이 침대 끄트머리에 앉아 다리를 까딱였다. 방 안은 불을 켜지 않아 캄캄했다. 정인은 조용히 방 안으로 들어와 문을 닫았다.

"문 잠그세요."

승현의 짧은 한 마디에 머리털이 쭈뼛, 서는 것 같았다.

달칵. 금속음이 걸리는 소리가 마치 지옥문을 여는 소리 같았다. 문 앞에 멍하니 서 있는 그를 보며 승현이 옅게 웃었다.

"이리 가까이 와 보세요."

정인은 천천히 떨어지지 않는 다리를 움직여 그의 앞에 섰다.

"더 가까이."

그는 더욱 가까이 승현의 앞으로 다가갔다. 승현이 그를 올려다보았다.

"왜 늦었어요?"

"교무실에서 상담을 좀 하다가……."

"형, 저는요."

변명하는 그의 말을 승현이 툭 잘라 냈다.

"약속 안 지키는 걸 세상에서 제일 싫어해요. 사람과 사람 사이의 기본적인 예의를 개박살 내는 거라고 생각하거든요."

"……어쩔 수 없었어."

"아뇨. 어쩔 수 없었다는 말 같은 건, 이런 상황에서 쓰는 게 아니에요. 형 제 번호 알잖아요. 늦으면 늦는다 한 마디 귀띔이라도 해 줬어야죠. 눈 빠지게 기다리는 사람을 생각하면 그게 맞는 거잖아요?"

오 분 늦었는데, 마치 그를 한 시간은 기다리게 한 듯한 말투였다. 또라이 새끼. 정인은 치밀어 오르는 욕설을 꾹 눌러 삼켰다.

"미안하다. 기다리게 해서."

승현이 가볍게 코웃음을 쳤다.

"형은 늘 그렇게 살아왔죠? 형이 미안하다고 하면, 사람들이 다 괜찮다고 하니까. 실수를 해도 그렇게 입술 한 번 빨고 미안하다는 표정 지으면 다들 넘어가잖아요."

정인의 눈썹이 움찔했다. 뭐라고 말을 해야 할지 몰라 그는 뚫어져라 회색 페인트칠 된 벽을 응시했다.

"제가 마음에 안 드는 건 형의 그 태도예요. 형은, 사람이 참 진실하지를 못 해."

마치 꾸중을 듣는 어린애가 된 느낌이었다. 자존심이 상했지만, 정인은 꾹 참으며 그의 말을 한 귀로 듣고 한 귀로 흘렸다. 머릿속에서는 아직도 정리되지 않은 수많은 생각이 스쳐 지나갔다.

지금이라도 한민우에게 도움을 청하는 게 나을까. 한민우와 조승현, 둘 중에 누가 더 힘이 있을까. 객관적으로 생각하면 물론 한민우였다. 집에 돈도 많고 힘도 있으니까, 박살이 나는 것은 조승현 쪽일 것이다.

"이기적이고, 겉으로는 가볍게 웃으면서, 다른 사람들은 속으로 깔아뭉개고. 계산적이고, 참 못됐어요, 형은."

정인은 침대 끄트머리에 앉아 차분하게 말을 잇는 승현을 보며 다시 곰곰이 생각했다. 만약 승현이 원하는 것이, 이런 식으로 그의 자존심을 상처 내는 거라면 고깝긴 해도 못 받아 줄 것은 없었다. 섣불리 한민우에게 말했다가는 앞뒤 안 가리는 성격에 일이 걷잡을 수 없이 커질지도 몰랐다.

"한 마디로 인간성이 개판이란 말이죠."

정 조승현을 밟아 주고 싶으면 지금은 적당히 비위를 맞춘 후, 여름 방학 때 심부름센터라도 고용해서 그를 잡아 족치면 될 거라는 판단이 섰다. 그때 영상도 함께 받아 내리라. 그걸 위해서라면 정인은 큰형에게 받을 용돈을 모두 투자해도 상관이 없었다.

"지금도 얼마나 골치가 아플까. 머리 굴러가는 소리가 여기까지 다 들리는데."

정곡을 찔린 정인이 움찔했지만 이내 표정을 감추었다.

"한민우한테 말 안 한 건 의외였어요. 난 오늘 당장 쪼르르 달려가서 고해바칠 줄 알았거든요, 형이."

승현이 낮게 웃었다. 정인은 저도 모르게 입술을 잘근잘근 씹고 있었다.

"그랬다면 일이 되게 재밌어졌을 텐데."

그가 아쉽다는 듯 혀를 한 번 차고 고개를 흔들었다. 늘 흐리게 미소만 짓던 조승현의 비열한 표정은 아무리 봐도 익숙해지지가 않았다. 마치 설교를 듣는 것처럼 뒷짐을 지고 고개를 숙이는 정인의 이마에 식은땀이 한 방울 맺혔다.

"정인이 형."

그를 부르는 목소리마저 싫어서 등줄기에 소름이 끼쳤다.

"……응."

정인의 성대에서 기어들어 가는 목소리가 흘렀다. 승현이 제 무릎에 올린 한쪽 다리를 까딱거렸다.

"사람한테 협박이란 걸 할 때는요, 패를 되게 여러 개 쥐고 있어야 되거든요."

마치 한민우를 협박할 패도 쥐고 있다는 자신만만한 말투였다.

"우리 아버지가 가르쳐 준 거예요. 알죠? 우리 아버지."

정인은 조개처럼 입을 꽉 다문 채 마른침을 꿀꺽 삼켰다. 심장이 거칠게 쿵쿵 뛰었다. 뭐라고 말을 해야 할지 말문이 턱 막혔다.

「서정인, 너 이번에 같이 방 배정받은 애 엄청 유명하더라?」

「그래? 씨발, 뭐든 작년에 비하면 천국이지. 일단 나보다 나이 어린 애랑 같이 방 쓰는 게 얼마나 행운이냐. 김승주 넌, 몰라. 내가 작년에 얼마나 고생했는지.」

「일 년 동안 매일 징징거렸는데, 어떻게 몰라?」

「내가 또 언제 징징거렸다고.」

「걔 이사장이 거의 모셔 오다시피 했다던데. 이 동네에선 공부 제일 잘했단 소리 들었어.」

「잘됐네. 뭐 모르는 거 있으면 그 자식한테 물어봐야겠다. 근데, 그렇게 머리가 좋으면 여기서 이러고 있는 게 웃기지 않아? 설마 그 놈도 맘에 드는 대학 갈 때까지 부모가 여기서 썩으라고 한 건가?」

「그건 아니고 걔 가정 환경이 엄청 후지다더라. 고등학교도 중퇴래.」

「그건 또 무슨 말이야?」

「아버지가 사기 전과가 엄청나서 감옥 갔는데 얼마 전에 죽었대. 엄마는 아버지 감옥 가자마자 바람나서 도망가고, 돌봐 줄 친인척이 없어서 그 뒤로 쭉 시설에 살다가 여기 들어온 거래. 이사장이 여기서 공부하고 대학 등록금까지 다 내 주기로 합의 보고 입소한 거라던데.」

「한민우, 너는 그런 쓸데없는 정보는 어디서 주워듣냐?」

「그냥. 거리 두라고. 너랑 안 어울리는 애니까.」

「아, 딴 건 모르겠고 그 자식 머리가 왜 존나 좋은지는 이해가 되네.」

「뭔 소리냐?」

「사기 치려면 머리가 보통 잘 돌아가야 하는 게 아닐 거 아냐. 부전자전이라고. 피는 못 속이는 거지. 말 듣고 보니까 야, 나 책상 서랍 잠그고 다녀야 하는 건가? 이제부터 겨울까지 꼼짝없이 같은 방 써야 되는데.」

「다들 뭘 그렇게까지 예민하게 굴어? 하여튼 한민우 쓸데없는 데 신경 쓰는 데는 뭐 있어 가지고. 그 정보력으로 공부를 했으면 삼수는 안 했을 텐데.」

「닥쳐라.」

키득대는 김승주 앞에서 정인은 중얼거렸었다.

「하긴. 남의 물건 손댈 정도로 멍청해 보이진 않았어. 후진 가정 사치고는 성격도 깔끔해 보였고.」

「깔끔해 봤자야. 조심해, 서정인.」

「뭘 어떻게?」

「얕보이지 말라는 소리야. 괜히 쓸데없이 헤실거리면서 잘해 주지도 말고.」

「언어 선택 꼬라지 봐라. 내가 언제 헤실거리냐?」

「그래. 넌 차라리 그렇게 인상을 쓰는 게 나아.」

「어? 쟤…….」

말을 흐리던 승주가 입을 다물었다.

고개를 돌려 바라본 구석 자리에서 조용히 스윽 일어났던 승현이 어쩌면 그들의 잡담을 들었을지도 모른다고 생각했지만, 정인은 대수롭지 않게 여겼었다. 그 이후에도 승현은 그에게 예의 바르게 대했으며, 불쾌한 티를 내지도 않았다. 그래서 정인은 그 일을 까맣게 잊고 있었다. 녀석이 4개월이나 지난 지금에야 그 일을 꺼내기 전에는.

"내가 우리 아버지 닮아서 머리가 좀 나쁜 쪽으로 잘 돌아가요."

"……."

"누가 그러더라고요. 부전자전이라고."

조승현이 이렇게 뒤끝이 긴 놈일 줄은 생각도 못 했다. 정인은 할 말이 없어 고개를 힘없이 아래로 떨구고 떨리는 시선을 감추었다. 시간을 돌릴 수 있다면, 관심도 없었던 그의 가정사를 들먹거리던 한민우의 입을 틀어막고 싶었다.

"그때는 내가 말을 생각 없이 한 것 같다. 미안해."

"또 저러네, 씨발."

승현의 나른한 한숨에 정인은 흠칫 놀라 고개를 들었다.

"실제로는 그렇게 생각하지도 않으면서, 입으로만 그러면 제가 짜증이 날까요, 안 날까요?"

정인의 목덜미에 서서히 열이 올랐다.

그는 이제 어렴풋이 알 것 같았다. 그의 앞에 비스듬히 다리를 꼬고 앉아 있는 조승현은 그가 생각했던 것보다 훨씬 음침하고 비열한 놈이었다.

처음에 착한 척, 예의바른 척했던 것은 모두 연극이었고, 실제로는 말 한마디에 꽁해서 그의 약점을 잡기 위해 눈에 불을 켜고 있었던 것이다. 가지지 못한 이들이 얼마나 바닥까지 추해질 수 있는지는, 영화와 소설을 통해 이미 섭렵했다.

"나는 그러니까……, 진심이 한 톨도 안 느껴지는 형의 그런 태도가, 정말로 마음에 안 든다는 거예요."

승현은 그냥 처음부터 정인이 마음에 들지 않았던 것이 틀림없었다. 비단, 스쳐 가는 그의 아버지 이야기뿐만이 아니더라도, 정인은 수없이 승현의 심기를 거스르는 '태도'를 보였을 것이다.

솔직히 말해서 그것은 정인의 잘못이 아니었다. 없는 말을 지어서 한 것도 아니고, 의도적으로 그를 무시한 적도 없었다. 아버지 일을 입에 올린 것은 단지 실수에 불과했다. 맹세하건대 그의 부모 욕을 하고 싶은 마음은 추호도 없었다.

하지만 승현은 속이 좁게 자격지심에 푹 빠져, 그를 싫어하고 있는 게 분명했다. 아무리 입시 실패자들이라 하더라도 전교생이 돈 꽤나 있는 집 자식인 이곳에서, 조승현은 모두를 향한 증오심을 스스로 키워 나갔던 것이다. 자괴감이 들었을 수도 있었다.

정인은 스스로가 지독히도 운이 없었다는 것을 다시 한번 실감했다. 말 그대로 어디 물어뜯을 것 없나 배회하던 미친개에게 단단히 잘못 걸린 것이다.

"내가……. 어떻게 하면, 네가 화를 풀 수 있는지 알고 싶어."

정인은 작은 목소리로 그에게 물었다. 당장이라도 자리를 박차고 도망치고 싶었지만, 그랬다가는 후환이 두려웠다.

방학 때까지만 참자. 그리고 심부름센터든 깡패 집단이든 어떻게든 찾아내리라.

"무릎 꿇어요."

"……뭐?"

그의 명령에 정인의 심장이 분노의 펌프질을 다시 시작했다. 하얀 얼굴이 시뻘겋게 달아오른 채, 정인은 뒷짐 진 주먹을 꽉 쥐었다. 이제껏 정인은 부모를 포함한 어느 누구에게도 무릎을 꿇어 본 일이 없었다. 두 번이나 입시를 망쳤을 때조차 아침 식탁에서 죄송하단 한마디와 고개를 까딱 숙인 게 다였다.

"올려다보기 힘드니까 나한테 눈높이 맞추라고요."

문은 잠겼고, 작은 방 안은 어둠이 서서히 깔리며 빛을 좀먹고 있었다. 이틀 전부터 시작된 장마 탓에 창문을 때리는 빗소리가 조용한 공간에 일정한 소음을 만들어 내고 있었다.

그러니까, 이곳에는 그와 조승현, 둘뿐이었다. 그가 무릎 하나 꿇는다고 해서, 아무도 알 사람은 없다.

스르륵.

정인은 주먹을 꽉 쥐고 천천히 무릎을 꿇었다. 바닥은 카펫이 깔려 있어 무릎이 아프지는 않지만, 그것보다 엉망으로 짓밟히는 자존심이 더 아팠다.

"시선 피하지 말고, 내 눈 똑바로 쳐다봐."

승현의 말이 짧아졌다. 정인은 아래로 처박았던 고개를 천천히 들어 그를 바라보았다. 지독하게 어두운 시선이 정인을 향해 있었다.

"……한민우랑 했을 때, 기분 좋았어?"

정인의 하얀 이가 붉은 입술을 꽉 깨물었다. 정인은 그제야 그가 지난밤의 이야기를 이어 나가려 한다는 것을 깨달았다. 재밌지도 않은 그 이야기를 군이 또 꺼내는 이유라면 한 가지뿐이다. 승현은 지금 자신을 짓밟고 싶은 것이다.

"……별로."

정인은 최대한 감정이 섞이지 않은 목소리로 대답했다.

"왜? 한민우랑 서로 꼴려서 한 거 아니었어?"

그건 사실이었지만, 한민우와의 섹스는 정인에게 그저 자위행위 같은 것에 불과했다. 그조차도 나중엔 혼자 하는 것이 낫겠다고 생각하던 참이었다.

"그 자식이 원하길래 대 줬던 것뿐이야. 편리하겠다고 생각해서, 이용했어."

고해성사 같은 담담한 말이 정인의 입술에서 흘러나왔다.

"원하면 아무한테나 다 대 줘?"

목소리가 갈라져 마치 그를 비웃는 것 같은 말투였다. 그러쥘 것 없는 카펫을 짚은 정인의 손에 식은땀이 배어났다.

"……그런 건 아니야."

정인이 민우와 자는 것을 망설이지 않았던 이유는, 민우가 뒤끝이 없을 거라고 생각했기 때문이었다. 정인을 보며 눈물을 흘렸던 과외 선생과는 달리 바짓단을 붙들고 그를 귀찮게 굴지 않을 거라는 확신이 있었다.

"그럼 뭐지?"

"민우는 약혼한 사람도 있으니까, 나중에 문제 될 게 없다고 생각했었어. 그리고……."

"그리고?"

정인은 잠시 머뭇거리다 가느다란 목소리로 대답했다.

"나도……. 어느 정도 쌓여 있기도 했었고."

조승현 역시 피 끓는 나이의 남자였다. 신체의 문제가 없다면 성욕이 없을 리가 없을 테니, 어쩌면 조금은 이해해 줄 수 있을지도 모를 거란 생각에서 한 말이었다.

"그래서 서로 상부상조하듯이 박고 박힌 거다?"

승현이 작게 탄식했고, 정인은 입을 다물었다.

"아아. 걸레 같아라."

예상치 못한 말로 정인의 몸이 수치심에 부들부들 떨려 왔다. 꿇은 무릎에 피가 통하지 않아 저려 왔지만, 그것을 느낄 새도 없었다. 한 번도 들어 본 적 없는 더러운 단어를 입에 올리는 승현을 쓰러트리고 그의 목을 조르고 싶을 뿐이었다.

그가 몸을 숙이더니 검지로 정인의 턱을 들어 올리고 가늘게 중얼거렸다.

"형한테는 예쁜 쓰레기라는 말이 딱 어울려요."

턱 끝에 닿는 그의 체온은 뜨거웠다. 승현은 마치 감상하듯 정인의 얼굴을 뚫어져라 응시했다.

"확 태워 버리면 편리할 것 같긴 한데."

승현의 손이 위아래로 까딱거리며 흔들렸다. 이를 꽉 다문 정인의 턱이 덜덜 떨렸다.

"아까워서 그럴 수가 있어야죠."

검은 시선이 당장이라도 정인을 죽일 듯 노려보고 있었다.

"시선 피하지 말라고 했어요."

그의 지적에 정인은 흐려지는 눈으로 그를 바라보았다. 정인을 노려보는 그의 눈빛에서 느껴지는 분노와 살기는 장난이 아니었다. 수치심이 빠르게 꼬리를 감추고 그 빈자리를 두려움이 대신 채우기 시작했다.

"내가 다……. 잘못했다, 승현아."

그가 말하는 '진심' 어린 '태도'를 보인다면, 지금 이 끔찍한 악몽 같은 상황이 끝날 수 있을까.

얼굴을 승현에게 잡힌 채로, 두서없는 말이 정인의 입술에서 흘러나오기 시작했다.

"내가 그동안 너랑 함께 지내면서, 무신경하게 대한 것들 많았을 거야. 의도한 것은 아니었지만, 내가……. 혹시 네 기분 상하게 한 일 있으면 다 사과할게. 이 방에서 그런 거……. 아무도 들이지 말자고 해 놓고, 내가 맘대로 민우 데려오고, 불편한 꼴 보여서, 정말……, 미안하다……."

"정인이 형."

"그래."

"형이 그 새끼 이름 부르는 거, 조금 짜증나요."

승현의 목소리가 꽉 잠겨 있었다. 정인은 고개를 끄덕였다.

"미안해. 정말 미안하다."

끝장을 봐야겠다는 생각이었다. 여기서 손이 발이 되도록 이 자식에게 빌든, 눈물 콧물을 흘리며 울며 애원하든, 그에게 용서를 받고 파일을 없애는 것을 확인해야 했다.

"그놈이랑 얽히는 일 다시는 없을 거야. 아니, 그 자식 말고도 앞으로 이 시각 이후로, 여기 누구 데려오는 일도 절대로 없을 거야. 약속해. 맹세해."

"그 말은 이제 꼴린다고 발정 난 암캐처럼 아무한테나 다리 벌리는 일, 없을 거란 뜻이에요?"

전혀 고상하지 않은 단어들이 승현의 입술을 비집고 마구잡이로 튀어 나왔다. 정인은 터지는 한숨을 삼키며 바닥에 무릎을 꿇은 채로 짧게 잘린 손톱을 카펫 위에 세웠다.

"응. 안 그럴 거야. 절대, 안 해."

처음부터 이곳에 있는 누구와도 엮이지 않았어야 했다. 승현이 굳이 확인 사살하지 않더라도, 정인은 앞으로 남은 반년 동안 수도승처럼 살 생각이었다.

"지금 그 태도는 좀 진정성이 느껴지네요."

승현의 손가락이 느리게 그의 턱 아래를 문질렀다.

"진심이니까."

정인은 열심히 입을 놀렸다. 하나였던 손가락이 점점 늘어나더니 이제 승현은 커다란 손으로 아예 그의 뺨을 감싸 쥐고 있었다.

"……."

뜨겁게 닿아 오는 체온에, 정인이 기묘한 기분에 사로잡힌 순간이었다.

철썩-!

그의 왼쪽 뺨에서 불이 튀었다. 잡혀 있던 정인의 얼굴이 옆으로 세게 돌아갔다. 그는 악 소리도 내지 못하고 무릎을 꿇은 채 옆으로 비틀거렸다.

후배한테 맞았다는 충격도 충격이었지만, 뺨에서 얼얼하게 느껴지는 아픔이 더 컸다. 맞을 수 있을 거라는 생각을 해 보지 않은 것은 아니었다. 하지만 상상과 실제는 그 두려움의 크기를 견줄 수 없는 것이었다. 승현의 힘은 그만큼 위력적이었다. 그의 커다랗고 두툼한 손이 흉기로까지 느껴질 지경이었다.

정인은 바닥에 손을 짚고 덜덜 떨었다. 차라리 그에게 두들겨 맞고 깔끔하게 끝내는 것이 좋을지도 모른다는 생각이 들었지만, 동시에 반항도 할 수 없는 자신에게 승현이 얼마나 무자비한 폭력을 행사할지 두려움이 일었다.

"내 시선 피하지 말라고 했어요."

정인이 떨리는 고개를 들었다. 입안에서 살이 터졌는지 찝찌름한 피 맛이 느껴졌다. 승현이 정인을 보며 미치광이처럼 씨익 웃었다.

"왜. 형도 어제 저 때렸잖아요. 전 안 되나요?"

비뚜름하게 올라가는 그의 입술에서 어제의 상처가 다시 터졌다.

"이제 이걸로 우리, 비긴 거다. 그렇죠?"

정인은 충격과 두려움에 아무 말도 할 수가 없었다. 흔들리는 눈동자에 두려움을 담고, 그를 바라볼 뿐이었다.

"일어나요."

이걸로 끝난 건가. 불안한 눈으로 그의 시선을 피하며 떨고 있는 정인에게 승현이 다시 입을 열었다.

"오늘 수업은 끝. 나머지는 내일 이어서 할게요."

"……."

"왜, 아쉬우세요?"

그가 잔인하게 말꼬리를 올리자, 정인은 거의 제 것이라고 느껴지지 않는 다리를 움직였다. 간신히 바닥에서 일어나자 피가 통하지 않았던 다리에 쥐가 났다.

"침대로 돌아가서 주무세요. 바깥에 나가서 아무한테나 꼬리치고 다니지 말고."

샤워를 하지도 않았지만, 지금 그게 중요한 게 아니었다. 정인은 휘청거리며 간신히 제 침대로 돌아가 자리에 누워 이불을 뒤집어썼다. 참았던 거친 숨을 몰아쉬었다.

가방 지퍼가 열리는 소리가 나고, 그가 다시 제 침대 위로 돌아왔다. 잠시 후, 그가 있는 자리에서 작은 소음이 흘러나왔다.

『아, 서정인……, 씨발, 표정 존나 꼴려…….』

『하아, 입 좀 닥치고 그냥 박아.』

그는 휴대폰을 들여다보고 있었다. 볼륨을 올렸는지, 소음이 점점 커졌다. 헉헉대는 정인의 숨소리가 들릴 정도였다.

일주일 전, 이 방에서 뒹굴었을 때 한민우가 내질렀던 신음 소리가 울음소리처럼 들렸다. 승현의 말은 거짓이 아니었다. 부숴 버린 노트북에 들어 있었던 파일이 전부가 아니었고, 카피본은 존재했다.

정인은 이불 속에서 귀를 틀어막았다. 믿지 않는 신을 찾으며 이 모든 상황이 제발 나쁜 꿈이기를 간절히 바랐다.

* * *

작년 겨울, 입시가 끝나고 재수 학원은 대거 물갈이가 되었다. 많은 수가 하산을 했고, 다시 그만큼의 새로운 입시 실패자들이 이곳을 찾았으며 몇몇 이들은 남겨졌다. 하산을 한 모두가 대학에 합격한 것은 아니었다. 입시에 성공한 것은 일부였고, 거의가 하산 후 유학길에 올랐다. 아무리 공부를 해 봤자 안 될 놈은 안 된다는 것을 깨달은 현명한 부모를 가진 이들이었다.

정인은 아직까지 희망의 끈을 놓지 않고 있는 답답한 부모를 가진 소수의 그룹에 속해 있었다. 그리고 새로 배정된 기숙사 방 안에서 승현을 처음 만났다.

가까이서 본 그의 이목구비는 꽤 조화로웠다. 쌍꺼풀이 없고 가로로 긴 눈은 속된 말로 요즘 트렌드에 맞았고, 콧등은 두툼하면서 높았다. 남자다운 얼굴에 입술은 조금 예쁘게 생긴 것이 귀엽다고도 생각했다.

키가 크고 팔다리도 길었지만 실없이 마른 몸은 아니었다. 커다란 그의 체격은 전체적으로 균형이 좋았다.

껍데기만 보면 어쩌면 김승주보다도 더, 정인의 타입과 가까운 이상적인 외모였지만 정인은 그에게 약간의 거리를 두고 행동했다. 그의 유쾌하지 못한 가정사를 알고 나서부터는 더욱 그랬다. 한민우가 시답잖게 염려할 필요가 없었다. 정인은 승현이 자신과 어울리는 부류가 아니라는 사실을 매우 잘 인지하고 있었다.

「어때, 그 자식?」

「누구?」

「조승현 말이야.」

「나쁘지 않아. 싸가지도 괜찮고 예의도 깍듯해. 방에서는 거의 책상에서 안 일어나니까 신경 쓸 일도 별로 없고.」

「괴물 같은 놈이라고 소문났던데. 밤에 잠도 안 자고 공부한다던데, 사실이냐?」

「글쎄다. 나 자기 전에 눈 감는 건 못 본 것 같고, 일어나면 벌써 일어나 있으니까 잠을 자는지 안 자는지까지는 모르지.」

「난 걔 눈빛이 맘에 안 들어.」

「뭔 소리야.」

「좀 음침하잖아. 그 새끼 눈 말야.」

「미친……, 가진 것도 없는 애 질투하냐, 한민우?」

「그래서 더. 쥐뿔 없는 애들이 얼마나 지독한데.」

「걔 집안 형편을 생각해 봐라. 그렇게 공부하지 않으면 평생 신파같이 후지게 살 텐데, 죽기 살기로 하는 것도 당연한 거 아니냐?」

「별로.」

「난 보기 좋아. 왠지 근성 있어 보이잖아. 우린 죽었다 깨나도 그렇게 독하게는 못 살 테니까.」

「말은 바로 해. 못 하는 게 아니라 안 하는 거지. 할 필요가 없는 거잖아.」

「네, 네. 그래서 여기서 2년째 처박혀 있는 거 아냐.」

농담처럼 흘렸지만 정인은 솔직히 조승현이 조금 불쌍하다고 생각했다.

정인이 한 번도 겪어 보지 못한 지독한 가난을 몸소 체험했을 승현이었다. 하지만 구질구질한 현실에서 탈출하기 위해 이 악물고 노력하는 그가 대단하다고 여겨지는 것과는 별개로, 그는 정인과는 섞일 수 없는 세계의 사람이었다.

정인은 항상 자신보다 우위에 위치하는 사람들을 선망했다. 지금 생각해 보면 그의 타입과는 동떨어져 있는 과외 선생에게 끌렸던 이유도, 명문대 학생인 그가 어린 마음에 굉장히 대단해 보였기 때문이었다. 나중에 선생이 바닥에 납작 엎드리고 자신이 감정적인 우위를 가지기 시작한 이후로 흥미가 짜게 식었던 것도, 그런 맥락에서였다.

때문에 아무리 승현의 남자다운 외모가 정인의 타입이었다고 해도, 정인이 그를 어떻게 하고 싶다는 느낌이 들지 않는 것은 당연한 일이었다. 정인에게 승현은 불행하지만 그 불행을 꿋꿋이 딛고 일어서려는 장한 소년 가장, 그 이상도 이하도 아니었다.

하산해서 이곳을 떠나면 그와는 더 이상 만날 일도 없었다. 그들에게는 교집합이 없었으니까. 조승현이라면 개천에서 용이 나는 것도 불가능한 일은 아니었지만, 서울은 넓고 인간들은 많았다.

설사 시간이 오래 지난 후, 생각지도 못한 자리에서 우연히 그와 마주치게 되더라도, "어. 오랜만이다." 이외에는 할 말이 없을 것 같은 관계.

몇 개월 간 방을 함께 쓰기까지 했지만, 나중에 돌아봤을 때는 딱히 되짚어 볼 추억이 생각나지 않을 것 같은. 승현은 정인에게 딱 그 정도의 존재였다.

「승현아, 이거 너 입을래?」

승현이 정인과 함께 있을 때는 방 안에서 옷도 잘 갈아입지 않는다는 사실을 정인이 눈치챈 것은, 그와 함께 지내고 한 달쯤 지났을 때였다.

그는 항상 방 안에서 작게 딸린 샤워 시설 없는 비좁은 화장실에 몸을 구겨 넣고 옷을 갈아입었다. 사내자식인데도 부끄러움이 많다고만 생각하고 대수롭지 않게 여겼던 정인은 어느 날 그의 세탁 바구니를 보고서야 깊은 깨달음에 무릎을 탁 쳤다.

'……속옷이 너무 후져서 보여 주기가 쪽팔린 거구나.'

걸레짝처럼 너덜거리는 승현의 낡은 팬티는 일단 디자인부터, 정인이라면 줘도 안 입을 속옷이었다. 얼마나 많이 세탁해서 입었는지 천이 해져 구멍이 날 정도였다. 본래 하얀색이었던 것 같은 팬티는 색이 바래 칙칙했다.

'대체 저런 걸 어떻게 몸에 걸치지?'

정인은 속옷 한 장으로 가난의 끔찍함을 간접 체험이라도 한 것 같은 기분이었다.

쯧쯧.

휴지통에 속옷을 던져 넣은 후, 정인은 혀를 차며 당장 자신의 트렁크를 뒤졌다. 그리고 공용 샤워실에서 샤워를 마치고 돌아온 승현에게 다섯 개 들이 팬티 세트를 내밀었다.

「이걸 왜……. 저한테 주시는 건데요?」

목욕을 방금 끝낸 승현의 얼굴은 열이 올라 붉었다. 단정한 머리카락에서 물방울이 툭, 낡은 반소매 티셔츠 위로 떨어졌다.

「내가 팬티가 좀 많아서. 입던 거 아니고 새 거니까 신경 쓰지 말고 입어.」

「…….」

「이제 숨어서 구멍 난 팬티 갈아입을 필요 없다고.」

고맙습니다, 말하며 고개를 숙이는 그의 목덜미는 시뻘건 색이었다.

그때만 해도 정인은 자신이 승현에게 상당히 좋은 룸메이트라는 착각 속에 빠져 살고 있었다. 가끔 승주 패거리들과 먹다 남은 음식을 가져다주거나, 구형이라 이제 쓰지 않는 전자 기기를 그에게 적선하듯 건네기도 했다.

그때마다 승현은 얌전히 고개를 숙이며 예의바르게 고맙다고 말했다. 그의 인사를 들을 때면 정인은 뭔가 좋은 일을 했다는 뿌듯함까지 들었다.

노블레스 오블리주는 그의 부모가 늘 부르짖으며 동경하는 삶이었다.

사실 권력자들이 못 가진 사람들을 위해 크나큰 희생을 할 필요는 없었다. 이 사회에서 가진 것이 많은 사람으로 살아가려면, 적당히 없는 자들을 도와주면 될 일이었다.

있어도 그만, 없어도 표시도 나지 않는 쓸모없는 것들을 건넴으로 인해 그는 좋은 사람이 되고, 그럴수록 약자들은 뭐라도 하나 더 떨어질까 고개를 숙이는 법이니까.

「형은 방학 때, 집으로 돌아가실 거예요?」

「그래야지. 2년 동안 딱 한 번 갔었는데, 이번에는 우리 형이 승진했다고 외가며 친가며 다 할 것 없이 몽땅 소집할 것 같거든.」

「아, 네…….」

아무 말 없이 고개를 끄덕이는 승현의 눈빛이 조금 어두워지는 것을 보고 정인은 아차 싶었다. 집이 있는 사람과, 이곳을 나가 봤자 시설에 돌아가야 하는 사람의 차이였다. 정인은 멋쩍음을 감추려 괜히 웃으면서 그의 널찍한 어깨를 툭 쳤다.

「방학 동안 혼자 방 쓰니까 편하겠다.」

「……네?」

「시설에서는 독방 못 썼을 거 아냐. 영화 보니까 다들 방 하나에 이불만 주르륵 깔고 옹기종기 모여 자던데.」

「……요즘은 안 그래요.」

「뭘 또 그렇게 진지해. 내 말은, 여기서 마음 놓고 하고 싶은 거 다 하면서 편히 지내라고. 야동도 맘대로 보고, 딸도 치고. 나 없는 동안. 편하게. 응?」

물끄러미 정인을 바라보던 승현의 눈빛에서는 아무것도 읽어 낼 수가 없었다. 그때, 그의 자존심이 깨지면서 나는 파열음을 조금이라도 알아챌 수 있었다면, 정인은 조금 더 그에게 조심했을 것이다.

"얼굴이 왜 그래, 오늘은 또?"

같은 반인 김승주가 지나가며 한마디를 했다. 정인은 공상에서 깨어나 그를 바라보았다.

"어? 왜."

"얼굴에 멍든 것 같은데. 아냐?"

정인은 보통보다 흰 피부라서 조금만 이상이 생겨도 눈에 띄는 것이 문제였다. 그는 고개를 저으며 얼버무렸다.

"아냐."

이틀 전, 승현에게 뺨을 맞아 입안에서 터진 살이 겨우 붙고 있었다. 승주가 앞자리 의자를 빼더니 아예 뒤돌아 그를 마주하고 앉았다.

"서정인. 무슨 일 있어?"

승주의 얼굴에 걱정이 스쳤다. 정인은 부끄럽게 미간이 시큰거리려하는 것을 인상을 찌푸려 애써 참아 냈다.

"아니."

"아닌 게 아닌 것 같은데."

승주는 눈치가 빨랐다. 고개를 갸웃하는 그를 보며 정인은 마른 손으로 얼굴을 쓸었다.

"안 하던 공부에 신경 썼더니 좀 피곤해서 그래."

"방학 때 집에 갈 거지?"

"어."

정인은 즉각 대답했다. 그는 무슨 일이 있어도 이번 방학 때 집에 가야 했다. 승현과 같은 방에서 생활하는 것은 하루하루 점점 더 숨이 막혀 왔다.

"나 이번에 잠깐 하와이 친척집에 다녀올 건데, 너도 같이 갈래?"

"......어?"

"입시 준비 본격적으로 하기 전에 바람 쐬면 좋잖아."

씩 웃는 승주의 제안에 정인은 하마터면 그러겠노라고 고개를 끄덕일 뻔했다. 승주에게서 그를 걱정하는 염려의 눈길이 묻어났다. 원래가 심성이 선한 녀석이었다.

"......이번엔 가족 행사가 좀 많아서 바쁠 것 같아."

솔직히 말하자면 그와 같이 가고 싶은 마음이 굴뚝같았다. 한국을 떠나 승주와 함께 쨍한 햇살 아래 맛있는 것도 먹으면서 스트레스를 풀고 싶었지만, 지금은 그럴 때가 아니었다.

"그래? 그럼 어쩔 수 없지 뭐."

승주의 얼굴에 숨길 수 없는 서운함이 떠오르는 걸 보니, 정인은 더욱 아쉽고 미안했다.

"한민우 데리고 가라."

"아, 민우, 그 새끼가 요즘 이상해서."

"어?"

중얼거리는 승주를 향해 정인이 되묻자, 그가 손가락으로 제 이마를 톡톡 두드렸다.

"스트레스 받는지 맛탱이가 좀 간 것 같아. 계속 누가 자기 따라오고 감시하는 것 같다고 요즘 완전 예민해. 약도 평소보다 더 처먹는 것 같고."

수업 종이 울렸다. 승주가 자리에서 일어났다.

"네가 신경 좀 써 줘 봐. 한민우, 네 말이라면 잘 듣잖아."

강사가 들어오고 수업이 시작되었다.

정인은 멍하니 볼펜을 딸깍였다. 한민우는 그러고 보니 요 며칠간 그에게 '카드'를 치잔 연락이 없었다.

'설마 그 자식이 한민우도 협박한 걸까?'

자신의 뺨을 내려치던 승현이라면 충분히 그럴 수 있었다. 손에 쥔 패, 어쩌고 하던 그의 모습은 허풍으로는 보이지 않았다.

정인은 곰곰이 생각에 잠겼다. 어쩌면 오히려 한민우가 이 사실을 알고 있는 것이, 사태 해결에 더 도움을 줄 수도 있었다. 그가 한 발 앞서 손을 써 주면, 정인은 손 안 대고 코를 풀 수도 있는 것이다.

'까놓고 말을 해야 하나?'

한민우와 모든 것을 이야기 한 후, 나도 협박당하고 있다고 말하고 힘을 합칠 수도 있었다. 그가 아무리 머리가 돌이라고 해도 혼자서 조승현과 맞서는 것보다는 조금 더 의지가 될 것이다.

"서정인!"

그의 이름을 날카롭게 부르는 강사의 목소리에 정인은 정신을 차렸다. 반 아이들의 시선이 어느새 모두 그에게 집중되어 있었다. 승주가 그를 보며 괜찮으냐는 듯, 인상을 써 보였다.

"정신 멍하게 빼놓고 뭐 하는 거야. 가서 세수하고 와."

"네."

정인은 고개를 숙인 후, 서둘러 교실을 나섰다. 한민우에게 말을 해야겠다는 결심이 선 순간, 심장이 쿵쾅거리며 빠르게 뛰었다. 니코틴이 절실했다. 그는 화장실 대신 계단을 올라 옥상으로 향했다. 담배 두 대를 연달아 피운 후, 휴대폰을 열었다.

[한민우. 나랑 이야기 좀 하자.]

그는 수업 중이라 그런지 한참 동안 메시지를 확인하지 않았다. 비는 오지 않았지만 장마가 시작된 하늘은 곧 쏟아져 내릴 것처럼 흐렸다.

지잉-.
휴대폰이 손안에서 진동했다.

[해.]

단답형 대답에 짜증이 났지만, 정인은 꾹 참았다. 아마 지난 이틀간 정인이 그의 메시지와 전화를 모두 씹은 것에 대한 간접적 불만 표시인 것 같았다.

[얼굴 보고 해야 할 이야기야. 중요한 이야기라고.]
[지금 어딘데?]

중요한 이야기라는 말에 그가 반응하기 시작했다. 정인은 숨을 크게 들이쉬며 다시 손가락을 움직였다.

[옥상. 뒤편 사다리 옆.]
[기다려.]

짧은 답을 확인하고, 정인은 휴대폰을 주머니에 넣었다. 진작 이렇게 했어야 했다는 생각이 들었다. 지난 이틀 동안 혼자서 끙끙 앓았던 것을 생각하니 억울했다. 따지고 보면, 영상에 함께 등장한 한민우도 피해자였고, 이렇게 된 데에는 그 역시 반은 책임이 있었다.

그런데 왜 자신만이 사태 해결을 위해서 전전긍긍해야 한단 말인가.

정인은 한민우의 비열함을 한번 믿어 볼 생각이었다. 무식한 사람이 용감하다고, 그러면 소심한 자신과는 달리 더욱 빠르고 깔끔하게 문제를 해결할 수 있을 지도 몰랐다. 어쩌면 또라이 같은 조승현에게는 그 편이 더 잘 먹힐지도 몰랐다.

쿠릉-.

결국 먹구름이 빠른 속도로 밀려오기 시작했다. 산속에 짙은 그림자가 드리웠다. 투둑. 떨어지는 빗방울을 피하며, 정인은 벽에 머리를 기댔다.

얼마나 시간이 지났을까.

끼익.

반대편에서 문이 열리는 소리가 빗소리에 섞여 들려왔다. 민우가 도착한 것이다. 정인은 그의 발자국 소리를 들으며, 담배를 하나 더 꺼내 들었다. 어디서부터 어떻게 설명을 해야 할지, 머릿속으로 천천히 정리를 하며 고개를 들었을 때였다.

툭.

정인이 물었던 담배에 빗방울이 떨어졌다. 불이 채 붙지 않은 담배가 입술에서 바닥으로 떨어져 엉망으로 젖었다.

"⋯⋯표정이 왜 그래요?"

커다란 조승현이 파란 우산 아래에서 입술을 올려 웃었다.

번쩍.

번개가 치더니 하늘에서 쿠르릉, 뭔가가 무너지는 소리가 났다. 그가 우산을 쓴 채, 아무 말도 하지 못하고 있는 정인에게로 한 발짝 더 가까이 다가왔다.

"너⋯⋯."

"누구 기다리고 있었어요?"

정인은 벌어지려는 입술을 딱 붙였다. 소름끼치게 불안한 예감이 온몸을 휩쓸었다.

"한민우가 아니라서 실망한 표정이네⋯⋯."

승현이 중얼거리자 정인의 불안한 예감은 현실이 되었다. 주절주절 연이어 메시지를 보내는 평소의 한민우답지 않은 단답형 메시지가 이상했다는 것을 그제야 깨달았다.

"실망스러운 건 알겠는데, 대놓고 그런 표정을 하고 있으면 제가 짜증이 날까요, 안 날까요?"

승현의 눈빛이 확 어두워지자 지난 밤 그의 뺨을 후려치던 모습이 오버랩되었다. 한 대 맞는 게 틀림없다 싶어 정인이 무의식적으로 몸을 움츠렸을 때였다.

"열 받네, 씨발."

승현이 던진 최신형 휴대폰이 시멘트 바닥에 부딪히며 파열음을 냈다. 그의 낡은 운동화 뒤축이 산산조각 난 액정을 퍽 퍽 몇 번이나 세게 짓밟았다. 부서진 휴대폰이 비에 고스란히 젖었다.

"하아······."

승현이 숨을 크게 들이쉬었다. 그의 입술에 걸린 조소가 섬뜩해 몸이 덜덜 떨렸다. 정인은 그가 어떻게 한민우의 휴대폰을 가지고 있었는지는 알고 싶지도 않았다.

"한민우한테 하려고 했던 중요한 이야기가 뭐예요?"

"그, 그게······."

정인은 떨려서 하마터면 혀를 깨물 뻔했다. 승현이 정인에게로 더욱 몸을 기울였다. 그가 들고 있는 우산 끝에서 물방울이 뚝뚝 떨어져 정인의 반팔 셔츠를 그대로 적셨다.

"설마, 내 이야기?"

"아······, 아니······, 아니야."

"그럼?"

뭐라고 답을 해야 할지 알 수가 없었다. 다만 그의 화를 가라앉혀야 한다는 생각만이 정인의 머릿속을 지배했다.

"화······, 확실하게 정리를 하려고 했어."

정인의 입술에서 쓴 약이 토해지듯 말이 튀어나왔다.

"무슨 정리요?"

승현이 눈썹을 치켜 올렸다.

"이제 다시는 전화도 하지 말라고······, 따로 만나는 일 같은 거, 예전 같은 일 없을 거라고 확실히 말을 하려고······, 정말이야."

승현이 뚫어져라 그를 바라보았다. 정인은 절박한 심정으로 말을 이었다.

"안 그러면 민우……, 아니 그 새끼는 이해 못 하고, 또 질척거릴 수 있으니까……, 이번 기회에 확실히 다시는 그 자식이랑 엮이는 일 없을 거라고 똑바로 말하려고 한 거야."

옅은 입김이 정인의 입술에서 흘러나왔다. 파란 우산 끝에서 한 방울씩 흘러내리던 빗방울은 이제 빗줄기가 되어 줄줄 흘러내리며 그의 얇은 상의를 축축하게 적시고 있었다.

"……지금, 저보고 그 말을 믿으라는 말이에요?"

망한 건가.

정인은 울고 싶은 심정이었다.

"시선 떨어뜨리지 마요."

승현의 명령에 정인은 입술을 꽉 깨물며 흔들리는 눈으로 그를 보았다. 승현이 손을 들었다. 정인이 움찔했지만, 그는 정인의 뺨을 내려치는 대신 정인의 얼굴을 꽉 쥐었다. 그가 가까이 다가왔고, 파란 우산 안에 정인의 몸이 들어왔다.

"형."

그의 숨결을 느낄 수 있을 정도로 거리가 가까웠다.

"여기서도 한민우랑 섹스해 봤어요?"

승현이 느리게 물었다. 정인은 즉시 고개를 저었다. 애들이 담배 피우러 줄기차게 올라오는 이런 곳에서 미쳤다고 몸을 섞었을 리가 없었다.

"한 적 없어요?"

고개를 거세게 끄덕였다. 승현의 엄지가 그의 부은 뺨을 뭉근히 어루만졌다. 흠뻑 젖은 정인의 셔츠에 그의 상반신이 젖어 달라붙어 있었다. 그의 몸을 훑는 승현의 눈동자가 슬쩍 가늘어졌다.

"한민우한테는 형이 따로 설명할 필요 없어요. 앞으로 형한테 들러붙을 일 없을 거니까. 정리가 필요하다고 해도, 내가 해요. 알았어요?"

정인은 입도 뻥긋하지 못하고 고개를 끄덕였다.

"형 거짓말에 속아 주는 것도, 이번이 마지막이에요."

정인은 떨리기 시작한 턱을 꽉 붙였다.

"저는 굉장히 많이 참았고, 형한테 굉장히 많이 너그러웠어요."

승현이 다시 이해할 수 없는 소리를 지껄이기 시작했다. 정인은 그가 자신을 때리지 않는 것으로 만족하며 석상처럼 서서 그의 말을 경청할 수밖에 없었다.

"그럴 필요가 전혀 없었는데, 쓸데없이 힘만 뺀 거죠."

승현의 목소리가 기묘했다.

"처음부터 방법이 잘못됐던 거예요. 쓰레기한테는……. 쓰레기처럼 굴었어야 했는데 말예요."

정인은 그를 바라보며 눈을 깜빡였다. 눈꺼풀에까지 빗방울이 매달려 시선이 흐려지고 있었지만 눈을 피하지 않았다. 승현은 눈을 피하는 것을 싫어했다.

"하, 이 상황에서도 진짜……."

그가 낮게 깔리는 목소리로 알 수 없는 말을 중얼거렸다.

"……내가 미친놈이지."

그 순간 툭, 하고 무거워진 빗방울이 정인의 젖은 속눈썹에서 아래로 떨어졌다. 정인이 손가락으로 눈가를 한 번 느리게 훔치자 승현이 제 아랫입술을 슬쩍 깨무는가 싶었다.

"……!"

승현의 입술이 갑자기 정인을 덮쳤다. 부드러운 입술 새를 두툼한 혀가 예고도 없이 비집었다. 정인은 놀라서 숨을 급하게 들이쉬었다. 딱딱한 벽이 등 뒤에 부딪혔다. 그를 벽으로 몰아붙인 승현의 손에서 우산이 아래로 떨어졌다. 거센 빗줄기에 승현의 한쪽 어깨가 고스란히 젖어 들었다.

"씨발, 입 똑바로 안 벌리지……."

붙은 입술 새에서 승현이 욕설을 내뱉었다. 그러고는 커다란 손을 정인의 머리칼에 쑥 집어넣은 채, 그에게 더욱 뜨거운 키스를 퍼부었다.

"흐읍…… 흣……!"

처음의 키스보다 농밀한 혀의 움직임이었다. 타액이 빨리고, 혀의 돌기를 세듯, 그가 혀를 쓸어 오자 정인의 성대에서 얕은 신음이 터졌다.

"흐읏……."

그것은 절대로 의도한 것이 아니었다. 승현은 정인의 입술을 그야말로 짐승처럼 물고 빨았다. 거친 숨결을 그대로 내뱉으며 숨이 막힐 정도로 정인을 몰아붙였다. 피가 한곳으로 갑자기 몰리더니 귓불이 화끈하고 몸이 빠르게 더워졌다. 정인은 손을 들어 그의 어깨를 꽉 붙잡았다.

"하아……."

마침내 뜨거운 숨을 내뱉으며 승현의 입술이 떨어졌다. 떨어지면서도 그는 잘근, 정인의 아랫입술을 씹는 것을 잊지 않았다.

핏발 선 눈으로 그를 바라보며 승현이 중얼댔다.

"······담배 맛 끝내주네요."

정인은 저도 모르게 입술을 꽉 붙였다.

"재떨이랑 키스하는 기분이야."

점 하나 없는 하얀 피부가 시뻘겋게 달아올랐다. 정인이 숨을 몰아쉬며 고개를 돌리자 승현이 그의 턱을 꽉 움켜쥐었다.

"눈 피하지 마요."

그래. 방금 내가 한 건 키스가 아니다.

정인은 속으로 수십 번, 똑같은 소리를 되뇌었다. 이건 저 미친놈이 그의 자존심을 바닥으로 짓밟기 위한 수단일 뿐이었다.

"그래. 그렇게 나 보는 거예요."

눈물이 맺힌 눈으로 그를 노려보는 정인에게 눈을 맞추며 승현이 거친 손길과 어울리지 않는 부드러운 목소리로 속삭였다.

"무슨 일이 있어도, 나만 보는 거예요. 이제부터."

"······."

"한민우한테 다시 연락하면, 그땐 진짜 죽여 버릴 거예요."

그의 진심 어린 표정에 정인은 무어라 대꾸를 할 수도 없었다.

"눈 뜨고 키스해요, 우리."

승현이 나른한 눈빛으로 정인을 바라보았다. 굵어진 빗줄기에 승현의 몸이 완벽하게 젖었고, 그가 젖은 몸을 정인에게 붙였다. 얇은 옷감을 통해 뜨거운 체온이 교환되었다. 승현의 벌어진 입술이 천천히 다가왔다. 숨 막히는 입맞춤이 다시 시작되었다. 홀린 듯한 표정으로 뜨거운 키스를 퍼붓는 승현을 보는 정인의 몸에 힘이 쪽 빠져갔다.

조승현, 대체 나한테 왜 이러는 거야.

아득해지는 정인의 머릿속에서 한 가지 생각이 비죽, 고개를 쳐들었다가 이내 꼬리를 감추고 사라졌다.

3. 악몽

악마 같은 조승현에게 휘둘리는 나날이 일주일째 계속되었다. 앞으로 3주만 더 버티면 여름방학이라는 생각을 하며, 정인은 가까스로 정신을 붙잡고 있었다. 신경 쇠약의 초기 증상인지 뭘 먹고 싶다는 생각도 들지 않았다. 매일 저녁 일곱 시가 가까워질 때면 손에 식은땀이 나고 체한 것처럼 속이 더부룩해져 올 뿐이었다. 할 수만 있다면 온갖 약을 다 가지고 있는 한민우에게 안정제 가진 것 좀 있냐고 연락하고 싶을 정도였다.

「형은 인간이 좀 돼야 해요.」

승현의 말에 따르면, 정인은 지금 그에게 인간이 되는 수업을 받고 있는 중이었다. 이해할 수가 없는 말이었다.

몰카와 협박이라는 범죄를 쌍으로 저지른 사람은 바로 조승현이었다. 남의 약점을 잡고 사람을 짐승처럼 대하고 있는 녀석이 어떻게 인간성 따위를 운운할 수 있단 말인가.

「내가 왜 화가 났었는지 이제 좀 이해하겠어요?」

사과라면 이미 수십 번은 넘게 했다. 정인은 매일 저녁 일곱 시, 좁은 기숙사 안에서 끊임없이 승현에게 사과했다. 나중에는 세뇌라도 된 건지, 자신이 정말 그에게 죽을죄를 지은 건 아닐까 헷갈릴 지경이었다.

'이럴 때일수록 정신 줄을 놓으면 안 돼.'

정인은 몇 번이나 속으로 되뇌었다. 김승주의 말에 따르면 한민우의 피해망상은 점점 커지고 있는 것 같았다. 휴대폰을 어디서 잃어버린 후로는 눈에 띄게 주의를 의식한다고 지나가듯 말하는 소리를 들었다. 정인은 조승현이 그의 물건을 훔친 것을 알고 있었지만 입을 뗄 수도 없었다.

잠자코 있는 것은 한민우 역시 마찬가지였다. 도난 사고가 있으면 학원 측에 신고를 해야 했지만, 그랬다간 온 기숙사에 소지품 점검이 들어가고 한바탕 난리가 날 것이다. 한민우가 신고를 꺼리는 이유는 그것이었다. 괜한 문제를 일으켜 다른 학생들의 원성을 사기 싫은 것이다. 남의 눈을 신경 쓸 수밖에 없는 인간은 나약했고, 정인 역시도 그러했다.

* * *

다시 13일. 금요일.

"콜라는 됐으니까 오늘 수업은, 이거 보면서 해 보려고요."

승현의 입술에서 느릿한 목소리가 흘렀다. 정인은 마른침을 꿀꺽 삼켰다.

"해 봐요, 나한테도."

좁은 기숙사 방 안에는 더 이상 도망칠 곳도 없었다. 승현의 시커먼 눈동자가 위험한 빛을 내며 서늘하게 번뜩였다.

"한민우한테 했던 것처럼, 제대로 꼴리게 만들어 보라고."

정인은 드디어 올 것이 왔다는 생각이 들었다.

첫날 승현에게 따귀를 맞고, 그 다음 날 비 오는 날 옥상에서 키스했던 이후, 일주일이 지났지만 승현은 그에게 딱히 손을 대거나 하지 않았다.

다만 그를 침대에 가만히 앉혀 두고 뚫어져라 바라보거나, 자신이 정인의 무심함 때문에 얼마나 상처를 받았는지에 대해 설교를 하거나, 그에게 국어책을 소리 내어 읽도록 시키고 자신은 가만히 누워 그를 바라보며 발을 까딱거리는 등 쓸데없는 일을 하는 것이 다였다.

『정인아, 아아, 정인아, 훗! 아홋, 씨발……!』

승현의 휴대폰에서 한민우가 사정하며 울먹이는 소리가 들렸다. 그것을 마지막으로 동영상이 저절로 정지했다. 정인은 입술을 꽉 물었다.

"질질 짜고 있는 한민우가 어떤 기분이었을까……. 참을 수 없이 궁금해져서 말예요."

오늘따라 그는 뭔가가 잔뜩 쌓여 폭발할 사람처럼 굴었다. 성질을 건드리지 않는 편이 좋다는 생각에 정인은 그를 향해 천천히 걸었다.

조금만, 조금만 참자.

"······내가, 어떻게 해 줬으면 좋겠는데?"

정인은 욕설을 삼키고 승현을 바라보며 물었다. 그러자 그가 손을 들어 발기한 제 페니스를 꾹 잡았다 놓았다. 노골적인 눈빛에 정인은 숨이 턱 막혔다.

"그런 것도 일일이 가르쳐 줘야 해요?"

"······."

"남 꼴리게 하는 거, 형 전문 아닌가요?"

"······."

"그런데 계속 거기 서 있을 건가요?"

씨발 새끼. 정인은 침대에 앉은 그의 앞으로 다가가 버릇처럼 무릎을 꿇었다. 그와 있을 때는 무조건 그에게 눈을 맞추는 것. 그것은 승현이 제시한 규칙이었다.

"······네가, 뭘 좋아하는지 알아야 내가 노력이라도 하지."

정인은 애써 나오지 않는 목소리를 냈다. 남을 유혹하기 위해 그가 노력했던 것이 언제였더라. 머리 아프다는 핑계로 과외 선생의 어깨에 기대서 헐떡였던 것이 처음이자 마지막이었던 것 같았다. 그 후 다른 놈들은 딱히 유혹할 필요도 없이 모두 그를 만족시키느라 안달이 났으니까.

"매일 게이 포르노 보면서 연구했던 거, 나한테 하나씩 해 보면 되잖아요. 뭐 어려운 일이라고."

정인의 하얀 피부가 후끈 달아올랐다. 연구 따위를 위해 봤던 게 아니라 갇혀 있는 이 상황에서 성욕을 분출할 최소한의 탈출구였을 뿐이었다. 그의 마음도 모르고 승현이 피식 입술을 올려 웃었다.

"혼자 있을 때 보면, 모를 줄 알았어요?"

자신의 성적 성향을 들키지 않기 위해, 그동안 정인은 최선을 다했다. 특히나 함께 생활하는 승현이 알면 골치 아파질 수 있겠다는 생각에 더욱 신경을 썼었다.

"히스토리 지우는 거, 깜빡하셨더라구요. 형."

비번이 걸려 있는 남의 노트북을 마음대로 여는 놈이라니. 최악을 넘어서는 태도에 치가 떨려 정인은 입술에 힘을 꽉 주었다.

"기분 나쁜가 봐요? 나한테 들켜서. 쪽팔린 거예요? 형 덕분에 나도 이런저런 공부가 됐는데요, 왜. 남자끼리도 모든 체위가 다 가능하다는 걸 확실히 알았거든요."

들켰다. 벽장 안에서 완벽히 끄집어내진 셈이었다.

이렇게 된 거, 부끄러워 해 봤자 더 비참해질 뿐이다. 정인은 턱에 힘을 주고 고개를 떨어뜨리지 않기 위해 애를 썼다.

"……마음대로 할게, 그럼."

정인이 자신의 가장 큰 장점으로 꼽는 성격 중의 하나는 얼굴이 두껍다는 점이었다. 그는 무릎을 꿇고 앉은 채, 지퍼가 반쯤 내려간 승현의 바지를 뚫어져라 바라보았다.

"기대할게요."

승현의 목소리가 낮게 갈라졌다. 정인은 숨을 크게 들이쉬었다. 얼떨결에 그와 입을 맞추었던 첫날 이후, 그와 옥상에서 두 번째로 키스했을 때 머릿속에 스쳤던 생각은 어쩌면 그를 몸으로 유혹할 수 있을지도 모른다는 것이었다.

자랑이라고 하면 자랑이지만, 여태껏 정인과 관계했던 이들 중, 섹스에 만족하지 않은 이는 없었다. 공부하느라 남자는커녕 여자 만날 시간도 없었을 것 같은 조승현이 만약 섹스에 눈을 뜬다면, 그를 마음대로 요리하는 것이 가능해질지도 몰랐다. 정인은 마음을 굳게 먹고 그의 다리 사이에 천천히 얼굴을 가져갔다.

지익-.

"……하."

정인이 작은 지퍼를 이로 물고 아래로 내리자, 승현의 성대에서 탄식 같은 신음이 터졌다. 이미 반쯤 일어선 것처럼 보이는 그의 성기는 속옷 아래 감춰져 있었지만 그 크기가 예사롭지 않았다.

지이익-.

지퍼를 끝까지 아래로 내리고 난 후, 정인이 눈을 들었다. 가로로 긴 승현의 눈매가 더욱 가늘어져 정인을 내려다보고 있었다.

"……발정 난 암캐 같아, 서정인."

승현이 허스키한 목소리로 정인의 이름을 불렀다. 속에서 무언가가 치밀어 올랐지만, 정인은 꾹 눌러 참았다. 대신 그의 하체로 고개를 다시 숙였다. 익숙한 로고의 밴드가 눈에 들어왔다. 자신이 승현에게 주었던 속옷을 보니 기분이 더욱 참담했다.

"벗겨요."

승현이 명령했다. 갈라진 목소리에 조급함이 엿보였다.

정인은 마음의 준비를 하고 마른침을 꿀꺽 삼켰다. 여태껏 그가 남을 즐겁게 하려 봉사해 준 적은 손에 꼽았다. 그의 파트너들은 모두, 정인의 다리 사이에 얼굴을 박고 앞부터 뒤까지 샅샅이 핥아 주는 이들이었다. 경험이 적어 긴장이 되는 건 어쩔 수 없었지만 그래 봤자 상대는 조승현이다. 제 손으로 하는 서툰 위로 말고는 제대로 된 섹스라고는 경험하지 못했을 숙맥에 불과하다고, 정인은 스스로를 안심시켰다.

"……뒤로 조금만 기대 줘."

승현이 손을 뒤로 짚으며 엉덩이를 위로 들었다. 정인은 탄탄한 그의 복부를 향해 다시 천천히 얼굴을 가져갔다. 정인은 그의 바지와 속옷을 한 번에 내렸다.

툭.

정인은 저도 모르게 숨을 들이쉬었다. 옅은 체취가 풍기는 그의 성기는 짐작했던 것만큼 컸다. 평소라면 훌륭한 사이즈에 즐거웠겠지만 지금은 전혀 아니었다.

툭 불거진 귀두에 정인의 코끝이 닿았다. 정인은 무릎을 꿇은 채로 앉아, 그의 단단한 물건 끝을 혀로 살짝 핥았다.

"……."

승현의 허리가 앞으로 움찔했다. 그가 숨을 들이켜는 소리가 똑똑히 들렸다. 정인은 눈을 들어 그에게 시선을 맞추었다. 승현의 입술이 슬쩍 벌어져 있었다. 나쁜 시작은 아니었다.

"……빨아요."

조승현은 인내심이 바닥난 모양이었고, 그가 조급히 말로 내뱉음과 동시에 그의 성기가 더욱 발기했다. 정인의 얼굴 위로 딱딱한 성기가 수직으로 들렸다. 다시 한번 말을 잇는 승현의 목소리가 축축했다.

"나 보면서, 빨아."

정인은 커다란 물건의 기둥을 손으로 쥐고, 귀두를 핥으며 끝부터 빨기 시작했다. 선단에서 흘러나오는 프리컴이 혀끝에 닿아 그의 체취를 진하게 만들었다. 힘줄이 불거진 그의 물건은 그 위용이 대단했다. 한번 보면 잊을 수 없을 만큼이나.

"흐읍……, 흡……."

정인은 지금의 상황을 잊기 위해 머릿속을 바쁘게 움직이려 애를 썼다. 그와는 이제 보니 한 번도 같은 시각에 샤워한 적도 없었다. 공용 샤워실이라 한 번은 마주쳤을 만도 한데, 기억에 없었다.

정인의 입술에서 빠져나올 때마다 굵다란 붉은 페니스가 타액에 번들거렸다. 정인은 기둥을 손바닥으로 돌려 감듯 주무르며 왕복 운동을 계속했다. 곧 턱이 얼얼해져 왔다.

"하아, 겨우 이 정도 가지고, 한민우 그 개새끼가 형한테 질질 싼 거예요?"

힘줄이 툭툭 불거질 정도로 곧추세우고 있는 주제에 승현은 잘도 그런 소리를 지껄였다. 정인은 그의 파트너들이 자신에게 했듯이, 젖은 소리가 나게 승현의 성기를 빨며 혀로 귀두 사이에 걸린 오목한 부분을 집중적으로 핥았다.

"시선."

열중하다 보니 다시 시선이 아래로 깔리자, 승현이 득달같이 채근했다. 정인은 눈을 들어 그를 보았다. 하얀 얼굴에 열이 올라 붉었고, 페니스와 마찰하는 입술 역시 뜨거웠다.

"끝까지 집어넣어요."

그 역시 눈가가 연하게 붉어진 채로, 승현이 정인에게 명령했다. 정인은 잠시 망설이다 서서히 얼굴을 깊게 내렸다.

"흡……."

제대로 선 그의 성기는 굵기도 했지만, 길이도 만만치 않았다. 겨우 중간까지 입술을 내리는 데도 목구멍에 턱턱 걸리는 느낌이었다. 점점 더 힘이 들었다.

"끝까지 넣었다 빼라고요. 중간에 도망가지 말고."

승현의 목소리가 거칠었다. 숨이 차오르기 시작한 것은 정인 또한 마찬가지였다. 턱은 아팠고, 타액은 질질 입술 새로 흘러내렸다. 무릎을 꿇고 오래 앉아 있었던 통에 다리도 저려 왔다.

"나 보면서."

눈가가 흐릿했다. 정인은 도저히 이제 더 이상 못할 것 같았다. 버거운 그의 성기를 그만 뱉어 내고 싶었다.

"똑바로 못 해요?"

그가 입술을 씹으며 중얼거렸다. 늘 차갑도록 단정하던 승현의 얼굴은 엉망으로 일그러져 있었다. 정인이 숨을 몰아쉬며 고개를 들었다.

"승현아, 이제 그마…… 흐읏!"

그가 정인의 긴 앞머리를 휘어잡고 자리에서 벌떡 일어났다. 정수리 부분의 머리카락이 다 뜯기는 것 같은 고통에 정인은 꿇고 있던 무릎으로 서야 했다. 허벅지에 걸려 있던 바지가 아래로 툭 떨어지자, 승현이 제 손으로 정인이 주었던 속옷을 거칠게 내렸다.

"벌려."

그리고 타액으로 번들거리는 자신의 성기를 잡고는 닫히려는 정인의 입술 새로 억지로 쑤셔 넣었다.

"흐……읍!"

"이 정도 가지고 힘들어 하면, 한민우랑 섹스는 어떻게 한 거예요?"

그가 퍽, 하고 허리를 움직이자 목젖까지 성기가 잠식해 들어왔다. 정인의 콧등에 까칠하고 무성한 음모가 쓸렸다. 정신이 나갈 것 같았지만 승현이 머리통을 꽉 잡고 있어 얼굴을 뺄 수도 없었다.

"계속 생각이 나요."

"흡! 흐읍!"

"내가 계속 그걸 보고 또 보고 있어. 그 좆같은 영상을 계속 본다고, 내가. 알아요?"

구토감이 일었다. 정인의 이가 엉망으로 그의 페니스를 긁어 댔지만, 승현은 상관하지 않았다. 더욱 거칠게 허리를 앞뒤로 움직일 뿐이었다. 깊숙이 들어온 성기가 쿡, 하고 정인의 목구멍 안쪽을 치고 들어왔다.

"우욱!"

"나 쳐다봐!"

정인의 커다란 눈에서 눈물이 줄줄 흘러내렸다. 정인은 눈을 겨우 뜨고 위에서 흔들리는 승현을 바라보았다. 그의 딸감으로 전락한 자신의 모습을 보고 웃고 있을 거라고 생각했던 승현의 얼굴은 잔뜩 일그러져 있어 괴로워 보였다. 정인은 입안에서 거칠게 왕복하는 그의 성기를 느끼며 기필코 그를 죽여 버릴 것이라 맹세했다.

"어떻게 그렇게, 훗, 사람이 잔인해?"

정인이 묻고 싶은 말이었다. 그가 개새끼가 아닌 인간이라면 어떻게 이렇게 사람을 괴롭힐 수 있는지, 진심으로 묻고 싶었다.

"우욱! 으윽!"

"죽여 버리고 싶어. 둘 다 죽여 버리고 싶어."

그의 움직임이 더욱 거칠어졌다. 정인은 그에게 머리채를 잡힌 채, 엉망으로 흔들리며 분노에 찬 눈으로 그를 노려보는 것밖에는 할 수 있는 일이 없었다. 제발 이 지옥 같은 순간이 끝나기를 간절히 바랐다.

"하아, 아아……."

승현의 숨소리가 커지는가 싶었다. 목구멍 안쪽까지 들이치는 성기 끝에서 쓰디쓴 정액이 울컥 쏘아 올려졌다.

"컥……!"

속이 뒤틀렸다. 그에게서 몇 번이나 진한 정액이 솟구쳤다. 식도와 코끝뿐만 아니라 온 머릿속이 온통 그의 체액으로 뒤덮이는 것 같은 느낌이었다. 승현이 머리채를 잡은 손을 놓자마자, 정인은 바닥에 널브러졌다.

"우욱……!"

먹은 게 없는 정인의 위에서 신물과 함께 차마 식도로 내려가지 못한 정액이 함께 올라왔다. 정인은 고통스러워하며 꿈틀거렸다. 몇 번이나 토해 냈지만 개운하지 않았다.

"우우욱……."

핏발이 서서 벌게진 눈에서는 눈물이 멈추지를 않았다. 이런 비참한 기분은 처음이었다. 승현이 책상에 가서 티슈를 연달아 뽑아 제 성기를 닦아 냈다. 그러곤 다시 몇 장을 뽑아 널브러진 정인의 앞에 쪼그리고 앉았다.

"흐으…… 흐윽……."

씨팔 새끼. 개새끼. 정인은 그를 노려보며 뜨거운 눈으로 흐느꼈다. 가만히 정인을 내려다보던 승현이 길게 한숨을 쉬었다.

"……가만있어요."

그가 엉망이 된 정인의 입술을 티슈로 꼼꼼히 닦았다.

"이제 앞으로, 아무에게나 몸으로 덤비지 않기예요."

정인은 그의 손길이 닿을 때마다 움찔움찔 몸을 떨었다. 승현은 아예 티슈를 통째로 들고 와 정인의 얼굴을 닦아 주었다. 그 손길이 다정해서 더욱 소름이 끼쳤다.

"그거 약속하면 용서해 줄게."

"흐…… 흐윽……."

억울해서 그만 큰 소리로 울음이 터지고야 말았다. 억울했다. 정인은 왜 자신이 이딴 취급을 받고 있어야 하는지 이해할 수가 없었다. 이 방에서 한민우와 섹스한 것이, 조승현에게 용서를 받아야 할 정도로 큰 잘못이었던가.

번쩍.

무릎 뒤에 손이 들어오더니 정인의 몸이 바닥에서 번쩍 들렸다. 몸을 움직여 반항할 힘도 없었다. 승현은 정인을 제 침대에 뉘었다. 사방이 온통 조승현의 체취로 가득했다. 좁은 싱글 침대에 그를 누이고, 승현이 그의 옆에 모로 누웠다.

"흐윽……."

"힘들었어요?"

정인은 작게 속삭이는 그를 보지 못하고 벽 쪽에 최대한 붙어 손등으로 눈을 가렸다. 꽉 다문 잇새로 서러운 흐느낌이 멈추지 않았다.

"나도 힘들었어요."

승현이 정인의 손을 잡아 내렸다. 그의 목소리는 짜증이 날 정도로 부드럽고 다정했다.

"화가 나서 참을 수 없을 정도로 힘들었어요."

정인은 입술을 꽉 깨물고 죽을힘을 다해 흐느낌을 멈추었다. 그가 바라보는 앞에서 초라하게 눈물을 뚝뚝 흘리고 우는 것이 더욱 비참하다는 생각이 들었다.

"그러니까 앞으로 나, 힘들게 하지 마요. 알았죠?"

대꾸할 여력도 없었다. 정인은 작게 내뱉었다.

"······자고 싶어."

"그래요."

승현의 입술이 천천히 다가오나 싶었다. 설마 이 상황에서 키스하려는 건 아니겠지, 생각하는 순간 입술이 부딪혔다. 아직도 쓴맛이 남아 있는 입술 안을 녀석의 두툼한 혀가 부드럽게 비집었다.

방금 토한 사람에게 키스하는 놈은 제정신이 아니었다. 아까의 거친 행위가 거짓이었던 것처럼, 승현은 부드럽게 그의 입술을 빨았다.

정인은 입술에 힘을 주며 거부했지만, 승현은 끈질겼다. 그의 얼굴을 어루만지며, 촉촉하고 뜨겁게 키스했다. 마치 정인의 입안에 남아 있는 토사물을 없애는 것처럼, 끈질기게 그를 핥았다.

"하아······."

결국 정인의 눈에서 다시 뜨거운 눈물이 흘렀다. 승현은 그의 등을 어루만지며 얼굴을 살짝 뗐다. 타액으로 젖고, 피가 몰려 붉어진 입술이 부드럽게 속삭였다.

"내 꿈 꿔요."

* * *

정인은 그 밤 내내 악몽에 시달렸다.

커다란 들개가 쇠사슬에 묶여 물어뜯을 듯 그를 노려보고 있었다. 개가 크르렁거리며 그에게 덤벼들 때마다 쇠사슬이 덜그럭거렸다. 움직일 수가 없었다. 막다른 길이었고, 걸어가기 위해서는 그 개를 지나칠 수밖에 없었다. 개는 뜨거운 숨을 잇새로 내뱉으며 그에게 닿으려 안간힘을 썼다. 정인은 그저 벽에 등을 바싹 붙이는 것밖에는 할 수 있는 일이 없었다.

크르릉-.

덜그럭거리는 쇠사슬 소리가 점점 심해졌다. 배고픈 개는 그를 물어뜯지 못해 바짝 약이 오른 것처럼 보였다.

안 돼. 오지 마.

설상가상 목줄이 연결된 쇠사슬이 묶인 말뚝이 바닥에서 뽑힐 듯 흔들렸다. 시커먼 개가 말뚝에 시선을 돌렸다. 자신의 움직임에 따라 쇠사슬이 흔들리는 것을 알아챈 개는, 잠시 멈추었다가 미친 듯 다시 힘을 주어 바닥을 차고 뛰어오르기 시작했다.

안 돼, 그만해!

정인은 겁에 질려 그 자리에서 한 발짝도 움직일 수 없었다. 죽어라 달아나야 하는데, 온몸이 꽁꽁 묶인 것 같았다. 날카로운 송곳니를 드러낸 개의 입술 새로 침이 질질 흘러나왔다. 사람 덩치만 한 놈이 앞발을 들고 허공을 휘젓자, 뻘겋게 발기한 징그러운 성기가 그대로 드러났다.

으아악!

소리는 비명이 되어 나오지도 못했다. 식은땀이 온몸에 줄줄 흘렀다. 그가 공포에 질린 모습을 보고 개는 더욱 흥분해 미쳐 날뛰었다. 크르렁거리며 개가 그에게로 뛰어오르는 순간, 사슬이 바닥에서 쑥 뽑혀 나갔다.

"헉, 헉……!"

정인은 눈을 번쩍 떴다. 꿈이었다. 땀에 젖은 얼굴을 닦으려 손을 움직이려 했는데 그럴 수가 없었다. 팔목이 뭔가에 단단히 묶여 있었다.

'뭐…… 뭐지?'

다른 쪽 팔목도 마찬가지였다. 손을 움직이자 철제 침대 기둥이 덜거덕거리는 소리를 냈다.

"흐윽……!"

다리 사이가 휑한 것을 느낄 찰나에, 그 사이에 웅크리고 있던 커다란 인영이 고개를 들었다.

"깼어요?"

정인의 바지는 어느새 벗겨졌고, 속옷은 무릎에 걸려 있었다.

"뭐……. 뭐 하는 거야?"

성대에서 쇳소리가 터져 나왔다.

"쉬잇. 큰 소리 내면 바깥에 다 들려요."

승현이 검지를 입술에 가져다 댔다. 다리를 움직여 보았지만, 휑뎅그렁하게 바깥에 내놓아진 성기를 가릴 수는 없었다. 정인은 양 무릎을 붙이며 고개를 흔들었다.

"조승현, 너 지금 뭐 하는……!"

승현이 잠옷을 입은 채, 정인의 위에 몸을 겹쳤다. 체온이 높은 커다란 손이 쪼그라든 그의 성기를 부드럽게 움켜쥐자, 정인이 소스라치며 몸을 움츠렸다.

"흐읏……."

"아까 저 혼자만 간 게 미안해서요."

"그딴 건 상관없으니까……, 하읏!"

제발 저리 가라고 말하려고 했지만, 말을 이을 수가 없었다. 승현
이 수음하기 시작했기 때문이다. 정인은 입술을 꽉 깨물고 고개를 세
차게 흔들었다. 승현이 귓가에서 작게 웃었다.

"조금씩 딱딱해져요. 내 손이 좋은가 봐."

붙잡고 흔드는데 아랫도리에 피가 몰리지 않으면 고자였다. 정인
은 터지려는 신음을 간신히 참아 냈다.

"형 거, 보기보다 커요. 찍힌 화면에서 덜렁거리는 거 보고도 놀랐
는데."

"……훗……. 흐읏!"

"예쁜 얼굴이랑 안 어울리게 튼튼해서."

칭찬인지 욕인지 알 수가 없었다. 승현의 손놀림은 능숙했다. 붙잡
고 탁탁 흔드는 것은 분명 빠른 사정을 유도하기 위함이었다.

"하아, 하아……."

정인의 얼굴이 화끈거렸다. 배 속이 순식간에 불을 지른 것처럼 뜨
거워졌다. 묶인 그의 손목 아래 주먹이 꽉 쥐었다 펴지기를 반복했
다. 승현의 커다란 몸이 그를 누르고 있어서 하체를 움직일 수도 없
었다. 아니, 다리로 걷어찼다가 조승현에게 어떤 험악한 꼴을 당하게
될지가 더욱 두려웠다.

"여긴 어떨까 궁금해요."

귓가를 지분거리며 속삭이던 승현이 고개를 내리더니 티셔츠 아래
정인의 유두를 깨물었다. 정인의 허리가 튀듯이 위로 꺾였다.

"훗……, 하지 마……."

얇은 옷감을 통해 그의 이가 잘근잘근 민감한 곳을 씹는 느낌이
그대로 전달되었다.

"하웃…… 하지 말라고!"

"좋은 것 같은데요?"

승현이 엄지로 프리컴이 새어 나오기 시작하는 정인의 귀두를 문지르며 낮게 웃었다. 티셔츠 아래 조그마한 돌기가 꼿꼿이 서고, 정인의 몸이 움찔거리며 떨리기 시작했다. 승현이 페니스를 잡고 있지 않은 다른 손을, 정인의 티셔츠 아래로 쑥 집어넣었다.

"형, 지금 느끼고 있는 거예요?"

"흐웃……."

"제 손길에 반응하고 있는 거, 되게 기분 좋네요."

승현이 정인의 얼굴에 가늘어진 시선을 박았다. 정인은 그의 시선을 외면한 채 입안이 바싹 말라, 혀로 입술을 축였다.

"이런 얼굴, 나한테 보여 주는 거, 상상만 했었거든요."

손으로 그가 유두를 꼬집을 때마다, 성기가 저절로 꿈틀거리며 승현의 손안에서 반응했다. 정인은 이제 아무 생각도 할 수 없었다.

"눈 감지 마요."

중얼대는 승현의 얼굴이 흐릿했다. 하체가 마음대로 움찔거리고 있었다. 이러다간 곧 사정할 것이다.

"하아, 승현아……, 나……."

그 순간 승현이 움직임을 딱 멈추고 손을 떼어 냈다. 단단하게 발기한 정인의 성기가 공중에서 애처롭게 흔들렸다.

"하으……."

정인은 숨을 몰아쉬었다. 손목이 묶인 침대의 철제 기둥이 덜그럭거렸다. 당장이라도 발기한 기둥을 붙잡고 흔들어, 안에 있는 것을 쏟아 내고 싶은데 그럴 수가 없었다. 승현이 두 손으로 정인의 유두를 한쪽씩 붙잡고 빙글빙글 꼬집으며 돌리기 시작했다.

"말해요, 뭐요?"

씨팔 새끼. 정인은 욕설을 삼키며 이를 악물었다. 흐웃, 하는 신음이 그의 성대에서 샜다.

"하아, 하웃……, 손 좀 풀……, 풀어 줘."

"풀어 주면 뭐 하려고요?"

그의 목을 조르는 것보다 아랫도리의 사정이 더욱 급했다. 정인은 숨을 헐떡였다.

"하, 하고 싶어. 나, 가고 싶어서……."

"그럼 나한테 부탁해요."

승현이 악마 같은 목소리로 정인에게 속삭였다.

"승현아, 나, 가게 해 줘, 제발. 한 마디면 돼요."

"하아……."

정인의 성난 페니스가 꿈틀거리며 요동을 쳤다. 배 속에서 해갈되지 못한 무언가가 부글부글 끓어 넘쳤다. 이젠 한계였다. 쾌락을 아는 몸은 본능에 굴복할 수밖에 없었다. 정인은 이를 악물고 우는 소리를 냈다.

"조……, 조승현…… 제발……."

"네. 똑바로 말해 봐요. 제 눈 보고."

정인은 숨을 몰아쉬며 승현의 시꺼먼 눈을 애원하듯 바라보았다. 그의 허벅지에라도 마찰하기 위해 허리를 움찔거리며 정인이 애원하듯 작게 내뱉었다.

"제발, 나……."

"……."

"나, 가고 싶어……."

혀로 마른 입술을 축이며 정인이 죽어 갈 듯한 표정을 지었다. 기다란 속눈썹이 파르르 떨렸다.

"싸게 해 줘, 제발……."

울먹이듯 속삭이자 그를 내려다보던 승현이 작게 욕설을 내뱉었다.

"이런, 씨발……."

승현의 커다란 몸이 쑥 아래로 내려갔다. 단단히 발기한 정인의 성기가 따뜻한 무언가에 한 번에 감싸 들어갔다.

"흐읏!"

승현의 체온만큼, 그의 입속은 뜨거웠다. 엄청난 흡착력으로 그가 정인을 삼켰다. 정인은 비명이 터지는 입술을 겨우 다물었지만 터지는 신음을 막을 수가 없었다.

"흐읍……!"

승현은 마치 정인의 물건을 뽑아 버릴 듯 강렬히 빨아 대고 있었다. 이런 식의 펠라치오는 평생 받아 본 적도 없었다. 춥. 춥. 입안의 점막과 닮은 미끄러운 살갗이 서로 마찰하며 불쾌하기 짝이 없는 소음을 만들어 냈다.

"그, 그만……, 그만……!"

정인이 이를 악물고 내뱉었다. 양 손목이 묶인 침대 기둥이 세차게 덜그럭거렸다. 승현의 높다란 콧등이 무성한 음모에 푹 박혀 문질러졌다. 그럴 때마다 정인의 페니스가 더욱 깊이 그의 입속으로 빨려 들어갔다.

"허어……억!"

정인은 온몸을 뒤틀었다. 발로 그의 어깨를 밀어내려 하자, 승현은 정인의 허벅지를 양팔로 아예 단단히 말아 쥐어 구속해 버렸다.

어둠 속에서 무늬 없는 천장이 빙글빙글 돌았다. 승현은 마치 식도 아래로 성기를 삼켜 버릴 듯 움직였다. 아니, 실제로 그는 목구멍을 이용해 정인의 선단을 쥐어짜고 있는 것이 분명했다.

"아, 아아……!"

배 속에서 급박한 사정감이 폭발하듯 치밀어 올랐다. 참을 수도, 중간에 멈출 수도 없었다. 정인의 허리가 높게 들려 꺾였다. 조승현의 입속으로 성기가 완전히 모습을 감추는 순간, 정인은 고개를 돌려 베개에 얼굴을 파묻으며 아찔한 신음을 토해 냈다.

"흐으읏!"

허리가 격하게 움씰거렸다. 농축된 욕망이 몇 번이나 몸 밖으로 강하게 분출할 동안, 정인은 승현에게 마지막까지 성기를 빨렸다. 무아지경. 강력한 사정감 끝에 찾아온 것은 온몸을 덮치는 탈력감이었다.

"허어억……."

입속이 바짝 말라 왔다. 다리에 힘이 쭉 풀리고, 침대 시트는 온통 땀으로 젖었다. 아무런 생각도 할 수 없었다. 머릿속이 하얗게 휘발되었다.

흐린 정인의 시선 한쪽에 누군가가 천천히 자리를 잡았다. 승현의 얼굴이 온통 벌겋게 달아올라 있었다. 혀로 입술을 빨아 입맛을 다시며 그가 커다란 손으로 정인의 얼굴을 쓰다듬었다.

"왜 이렇게 빨리 갔어요?"

"……."

아무런 말도 할 수 없는 정인을 쳐다보며 승현이 숨을 몰아쉬며 물었다. 그의 숨결에서 자신에게서 나왔음이 분명한 남성의 체취가 느껴졌다.

"내가, 한민우보다 좀 더 낫죠?"

아니. 비교할 수가 없다. 한민우뿐만이 아니라, 그 누구도 이런 식으로 정인을 대한 적은 없었다. 묶인 채 끙끙거리고 신음하며 허리를 들어 그의 입안 깊숙이 사정했다는 사실을 자각하자, 뒤늦은 수치스러움이 스멀스멀 기어올랐다. 정인은 입술을 깨물며 애써 고개를 끄덕였다.

"손 좀……. 풀어 줘."

"그거, 부탁이에요?"

"……제발."

"형이 부탁하면 들어줄 수밖에 없게 되네요. 난."

승현이 옅게 웃으며 단단히 묶여 있던 매듭을 순식간에 풀었다. 어디서 로프 매듭을 매는 기술을 익힌 것은 아닌지 의심이 될 정도였다.

털썩.

정인의 양손이 힘없이 침대 위로 떨어졌다. 아직도 현실을 믿을 수 없어 멍한 상태인 그에게 승현이 얼굴을 붙이고 귓가에 속삭였다.

"이제 우리 비긴 거다. 그렇죠?"

단정한 검은 눈썹이 꿈틀거렸다.

"나 한 번, 형 한 번. 각자 한 번씩 입안에 쐈으니까……, 비긴 거잖아요."

인정할 수가 없었다. 그에게 할 때나, 그에게 당할 때나, 두 번 다 정인이 느껴야 했던 수치감이 훨씬 컸다. 아무 대답도 하지 못하는 정인의 뺨을 그가 톡톡 가볍게 두드렸다.

"그런데 아까 형 좆 빨 때 말이에요."

"……."

"뒷구멍이 엄청 벌렁거리던데."

어둠 속에서 정인의 얼굴이 시뻘겋게 달아올랐다. 이렇게 캄캄한데, 뒤가 제대로 보였을 리가 없다. 그렇게 생각하면서도 그는 주먹을 꽉 말아 쥐었다. 그의 손아귀에서 하얀 시트가 사정없이 구겨졌다.

"걸레 냄새 나서 죽는 줄 알았잖아요."

정인의 입술이 파들거렸다. 내가 듣는 것은 사람 말이 아니다. 개가 짖는 소리다.

정인은 백지장 같은 머릿속으로 주문을 외웠다. 조승현이 손가락을 구부려 느릿하게 정인의 뺨을 쓸었다.

"다음번엔 내가 꼭 빨아 줄게요, 걸레 같은 더러운 구멍."

정인이 몸을 부들부들 떨며 그를 노려보았다. 승현은 한참 정인의 얼굴을 느리게 만지다 아쉽다는 듯 몸을 일으켰다. 움직일 수도 없는 정인의 턱 아래까지 이불을 덮어 준 후, 그가 자기 자리로 돌아갔다. 이불에서 은은한 섬유 유연제 향기가 코끝에 스쳤다.

정인은 입안을 꽉 깨물었다. 자신이 지금 누워 있는 침대는 승현의 침대였다. 승현이 본래 정인의 침대였던 자리에서 몸을 뒤척거렸다.

스륵. 스륵. 살이 쓸리는 소리는 이내 탁탁거리는 소음으로 바뀌었다. 정인은 이불을 머리끝까지 뒤집어쓰고 눈을 꽉 감았다.

침대 밖, 조승현의 호흡이 거칠게 가빠지더니 얼마 후, 티슈가 거칠게 뽑히는 소리가 났다. 정인은 수치감과 모멸감에 오랫동안 잠을 이루지 못하다가, 결국 여린 새벽빛이 얇은 이불을 들쑤시고 들어올 때쯤에야 까무룩 선잠이 들었다.

4. 설계

　정인은 아주 어렸을 때부터 깔끔한 성격이었다. 그것은 집 안에 먼지 한 톨, 머리카락 한 올 보이는 것을 용납하지 못했던 어머니의 영향이 컸다. 그의 어머니는 냉장고를 열고 닫을 때조차, 손잡이에 지문이 묻지 않았나 확인을 할 정도였다.

　결벽증까지는 아니었지만, 자라 온 환경 때문에라도 정인은 비위가 강한 편이 아니었다. 어렸을 때는 함께 어울리던 아이들에게 이상한 냄새가 나기라도 하면 인상을 찌푸리고 한 발 물러날 정도였다.

　「너 옷에서 냄새나는데.」

　「으아아앙!」

　세탁기에 집어넣으면 깨끗해진다는 것을 알고 있었기 때문에, 여자아이 하나에게 옷을 벗으라고 강요하다가 유치원이 발칵 뒤집힌 적도 있었다.

「정인이가 잘못한 거 아니야. 더럽게 입힌 부모 잘못이지.」

그의 어머니는 어린 아들이 여자 아이의 신체에 몹쓸 관심을 가진 것이 아니라는 사실에 더욱 안도했고, 문제가 생길 때면 유치원을 바꿔 버렸다.

정인은 적응할 만하면 자꾸만 바뀌는 환경이 귀찮았고, 나중에는 마음에 안 드는 것이 있어도 그냥 속으로 생각만 하는 것이 더 편할 수도 있다는 사실을 일찍이 깨달았다.

'더럽지만 내가 좀 참지 뭐.'

숙맥 같았던 과외 선생을 꼬드겨 게이 섹스에 포문을 열고, 가벼운 엉덩이로 산 이후에도 청결은 잊지 않았다. 누구든 샤워를 하지 않으면 그의 몸에 손도 대지 못하게 했다. 백번 양보해 파트너의 외모가 조금 떨어지는 것은 용납할 수 있어도 더러운 것은 참을 수가 없었다.

「우리 정인이, 정말 괜찮겠어?」

산속 재수 학원에 입학하기로 마음을 먹었을 때, 단 한 가지 그의 발목을 잡던 것은 단체 생활이었다.

「차라리 엄마가 좀 고생해도 매일 학원 왔다 갔다 할 수 있는 곳이 낫지 않겠니? 아무리 그래도 집 떠나면 고생인데.」

진한 아이라인이 번질 정도로 눈물을 찍어 내며 그를 바라보는 어머니를 보며, 정인은 다시금 따분한 집구석에서 탈출해야 한다는 결심을 단단히 굳혔다.

「뭐, 죽기야 하겠어요?」

자신조차 반신반의하며 입소를 했지만, 알지도 못하는 누군가와

방을 함께 쓰는 것은 생각보다 더욱 곤욕이었다. 프라이버시가 전혀 존중되지 않는 좁은 환경은 둘째 치고라도, 한창 나이의 남자들에게 나는 쉰내와 땀내 같은 것은 조금 참기가 힘이 들었다. 작년에 같이 방을 썼던 삼수생은 무려 샤워를 이틀에 한 번씩 하는 희귀 종자였다. 그렇기 때문에 해가 바뀌고 새로 받은 방 배정이 정인에게는 무척 반가운 일이었다.

"응? 이게 무슨 냄새지?"

코를 킁킁거리는 정인을 보고 승현이 시트를 갈다가 조금 붉어진 얼굴로 조심스럽게 물었다.

"······냄새요?"

"너 향수 써? 좋은 냄새나네. 내 코 되게 개코거든. 이게 무슨 향이지?"

정인은 다짜고짜 그에게 달려가 본격적으로 냄새를 맡기 시작했다. 한 걸음 뒤로 물러서는 승현의 얼굴은 잘 익은 토마토같이 시뻘겋게 붉어졌다.

"저······. 형······."

"향수 냄새는 아닌데. 데오드란트? 어, 시트에서도 나는구나."

중간에 공간을 두고 나란히 놓인 승현의 침대. 무슨 비즈니스 호텔 침대처럼 완벽하게 각이 잡혀 깔린 시트 위에서 은은한 꽃향기가 더욱 진하게 났다. 냄새의 시발점은 그곳인 듯했다.

"이거 뭐지?"

영감처럼 뒷짐을 지고 고개를 숙여 킁킁거리는 그에게 승현이 부끄러운 얼굴로 대답했다.

"아마……, 세제 향인 것 같아요. 섬유 유연제랑 같이 들어 있는 건데……."

"아, 그래? 되게 좋다. 진짜 좋네."

"……읍내에 농협 가면 대용량으로 파는데. 다음에 외출할 때, 사다 드릴까요?"

정인은 잠시 생각하다 웃으며 어깨를 으쓱했다.

"그러던지."

승현은 정말로 일주일 후, 5리터는 되어 보이는 액체 세제를 기숙사 방으로 옮겨 왔다.

"어……. 고맙다."

흘리듯 한 말을 기억하고 진짜로 세제를 사 온 그에게 약간 놀라며 정인은 떨떠름하게 그것을 받아 들었다. 작은 방에 어울리지 않게 커다란 세제는 개봉도 되지 않은 채, 정인의 책상 한구석에 처박히는 신세가 되었다.

왠지 승현과 같은 물건을 쓴다는 사실이 이유 없이 찝찝했기 때문이었다. 게다가 정인은 기숙사에서 세탁기를 잘 돌리지도 않았다. 일주일에 한 번씩 학원을 방문하는 세탁소에 빨랫감을 맡기는 것이 더 편해서였다.

"……."

먼지가 쌓여 가는 플라스틱 통을 바라보며, 승현 역시 아무 말도 하지 않았다. 정인은 곧, 그 선물 같지도 않은 선물에 대해 까맣게 잊었다. 딱히 바라지 않았던 물건을 그에게 떠안긴 것은 승현이었고, 물건을 받은 이후 그것을 어떻게 쓰는지는 받은 사람 마음이었으니까 딱히 죄책감을 가질 이유가 없었다.

대신 정인은 서울에서 어머니가 보내 준 물건들 중 몇 개를 승현에게 적선하듯 내밀었다. 그는 항상 고개를 숙이며 "고맙습니다." 하고 인사했다. 경박하게 기쁜 티를 내지는 않았지만 딱히 기분 나빠하는 기색은 찾을 수 없었고, 정인은 오히려 그 반대라고 생각했다. 조승현은 하물며 음식 같은 것도 경건하게 책상에 앉아 아끼듯 조심스레 먹었다. 승현이 다니는 읍내에서는 볼 수도 없었던 호텔 케이크 같은 것들이니 맛이 나쁠 리가 없었다.

　정인은 마치 길에 지나가는 배고픈 똥개에게 고급 사료를 건네는 기분으로 흐뭇하게 그런 그를 바라보곤 했다. 그때는 정말, 다 괜찮은 줄 알았다.

＊　　＊　　＊

　정인이 눈을 떴을 때, 그는 혼자였다.

　벽에 걸린 시계는 오전 열 시를 가리키고 있었다. 시체처럼 누워 있던 그는 스르륵 자리에서 일어났다. 속옷을 입지 않은 아랫도리가 썰렁했다. 어젯밤, 그리고 오늘 새벽에 있었던 일들이 파편처럼 머릿속에 박혀 있다가 떠올랐다. 그는 플라스틱으로 된 삼단 서랍장을 열어 트레이닝팬츠를 찾아 입고, 방 안 구석의 간이 냉장고에서 물을 꺼내 벌컥벌컥 들이켰다.

　'미친 변태 새끼…….'

　기숙사 방 안에 한 대씩 있는 작은 냉장고 위에, 모양이 똑같은 넥타이 두 개가 둥글게 말린 채 얌전히 놓여 있었다. 어젯밤 승현이 그의 손목을 묶을 때 사용했던 것들이었다. 잘 말려 있었지만 엉망으로 구겨져 있는 넥타이가 눈에 들어오자마자, 그의 입속에서 쥐어짜이듯 압박당하며 사정했던 느낌이 생생하게 떠올라 몸이 부르르 떨렸다.

아침이라 얇은 트레이닝팬츠를 쑤시듯 발기하는 성기가 전혀 반갑지 않았다. 정인은 플라스틱 생수병을 냉장고에서 꺼내 든 채, 자신의 침대로 휘적휘적 걸어가 털썩 주저앉았다. 이불은 각이 잡혀 잘 개켜 있었고 그 중앙에 베개가 얌전히 자리했다. 마치 아무도 사용하지 않은 듯 깔끔히 정리되어 있다 해도, 어젯밤 이곳에서 승현이 자위하고 잠을 잤다는 사실에는 변함이 없었다.

"하아……."

정인은 차가운 물병에서 떨어지는 습기에 젖은 손으로 얼굴을 문질렀다. 승현이 그에게 섹스 동영상을 들이대며 협박한 것이 지난 월요일이었다. 토요일인 지금, 정인은 한 주가 어떻게 지나갔는지도 잘 기억이 나지 않았다.

동영상으로 협박을 당했고, 사이좋게 뺨 한 대씩을 주고받았다. 물론 맞은 세기로 보나 그 후의 충격으로 보나, 타격은 정인 쪽이 훨씬 컸다.

그리고 한민우에게 도움을 청하려고 했지만 그것도 실패로 돌아갔다. 옥상에서 한민우 대신, 그의 휴대폰을 훔친 조승현을 만나 협박과 함께 다시 키스를 당했다.

어젯밤에는 그를 입으로 빼 줘야 했고, 새벽에는 상황이 반대가 되어 손이 묶인 채 그에게 좆을 빨렸다. 무슨 일이 더 일어날까 하는 불안감에 하루하루 피가 바짝 마르는 기분이었다.

'생각을 좀 해 보자.'

정인은 일주일 만에 혼자가 된, 이 천금 같은 시간을 이용해 천천히 생각을 정리하기로 마음을 먹었다. 출결을 체크하는 강의도 없고, 교실에서 다른 이들과 마주칠 필요도 없었다.

승현은 토요일이면 항상 오전에 외출해서 저녁때쯤 돌아왔다. 아마 시설에 가는 것이라고 짐작하고 있었다. 그러니까, 지금부터 약 여덟 시간 동안 정인은 자유라는 말이었다.

생각을 해 보자. 처음부터. 차근차근.

'대체 그 자식은 왜 몰카 따위를 설치한 걸까?'

미친 자식의 의도를 조금이라도 알면 조금 더 이 상황을 빠져나가기가 쉬울 것 같았다. 처음에는 단순히 한방을 쓰는 룸메이트를 믿지 못해서 카메라를 설치했을 수도 있다고 생각했다. 기분이 나쁜 것은 차치하고라도, 깔끔이 정도가 지나치면 병적이 되는 것은 가능한 일이었으니까.

'아니, 처음부터 계획적이었던 거야.'

하지만 지금은 달랐다. 정인은 조승현이 단순한 결벽증 때문이 아니라 처음부터 그의 약점을 잡기 위해 몰카를 설치했다고 믿었다. 하나만 걸려라, 하는 심정으로. 함정을 파고 서정인이 그 속에 굴러떨어지기를 기다렸던 것이다.

'도대체 왜?'

역시 그를 싫어했기 때문일 것이다. 재수 없는 상대를 자근자근 밟고 수치심에 혀 빼물고 자살하고 싶게 만들고 싶었을 것이다.

잠깐.

정인의 고개가 갑자기 퍼뜩, 위로 들렸다. 그는 자리에서 벌떡 일어나 그의 책상을 향해 휘청거리며 걸었다.

'젠장······.'

정인은 어쩌면 가장 중요한 일을 새까맣게 까먹고 있었다. 그와 한민우가 섹스하던 장면을 찍은 몰카가 아직도 이 방 어딘가에 설치되어 있을 거라는 점이었다.

그 말인즉슨, 이 방에서 지난 월요일 이후 매일 저녁 일곱 시마다 벌어졌던 상황들 역시 녹화되어 있을지도 모른다는 말이다.

"씨발······."

그는 당황해 벌게진 얼굴로 입술을 잘근잘근 씹었다. 솔직히 말하자면, 한민우와 섹스한 영상보다 그 뒤에 조승현과 있었던 일들이 더욱 수치스러웠다.

승현에게 따귀를 맞고, 눈물을 뚝뚝 흘리며 애원했던 것. 무릎을 꿇은 채 그에게 입으로 봉사하고, 침대에 손이 묶인 채로 허리를 꿈틀대던 일들이 모두 찍혀 있다면?

창문을 열고 뛰어내리는 것과 그 영상이 세상에 공개되는 것 중 무엇이 더 끔찍할지 가늠이 되지 않았다. 심장이 벌렁거리며 아프게 뛰기 시작했다. 정인은 얼핏 보았던 영상을 떠올리며 몰카가 설치되어 있을 만한 각도를 가늠해 좁은 장소를 모두 뒤졌다.

"어딨어······, 어딨는 거야······, 씨발, 하아······!"

벽에 멋없게 걸려 있던 촌스러운 그림 액자부터 연필꽂이까지 모조리 뒤졌지만, 몰카의 흔적은 찾을 수가 없었다.

정인은 손톱을 잘근거리며 깨물다가 바지 주머니에서 휴대폰을 찾아 들었다. 모르는 새 김승주에게 온 부재중 전화가 열 통 이상 찍혀 있었고, 확인하지 않은 메시지가 주르륵 떠 있었지만 그것을 확인할 여유가 없었다.

그는 즉시 스토어에서 몰카 탐지기 어플을 검색했다. 어머니가 준 신용카드로 단번에 결제까지 마친 후, 그는 떨리는 손으로 다운로드가 끝난 어플을 열었다. 떨리는 손으로 휙휙 넘기며 읽어 본 설명에는 카메라를 켜고 장소를 훑으면, 몰카가 설치되어 있는 곳에서 붉은 레이더가 반응한다고 나와 있었다.

정인은 휴대폰을 두 손으로 꼭 쥐고, 마치 공항의 보안 검색대 요원처럼 신중하게 그의 책상을 샅샅이 훑었다.

순간, 휴대폰에서 붉은 원이 서서히 퍼져 나가기 시작했다. 정인의 등줄기에 소름이 돋고 이마에 식은땀이 흘렀다. 그는 입술을 깨물며 천천히 움직였다. 붉은 원의 너비가 점점 작아지며 색이 또렷해졌지만, 대체 어디에 카메라가 숨겨져 있는지, 감도 오지 않았다. 긴장감에 입술이 바싹 말랐다.

지잉-.

손안에서 휴대폰이 갑자기 진동하는 바람에 정인은 놀라서 기계를 바닥에 떨어뜨렸다. 전화를 걸어온 상대는 김승주였다.

"씨발 새끼, 진짜……."

평소라면 기뻤을 테지만 지금 이 상황에서는 그의 전화가 전혀 반갑지 않았다. 정인은 휴대폰을 주워 들고 신경질적인 손길로 수신을 차단했다. 그리고 어플 화면을 비추는 액정을 뚫어져라 응시하며 숨겨져 있을 카메라를 찾았다. 붉은 점은 책상 구석과 벽 사이로 갈수록 점점 또렷해지고 있었다.

"……."

천천히 움직이던 정인은 휴대폰을 두 손에 든 채, 그 자리에 잠시 멈춰 섰다. 붉은 점이 마치 사이렌을 울리듯 커졌다 작아지기를 반복했다.

휴대폰 액정 화면이 비추고 있는 것은 구석에서 먼지를 뒤집어쓰고 있는 5리터짜리 플라스틱 용기였다.

정인은 입술을 씹었다. 입구에 비죽 솟아오른 종이 팻말에는 '특대형'이라는 글자가 인쇄되어 있었고, 견출지로 붙어 있었을 가격표를 손톱으로 긁어 억지로 떼어 낸 흔적이 보였다.

지잉- 지잉-.

김승주의 이름을 보이며 다시 울리기 시작한 휴대폰을 책상 위로 내팽개치듯 던진 후, 정인은 책상 사이 좁은 공간에서 하늘색 액체로 꽉 채워진 세제 용기를 빼냈다.

"⋯⋯미친⋯⋯."

기가 차서 입이 딱 벌어졌다. 정인은 뭉게구름 모양의 플라스틱 종이 팻말을 손으로 잡아 뜯었다. '특대형' 글자의 형. 받침의 'ㅇ' 모양 뒤편은 구멍이 뚫려 초소형 카메라가 테이프로 고정된 채, 붙어 있었다.

"하아⋯⋯."

당장이라도 카메라를 밟아 깨부수고 싶은 욕구를 간신히 참아 낸 후, 정인은 숨을 몰아쉬었다.

이걸로 됐다. 끝이다.

정인은 더 이상 참을 수 없었다. 이것을 기숙사 사감에게 증거로 가져다 바치고, 조승현에게 적절한 조치를 취하게 할 것이다. 아버지 친구인 학원 이사장이 힘을 써 준다면, 그의 퇴학까지도 무리가 없을지 몰랐다.

확실히 그를 쫓아내기 위해, 정인은 그가 자신의 물건에 손을 댔다는 증거도 이것저것 덧붙일 참이었다. 실제로 그의 사물함 안은 정인이 준 물건들이 가득할 테니, 말이 안 되는 것도 아니었다. 자신이 준 적 없다고 시치미를 떼면 그만이다.

'한 번 좆 돼 봐라, 이 개새끼야…….'

이로써 만에 하나 그의 섹스 동영상이 퍼지게 된다면, 범인은 몰카를 설치한 조승현임이 증명되는 셈이었다. 조승현이 아무리 많은 영상을 가지고 있다 해도, 세상에 풀 수가 없을 것이다. 몰카 유출은 범죄니까, 구치소에 걸어 들어가기를 원하지 않는 이상, 그런 멍청한 짓을 할 리가 없다.

"후……."

정인은 함께 뜯어낸 종이 팻말과 함께 소형 카메라를 유리 테이프로 칭칭 감았다. 그리고 화장실 세면대에서 찬물로 세수를 한 후, 옷장에서 티셔츠와 바지를 찾아 입었다.

입시를 위한 재수 학원에 주말 따위는 없었다. 보충과 특별 수업으로 학원 내에는 강사들이 많았다. 일단 교무실로 가서 당직과 상의를 할 생각이었다. 섹스 비디오 이야기는 빼고, 기숙사 방 안에서 이 소름끼치는 물건을 우연히 발견했다고 신고할 것이다. 그리고 그와 함께 지낸 반년간, 자신의 물건이 없어지는 일이 왕왕 있었다고 덧붙일 셈이었다.

절도는 학칙 위반 중에서도 심각한 사안이었다. 게다가 상대가 상대인 만큼, 당직 교사는 아마 학원장을 호출할지도 모른다. 부모님의 귀에 들어가는 것도 시간문제일 테지만, 오히려 그 편이 더 나았다. 정인은 그와 더 이상 하루도 한방을 같이 쓸 수 없다고 호소할 참이었다. 여름 방학은 일주일 앞으로 다가왔다. 만일 오늘 당장 서울로 가게 된다면 더욱 좋았다.

'씨발 새끼…….'

그 이후에 승현이 받을 징계는 정인이 상관할 필요가 없었다. 이 기회에 그냥 이곳을 아주 뜨는 것도 나쁘지 않은 생각이었다. 승현이 이곳을 나가야 하든 말든, 그에게는 유쾌하지 않은 기억들이 가득한 이 산골로 돌아올 필요가 없었다. 집에서 한 학기만 조심하며 얌전히 지내다가 외국으로 떠나 자유롭게 살면 되는 것이다.

혼자 있으니 머리가 빠르게 돌아가며 휙휙 명쾌한 해답을 내렸다. 정인은 옷매무새를 다시 한번 확인한 후, 방을 빠져나왔다.

기숙사 건물을 나올 때가 돼서야 우산을 가져오지 않았다는 사실을 깨달았다. 정인은 뒤를 슬쩍 돌아보았다. 컴컴한 건물 안으로 다시 돌아갈 마음은 들지 않았다.

악몽 같았던 지난 월요일부터 시작된 장마였다. 추적거리는 비에 운동장은 텅 비어 있었다. 하늘은 햇빛 한 점 없어 컴컴했고, 맞은편에 보이는 건물의 교실 창문에는 빼곡히 불이 켜져 있었다. 다들 산에 틀어박혀 보충 수업에 열중하고 있는 것이다.

정인은 비를 맞으며 운동장을 가로질러 걸었다. 몇 번 입지도 않은 네이비색 트레이닝팬츠에 빗물에 섞인 흙이 엉망으로 튀었지만, 마음이 조급했다. 한시라도 빨리, 이 악몽에서 벗어나고 싶어 견딜 수가 없었다. 감히 주제도 모르고 그를 협박한 조승현에게 죗값을 치르게 하고 싶다는 욕망이 가슴속을 가득 채웠다.

탁. 탁.

몸에 묻은 빗물을 털어 낸 후, 정인은 1층 중앙에 위치한 사무실을 향해 걸었다. 이 악몽을 당장 끝내 버리고 싶다는 생각과는 별개로 큰일을 털어놓아야 한다는 압박감에 긴장이 되었다. 창문 너머로 보이는 사무실 안에는 마침 기숙사 사감과 당직 교사가 함께 있었다. 어쩌면 일이 더 쉬워질 수도 있겠다는 생각이 들었다. 정인이 심호흡을 한 번 크게 한 후, 문을 열려고 했을 때였다.

지잉- 지잉-.

주머니에서 휴대폰이 요란하게 울렸다. 정인은 진동하는 휴대폰을 꺼내 들었다. 김승주는 오늘따라 지치지도 않고 전화를 하고 있었다. 그는 전원을 아예 꺼 버릴까 잠시 망설이다 손가락을 움직였다.

"왜."

-야, 너 왜 이렇게 전화를 안 받아? 메시지도 다 씹고, 새끼야.

승주가 평소답지 않게 날카로운 목소리로 화를 냈다. 정인은 뻑뻑한 눈을 손등으로 비비며 건조하게 대답했다.

"용건 없으면 나중에 이야기하자. 나 지금 바빠."

통화를 끊으려는데, 승주의 다급한 말이 귓가를 붙잡아 끌었다.

-한민우가 어제 새벽에 다리에서 떨어졌어!"

"뭐……, 뭐?"

갑자기 목덜미가 뻣뻣이 굳는 느낌에, 정인이 말을 더듬었다. 그는 문 앞에서 한 발 물러섰다.

-어제 같이 피시방 가자고 했었잖아. 네가 안 간다고 해서 결국 민우랑 둘이만 나갔단 말이야."

그랬다. 어제 저녁, 함께 나가자는 김승주의 제안을 복도에서 거절했던 것이 생각났다. 일곱 시가 다 되어 가는 시각이었고, 그는 기숙사 방으로 튀어 가야 했으니까.

"……근데?"

─게임하다 보니까 시간이 너무 늦었고, 소등 시간이 다 됐길래 택시 타고 돌아가려고 했어. 알잖아, 민우 새끼 벌점이 너무 많아서 한 번만 더 지각하면 외출 금지될 수도 있으니까. 근데 민우 새끼가 갑자기 전화 받고 어디 나가더니 다리에서 하천으로 떨어졌다고, 씨발!"

정인은 마른 입술을 혀로 축인 후, 작게 물었다.

"한민우, 괜찮은 거야?"

휴대폰을 잡은 손이 덜덜 떨리고 있었다.

"자세히……, 자세히 이야기해 봐."

승주가 전화기 너머로 한숨을 쉬었다.

─비 내려서 하천에 물 불어 있는 통에 하마터면 죽을 뻔했는데 간신히 헤엄쳐서 빠져나온 모양이야. 병원에서 그 새끼 다쳤다는 전화 와서 난 처음에 농담인 줄 알았어. 지금 검사 중이긴 한데, 크게 다친 데는 없고 충격만 좀 받은 것 같아. 놀랐겠지. 씨발 새끼……, 그러니까 오밤중엔 거긴 왜 기어 나가서……."

"김승주, 너 지금 어디야?"

─XX 병원이야. 민우 새끼, 혼자 있으면 불안해해. 누가 자꾸 자길 감시한다나 협박한다나……. 그래서 계속 너한테 연락한 건데, 인마. 어젯밤부터 연락이 왜 이렇게 안 돼?"

"지금 갈게."

─학원에서는 학부모들한테 항의 들어올까 쉬쉬하는 눈치니까 모른 척하고 나와."

달칵.

교무실 문이 열렸다. 정인은 전화를 끊고 휴대폰을 주머니에 도로 집어넣었다. 데이프로 칭칭 감겨 있는 몰래카메라가 손에 걸렸다.

"서정인? 웬일이야?"

이백 명이나 되는 학원생들의 이름을 빠짐없이 외우고 있는 기숙사 사감이 깐깐한 표정으로 그를 훑으며 코에 걸린 안경을 올렸다. 정인은 주머니에서 천천히 손을 뺐다. 말을 못 하고 머뭇거리는 그에게 사감이 되물었다.

"무슨 일 있어?"

"……외출계 좀 쓸까 해서요."

결국 그는 하려던 말을 꺼내지 못했다. 몰카는 여전히 그의 호주머니 속에 있었다. 등줄기에 식은땀이 배어났다. 그는 빈주먹을 꽉 쥐었다 폈다.

"사유는?"

"……서점에서 책 좀 사려고요."

사감은 미심쩍은 눈으로 그를 한 번 힐끗 보았지만, 곧 따라오라는 말과 함께 빈 복도를 빠르게 걸었다. 사무실 창문 너머로 보이는 당직 교사는 누군가와 심각한 얼굴로 통화 중이었다.

콜택시는 부른 지가 20분이 지나도록 나타나지 않았다. 정인은 교문 앞에 우산도 없이 앉았다. 추적추적 음습하게 흩날리는 비에 온몸이 젖은 지 오래였다.

「……한민우가 아니라서 실망했어요?」

옥상에서 한민우의 휴대폰을 박살 내던 조승현의 소름끼치는 눈빛이 떠올랐다.

'설마……'

아닐 거라고 생각해도, 정인은 자꾸만 무서운 생각이 들었다. 조승현이 한민우도 협박했을 가능성은 없지 않았다. 흘려들었던 김승주의 말이 예사롭지 않게 들렸다. 한민우는 요즘 누군가 자신을 감시하는 것 같아 예민해한다고 했었다.

'하지만……'

어제 새벽에 분명 조승현은 그와 함께 있었다. 정인의 양손을 묶어놓고 그의 하체에 얼굴을 박고 있었던 것이다. 놈의 알리바이를 입증하는 증인이 바로 자신이었다.

하지만 그 전에는?

무릎을 꿇고 그의 좆을 빨았던 시각이 저녁 일곱 시 반에서 여덟 시경.

그 후, 정인은 수치심을 이기지 못해 이불을 뒤집어쓰고 흐느끼다 깜빡 잠이 들었다. 승현이 바깥에 나갔다 새벽에 들어오기에는 충분한 시각이 아니었을까.

'아냐.'

정인은 예민해서 잠귀가 밝은 편이었다. 누가 나갔다 들어왔다면 그가 깨지 않았을 리가 없다. 하지만 지난 며칠 동안 밤에 제대로 잠을 못 자지 않았던가. 그랬기 때문에 어젯밤, 승현에게 치욕적으로 입으로 봉사한 후 저도 모르게 기절하듯 잠들었을 수도 있었다. 실제로 그는 승현이 자신의 팔목을 묶고 바지를 벗기는 것도 몰랐으니까.

"하아……"

생각을 하면 할수록 정인의 머릿속이 더욱 복잡해졌다. 몰카가 들어 있어 비죽한 주머니 안쪽이 거북하게 허벅지를 찔렀다.

정인은 조승현과 함께했던 지난 몇 개월이 새삼 끔찍하게 느껴졌다. 자신을 보며 예의 바르게 고개 숙였던 승현의 눈동자에서 아무런 기운도 찾을 수 없었던 스스로가 한심했다. 자신이 사람을 잘 본다고 생각했던 것은 말도 안 되는 착각이었다.

그는 조승현이라는 인간의 실체에 대해서 아무것도 모르고 있었다. 그 사실을 깨달은 순간, 정인은 더욱 두려워졌다. 만약 승현이 자신이 생각했던 것보다 훨씬 더 미친놈이라면, 그때는 어떻게 해야 할까.

반팔 티셔츠 아래로 드러난 하얀 팔뚝에 소름이 돋아났다. 정인은 교문 앞에 쭈그려 앉아 소리 없이 머리칼을 쥐어뜯었다.

* * *

한민우의 이름이 붙은 일 인 병실에 들어섰다. 한민우는 일주일 안 본 새 얼굴이 까칠해져 뾰족한 턱이 더 날카로워져 있었다. 그의 옆에서 휴대폰을 만지고 있던 김승주가 일어나 알은척을 했다.

"왔어?"

"……어떻게 된 거야?"

정인은 넓은 병실을 가로질러 비스듬히 누워 링거를 맞고 있는 민우에게 가까이 다가갔다.

"몰라, 씨발. 누가 전화로 불러서 나갔는데…….""

"그랬는데."

"뒤에서 떠밀렸어."

"누가 불렀는데?"

정인이 건조한 목소리에 떨림을 감추며 되물었다.

"몰라."

성마른 표정으로 한민우가 한숨을 쉬었다.

"전화 받고 나갔다면서. 누군지도 몰랐어?"

정인이 날카롭게 묻자 승주가 부연 설명을 했다.

"번호도 공중전화였는지 이상했고, 목소리도 처음 듣는 목소리였대."

처음 듣는 목소리. 일단 조승현은 아니란 소리인가. 아니, 민우가 조승현과 제대로 이야기를 한 적이 있었던가?

"그런데 왜 기어 나갔는데."

정인은 불안한 심정을 애써 숨기며 주먹을 꽉 쥐었다 폈다. 누워 있던 한민우의 눈썹이 움찔거렸다.

"확인할 게 있어서⋯⋯."

"무슨 확인."

"⋯⋯담배 한 대 줘라."

"미친 새끼야, 네가 지금 어디 있는지 모르냐? 대답이나 똑바로 해. 무슨 확인."

민우가 신경질적으로 머리를 쓸어 올렸다. 다문 그의 입술은 열리지 않았다. 커다란 한숨이 정인의 입술에서 터졌다.

"멍청한 새끼야, 그렇다고 혼자 나가? 누군지도 모르는 놈한테 이상한 전화 받고, 그 새끼가 누군지 알고 나가? 최소한 김승주한테는 말했었어야지. 왜, 너 뭐 죄지었어? 뭘 확인하러 몰래 나갔냐고 묻잖아!"

"서정인. 왜 네가 흥분을 해. 한민우, 환자야."

당황한 승주가 정인을 말렸지만 그는 멈추지 않았다. 정인이 거친 숨을 내쉬며 안타까움과 분노가 섞인 목소리로 물었다.

"누군지 전혀 보지도 못한 거야?"

"시골길에 가로등도 없이 사방이 시꺼메서 한 치 앞도 안 보이는데 보이긴 누가 보여."

"씨발……."

정인은 몸에 힘이 탁 풀려 빈 의자에 털썩 주저앉았다. 분위기가 심상치 않은 것을 본 승주가 냉장고에서 음료수를 꺼내 한민우와 그에게 하나씩 내밀었다.

"그래도 한민우, 예전에 수영 국대 나갈 뻔했다는 거, 그냥 한 소리는 아니었나 봐. 헤엄쳐서 빠져나온 거 보면 대단한 거 아니냐? 거기 하천, 수심 장난 아니라던데."

"김승주, 경찰에 신고는 했지?"

정인은 긴장을 풀려는 듯 너스레를 떠는 승주를 향해 웃지도 않고 심각한 표정으로 물었다. 자신이 알고 있는 김승주라면 한민우와는 달리 이런 상황에서 이성적인 판단을 했을 거라는 한 가닥 희망이 있었다.

"아, 그게……."

승주가 애매한 표정을 지으며 침대 쪽을 힐끗 보았다.

"신고했다가 일 커질 일 있어?"

한민우가 뾰족한 얼굴로 쓰게 중얼거렸다. 정인이 인상을 구기며 작은 테이블 위에 입도 대지 않은 음료수 캔을 탁 소리가 나게 내려놓았다.

"한민우. 너 협박당하고 있다며. 누구한테 감시당하는 것 같다며!"

"……."

"휴대폰도 잃어버렸잖아. 어떻게 잃어버렸는지 생각도 안 나?"

"몰라, 씨발. 학원 내에서 신고 안 된 도난 사고가 한두 번이야?"

한민우가 목소리를 높이며 링거가 꽂힌 손으로 다시 머리를 신경질적으로 쓸어 넘겼다. 붉은 피가 링거 줄을 타고 역류하는 것을 보며 정인이 절망적인 표정으로 입술을 씹었다.

"누군지 짐작도 안 가? 절대 모르겠어?"

살인 미수라면 지금이라도 당장 조승현을 처넣을 수 있을 것이다. 정인은 제발 한민우가 조승현의 범죄를 입증할 단 한 가지 증거라도 가지고 있길 바랐다.

"모르겠어. 그래서 더……. 씨발, 짜증이 난다고. 누군지 모르는데 그 새끼는 내 행동반경을 완전히 파악하고 있단 말이야."

"하아……."

고개를 들고 중얼거리는 그의 얼굴에서 정인은 불안을 읽었다. 민우의 떨리는 눈동자를 보자 정인이 마지막까지 잡고 있었던 희망이 툭, 끊어졌다. 한민우는 지금 두려워하고 있었다. 두려움은 용기를 앗아간다. 아무것도 할 수 없게 만드는 것이다.

"한민우……."

"나, 서울로 떠날 생각이다. 아버지에게 쥐 터지던 말건, 그냥 가려고."

그가 정인을 보며 낮게 내뱉었다. 정인은 온몸에 힘이 쭉 빠졌다.

"……떠나기 전에, 네 얼굴 봐서 다행이야, 서정인."

*　　*　　*

섹스 동영상을 부모에게 보내겠다고 협박당하는 것과, 죽으라고 하천에 떠밀리는 것 중 무엇이 더 두려운 일일까.

정인은 승주와 함께 돌아오는 택시 안에서 곰곰이 생각했다. 비가 내려 험한 흙길을 조심스레 주행하는 차가 조금 더 천천히 달렸으면 하고 바랐다. 구불구불한 산길은 비까지 내려 오늘따라 유달리 음침했다.

"⋯⋯괜찮아?"

정인이 흔들리는 차창에 기대고 있던 머리를 들었다. 승주가 그를 보며 걱정스러운 표정을 지었다. 늘 밝고 듬직해서 같이 있는 것만으로 기분이 좋아졌던 김승주가 옆자리에 앉아 있는 것조차, 정인의 불안을 앗아가지 못했다.

"⋯⋯어."

승주가 머뭇거리다 다시 물었다.

"너희 둘, 나한테 말 안 한 뭔가 있어?"

"누구?"

조승현을 떠올리며 표정이 딱딱하게 굳는 정인을 보며 승주가 덧붙였다.

"한민우랑 너 말야. 둘이 뭔 일 있냐고."

"⋯⋯그런 게 있을 리가 없잖아."

"민우도 그렇고, 너도 그렇고. 요즘 좀 이상해."

승주가 잘생긴 콧날을 찡그렸다. 정인은 그의 옆모습을 바라보며 소리 나지 않게 숨을 들이쉬었다.

"너, 민우 괴롭힌다는 놈, 누군지 정말 몰라?"

"몰라. 난 지금도 솔직히 민우가 약간 머리가 이상해진 건 아닌지 생각하는 중이야."

"뭐?"

"왜, 너무 많이 하면 좀 이상한 거 보이고 그런다잖아."

승주가 택시 기사의 눈치를 힐끗 보며 손가락으로 표시를 해 보였다. 그는 한민우가 약을 심하게 해서 환각을 보는 것이라고 생각하는 듯했다. 클럽에서 약을 너무 많이 한 부작용으로 사흘 동안 잠을 자지 못해 병원에 실려 간 전적도 있으니, 피해망상이라는 것도 말이 안 되는 소리는 아니었다.

"그럼 갑자기 다리에서 떨어진 건?"

"그건 잘 설명이 안 돼. 민우 새끼, 피시방에서까지는 멀쩡했거든. 근데 전화 받자마자 손 떨고 분위기 이상하긴 했었어."

"⋯⋯전화한 게 누굴까."

"한민우도 처음 듣는 목소리였대."

정인은 차창으로 시선을 돌리고 곰곰이 생각했다. 한민우와 조승현이 제대로 된 대화를 나눈 적이 있었는지를 다시 한번 기억해 내려 애썼다.

떠오르지 않았다. 한민우는 조승현의 눈빛이 마음에 안 든다며 탐탁지 않아 했다. 이제 와서 생각해 보면 감은 한민우가 자신보다 훨씬 정확했지만, 늦은 이야기였다. 아무튼, 그러한 이유로 둘은 특별히 이야기를 할 만한 사이가 아니었다. 지나가다 한민우와 함께 있는 정인에게 인사하는 조승현의 목소리를 몇 번쯤 들은 적이 있다 해도, 실제와 전화상의 목소리는 또 다를 수가 있으니 한민우가 조승현의 목소리를 알아듣지 못한 것도 아예 말이 안 되는 것은 아니었다.

"저장도 안 되어 있고 스팸도 안 뜨는 이상한 번호이긴 했다는데, 민우 새로 산 휴대폰도 물에 같이 빠졌다니까, 지금 당장은 번호 조회도 불가능하고."

다시 차 안에 묵직한 침묵이 흘렀다. 산길을 올라가며 고도가 높아지자 귀가 멍멍했다. 학원을 나갔다 들어올 때면 늘 느끼는 익숙한 느낌이었다. 기숙사가 가까워지고 있는 것이다.

"서정인."

승주가 조용히 그를 불렀다.

"어."

정인은 그를 보지 않고 무심히 대답했다.

"혹시 무슨 일 있으면, 넌 나한테 꼭 말해 줘라."

"……."

"민우 자식 말도 없다가 갑자기 나간다고 하니까, 솔직히 좀 서운하다, 나."

"……."

"여기서 우리 셋이 제일 잘 어울려 다녔잖아. 왜 이렇게 됐는지 모르겠는데……."

승주가 작게 한숨을 내쉬었다.

"갑자기 이렇게 돼 버려서 나도 당황스럽다고."

정인이 승주에게 눈을 맞추었다. 김승주의 선한 눈동자가 티 나지 않게 조금 흔들렸다. 속이는 것이 없는 순수한 눈동자. 아무것도 모르는 그의 시선에 정인은 마음이 무거웠다.

"너도 갑자기……, 어디로 가 버린다고 할 것 같아서 불안하다고."

봄 햇살에 보기 좋게 잘 그을은 그의 얼굴이 약간 어두워지는 것 같았다.

정인은 그를 가만히 바라보았다. 만약 김승주에게 이 모든 사건의 전말을 털어놓고 도움을 청한다면 어떻게 될까.

"······요즘 네가······, 민우나 내 연락 안 받는 것도 조금 이상하고."

승주가 그답지 않게 말을 더듬었다.

"너랑 민우랑 무슨 일 있었는지······. 난 아무것도 모르니까······."

그의 툭 불거진 남성적인 목울대가 위아래로 움직였다.

"김승주."

정인이 조용히 그의 이름을 불렀을 때, 차가 정지했다. 벌써 교문 앞이었다.

"일단 내리자."

승주가 카드로 요금을 지불한 후, 우산을 들고 내렸다. 정인은 뒤이어 내린 후 차 문을 닫았다.

오전부터 추적이던 비는 하루 종일 내리고 있었다. 밖은 어느새 어둠이 내려 깜깜했다. 그제야 정인은 번뜩 정신이 들었다.

그는 입술을 씹으며 황급히 바지 주머니를 더듬었다. 휴대폰은 배터리가 언제 나갔는지 전원이 꺼져 있었다.

"지금 몇 시야?"

승주가 팔을 들어 시계를 확인했다.

"어, 벌써 여덟 시 다 돼 가네, 언제 시간이 이렇게······."

"먼저 간다."

그의 말이 끝나기를 기다리지도 않고, 정인은 운동장을 가로질러 기숙사로 뛰었다.

"서정인! 우산 쓰고 가! 비 맞잖아!"

승주가 뒤에서 소리를 질렀다.

철벅. 철벅.

고인 물웅덩이에서 물이 사정없이 튀고, 꿉꿉하게 말라 가던 정인의 옷이 다시 빗물에 흠뻑 젖었다. 한민우의 병실에서 시간을 보내고, 돌아오는 길에 김승주와 식당에서 밥을 먹고 출발할 때까지만 해도 날은 밝았었다. 비 때문에 택시 안에서 한 시간 반 이상 소요했고, 그동안 벌써 시간이 이렇게 되었을 줄은 상상도 못 하고 있었다.

'씨발…… 젠장……!'

정인은 욕설을 씹으며 기숙사 건물로 뛰어 들어가 외출계를 반납했다. 숨 고를 시간도 없이 5층 계단을 두세 개씩 한꺼번에 뛰어 올라간 후, 마침내 도착해 방문을 벌컥 열었다. 어두컴컴한 방 안에서 조승현의 널찍한 등판이 보였다. 비가 들이치는데, 창문은 열려 있었다. 그는 우두커니 서서 팔짱을 낀 채, 창문 너머 잔디가 깔린 운동장을 내려다보는 중이었다.

"미안, 늦었어."

정인은 문을 닫고 그 자리에 서서 시키지도 않은 사과를 먼저 내뱉었다. 시간 약속 안 지키는 것을 제일 싫어한다는 그의 말이 머릿속에 사무쳤다.

승현이 천천히 뒤를 돌았다.

"불 켜요."

그의 명령에 따라 스위치를 눌렀다. 서늘하게 느껴지는 백색 조명이 컴컴한 방 안을 밝혔다. 앞머리가 젖은 그의 얼굴은 무표정했다. 정인은 그에게서 아무것도 읽어 낼 수가 없었다.

"어디 갔다 왔어요?"

승현이 무심히 물었다. 정인은 잠시 망설이다 입을 열었다.

"친구가 몸이 안 좋아서, 병원에 좀……."

"친구 누구?"

정인이 대답을 망설이며 입술을 씹었다. 한민우와 다시는 연락하지 않겠다고 옥상에서 그와 반강제로 약속한 것이 불과 며칠 전이었다. 솔직히 말했다가 그가 무슨 반응을 보일지 두려웠다. 그러나 만약 한민우가 하천에 빠진 것과 조승현이 정말로 관계가 있다면, 그에게 거짓말을 해 봤자 헛수고일 거라는 생각이 들었다.

"……나도 하나만 물어볼게."

"질문은 내가 먼저 했는데."

승현이 고개를 까딱했다.

"뭐, 해 보세요."

정인은 숨을 한 번 크게 들이쉰 후, 그를 향해 떨리는 목소리로 물었다.

"어젯밤에 너, 바깥에 나간 적 있어?"

"제가 왜요?"

건조하게 되묻는 승현의 얼굴에서는 역시나 아무것도 읽을 수가 없었다. 정인은 잠시 망설이다 고개를 저었다.

"……아니면 됐어."

"그럼 이제 제 질문에 대답해야죠."

"……뭐, 뭐였지?"

"친구 누구 만나러 갔다 왔냐고 물었는데요."

"……한민우가 다쳐서 거기 잠깐 다녀왔어."

잠시 망설이던 정인은 결국 사실대로 대답했다. 숨겨 봤자 다 들통이 날 거짓말이라는 생각이 강하게 들었기 때문이다. 한민우가 다쳤다는 소리를 들었을 때, 승현의 반응 역시 궁금했다.

"아, 그랬구나."

승현이 화를 내는 대신 무심히 고개를 끄덕였다.

"난 또."

그가 팔짱을 낀 채로 천천히 정인을 향해 걸어왔다. 뒤에 문을 등지고 선 정인은 더 이상 갈 곳이 없었다. 다섯 평짜리 좁은 공간은 숨이 막힐 듯 답답하고, 그는 조승현에게서 벗어날 수가 없다.

"몰카 발견하고 경찰서에라도 간 줄 알았죠. 김승주 손 꼭 붙들고."

"······."

당황한 정인은 떨리는 입술을 딱 붙였다. 비죽 튀어나온 바지 주머니 안에는 자신이 직접 떼어 낸 몰카가 있었다. 먼지 쌓인 플라스틱 세제 통은 원위치에 되돌려 놓았지만, 승현은 바로 눈치를 챈 것이다.

"······흣······."

두려움에 몸이 먼저 반응했다. 덜덜 떠는 정인의 앞에 손바닥 두 뼘 정도 거리를 두고 승현이 멈춰 섰다. 그리고 고개를 조금 숙여 정인에게 눈을 맞추었다.

"이번 기회를 통해서 본격적으로 한 번 꼬셔 보려고 한 줄 알았잖아요. 형 잘하는 거 있잖아요. 눈물 글썽거리는 눈으로 빤히 바라보면서, 길게 한숨 쉬고 빨간 입술 잘근잘근 씹고 빨아 대면서 말이에요."

"······뭐?"

"형, 김승주 마음에 두고 있으니까."

정인은 차마 부정하지도 못하고 인상을 찌푸릴 수밖에 없었다. 대체 무엇 때문에 승현이 지금 이 상황에 그런 말을 할 수 있는지, 근거조차 떠오르지 않았다.

　김승주가 마음에 있었던 것은 사실이었지만, 혹시 모를 귀찮은 일을 방지하기 위해 철저히 노력했다. 정인은 승주 본인에게조차 그런 티를 낸 적이 없었다. 그 점은 확실히 말할 수 있었다.

　"……대체 무슨 소리야, 그게."

　"시치미 떼시는 거예요?"

　"뭐?"

　"제가 형을 그만큼이나 관찰했는데, 모를 줄 알았어요?"

　"조승현, 지금 네가 무슨 말을 하는지, 나는 잘 모르겠고……, 설사 그렇다 하더라도 내가 누구를 마음에 들어 하든 말든……."

　승현의 눈빛에 험악한 기운이 스치는 바람에 정인은 잠시 말을 끊었다. 심장이 기분 나쁘게 쿵쿵 뛰었다.

　"……."

　그래. 할 말은 해야 했다. 정인은 노려보는 그의 시선을 바라볼 자신이 없어 눈을 질끈 감고 나오지 않는 목소리를 끄집어냈다.

　"……내가 누구를 좋아하든, 네가 상관할 일은 아니잖아."

　쾅-!

　순간 승현이 쇠로 된 철문을 주먹으로 세게 내려치는 바람에 정인은 놀라서 몸을 움츠리며 눈을 번쩍 떴다. 그의 얼굴 옆에서 꽉 쥔 커다란 주먹이 부르르 떨렸다.

　정인은 숨을 훅 들이쉬었다. 다리가 벌벌 떨렸다. 이 소리를 듣고 누가 좀 와 줬으면 하는 그의 희망과는 달리 바깥에는 아무 기척도 없었다.

　"진짜……, 좋아했나 보네?"

방금 보여 준 거친 행동과는 달리 싸늘해서 침착하게까지 들리는 목소리였다.

"그래, 좋아하는 건 김승주인데, 떡은 한민우랑 친 거예요?"

정인은 승현의 몸과 문 사이에 갇혀 덜덜 떨고 있었다. 빠져나갈 수도 없고, 뭐라고 답을 해야 할지 알 수가 없었다.

"무슨 사고를 가지고 있으면 엉덩이가 그렇게 가볍게 움직여요?"

힐난하는 듯한 어조였다. 승현의 목소리에는 비웃음이 가득했다.

"그러면서 김승주한테는 또 얼마나 흘리고 다녔을까."

"승주랑은……. 그런 사이 아냐."

정인이 겨우 힘겹게 내뱉은 말이었다.

"그럼 무슨 사이인데?"

끝이 느릿하게 올라가는 그의 목소리가 잔인했다. 정인은 더듬거리며 말을 이었다.

"……친구야. 정말……, 승주는 진짜 좋은 녀석이니까. 잃고 싶지 않으니까……."

한민우의 사고 소식을 듣고 한걸음에 달려가고, 걱정하는 눈동자로 그를 바라보았던 김승주의 눈빛은 거짓이 아니었다. 택시 안에서도 마찬가지였다. 승주는 원래가 그런 놈이었다. 진심으로 친구를 염려하고, 의리 있고 믿음직스러운 녀석이라 가능하면 오랫동안 곁에 두고 싶다고 생각했었다.

"아아."

승현이 고개를 작게 끄덕였다. 한쪽 끝이 비틀린 그의 입꼬리가 가늘게 떨렸다. 정인은 그가 화가 났다는 사실만 확실히 알 수 있었다. 문제는 왜 그가 화가 났는지 도저히 짐작할 수가 없다는 것이었다.

"그러니까 형한테 섹스 같은 건, 좋은 사람이랑은 안 하는, 그런 거예요?"

그의 말을 이해할 수가 없어 정인의 하얀 이마에 주름이 졌다.

"한민우하고 섹스했던 이유가 '편리해서'라고 했었던 말, 사실이었네요."

승현이 멋대로 떠드는 말이 쿡쿡 정인의 가슴속 어딘가를 찔렀다.

"그러니까, 사진까지 몰래 저장해서 간직할 정도로……."

승현이 중간에 혀로 입술을 축이며 말을 끊었다가 다시 이었다. 정인을 내려다보는 그의 눈빛에 서늘한 불꽃이 튀었다.

"그 정도로 마음에 있는 사람한테는, 자신이 게이인 것 절대 들키지 않게 절친인 척 행동하고, 뒤로는 뒷구멍이 달아서 별 상관도 없는 놈이랑 붙어먹은 거네."

"……."

"형 쓰레기네, 진짜."

나지막하게 내뱉는 그를 보는 정인의 가슴속에서 무언가가 부글부글 끓었다. 정인의 숨결이 점점 거칠어졌다.

"네가……."

그는 승현을 보며 떨리는 목소리를 간신히 뱉어 냈다.

"……네가 뭘 알아."

"할 말 있으면 해 보세요."

분노와 수치스러움을 참을 수 없어 온몸에 잔뜩 열이 올랐다.

"할 말 없잖아요. 제가 한 말에 틀린 게 없으니까. 형이 마음 따로 몸 따로 굴리는 쓰레기라는 건 변함없는 사실이니까. 안 그래요?"

비웃는 승현의 얼굴이 가까웠다. 정인은 핏발 선 눈으로 그를 노려보며 입술을 뗐다.

"한민우 같은 놈은 어차피 여기 졸업하면 다시는 못 볼 종류야. 책임져야 할 것도 많고, 지켜야 할 것도 많은 놈이니까. 여기서 시시덕거렸던 기억 같은 거, 그냥 한때 불장난으로 치부할 수 있을 성격이라고. 하지만······."

말을 잇는데 목이 부어 따끔거렸다. 몸은 더운데 팔뚝에 소름이 돋아 떨렸다. 정인은 마른침을 삼키고 말을 이었다.

"승주는 달라."

"뭐가 다른데?"

승현의 목소리는 착 가라앉아 낮았다.

"······김승주는 내가 함부로 놀자고 권유할 수 있는 놈이 아니라고."

사실이었다. 만약 정인이 그에게 하룻밤의 섹스를 제안한다면 김승주는 기함할 것이다. 다시는 그를 보지 않으려 할 수도 있었다. 녀석은 무식할 정도로 고지식한 면이 있으니까. 난잡하게 놀았던 과거를 한민우에게는 말할 수 있어도 김승주에게는 말할 수 없는 이유도 같은 이유였다.

"그 말, 김승주를 잃을까 봐 겁이 났다는 소리예요?"

승현이 조금 더 가까이 다가왔고, 그의 콧날이 정인의 콧등에 닿았다. 달리지도 않았는데 숨이 턱에 차고 어지러웠다. 그를 피하고만 싶었다.

"형한테도, 그런 감정이 있었다고?"

잔뜩 가라앉은 그의 목소리가 기묘했다. 정인은 숨을 참으며 눈을 내리깔았다.

"시선."

그의 지적에 정인은 반사적으로 눈을 들었다. 지독하게 까맣고 깊은 눈동자가 정인을 마주했다. 승현의 속눈썹이 자신의 눈동자를 찌를 정도로 가까이 다가온다고 느껴지는 순간이었다.

"아아……."

그가 정인의 아랫입술을 슬쩍 아프게 물었다 떨어졌다. 승현의 체온은 여전히 뜨거웠다. 잠깐 스치듯 닿은 순간에도, 그의 열기가 화르르 정인에게까지 옮겨 붙는 것처럼.

"……나는 어땠어요?"

갈라진 목소리가 느리게 그의 성대를 타고 흘러나왔다. 질문의 의도를 알지 못해, 정인은 인상을 찌푸리며 작게 물었다.

"……뭐가?"

"형의 그 조잡한 카테고리 안에서, 나는 어디 속해 있는 사람이었냐고 묻는 거예요."

"……무슨 말인지 잘 모르겠어."

정인의 단정한 눈썹이 미간에 모였다. 지난 월요일 이전까지의 승현은, 정인에게 있어 그저 말 잘 듣고 조용해서 편리한 룸메이트였을 뿐이었다.

"나랑은 가능해요?"

"뭐……, 뭐가?"

정인은 앵무새처럼 같은 말을 반복했다. 승현의 몸이 문을 등지고 선 정인에게 완전히 붙었다. 정인의 허벅지 안쪽에 단단한 무언가가 닿았다.

정인은 흑, 하고 숨을 들이쉬었다. 뜨거웠다. 젖은 몸에 달라붙어 느껴지는 승현은 완전히 달아올라 있었다. 그는 그제야 승현이 무슨 말을 하고 있는지 이해할 수 있었다. 승현이 그의 귀에 대고 느리게 속삭였다.

"나하고는 섹스가 가능하다고 생각했는지 아닌지, 묻고 있잖아요."

"……그런 생각 안 해 봤……, 훗……."

"씨발……."

승현이 정인의 귓불을 콱 물었다. 날카로운 고통과 동시에 훅, 하고 느껴지는 뜨거운 숨에 정인은 저도 모르게 눈을 감았다.

"사람 진짜 비참하게 만드는 데 진짜 소질 있어요, 형은."

"……."

"나는 후보도 안 돼요?"

그의 뜨거운 혀가 귓바퀴를 축축하게 돌리며 안으로 들어오자, 정인이 벌벌 떨며 그의 어깨를 꽉 짚었다. 등줄기에 소름이 돋고 털이 오소소 직각으로 서는 느낌은 두려움과는 다른 것이었다. 정인은 그 반응이 무엇을 뜻하는지, 이후에 자신에게 일어날 신체적 변화가 무엇인지를 너무나 확실히 알고 있었다.

"하, 하……, 하지 마……, 훗!"

"김승주한테 마음이 있었다고?"

승현이 귀의 연골을 자근거리며 커다란 손으로 정인의 엉덩이를 꽉 틀어쥐었다. 옷감이 얇은 트레이닝팬츠 안에서 작고 탄탄하게 올라붙은 엉덩이가 그의 손아귀 안에 비틀렸다.

"혼자 잘난 척은 다 하면서, 형한테 진심이라는 게 있긴 해요?"

승현의 손이 움푹 들어간 엉덩이의 골을 짚었다. 정인의 성대에서 신음이 절로 터졌다.

"하읏!"

"이것 봐. 후보도 안 되는 내 손길에도 암캐같이 흥분하고 있잖아, 지금."

어느새 일어선 정인의 성기를 이미 발기해 있던 승현의 것이 부피감을 자랑하며 꾹 눌러 왔다.

"형한테 나는 아마 분류할 필요도 없는 사람이었겠지. 구석에 처박아 둔 싸구려 세제처럼, 이 방을 떠나는 순간, 미련 없이 버릴 수 있는 존재였을 거야. 아니, 만약 그게 없어지더라도 아, 여기 뭔가 있었던 것 같은데 하면서 그게 뭔지도 몰랐겠죠. 그렇죠? 응?"

"조승현……. 손……, 손 좀……."

미친 사람처럼 귓가에 토해 내는 승현의 말보다, 뒤를 누르며 자극해 오는 그의 손길이 더욱 견디기 힘들었다.

"손 뭐, 여기? 이렇게 구멍을 쑤셔 주면 되는 건가요?"

"흐읏……!"

그의 손이 옷감째 안으로 파고들기 시작했다. 정인은 다리에 힘이 풀려 그에게 기댈 수밖에 없었다.

"형 같은 쓰레기한테는 처음부터 이렇게 했었어야 했는데. 방법이 완전히 틀렸던 걸 내가 몰랐어요."

승현의 뜨거운 손바닥이 등에 닿았다. 정인은 그에게 꽉 안겨 신음했다.

"하아, 하, 하지……, 훗!"

무차별적으로 들어오는 손가락에 정인의 몸은 한심하리만큼 민감하게 움찔대고 있었다. 승현이 그의 귓가에 대고 비웃는 것도 이해 못 할 일은 아니었다.

"말하는 거랑 몸이랑 따로 노는 게 딱 형 같네요. 몸 따로, 마음 따로. 응?"

정인이 승현의 티셔츠를 말아 쥐고 숨을 몰아쉬었다. 그의 말은 사실이었다. 그만하라는 말이 무색하게도 엉덩이 안쪽이 움씰대며 완전히 반응하기 시작한 것이다.

"흐웃……. 아아……."

마디가 굵은 손가락이 옷감과 함께 꾸역꾸역 안쪽까지 치대고 들어왔다. 어디까지 넣을 작정인지 알 수도 없었다.

"조, 승현……, 하아, 하아……!"

정인의 목덜미가 홧홧하게 달아오르고 성기는 완전히 발기해, 승현의 것과 함께 문질러졌다.

"느껴요? 몰카 설치하고 형을 협박까지 한 놈 손길에도 느끼고 있는 거예요, 지금?"

"흐웃……!"

귓가에 뜨겁게 속삭이는 그의 목소리는 거친 손길과는 달리 부드러웠다. 그 간극이 더욱 정인을 달아오르게 하고 있었다. 승현이 꾸욱, 손가락을 아래로 구부려 왔을 때, 정인이 작살에 꿰인 물고기처럼 몸을 퍼덕였다.

"하앗!"

"왜요? 여기가 좋아서?"

끔찍하리만큼 다정하게 그가 물었다. 정인의 머릿속이 하얗게 타들어 가고 있었다. 정인은 저도 모르게 고개를 끄덕이며 신음했다.

"흐응……!"

내벽을 자극하는 손가락은 이제 정확히 느끼는 부분을 눌러 오고 있었다. 정인은 그의 가슴에 옆얼굴을 묻고 헉헉거렸다.

"고개 들어요."

정인이 얼굴을 그에게 기댄 채 고개를 좌우로 흔들었다. 그럴 수가 없었다. 고개를 들 힘조차 없었고, 그럴 여유도 없었다.

"내 얼굴 쳐다보라고."

정인이 얼굴을 들지 않자 그가 고개를 숙여 이마를 붙였다.

"······좋다고 말해 봐요."

승현의 이마에서 정인의 관자놀이로 땀인지 빗물인지 모를 물방울이 흘러내렸다.

"말해 봐요. 좋다고."

그가 원하는 게 그것일까. 뭐라도 상관없다. 정인은 조승현이 지금 자신에게 선사하는 이 자극을 멈추지 말았으면 했다. 그걸 위해서라면 당장 뭐든지 할 수 있을 것 같았다. 빳빳이 일어난 성기에서 프리컴이 새어 나와 속옷을 적셨다.

정인은 흐릿해진 눈으로 그를 보며 가쁜 숨을 내뱉었다.

"좋아, 하아······, 좋아!"

순간 승현의 얼굴이 딱딱하게 굳었다. 그의 얼굴에 경멸의 빛이 스치고 지나갔다. 내벽을 자극하던 손이 한 번에 쑥, 빠졌다. 꽉 안아오던 손길이 그를 세게 밀쳐 내자 정인의 등이 철문에 부딪혀 둔탁한 소리를 냈다.

정인이 마른 입술을 혀로 쓸었다. 등 뒤에서 느껴지는 찡한 고통도 몸속에서 우글거리는 흥분을 터뜨리지 못했다. 갑자기 얼어붙은 조승현의 반응에 어처구니없게도 억울한 마음까지 들었다.

"왜······. 왜······?"

정인은 혼이 빠진 얼굴로 문에 기댄 채 물었다. 그가 방금까지 정인의 뒤를 쓸었던 손을 천천히 입가로 가져간 후, 크게 숨을 들이쉬었다. 승현의 눈동자가 흥분과 분노를 함께 담고 이글거렸다.

"……걸레 냄새가 나서."

마치 냉기가 그에게서 옮아온 기분이었다.

"토할 것 같아서요."

정인의 몸에서 활활 타오르던 흥분이 마치, 찬물을 끼얹은 듯 사그라들었다.

주륵.

힘이 풀린 다리가 문을 타고 미끄러졌다.

거북하게 엉덩이 사이를 쑤시고 들어가 채 빠져나오지 못한 옷감이 느껴졌다. 당했다는 수치스러움이 그제야 온몸을 잠식했다. 정인은 일어서지도 못한 채, 그대로 눈을 감았다.

승현은 그를 내버려 둔 채, 방에 딸린 작은 화장실로 걸어 들어갔다.

쏴아ー.

세면대에서 물 흐르는 소리가 났다. 물소리가 얼마만큼 이어졌을까.

"정인이 형."

화장실 밖으로 나온 승현이 정인을 불렀다. 정인은 무릎을 세우고 그 사이에 고개를 처박았다. 그가 자신의 이름을 부르는 것조차도 소름이 끼쳤다. 또 무슨 말을 하려고 저러는 걸까. 대체 그는 어디까지 자신을 추락시켜야 분이 풀리는 걸까.

톡.

무언가가 눈앞으로 떨어졌다. 정인은 고개를 들었다.

"……."

끈적한 정액으로 범벅이 되어 엉망으로 구겨진 진회색 속옷은 분명 언젠가 정인이 그에게 줬던 것이었다.

"좀 빨아다 주실래요? 더러워져서."

자위한 흔적이 그대로 남아 있는 팬티를 보며 정인은 몸을 부들부들 떨었다. 도저히 참을 수가 없었다. 자신이 조승현에게 이따위 취급을 받을 이유가 없었다. 정인은 힘이 들어가지 않는 다리를 억지로 일으켜 자리에서 일어선 후 악에 받친 목소리로 짧게 내뱉었다.

"……못 해."

"못 해?"

승현이 인상을 쓰며 입술을 비틀었다.

"그래."

"못 하겠다고요."

"그래, 더 이상……, 못 한다고, 이 또라이 새끼야!"

정인은 소리를 버럭 질렀다. 이제 동영상 따위는 어떻게 되어도 상관없다는 생각이 들었다. 그는 당장 이곳을 빠져나갈 생각이었다. 더 이상 이렇게 수치스럽게 살 수는 없었다. 야밤에 정액 묻은 남의 팬티를 빨아야 하느니 차라리 커밍아웃하고 아버지에게 얻어터지는 것이 훨씬 나았다.

"동영상을 학원 내 전교생한테 뿌리든 인터넷에 올리든 마음대로 해. 이 새끼야."

그를 협박한 조승현은 얻어터지는 거로 끝나지는 않을 것이다.

조승현이 흰 티셔츠만 입은 반나체로 서서 낮게 휘파람을 불었다.

"진심이에요?"

정인의 집안에서 법조계에 종사하고 있는 사람이 둘이나 있었다. 아직까지 바지 주머니에 들어 있는 몰카는 충분한 증거가 될 것이고,

협박죄를 적용해 그를 감옥에 처넣고 말 것이다. 정인은 이를 뿌득 갈았다.

"내가 어디까지 진심인지 알고 싶으면 어디 해 봐."

그가 거칠게 문고리를 잡았을 때였다.

"정인이 형."

승현이 그의 이름을 불렀다. 무시하고 나가려는 순간 녀석이 말을 이었다.

"김승주도……."

승현의 입에서 나온 이름에 정인은 잠시 멈칫했다.

"……김승주 선배도, 수영 잘해요?"

느릿한 그의 목소리에 정인은 심장이 옥죄는 듯한 느낌이 들었다.

5. 어둠

빙그르르.

정인은 바닥에 등을 기대고 앉아, 시계 방향으로 돌았다가, 다시 거품을 내며 반대 방향으로 돌아가는 드럼 세탁기의 입구를 뚫어져라 바라보았다. 속옷 여러 장과 티셔츠들이 한데 엉켜, 위아래로 원을 그리며 움직였다.

'······결국 그 새끼 짓이었어?'

정인은 한민우가 입원한 병원에 다녀왔다고 했지, 그가 어디가 아픈지는 말하지 않았다. 물에 빠졌다는 이야기는 꺼내지도 않았다. 한민우의 말에 따르면 학원 내에서 정인와 승주 외에 그 사실을 알고 있는 것은 기숙사 사감과 어제와 오늘, 당직을 맡고 있는 교사뿐이라고 했다. 하지만 승현은 그 사실을 분명히 알고 있었다. 아니었다면 아까 같은 상황에서 그런 말이 갑자기 튀어나왔을 리가 없다.

「……김승주 선배도, 수영 잘해요?」

싸늘했던 목소리를 떠올리자 정인의 온몸에 다시 소름이 돋았다. 단순한 한마디였지만, 그것이 내포하는 의미는 확실히 가슴속에 꽂혀 들어왔다. 우려했던 대로, 그가 자신이 생각하는 것보다 훨씬 더 미친놈일지도 모른다는 사실이 새삼 정인을 두렵게 만들었다.

한민우는 어젯밤, 죽을 수도 있었다.

정인은 짤막한 손톱 끝을 잘근잘근 물었다. 하천에서 사람을 떠미는 것은 죽일 의도가 아니면 나올 수 없는 행동이었다. 조승현과 함께 쓰는 기숙사 방 안에서 한민우가 자신과 섹스한 것이 죽어야 할 만큼 큰 죄였을까.

한민우가 조승현을 마음에 들지 않아 한 것은 사실이지만 둘은 직접적으로 부딪힌 적이 없었다. 민우는 껄렁했지만, 마음 맞는 놈들과만 어울려 다니며 최소한 남들과의 마찰을 피하는 편이었고, 승현 역시 학원 내에서는 계속 특별반에서 강의를 들었으므로 그와 마주칠 시간도 없었다.

"하아……."

위잉하는 소음을 내며 세탁기에서 소음이 커졌다. 조승현의 정액 묻은 팬티와 함께 돌아가고 있는 자신의 옷을 보니 자괴감이 더해 갔다. 차마 팬티 하나 달랑 들고 나올 수가 없었다. 세탁실로 갈 때 누군가를 마주치기라도 할까 두려워, 그 순간에도 남의 눈을 의식해 자신의 빨래 통을 한꺼번에 들고 나온 것은 잘못된 선택이었다.

'그 새끼, 혹시 호모포비아인 건가?'

정인은 다시 신경질적으로 손톱 옆에 일어난 거스러미를 물어뜯기 시작했다. 정인과 게이 섹스를 벌인 상대인 한민우를 죽이고 싶어 한 것도, 만약 조승현이 호모포비아라면 가능할지도 몰랐다. 정인을 능가할 정도로 깔끔한 성격의 그가, 자신이 쓰는 기숙사 방 안에서 뒹군 남자 둘을 증오하는 것도 이치에 맞는 시나리오였다.

'아냐. 그건 아냐…….'

승현은 분명, 옥상에서 정인과 키스하며 단단히 발기했다. 그가 게이를 혐오한다면, 아무리 수치심을 주기 위함이었다 하더라도 정인의 입안에 몇 번이나 사정하는 것은 있을 수 없는 일이었다. 정인의 페니스를 스스로 핥는 것은 더더욱 불가능할 것이다. 정인의 애널을 손으로 자극하며 그의 성기 역시 빳빳이 발기하는 아까 같은 일도 말이 안 된다.

'씨발……, 그럼 뭐지?'

정인은 다리를 길게 뻗어 앉은 채로 쿵, 하고 비어 있는 세탁기에 머리를 박았다. 조승현은 이 학원에 입소한 모든 놈들에게 자격지심을 느끼는 것일까. 하필이면 거기에 한민우와 자신이 잘못 걸려든 것뿐일까.

그가 아까 방에서 카테고리 어쩌고 지껄이던 말을 떠올리면 그럴 수도 있다는 생각이 들었다. 승현은 정인이 그를 무시한다고 생각하고 있는 것이 분명했다.

틀린 말은 아니었지만, 아무리 생각해 봐도 자신이 그에게 무엇을 그 정도로 잘못했는지 이해가 되지 않았다. 자신이 한민우와 김승주를 무슨 카테고리로 나누건, 그리고 그 카테고리 안에 조승현이 들어 있건 말건 대체 무슨 상관이란 말인가.

지잉-.

벽에 걸린 충전기에 꽂아 놓은 그의 휴대폰이 요란하게 진동음을 울렸다. 정인은 일어나서 휴대폰을 확인했다.

승주였다.

[뭐 하냐?]

아까 택시에서 내려 허겁지겁 달려온 이후, 그가 주르륵 보낸 메시지를 그제야 확인하며 정인은 마른침을 삼켰다.

[좀 피곤해서. 자려고.]

조승현의 다음 타깃이 김승주가 될 수도 있다는 생각이 들자 정인은 갑자기 한기를 느꼈다.

[진짜 무슨 일 있는 거 아니지?]

이대로 가다간 정말 승주에게까지 무슨 일이 일어날 것 같은 불안한 예감에, 정인은 서둘러 손가락을 움직였다.

[나중에 이야기해 줄 테니까, 방학 전까지 나한테 연락하지 마라 승주야.]

지잉- 지잉-.
메시지 확인 표시가 뜨자마자 그에게 전화가 왔다. 정인은 수신을 거부한 후, 다시 메시지를 보냈다.

[부탁이다. 이번 학기 끝날 때까지만.]

승주는 잠시 답장이 없었다.

[알았다.]
[걱정된다, 서정인.]
[다음 달까지 기다릴게.]

연달아 뜨는 그의 메시지를 확인하며 정인은 휴대폰을 들고 잠시 망설였다.

정말로 검사인 형에게 도움을 청해 볼까, 하는 생각이 그의 머릿속을 스쳤다. 법이라면 아무것도 모르는 그가 생각해도 살인 미수는 강력 범죄였다. 하지만 처음부터 설명하려면 몰래 찍힌 동영상 이야기까지 꺼내야 할 것이다. 그가 한민우와 섹스했다는 사실도, 중학교 때부터 숨겨 왔던 그의 성적 정체성에 관한 이야기까지 모조리 풀어 놔야 한다는 말이었다.

"……."

생긴 것처럼 성격도 아버지를 똑같이 닮아 고지식한 형이라면, 자신을 교화시킨다는 명목으로 심리 상담을 받게 하거나 정신병원에 처넣을 가능성도 있었다.

그것까지는 괜찮았다. 대충 그들의 비위를 맞추고, 남자와 뒹굴었던 것을 한때의 성욕이 폭발할 청소년 시기의 불장난이나 호기심 같은 것으로 넘길 수도 있었다. 하지만 문제는 그 뒤였다.

형과 아버지가 합작해서 조승현을 어딘가에 처넣는다 하더라도 언젠가 그는 출소할 것이다. 대한민국에서 법의 형량이 무거웠던 적은 눈 씻고 찾아볼 수가 없었다.

아니, 어쩌면 최악의 경우 사건은 증거 없음으로 기소조차 불가능해 유야무야 흐지부지 종결될지도 몰랐다. 한민우는 죽지 않고 살아 있었고, 일단 조승현이 그를 죽이려 했다는 증거도 없으니까.

"씨발…… . 진짜…… ."

정인은 결 좋은 머리칼을 쥐어뜯었다. 수틀리면 김승주도 물에 떠밀 수 있다는 뉘앙스를 강하게 풍기던 그가 자신이라고 그렇게 하지 못할 이유는 없었다. 가족들이 공권력을 최대로 이용해 어찌어찌 그를 감방에 집어넣는다 하더라도 교도소에서 나온 승현이 자신을 찾아내서 복수할지도 몰랐다. 아니, 그의 성격이라면 분명 그러고도 남을 거라는 생각이 들었다. 자신이 지금 김승주의 안위를 걱정할 때가 아니었다.

「김승주 선배도, 수영 잘해요?」

그 말은 암묵적인 협박이었다. 승현은 민우를 하천에 빠뜨린 것이 자신이라는 것을 정인에게 알려 준 것과 다름없었다. 전직 청소년 국가 대표 수영 선수였던 한민우가 살아남은 것은 그저 운이 좋았을 뿐이다. 정인은 절망에 빠진 눈으로 주먹을 꽉 쥐었다.

20년 길지 않은 인생 동안, 그가 대체 무엇을 그렇게 잘못하고 살았던 것일까. 시간을 돌리고 싶었다. 과외 선생에게서 벗어나기 위해, 산골 재수 학원에 선뜻 가겠다고 한 자신에게 멍청한 짓을 당장 관두라고 소리치고 싶은 심정이었다.

삑- 삑- 삑-.

건조까지 끝낸 세탁기가 날카로운 소음을 냈다. 틱, 하고 뚜껑이
잠금 해제되는 소리가 났다.

짧은 휴식은 끝났다. 밤은 깊었고, 곧 기숙사의 문이 잠길 것이다.
그가 도망칠 곳은 어디에도 없었다.

정인은 빈 빨래 통에 건조된 빨래를 뭉텅이로 집어넣은 후, 손가락
두 마디만큼 줄어든 하늘색 섬유 유연제를 다른 손에 집어 들었다.
언제 정액으로 범벅되어 있었냐는 듯, 잘 마른 빨래에서는 옅은 풀
향이 강하게 났다. 조승현의 냄새였다.

*　*　*

이른 봄날이었다. 아직 바람은 차갑지만, 그래서 내리쬐는 햇볕이
더욱 따사롭게 느껴지는 날이었다. 겨울 내내 체육관에서 살다시피
했던 승주가 운동장에 나가서 농구를 하기 시작한 주이기도 했다.

정인은 감기 기운이 있다는 핑계로 오후 강의를 빠지고, 빈 방으로
돌아와 잠깐 잠이 들었다. 그가 눈을 떴을 때, 주변은 이제 막 어둠이
물들기 시작하는 시각이었다.

"……."

정인은 침대에 누워 눈만 뜬 채, 창문을 바라보았다. 네모나게 재
단된 하늘에 노을이 사라지고 구석부터 천천히 어둠에 좀먹어 들어
가는 모습을 덤덤히 바라보고 있었다.

창문 너머로 누군가가 소리 지르고, 웃는 목소리가 작게 들렸다.
마치 창 하나를 사이에 두고 자신만 다른 공간에 있는 것 같았다. 그

생각을 하는 도중에도 하늘은 점점 더 어두워졌다. 숨 막히게 깔린 무거운 공기의 질량까지 느껴질 것 같은 그런 초저녁이었다.

"……너, 뭐 하냐?"

창문 옆, 책상에 오도카니 앉아 있는 인영을 뒤늦게 발견하고, 정인이 가라앉은 목소리로 물었다. 하도 조용하게 있던 탓에 정인은 승현이 방 안에 있는 줄도 몰랐다.

"책 좀……, 읽었어요."

"……불을 켜지, 왜."

책상 스탠드 불빛도 켜지 않고 컴컴한 데서 책을 읽는 녀석이 미련하다고 생각했다.

"깜깜한 데서 책 보면 눈 나빠져."

"……주무시는데 깨실까 봐서요."

녀석의 목소리는 작았지만 또렷했다. 정인은 부스스 자리에서 일어나 벽에 기대고 앉았다. 아직 몽롱한 목소리로 낮게 헛기침을 한 후 그가 중얼댔다.

"지금이 몇 시지?"

"일곱 시 십 분이요."

저녁 식사 시간도 건너뛰고 잤다는 이야기였다.

"벌써 그렇게 됐나, 조금만 잔다는 게."

"……피곤해 보이셔서 안 깨웠어요."

"어. 근데 다음엔……. 이 시간 되면 방에 불 좀 켜 줘라."

정인은 가라앉은 목소리로 느릿하게 말을 이었고, 승현은 그런 그를 빤히 바라보았다.

"……이 시간이요?"

그사이 하늘이 명도를 한층 더 낮추었다. 고개를 들어 벽에 걸린 시계를 쳐다보는 승현의 옆얼굴에 그림자가 드리웠다. 정인이 눈을 가늘게 떴다.

"아니, 시간 말고. 딱 지금 같은 순간 있잖아. 그럴 땐 방에 불 좀 켜 줘."

"지금 같은 순간이……, 어떤 순간인데요?"

승현이 그를 보며 물었다. 정인은 힘이 들어가지 않는 손으로 까치집이 된 머리를 천천히 쓸어 넘겼다.

"낮이 밤으로 바뀌기 직전."

"……."

"환하지도, 완전히 깜깜하지도 않은 시간 말이야. 낮잠 자고 나서 이 시간에 깨면……, 뭔가 되게 꿀꿀해서."

"……왜요?"

"세상에 나 혼자 있는 것 같아서, 외롭거든."

"지금도요?"

승현이 느리게 물었다. 그때, 승현이 바로 불을 켰었더라면, 정인은 그런 말을 하지 않았을지도 모른다. 그 시각, 컴컴하고 네모난 기숙사 방 안 작은 공간은 마치 현실과는 다른 세계 같았다.

"아니."

"……."

"네가 거기 있는데, 뭐가."

승현은 아무 말도 하지 않고, 그저 어둠 속에서 그를 빤히 바라보기만 했다.

마침내 하늘이 완전히 깜깜해지고 그와 승현이 남아 있는 공간이

블랙홀에 빨려 들어가듯 자취를 감췄다. 정인이 오후에 챙겨 먹은 감기약은 조금 독한 편이었다.

그는 언제인지도 모르게 다시 고개를 떨구고 잠들었고, 한밤중에 목이 말라 일어났을 때 승현은 책상에서 등을 보인 채, 평소와 같이 공부를 하고 있었다. 정인이 나중에 그 저녁의 일을 생각했을 때, 그때 조승현과 대화를 나누었던 것이 꿈이었는지 현실이었는지 확실하지가 않았다. 그렇게 그날의 일은 여느 때와 다름없는, 평범한 봄날 중 하나로 잊혀 갔다.

* * *

정인은 일요일 아침까지 잠을 못 이루다가, 승현이 가방을 챙겨 일어나는 것을 확인하고 나서야 눈을 감았다. 일요일은 조승현의 스터디가 있는 날이었다.

말이 스터디지, 그냥 학원 내에서 성적으로 열 손가락 안에 드는 유망주들을 한방에 몰아넣고 하루 종일 강제 자습을 시키는 것이었다.

정인은 조승현의 모의고사 성적이 매번 탑인 것에 그날만큼 감사한 적은 없었다. 아침과 점심을 모조리 건너뛰고 잠을 잤다. 몸에 기운이 하나도 없었다. 어제 오후부터 아무것도 속에 넣지 않은 결과였지만 입맛은 전혀 없었다.

잠시 눈을 떴을 때는 오후 세 시, 창밖은 여전히 비가 내렸다. 빗소리가 창문을 두들기는 소리를 들으며 정인은 다시 눈을 감았다. 비가 와서 기온이 떨어지는 모양이었다. 서늘한 방 안이 조금 춥게 느껴져 이불을 눈 바로 아래까지 올린 후, 몸을 웅크렸다. 입이 바짝 말랐지만 냉장고를 열기도 귀찮았다.

"뭐 하는 거예요?"

날카로운 목소리에 정인은 천천히 눈을 떴다. 어두컴컴한 방 안에
조승현이 서 있었다. 스터디를 마치고 돌아온 듯했다.

"······어, 어······."

"하루 종일 이러고 있었던 거예요, 설마?"

정인은 황급히 몸을 일으키다 머리가 어지러워 휘청거렸다. 침대
시트는 그가 흘린 땀으로 축축이 젖어 있었다. 흐릿한 눈으로 벽에
걸린 시계를 확인했다. 시간은 벌써 일곱 시를 가리키고 있었다.

"벌써 이렇게 된지 모르고······."

승현이 이불을 확 걷어 냈다. 정인은 갑자기 들이치는 한기에 양팔
로 몸을 감쌌다. 턱이 덜덜 떨렸다. 그의 짙은 눈썹이 미간에 모였다.
그는 화가 난 것 같았다. 정인은 다시 한번 강조했다.

"시간이 이렇게 된 줄 몰랐어."

그가 축축하게 젖은 시트를 비집고 들어오며 정인의 이마에 손을
짚었다. 늘 뜨거웠던 그의 체온이 오늘따라 서늘했다.

"······언제부터 이랬어요?"

"뭐가······?"

"오늘 뭐, 먹은 거 있어요?"

"입맛이 없어서······."

정인이 힘없이 대답하자 승현이 자리에서 일어났다. 가방을 열고
그가 부스럭거리며 꺼낸 것은 어디서 났는지 모를 싸구려 크림빵이
었다. 그러고 보니 몇 번 조승현이 빵 쪼가리를 씹는 것을 본 적도
있는 것 같았다. 한 번도 직접 사서 먹어 본 적 없는 빵의 비닐 포장

을 까더니 그가 정인에게 내밀었다.

"먹어요."

"……어?"

"먹고 안 죽으니까, 먹으라고."

입안이 까끌까끌해서 아무것도 먹고 싶은 생각이 안 들었다. 정인이 고개를 저었다.

"정말 입맛이 없어서……."

승현이 크림빵을 손으로 뜯어냈다. 하얀 크림이 손가락에 묻었지만 그는 상관하지 않았다. 뜯긴 빵 조각을 정인의 입술에 들이밀었다.

"먹어요, 강제로 집어넣기 전에."

서러워져 눈물이 핑 돌았다. 어쩔 수 없이 빵조각을 씹었다. 까끌거리는 혀끝에 고소함과 부드러움이 함께 퍼졌다. 천천히 씹어 넘기는데 목이 막혀 헛기침을 했다. 승현이 냉장고에서 흰 우유를 꺼내 컵에 따라 전자레인지에 돌렸다.

팔짱을 끼고 전자레인지를 감시하는 자세로 우두커니 서 있던 그는 띵, 하는 소리가 나자 데워진 우유를 들고 다시 정인의 옆에 앉았다. 한 입 마시더니, 정인에게 내밀었다.

"마셔요."

흰 우유는 원래 좋아하지 않았지만, 지금 그런 말이 도움이 될 것 같지 않았다. 정인은 그가 들고 있는 컵에 입술을 대고 따뜻한 우유를 두 모금 마셨다.

"아."

다시 크림빵 조각이 입술에 디밀어졌다. 정인은 붉어진 눈을 감고 다시 입을 우물거렸다. 조합이 나쁘지는 않았지만 온몸에 힘이 없는 통에 빵 한 조각과 우유 한 컵을 다 마시는 데는 십 분이나 걸렸다. 승현이 서랍을 열고 무언가를 찾아냈다.

"열이 높지는 않으니까, 이거 먹으면 나을 거예요."

은박 포장에서 캡슐을 까서 작은 알약을 그의 입술 새에 쑤셔 넣은 후, 승현이 데워진 쌍화탕을 내밀었다. 쌉쓸하고 달큼한 허브 향이 입속에 퍼졌다.

그제야 정인은 자신이 감기라는 사실을 깨달았다. 몸이 천근만근 무겁고, 한기가 도는 것은 그것 때문이었다. 어제 하루 종일 비를 맞고 젖은 옷으로 다닌 결과였다. 쌍화탕 한 병을 사약 먹듯 비우고 다시 베개에 머리를 누이려는데 승현이 그를 저지했다.

"자고 싶어."

"칭얼대지 마세요."

그가 팔뚝을 걷더니 정인의 티셔츠를 잡아 올렸다. 정인은 약하게 반항했다.

"추…… 춥단 말이야."

"옷이 땀으로 다 젖었는데, 그걸 입고 잘 셈이에요?"

승현이 무력으로 그의 티셔츠를 벗겼다. 정인은 턱을 달달 떨었다. 이끼리 부딪치며 딱딱거리는 소리를 만들었다. 승현이 바지와 속옷을 내렸을 때, 정인은 다시 한번 저항했다.

"내가……, 내가 할게."

"가만히 있어요. 짜증나게 하지 말고."

그가 혀를 차며 척척하게 젖은 속옷과 바지를 벗겼다. 정인의 얼굴이 홧홧하게 달아올랐다. 몸은 감당할 수 없을 정도로 뜨거운데 한기는 지독해 몸이 덜덜 떨렸다. 승현이 서랍에서 정인의 티셔츠와 속옷, 새 바지를 가져와 입혔다.

그의 손길은 능숙했다. 마치 이런 일을 많이 해 본 것 같다는 느낌이 들 정도였다. 바싹 마른 옷이 살갗에 닿는 느낌이 기분 좋았다.

"다 됐어요."

이제 그만 이불을 덮고 자고 싶은데, 그가 정인을 번쩍 안아 들었다.

"시트가 다 젖었어요."

정인은 아프고 나서야 겨우 자신의 침대로 돌아갈 수 있었다. 바싹 마른 시트와 이불보에서 승현의 냄새가 나는 것 같았다.

"……고맙다."

승현은 그의 말에 대꾸하는 대신 셔츠를 벗고 옷을 갈아입기 시작했다. 그는 여태껏 한 번도 정인의 앞에서 옷을 벗은 적이 없었다. 열이 오른 와중에도 정인은 희미한 시선으로 그를 바라보았다.

승현이 서랍에서 잘 때 입는 티셔츠와 바지를 꺼내 입었다. 흐릿하게 보이는 그의 상반신은 상상했던 것처럼 탄탄했지만, 희미한 흉터가 군데군데 보였다. 양말까지 벗은 그가 정인이 누워 있는 침대로 들어왔다. 좁은 침대에서 모로 누운 승현이 정인을 끌어안았다.

"움직이지 말아요."

벽 쪽으로 벗어나려다가, 정인은 움찔했다. 승현이 그의 목과 어깨 사이에 코를 박았다. 하루 종일 씻지도 못해서 불쾌한 냄새가 가득할 게 분명했다. 정인은 승현이 또 어떤 말로 그를 수치스럽게 할지, 벌써부터 신경이 쓰였다.

"나, 샤워 안 했어."

"그래서요?"

"……더럽잖아."

"하아."

승현이 가볍게 웃음을 터뜨렸다. 목덜미에 숨결이 닿아 간지러웠다. 정인은 목을 움츠렸다.

"형은 이런 상황에서도 그런 걱정이 들어요?"

비웃으면서도 그를 끌어안는 승현의 손길이 조금 강해졌다.

"냄새, 나잖아."

정인은 고개를 돌리며 벽 쪽으로 가려 버둥거렸다. 샤워는 어젯밤 자기 전에 급하게 했지만, 오늘 하루 종일 머리도 못 감고, 땀에 절어 몸 상태는 최악이었다.

"어, 나요. 냄새."

그가 피식거리며 동의했다. 더 이상 참을 수가 없어서, 정인이 그의 어깨를 밀었다. 승현은 물러나지 않았다. 대신 땀에 젖은 정인의 목덜미를 혀로 길게 핥았다.

"짭짤한데요."

"흣……!"

정인이 기겁하며 몸을 비틀었다. 승현은 떨어지는 대신, 그를 긴 다리로 칭칭 감고, 더욱 깊숙이 목에 이를 박았다. 쭉, 하고 느리게 빨리는 느낌에 닫힌 정인의 잇새에서 얕은 신음이 번졌다.

"하……, 하지, 마……."

땀에 젖은 살결에 코를 묻고, 숨을 들이쉬며 승현은 마치 잇자국을 남기려는 사람처럼 짙게 살결을 빨았다. 정신이 아스라해지는 와중에도 은밀한 기운이 스멀거리며 정인의 몸을 간지럽혔다. 약 기운이 퍼지고 있는지도 몰랐다.

붉은 입술 자국이 정인의 하얀 목덜미와 쇄골 사이에 찍혔다. 바깥은 서서히 어두워지고 있었다. 승현이 고개를 들어 숨을 헐떡이는 정인을 바라보았다.

"말 안 듣는 아이 냄새 나요, 형한테서. 하루 종일 바깥에서 뛰어논 애들 냄새나."

정인은 힘겹게 눈꺼풀을 올리고 그를 바라보았다. 대체 승현은 무슨 생각을 하고 있는 걸까. 걸레 냄새가 난다며 자신을 암캐 취급 하던 이와 이렇게 다정하고 뜨거운 눈길로 자신을 바라보는 이가 정말로 동일 인물인지 혼란스러웠다.

"……진작 아프게 할 걸 그랬네요. 아프니까 이렇게 귀엽게 구는데."

승현의 혀가 정인의 마른 입술을 할짝댔다. 그의 목소리는 꽉 잠겨 있었다.

"여긴 크림빵 냄새."

마른 입술 새를 축축한 혀가 갈랐다.

"우유 냄새도 남아 있는 것 같네요. 비릿하게."

"저리 가……, 흐읍……."

그의 혀가 말을 막으며 정인의 입안을 휘저었다. 승현은 감기가 옮는 것은 개의치 않는 듯했다. 늘 뜨겁게 느껴지던 승현의 혀가 오늘따라 서늘했다. 정인은 결국 입술에 힘을 뺀 후, 그가 이끄는 대로 이리저리 움직였다. 질척하게 입을 맞추고 떨어진 후, 그가 땀에 말라붙은 정인의 머리칼을 쓸었다.

"아프고 냄새나는데도 이러면 진짜……."

인상 쓴 정인을 한참 쳐다보며 말을 흐리다가 그가 갑자기 정인을 끌어안았다. 승현이 무슨 얼굴을 하고 있는지 볼 수가 없었다. 정인은 다만 어두워지는 방 안에서, 좁은 침대 안에서 그에게 끌어안긴 채 약 기운이 퍼질수록 점점 더 무거워지는 속눈썹을 아래로 깔았다.

"형이 다 잘못한 거예요."

그가 꿈결에서 중얼거리는 소리가 들렸다.

"어쩔 수가 없잖아요."

"……."

"나는 형이 미치게 외로웠으면 좋겠어."

정인은 끝까지 승현의 말을 이해할 수가 없었다. 다만 눈을 감은 채, 더욱 깊은 잠으로 빠져 들었다. 긴 주말이었다.

* * *

정인은 초여름 감기에 이틀을 끙끙 앓았다. 긴장과 스트레스의 축적이 원인일 것이라고 생각했다. 수업을 빠지려면 그럴 수도 있었지만, 정인은 그러지 않았다.

기숙사 방 안에 혼자 있는 것은 싫었고, 보건실도 두려웠다. 갑자기 조승현이 커튼을 열고 들어올 것 같아 불안했기 때문이다.

차라리 교실에 앉아 있는 것이 편했다. 우글거리는 인간들 틈에 자신을 숨기고 있는 것이, 가장 안전할지도 모른다는 판단에서였다.

한 반인 승주는 연락하지 말아 달라는 문자 이후, 그에게 조금 서운한 듯 보였다. 평소라면 늘 쉬는 시간에 시답잖은 이야기를 하며 낄낄대는 것이 일상이었지만, 지난 이틀 동안은 정인의 곁에 다가오지 않았다.

차라리 다행이었다. 정인은 지금 제 몸 하나 건사하기도 두려운 이

상황에, 그의 신변까지 염려하고 싶지 않았다.

한민우는 주말 이후로 계속 결석이었다. 담임은 그가 아파서 당분간 수업에 못 나올 것이라고 간단히 통보했고, 그 말에 사사로운 의심을 가지는 이는 하나도 없었다. 학원생들 중 그 누구도, 그가 다리에서 떨어져 하천에 빠져 익사할 뻔했다는 사실을 알지 못했다.

감기에 앓아누웠던 지난 이틀, 승현은 정인에게 아무런 요구를 하지 않았다. 정인은 그와 약속한 일곱 시면 꼬박꼬박 외출이 끝난 죄수가 형무소로 돌아오듯, 방 안으로 돌아왔다.

조승현은 그런 그에게 누워서 쉬라고 짧게 명령하고, 책상에 앉아 등을 보였다. 그러면 정인은 약을 입안에 털어 넣고, 조승현과 그의 침대 중 어느 침대에 들어가서 자야 하나 잠시 고민하다, 결국 승현의 침대에 누워 잠을 청했다.

온통 흐린 하늘을 마주하고 샤프펜슬을 사각거리는 그의 뒷모습을 보며, 정인은 마치 그 순간이 2주 전, 아직 그들 사이에 아무 일도 일어나지 않았던 때 같다고 생각했다. 자신은 침대에서 휴대폰을 만지작거리며 시간을 때우고, 승현은 책상 앞에 앉아 집중해 공부하다 가끔 목이 뻐근한 듯 고개를 이리저리 돌리던, 그러다가 눈이 마주치면 씩 웃던 평화로운 나날들.

「역시 너처럼 공부해야 우리 아버지가 원하는 데 딱, 합격을 하는 건데. 그렇지? 너 요번에 모의고사 몇 점이야?」

「별로예요. 실수를 좀 해서.」

「조승현아. 네가 실수를 해 봤자지. 너, 겸손을 너무 많이 떨면 건방져 보이는 거 아냐?」

「제가요?」

「어.」

「제가 형한테 건방지게 군 적이 있었어요? 언제요?」

「농담이야.」

「아아.」

「심각하기는.」

「……그런데 형은 특강 안 가셔도 돼요? 서울에서 일부러 강사 모셔 왔다던데.」

「그거 듣는다고 내 성적이 달라졌을 거였음 내가 서울서 일부러 여기까지 처박히지도 않았겠지. 그러는 넌 왜 안 가는데?」

「……주말이니까요.」

말을 얼버무리며 냉장고에서 생수병을 꺼내는 승현을 보며 정인은 피식 웃었었다.

「왜. 내가 너무 농땡이 피워서 걱정돼?」

「아뇨. 그런 건 아니고…….」

「승현아. 나 이번에 입시 포기하고 그냥 연예인이나 준비해 볼까?」

「……네?」

「왜 그런 눈으로 봐? 헛소리 닥치라 이거야? 나 진짜 명함도 받은 적 있는데, 안 믿네.」

「아뇨. 믿어요. 형은 진짜……. 예쁘게……, 아니, 잘생기셨으니까……. 피부도 진짜 좋으시고요. 문제없으실 것 같은데…….」

「같은데?」

「그런 거 하면 힘들 것 같아서요. 바빠지면 사람들도 마음대로 못 만날 것 같고……, 형이라면 인기가 많아질 건 당연하니까요.」

「하하, 뭘 농담을 그렇게 심각하게 받아? 쪽팔리게.」

「저 빈말 같은 거 잘 못 해요. 형은 정말······. 멋있어요.」

「맞아. 내가 좀 생기긴 했지? 내가 지금 여기 처박혀 살아서 그렇지 나가서 맘먹고 꼬시면 다 넘어온다, 너.」

「······꼬신다고요?」

「어. 너부터 꼬셔 볼까?」

「······.」

「하하하, 얼굴 풀어, 임마. 무슨 말을 못 해. 순진해서는.」

너스레를 떨며 승현의 차분한 뒤통수를 헝클이던 때가 그리웠다. 아파서 누워 있는 동안, 정인은 그와 함께 있었던 지난 몇 개월 동안 있었던 사소하고 작은 일들이 하나둘씩 생각이 났다. 평소였다면 기억해 낼 수도 없을 만큼 작은 순간들. 매일같이 지나가는 티끌 같은 일상들이 문득 머릿속을 비집었다.

「······형, 그림도 그리세요?」

「아, 그냥 끄적거리는 거야. 볼래?」

「크로키?」

「응, 별거 없지? 예전에 놔서 손이 다 굳었다.」

「······형, 대단하시네요.」

「심심해서 장난치는 거야, 그냥.」

「언제부터······, 그림 그리셨어요?」

「초등학교 때 미술 학원 좀 다닌 게 다야. 우리 집안에 예술인은 우리 어머니 하나로 충분하거든.」

「그만두기에는 실력이 너무 아까워요.」

「내가 그림 그려서 먹고 살기에는 우리 아버지가 좀 신경 쓰는 게 많다. 근데 너, 갈수록 점점 아부가 점점 늘어 간다?」

「정인이 형.」

「왜?」

「혹시, 혹시 말인데요. 정말 심심하거나 지루하실 때…….」

「응.」

「혹시……. 저도…….」

「왜, 너도 좋아하는 여자 연예인 그려 달라고 하려고?」

「아니, 그런 게 아니라…….」

「여자 누드는 못 그려, 나.」

「…….」

「정 그려 달라면 노력은 해 보겠는데. 근데 맨입으로 할 순 없고, 얼마 줄래?」

「……네?」

「농담이야, 하하.」

말수가 적었던 승현과는 별다른 대화를 하지 않았다고 생각했었는데, 그래도 둘이 공유했던 시간들이 제법 있었다. 아무렇지도 않게 웃음을 터뜨렸던 자신과, 목까지 시뻘게져 그를 바라보던 조승현의 시선이 떠올랐다. 어쩌면 그때의 평화란 정인 혼자만이 느꼈던 것인지도 몰랐다.

낄낄거렸던 그를 보며 승현이 무슨 생각을 했었는지, 정인은 그 당시에도, 그 후에도 전혀 신경 쓰지 않았다.

그것은 비단 승현에게만 국한된 것이 아니었다. 이제껏 정인은 다른 사람들의 기분 같은 것을 신경 쓰고 살아 본 적이 없었다.

모든 것에 있어서 가장 중요한 것은 자신뿐이었다. 그리고 정인은 한 번도 그것이 잘못되었다고 생각한 적이 없었다.

어차피 사람들은 모두 이기적인 존재였다. 나보다 남을 먼저 생각한다면 그것은 예수나 석가였다. 그들이 신으로 추앙받는 이유는, 불가능한 일을 해냈기 때문이었다.

내 이웃을 내 몸같이 사랑하라. 땅에 지나가는 개미도 밟아 죽이지 말라.

정인은 당장 옆방에 누가 살고 있는지는 관심도 없었고, 그의 인생의 무게와 하찮은 개미 삶의 무게 역시 같지 않았다.

생각이 깊어질수록 어둠은 짙게 방 안에 깔렸다. 그는 조승현이 새삼 싫다고 느꼈다. 지금의 그는, 하등의 관심도 없었던 조승현의 심리를 알아내려 고군분투하는 중이었다.

정인과 함께 있으면서 승현이 무슨 생각을 했었는지, 무엇이 그를 그토록 분노하게 했었는지 알아내야 했다. 그러면 그가 늘 지적하는 입에 발린 사과에 한 톨의 진정성이라도 얹을 수 있을지 몰랐다.

정인은 무심코 던진 돌에 배가 터진 개구리의 심정을 알아내려 고민을 더했다. 그럴 때마다 결론은 한 가지였다.

정인은 개구리가 아니었다. 그러니 절대로 그 작은 생물의 억울함과 분노를 이해할 수가 없을 것이다. 징그러운 녀석이 죽어 가며 꾸엑 내뱉는 독이 피부에 닿아 온몸에 독이 퍼진다 해도, 죽어 가는 개구리를 향한 후회는커녕 증오만이 커져 갈 뿐이었다.

정인은 이대로 방학 시작 전까지 계속 앓아누웠으면 좋겠다고 생각했다. 조승현은 함께 있는 것만으로 숨이 턱턱 막히게 했지만, 그래도 그가 아플 때 건드리지는 않았다. 다만, 승현은 새벽이면 그의 옆에 기어들어 와서 좁은 침대에서 그를 끌어안고 목덜미에 고개를 박은 후, 숨을 크게 들이쉬며 잠을 청할 뿐이었다.

"하……."

뭔가가 움직이는 묘한 소리에 정인은 잠에서 깨어났다. 어둠 속에서 건조한 눈을 깜빡였다. 작지만 거칠게 내뱉는 숨결, 그리고 무언가가 작게 마찰하는 소리가 들렸다. 그 익숙한 소음의 실체를 직감함과 동시에 정인의 고개가 먼저 움직였다.

"……."

처음에는 커다란 어둠이었다. 아무것도 보이지 않는 캄캄한 공간, 마주한 벽에 붙은 옆 침대 위에서 무언가가 욕망에 절은 숨결을 토해 냈다. 그것은 정인이 많이 들어 보았고, 또 직접 내뱉은 적이 있는 숨소리였다.

그는 마른침을 삼켰다. 눈을 깜빡일 때마다 시야를 덮었던 어둠이 점점 걷히기 시작했다. 아직도 캄캄했지만, 움직임을 알아볼 정도는 되었다.

"하아……."

침대 끄트머리에 앉아 다리 사이로 느리게 손을 움직이고 있는 승현이 점점 또렷해졌다. 그는 나체였다.

낡은 티셔츠와 바지가 마치 뱀이 벗어 놓은 허물처럼 그의 곁에 떨어져 있었다. 볼품없는 옷을 몽땅 벗겨 놓은 그는 평소와는 다른 모습이었다.

비단, 단정했던 머리카락이 흐트러져 있어서만이 아니었다. 후진 옷가지에도 딱 벌어진 존재감을 드러내던 어깨와 가슴은, 벗겨 놓으니 더욱 단단하고 정교했다. 캄캄해서 그의 몸에 있는 흉터까지는 잘 보이지 않았다.

이 상황에서도 정인은 문득 그의 벗은 몸이 꽤나 보기 좋다는 생각을 했다.

정인의 예상은 틀리지 않았다.

허물을 벗고 아름다워지는 뱀처럼, 조승현 역시 그를 가리고 있는 껍데기를 벗어 던지고 완벽한 실체를 드러내는 편이 더 좋은 것이다. 그의 깊은 숨소리가 정인에게까지 들렸다.

"⋯⋯승현아."

정인이 그를 가만히 불렀다. 승현이 멈칫한 것은 잠시였다.

그는 정인을 뚫어져라 노려보며 보란 듯이 조금 더 빠르게 손을 움직이기 시작했다. 손안에서 팽팽히 부풀어 오른 페니스의 끄트머리가 모습을 드러냈다 사라지기를 반복했다.

"하, 하아⋯⋯."

그의 숨결에 비음이 섞였다. 어둠 속에서 빛나는 그의 눈동자에서 짙은 욕망이 뚝뚝 떨어졌다. 정인이 다시 천천히 입을 열었다.

"⋯⋯내가 해 줄까?"

빨라지던 그의 손길이 서서히 멈추었다. 둘뿐인 공간에 낮은 침묵이 자리했다. 승현은 손을 거둔 채, 모로 누운 정인을 뚫어져라 바라보았다. 그의 긴 다리 사이에서 분출하지 못한 욕망이 담긴 단단한 살덩이가 꺼떡였다.

정인은 천천히 몸을 일으켰다. 그리고 승현의 침대를 빠져나와 그를 향해 느리게 다가갔다.

"하아, 하아⋯⋯."

승현이 다가오는 정인을 보며 숨을 깊게 몰아쉬었다. 그에게 가까이 갈수록 선이 짙은 승현의 얼굴이 잘 보였다. 정인은 바닥에 무릎을 꿇었다. 그가 구겨진 얼굴로 정인을 내려다보았다.

"……뭐 하는 거예요?"

정인은 짧은 물음에 대답하는 대신, 손으로 그를 쥐었다.

승현의 잇새에서 낮은 욕설과 함께 신음이 샜다. 정인은 욕망에 꽉 찬 그를 애무하기 시작했다. 기둥을 손에 쥔 상태로 그의 다리 사이에 얼굴을 박고 아래로 처진 고환을 입에 넣자 그가 정인의 앞머리를 세게 그러쥐었다. 떼어 내기 위함이었다.

정인은 멈추지 않았다. 주름 잡힌 커다란 것을 입안에 넣고 혀로 굴리며, 위로는 수음을 이어 나갔다. 커다란 고환은 연약하게 느껴질 만큼 부드러웠다. 정인은 이대로 그의 고환을 씹어 터뜨려 버리고 싶다는 유혹을 애써 참아 냈다. 머리카락을 뽑아 낼 듯 움켜쥐었던 승현의 손이 서서히 내려오더니 정인의 목덜미를 대신 그러쥐었다. 승현은 엉망으로 흥분해 있었다.

"하아……"

정인은 그의 고환을 입에 문 채, 그를 올려다보았다. 괴로움과 욕망이 뒤섞인 그의 시선 또한 정인을 향해 있었다. 그 시선의 깊이를 알 수가 없었다.

어디서부터 잘못된 것인지 짐작할 수가 없었다. 정인은 타액이 바닥으로 흐를 때까지 그를 핥았다. 그의 성기를 쥔 손은 어느샌가 미끈거렸다. 승현에게서는 짙은 풋내가 났다.

굵은 엄지가 정인의 눈썹과 눈꺼풀을 느리게 어루만졌다. 커다란 손이 눈을 푹 찌를 것만 같은 두려움을 주었지만, 그의 손은 연약한 새의 깃털을 만지는 것처럼 부드럽고 약간 떨리기까지 했다.

"그만……."

정인은 더욱 깊게 그의 고환을 삼켰다. 단단한 성기를 손안에서 압박하며 팔목이 시큰거릴 때까지 쥐고 흔들며 그를 자극했다.

"……쌀 것 같으니까 손 떼라고요."

정인이 그제야 얼굴을 들었다. 그의 손안에서 승현의 억눌린 욕망이 몸부림을 치고 있었다. 정인은 움직임을 멈추지 않았다.

"해."

정인이 나직하게 읊조리듯 내뱉자 승현이 이를 꽉 물었다.

"……씨발……."

"해, 승현아."

"발정 난 암캐처럼 굴지 말라고 했어……."

정인은 여전히 무릎을 꿇은 자세로 그를 올려다보며 타액으로 흥건한 제 입술을 혀로 느리게 핥았다. 지금 자신의 모습이 그에게 어떻게 비칠지, 정인은 확실히 알고 있었다.

"……어차피 상관없잖아."

"……뭐?"

허스키한 음성이 짧게 물었다. 정인이 눈을 가느다랗게 뜨고 속삭였다.

"그런 날 보면서, 넌 흥분하잖아."

순간, 승현의 얼굴이 엉망으로 일그러졌다. 커다란 손이 정인의 얼굴을 꽉 붙들더니 그가 입술을 깨물며 신음했다.

"하아……!"

동시에 붉은 살덩이의 선단에서 쌓여 온 욕망이 튀어나왔다. 이성보다 몸이 먼저 반응했다. 무의식적으로 정인이 고개를 돌리려 했지만, 승현의 손에 갇힌 그는 움직일 수가 없었다.

"훗……!"

진한 냄새가 순식간에 코끝에 번졌다. 승현은 멈추지 않았다.

"하아……!"

그의 정액이 정인의 하얀 뺨에 튀어 오르고, 두 번째는 이마를 적셨다. 반사적으로 눈을 감은 정인의 속눈썹 끝에도 농축된 끈끈한 욕망이 붙었다. 높고 오만한 콧등에도, 그 아래 깎아 놓은 것 같은 인중에도 희고 진한 것이 딱 붙어 느리게 흘러내렸다. 정인은 천천히 그의 성기를 손에서 놓았다.

"……."

불끈거리던 승현의 몸이 서서히 떨림을 멈추었다. 정인은 그의 정액을 얼굴에 뒤집어쓴 채, 무릎을 꿇고 그를 올려다보았다. 시선을 맞추는 승현의 눈썹이 미간에 모여 흔들렸다.

"만족해요?"

어둠에 익숙해진 눈에 벌게진 그의 눈동자가 선명히 보였다.

"……뭐예요, 이거?"

"……."

"지금 이거 뭐냐고요."

승현이 꽉 잠긴 목소리로 되물었다.

"나 좀……."

정인이 입술을 열자 진한 정액이 입안으로 흘러들어 왔다. 그는 잠시 말을 멈추었다가 다시 이었다. 눈을 질끈 감고 체액을 삼키는 정인을 보는 승현의 얼굴이 한층 더, 일그러졌다.

"나 좀……. 봐줘라, 승현아……."

"⋯⋯."

순식간에 눈물이 들어차더니, 뺨으로 주룩 흘러내렸다. 정액과 콧물이 뒤범벅된 얼굴로 정인은 무릎을 꿇고 그에게 빌었다.

"제발 부탁이니까 나, 좀 용서해 주면 안 되겠어?"

눈물이 엉망인 얼굴을 지나 아래로 후드득 떨어졌다. 승현의 얼굴에 살기가 일었다.

"뭐라고요?"

정인은 바닥에 댄 주먹을 꽉 쥐고, 그에게 애원했다.

"이 정도면⋯⋯, 이 정도면 됐잖아⋯⋯."

"뭐가 돼요?"

싸늘한 눈빛에 경멸이 일었다. 승현의 다리 사이에 축 처진 성기 끝에 남아 있던 희멀건 정액이 툭, 바닥에 떨어졌다. 그가 무릎에 양 팔꿈치를 댄 채로 상체를 숙여 정인을 내려다보며 물었다.

"되긴 뭐가 됐냐고 묻잖아요."

"내가 네 앞에서 재수 없게 굴었던 것들⋯⋯. 충분히 반성하고 있어⋯⋯. 그러니까 이제 제발 그만 나 좀 용서하고 영상 좀 삭제해 줘. 제발."

"그것 때문에 이런 거예요? 몸으로 덤비면 될 것 같아서 날 꼬셨어?"

승현이 어이없다는 듯 낮게 소리 내어 웃었다. 정인은 그의 정액을 뒤집어 쓴 채, 바닥에 이마를 대고 흐느꼈다. 이 정도면 되지 않을까. 그의 앞에서 이 정도로 비참해지는 모습을 보였으면, 충분하지 않을까.

"제발, 나 좀 봐줘라, 조승현⋯⋯ 이제 그만해도 되잖아⋯⋯. 이 정도면 충분히……. 으흑……!"

"이런, 씨발……!"

순간 침대에서 내려온 승현이 그의 멱살을 움켜쥐고 그의 몸 위에 거칠게 올라탔다. 정인의 뒤통수가 바닥에 쿵 찧었다. 정인은 눈을 꽉 감고 흐느꼈다. 승현이 그에게 미친 사람처럼 중얼거렸다.

"형이 원하는 게 뭔데요? 내가 봐주는 게 어떤 건데?"

"흣……!"

"한민우랑 뒹굴었던 영상 삭제? 그거면 돼요? 영상 하나씩 지울 때마다 형 나한테 뭐 해 줄 수 있는데? 오늘은 형 얼굴에 쌌으니까, 내일은 형 안에다 싸도 돼요? 목구멍 말고……. 뒷구멍에다 박고 싸게 해 줄 거야? 그래?!"

승현이 정액과 눈물로 엉망이 된 정인의 얼굴을 한 손으로 세게 움켜쥐었다. 정인은 차라리 그럴 수 있었으면 좋겠다고 생각했다. 그가 자신의 몸에 반응이라도 해서, 원하는 것을 얻을 수 있다면 몇 번이고 그에게 엉덩이를 뚫려도 상관없었다. 정인이 젖은 눈을 들었다.

"네가……."

그에게 얼굴을 잡혀 뭉개진 발음이 샜다.

"네가 원한다면 해도 상관없어."

"……뭐?"

승현의 눈썹이 일그러졌다. 정인은 다시 미간이 뜨거워지는 것을 느끼며 애써 말을 이었다.

"그게 네가 바라는 거라면, 지금 당장이라도…… 흡!"

커다란 손이 정인의 입을 거칠게 틀어막았다. 정인은 숨을 몰아쉬며 눈물 젖은 눈동자로 그를 바라보았다. 미쳐서 정신을 놓을 것 같은 것은 자신인데도, 정작 가해자인 조승현의 얼굴이 괴로움에 젖어 드는 아이러니를 이해할 수가 없었다.

"여기서 한 마디만 더하면 죽여 버릴 거야. 진짜로."

또렷이 내뱉는 그의 눈빛에는 진심이 있었다.

정인의 온몸이 싸늘해졌다. 눈에 광기가 가득한 그는 지금 단순히 정인을 협박하는 것이 아니었다. 입을 틀어막고 있는 그의 커다란 손이 당장에라도 자신의 목을 조를지도 모른다는 두려움이 강하게 밀려들었다.

"서정인……, 정말 구제불능이야……. 사람 마음 가지고 노는 데는 따라갈 사람이 없어."

미친놈처럼 중얼거리는 그의 얼굴에서 정인의 얼굴로 땀방울이 툭 떨어졌다.

"……그런 너한테 놀아나는 나도 병신인 건 마찬가지고."

완벽한 실패였다. 정인의 내부에서 깊은 절망과 두려움이 한꺼번에 고개를 쳐들었다. 그의 앞에서 무릎 꿇고 비참하게 무너진 모습을 보이는 것도, 몸으로 그와 거래하려 했던 것도 모두 헛수고였다. 눈앞에서 자신의 몸을 짓누르고 있는 이의 마음을 어떻게 돌려야 할지, 정인은 짐작조차 하지 못하고 있었다.

이제 어떻게 해야 해. 대체 어떻게 해야 할까.

"흐윽…… 흐으……."

손으로 틀어막힌 정인의 입술에서 울음이 샜다. 뜨거운 눈물이 눈가를 타고 줄줄 아래로 흘러 내렸다. 그의 손에 점점 더 힘이 들어갔다. 입술이 이에 눌려 고통스러웠다. 정인은 그의 팔목을 잡아 떼려 애썼지만, 분노한 그의 힘을 당해 낼 수가 없었다.

"내 발 밑에 무릎 꿇은 이유가, 겨우 그거였어?"

그의 다른 한 손이 정인의 하체를 더듬더니 초라하게 쪼그라든 성기를 엷은 음모와 함께 세게 움켜쥐었다.

"흐윽!"

정인은 숨을 몰아쉬었다.

"이런 상태로 나한테 벌린다고? 지금 당장 박혀도 상관이 없다고?"

"흐으……."

정인이 고통에 몸부림을 쳤지만 벗어날 수가 없었다. 순간, 그는 승현이 정말로 자신의 중심을 잡아 뜯을지도 모른다는 극심한 공포에 휩싸였다.

"유혹을 할 거면 제대로 해."

"흐으……. 으으으!"

마침내 승현의 손이 떨어졌다. 체모가 몇 가닥 함께 뜯겨 나갔다.

"하악!"

"쓰레기."

승현은 차가운 눈으로 정인을 내려다보며 중얼거렸다. 정인은 몸을 휙 일으키는 그의 어깨를 덜덜 떨리는 손으로 꽉 움켜쥐었다.

"왜, 아직 할 말이 남았어요? 이제 옷 벗고 달려들기라도 할 작정이에요?"

승현이 그를 비웃었다.

"쿨럭……, 대체 네가 원하는 게 뭐야……."

깊이를 알 수 없는 악마 같은 검은 시선을 바라보며, 정인이 어금니를 깨물었다. 이제 어떻게 되든 상관없었다. 정인은 승현의 맨살을 꽉 쥐고 울분에 찬 속삭임을 내뱉었다.

"날 어쩌고 싶은 거냐고 묻잖아…… 이 또라이 새끼야……!"

"……나 때문에 괴로워하면 돼요. 아파서 가슴을 쥐어뜯을 정도로 괴로워하면 돼."

"충분히 괴로워. 죽을 것 같이 괴로워……!"

"아니. 형은 몰라요. 진짜 괴로운 게 뭔지, 아무것도 몰라."

낮게 속삭이는 승현의 눈빛은 싸늘했다.

"그래서, 내가 얼마만큼 더 괴로워해야 해? 대체 어떻게 해야 하냐고!"

평생 이렇게 승현에게 괴롭힘을 당하며 살 수는 없었다. 이 악몽을 끝내는 법을 알려 줄 수 있는 사람이 그에게 끔찍한 악몽을 선사하고 있는 당사자밖에 없다는 아이러니에 정인이 서럽게 흐느꼈다.

"정말, 모르겠어요? 내가 뭘 원하는지 정말 몰라?"

그가 기가 차다는 표정으로 조소했다. 정인은 온몸에 소름이 끼칠 지경이었다.

"제발 알려 줘……, 제발……!"

"……장식처럼 달려 있는 머리로, 생각이라는 걸 좀 해 봐."

그가 정인의 손을 꽉 움켜쥐는가 싶더니 더럽다는 듯 홱 뿌리쳤다. 뒤로 나동그라지는 정인을 뒤로하고 승현이 자리에서 일어나 바지를 걸치고 윗옷을 챙겨 들었다. 그리고 엉망이 된 정인을 지나쳐 방을 빠져나갔다.

정인은 문이 닫히는 것을 바라보며 멍하니 앉아 있었다. 정액과 눈물로 뒤범벅이 된 얼굴에서 다시 흐느낌이 터져 나왔다. 그는 바닥을 주먹으로 내려치며 한참을 소리 내어 울었다.

돈으로도 해결이 안 되고, 유혹하는 것도 실패다.

'대체······, 대체 네가 내게 원하는 게 뭐야, 조승현.'

텅 빈 방에서 그에게 답을 알려 줄 사람은 없었다.

얼마나 시간이 흘렀을까. 정인은 휘청거리며 일어나 방에 붙은 화장실로 향했다. 불을 켜자 쨍하게 날카로운 전등 빛이 눈동자를 찌를 듯 파고들어 그는 잠시 눈을 감았다.

쏴아ー.

세면대에 따뜻한 물을 틀고 얼굴을 적시자, 그새 말라붙은 정액이 미끈거리며 손가락에 엉겼다.

"흐윽······."

그는 울분이 치밀어 올라 세수를 하다 말고 애써 눈물을 참았다. 잠옷으로 입는 티셔츠가 흠뻑 젖을 정도로 얼굴을 여러 번 씻은 후, 고개를 들어 거울을 보았다.

그는 자신의 얼굴을 뚫어져라 응시했다. 까만 머리카락과 대조되어 더욱 하얗게 보이는 피부에는 잡티 하나 없었고 눈썹은 결이 올곧고 짙었다. 큰 눈을 감싸고 있는 여리고 기다란 속눈썹이 천천히 깜빡였다. 미간 부분에서 살짝 튀어나온 콧등이 티 나지 않을 정도로 높게 뻗은 콧날. 쏙 들어간 인중 아래 조금 작은 듯 색이 붉은 입술이 자리했다.

늘 보던 얼굴인데도 거울 속에 비친 모습은 어딘지 모르게 분위기가 낯설었다. 마치 한 달 전의 그와는 전혀 다른 이가 반대편에 서 있는 것 같았다.

달칵.

스위치를 눌러 불을 껐다. 몸과 정신을 한꺼번에 좀 먹는 생각들을 멈추고 싶었다. 그는 침대 속으로 기어들어 가 이불을 뒤집어쓰고 잠을 청했다. 노력했지만 당연하게도 쉽사리 잠이 오지 않았다.

끼익-.

문이 다시 열리는 소리가 들렸다. 승현에게서는 그간 한 번도 맡아볼 수 없었던 담배 냄새가 났다. 정인은 그의 변화가 더 이상 놀랍지도 않았다. 자신이 그동안 알고 있다고 생각했던 조승현은 그저 거대한 빙산의 일각이라는 생각이 들었다. 그렇다면 수면 밑에 얼어붙은 그는 얼마나 더, 두려운 크기일까.

"……자는 거예요?"

그의 목소리는 아까의 분노와 싸늘함이 사라진 대신 건조함이 그 자리를 채우고 있었다.

"좋은 소식 가지고 왔는데."

정인은 시체처럼 모로 누워 벽을 향한 채 눈을 뜨지 않았다. 그와는 더 이상 할 말도 없었고 말을 섞고 싶지도 않다. 그가 정인이 누운 침대에 앉자, 얇은 매트리스가 반동에 조금 흔들렸다.

"영상 지웠어요."

그가 마치 정인이 자고 있지 않는 것을 안다는 듯, 낮게 중얼거렸다. 정인은 어둠 속에서 침묵했다. 그가 또 거짓말을 하고 있다는 것을 알면서도, 어쩔 수 없는 기대감에 눈이 슬며시 뜨였다.

"휴대폰에 있는 것도 다 삭제했다고요."

정인이 숨을 크게 들이쉬었다. 거짓말이다. 속으면 안 돼.

"생각해 보니까 형 노력이 가상해서."

정인의 머리카락에 그의 손이 닿자, 정인은 무의식적으로 고개를 움찔했다.

"막상 지우고 나니까 후련해요."

"……"

"이제 더 이상 그거 보고 괴로워하지 않아도 되니까……. 다 죽여 버리고 싶은 충동을 간신히 억누르지 않아도 되니까 말이에요."

정인은 두려워 숨을 훅 들이쉬면서도 승현이 정말로 영상을 삭제했는지에 신경을 곤두세웠다. 정말? 정말이야, 조승현?

"그것보다 더한 걸 내 눈으로 직접 봤잖아요? 평생 못 잊을 것 같아. 내 좆 핥으면서 헐떡이던 얼굴. 그걸 어떻게 잊겠어요. 그렇죠?"

그의 낮은 목소리에 희미한 웃음기가 일었다. 그의 정액을 뒤집어 쓰고 애걸하던 몇 시간 전의 자신을 말하는 것이었다. 정인은 입술을 깨물었다. 조승현이 아닌 다른 누구에게서는 무릎을 꿇기는커녕 손으로 봉사조차 한 적이 없었다.

"형은 참 잔인해요."

승현이 다시 정인이 이해할 수 없는 말을 중얼거렸다.

"제발 물어뜯어 달라는 표정으로 모가지 다 드러내 놓고 있으면서 살려 달라고 비는 거랑 뭐가 달라요?"

"……"

"그걸 어떻게 거부해요?"

정인은 결국 몸을 스르륵 돌렸다. 어둠 속에서 그를 바라보고 있는 승현과 눈이 마주쳤다.

"그러니까, 이건 다, 형 때문이라고."

"……영상, 지운 거 정말이야?"

정인이 나오지 않은 목소리를 겨우 내뱉었다. 승현이 내뱉는 알 수 없는 개소리보다 정인에게 가장 중요한 것은 영상의 존재 여부였다.

정말, 그가 영상을 삭제해 준 걸까? 입술을 잘근잘근 깨무는 정인을 보며 승현이 짧게 대답했다.

"네."

"이, 이메일……이나 다른 데 저장해 놓은 거, 없어?"

그러지 않으려고 해도 목소리가 떨렸다. 믿으면 안 되는데. 목소리에 흥분이 삐져나온다.

"그런 건 처음부터 없었어요. 노트북이랑 휴대폰이 다예요. 설치했던 카메라는 그날 이후로 뭐가 찍혔는지 확인하지도 않았어."

"……정말이야?"

"못 믿겠으면 내 계정, 모두 확인시켜 줄 수도 있어요."

"그럼 왜, 카……, 카메라가 거기 계속……."

"치우려다가 그냥 그대로 놔뒀어요."

"……왜?"

"……형이 언제 찾아낼지 궁금해서요."

정인이 다시 크게 숨을 들이쉬었다. 승현의 말이 사실이라면 모든 영상들은 이제 존재하지 않는 것이었다. 그의 희미한 표정과 목소리는 거짓말을 하고 있는 것 같지 않았다.

"결국 이렇게 됐네요. 다행이죠?"

속이 후련해야 하는데 그렇지가 않았다.

"표정이 왜 그래요? 형이 바라는 게 그거였잖아."

그가 정인을 보며 입술을 슬쩍 올렸다.

"불안해하던 게 없어졌으니까, 박수 치고 좋아해야 정상인데……. 그게 안 되나 봐요?"

정인은 마른침을 꿀꺽 삼켰다. 찝찝한 불안감이 속을 메스껍게 했다. 이것은 그의 직감과도 같았다. 아주 나쁜 일이 일어나기 직전에 느껴지는. 현기증을 동반한 울렁거림이 일었다.

"왜 그럴까요?"

승현의 잔인한 미소가 짙어졌다. 정인은 입안을 꽉 깨물고 그에게서 몸을 떼어 내려 했지만, 그가 더 빨랐다.

"내가 알려 줄까요?"

"……아니. 됐어."

"정인이 형."

승현이 갈 길 모르고 방황하는 정인의 손을 찾아 쥐었다. 깍지를 껴 오는 그의 손가락은 마치 기다란 연체동물의 다리 같았다. 떼어 내려고 해도 그럴 수가 없다.

"형은 저한테서 못 도망가요."

"……."

"형은 겁쟁이지만 잔머리는 빨라서……."

"……."

"내가 그딴 거 없이도, 형을 협박할 수 있다는 거, 스스로 아주 잘 알고 있거든요."

정인의 심장이 쿵쾅거리며 빨리 뛰었다. 승현의 다른 손이 정인의 얼굴을 사랑스럽게 더듬었다. 그의 손가락 사이에서 흐릿한 담배 냄새가 배어났다.

"두려움이란 거, 참 웃겨요."

그의 나지막한 목소리에 흐릿한 웃음기가 배어났다. 정인은 그의 손길을 피하지도 못하고 그대로 얼어붙을 수밖에 없었다.

"사람을 손아귀에 가지고 노는 가장 간단한 방법이거든요."

그의 커다란 손이 정인의 뺨에 가만히 닿았다. 그에게 잡힌 깍지 낀 손바닥에서 끈적한 땀이 배어났다. 싫은 기분이었다.

"아버지한테 어렸을 때 엄청 맞았어요. 그것도 안 보이는 데만 골라서. 왜 그랬을까요?"

"……."

"아버지가 사기 칠 때 날 많이 데리고 다녔거든요. 이거 보세요, 여기 제 토끼 같은 애가 있습니다. 애 엄마 죽고 이 녀석을 저 혼자 키웠는데……, 저도 이 사업에 목숨 걸었어요, 사장님. 우리 애 위해서 저도 죽기 살기로 해 보려고 합니다."

신파 같은 따분한 이야기를 하는 그의 목소리는 마치 즐거운 이야기를 하는 것 같았다.

"그러고는 누가 봐도 뻥인 개소리를 길게도 지껄이기 시작하는 거예요. 진짜 존경스러울 정도로 툭 치면 시나리오가 바로 튀어나왔어요. 우리 엄마는 멀쩡히 집에서 운동화 스티로폼 붙이고 있는데 어느샌가 나 낳다가 죽은 불쌍한 아줌마가 되어 있더라고."

"……."

"아버지한테 맞을까 봐 물론 끽소리도 못 하고 있었죠. 일이 잘 안되면 또 맞으니까."

"……."

"아버지 감옥 가고, 지긋지긋해하던 엄마는 집을 나갔어요. 차라리 잘됐다 싶었어요. 어차피 아버지가 나오면 도망도 못 갈 테니까, 기회가 있다면 지금이구나 싶었죠. 아빠는 작년에 결국 죽었지만, 그때 엄마가 그걸 미리 알았을 리도 없고."

궁상맞은 이야기를 들으며 정인은 뭐라고 반응해야 할지 몰라 단

지 입술을 꾹 다물었다. 힘들었겠구나, 따위의 같잖은 위로가 그에게
먹힐 것 같지도 않았다.

"여하튼, 아버지 감방 가고 엄마 집 나가고, 전 갈 데가 없어서 결
국 시설에 들어가게 됐어요. 나쁘진 않았고, 아 이제 좀 덜 맞겠구나,
했었는데……."

승현이 혀로 입술을 한 번 쓸며 히죽 웃었다.

"근데 이제는 시설에 있는 새끼들이 때리는 거예요. 지금 생각하면
일종의 텃세나 환영식 같은 거였나 봐요. 원래 걔들이 원한 건, 신참
인 내가 딱 고개를 숙이고 들어가 주는 거였는데……. 내가 맷집이 좀
좋아야죠. 어릴 때부터 가정 교육을 워낙 잘 받았어야지."

그는 깍지를 껴서 잡은 정인의 손을 잡았다 놓기를 반복했다. 땀에
젖은 손바닥이 붙었다가 떨어질 때마다 바람 빠지는 것 같은 젖은 소
음이 흘렀다.

"두 달을 참았나 봐요. 솔직히 여기서도 쫓겨나면, 갈 데가 진짜 없
겠다는 생각이 들었거든요. 그런데 어느 날은……. 도저히 못 참겠더
라고. 그래서 제 밥그릇에 바퀴벌레를 넣은 새끼를 화장실로 끌고 갔
죠. 저는 그 새끼를 진짜 죽일 생각이었어요, 그때."

반팔 티셔츠에 드러난 정인의 하얀 팔뚝에 순식간에 소름이 돋아
났다.

"먹는 것 가지고 장난치는 건 나쁘잖아요. 안 그래요?"

동의를 구하듯 살짝 눈썹을 들어 올리는 모습이 더욱 소름끼쳤다.
정인은 겨우 고개를 끄덕였다.

"그……. 그래."

"그래서 어떻게 됐게요?"

씨발. 진짜 죽인 건 아니겠지? 정인은 떨리는 아랫입술을 이빨로 꽉 붙잡았다. 지금 그의 눈빛을 봐서는 진짜 누구 하나를 죽였다고 해도 이상하지 않았다.

"머리통을 붙잡고 화장실로 질질 끌고 가서 변기통에 얼굴을 처박았어요."

가느다란 그의 목소리가 숨통을 죄는 것 같은 착각이 들었다. 말만 들어도 정인은 숨이 턱턱 막히는 것 같았다. 그에게 밉보인 죄로 변깃물에 익사해 죽고 싶지는 않았다.

"애국가 1절 부르고 나서 죽었나 싶어서 꺼내 봤어요. 그러니까 그 자식이……. 눈도 못 뜨고 꺽꺽대면서, 나한테 살려 달라고 싹싹 빌더라고요. 아주 시퍼렇게 겁에 질려서는 말이에요."

"……."

"내가 진짜 죽일 수 있다는 거, 그놈은 직감했던 거예요. 왜 그랬을까요?"

정인은 그 불쌍한 녀석의 심정을 이해할 수 있다고 생각했다. 말 없는 그를 보며 승현이 자문자답했다.

"진심은 통하는 법이니까."

빌어먹을 놈의 진심. 정인은 마른침을 꿀꺽 삼켰다. 그는 조승현의 진심 따위는 영원히 이해할 수도, 아니 이해하고 싶지도 않았다.

"전형적인 비겁한 놈이었죠. 약한 놈들한테는 강하고, 강한 놈들한테는 고개 숙이고."

승현이 깍지 낀 손을 들어 정인의 손등에 천천히 입을 맞추었다. 한참을 대고 있다 마침내 젖은 소리를 내고 떨어지는 그의 입술이 손에 낙인을 찍는 것 같은 착각이 들었다. 정인의 시선이 불안하게 흔들렸다.

"꼭, 형 같죠?"

그가 정인에게 고개를 숙이며 속삭였다. 콧날이 부딪칠 만큼 그의 얼굴이 가까웠다. 승현의 눈동자는 어둠과 구분할 수 없을 정도로 캄캄했다.

"정인이 형."

자신의 이름이 그렇게 두렵게 들릴 수 있다는 사실을, 정인은 새삼 깨달았다.

"형한테는 내 진심이, 과연 얼마만큼 전해졌을까요?"

정인에게는 승현의 말이, 마치 영원히 그에게서 벗어날 수 없을 거라는 사형 선고처럼 들렸다. 이것은 분명한 협박이었다. 그는 지금, 맘에 안 들면 정인의 머리통을 변기통에 처박을 수 있다고 말하는 중이었다.

똥물을 들이켜며 죽는 것과, 아버지 앞에서 아웃팅당하는 것 둘 중 뭐가 더 비참한 일일지를 가늠할 수도 없었다.

영상이 사라졌다고 해서, 그가 자유가 되는 일은 없다.

정인은 무거운 눈을 감았다. 눈을 떠도 감아도, 세상은 온통 아득한 어둠뿐이었다.

6. 질투

"이야기 좀 하자."

쉬는 시간, 교실 입구에서 승주가 정인을 막아 세웠다.

"이야기 좀 하자고, 서정인."

"해."

그 상황에서도 복도를 두리번거리며 주위의 눈치를 살피고 있는 정인이 마음에 들지 않는 듯, 승주가 인상을 찌푸렸다.

"조용한 데로 가자."

"그냥 여기서 해라."

정인이 피곤한 목소리를 내자 승주가 한숨을 한 번 쉬었다.

"어젯밤에 민우한테 연락 왔었어."

정인의 처진 어깨가 움찔했다. 한민우는 하산한 이후, 그에게도 몇 번 전화를 걸어왔다. 정인은 혹시나 그 사실이 누군가의 심기를 건드리기라도 할까 봐 수신 거부를 걸었다. 하지만 떠난 민우의 소식이 궁금한 것은 그 역시 마찬가지였다. 그놈은 이제 괜찮은 걸까.

"나가자. 일단."

정인은 입술을 잘근거리며 승주의 뒷모습을 물끄러미 바라보다 결국 그를 따라 나섰다. 그들은 이과인 승현의 교실과는 아예 건물이 달랐다. B동을 나서지만 않으면 그와 마주칠 일은 없을 거라는 판단에서였다.

승주는 1층 뒤편에 있는 벤치를 향해 뚜벅뚜벅 걸어갔다. 일이 이 지경이 나기 전, 아직 정인의 생활이 평화로웠던 시기에 한민우와 김승주, 모두가 어울려 다 함께 낄낄대던 장소였다.

"아……. 날씨는 계속 왜 이러냐. 장마가 끝날 조짐을 안 보이네. 끈적하게."

승주가 벤치 옆에 있는 자판기에 동전을 집어넣으며 중얼거렸다. 정인은 주변을 둘러본 후, 인기척이 없는 것을 확인하고 벤치에 털썩 주저앉았다.

그의 말대로 하늘은 여차하면 쏟아질 것처럼 흐렸다. 근 2주 동안 맑은 날은 찾아볼 수가 없었다. 겪어 왔던 어느 때보다 길게 느껴지는 이번 장마가 과연 끝나는 날이 오기는 할까.

"……담배 있냐?"

찌푸린 하늘을 멍하니 쳐다보며 정인이 무겁게 입을 뗐다.

"여기서 피우다가 잘못 걸리면 벌점인 거 몰라?"

김승주가 그다운 대답을 하며 담배 대신 차가운 캔 커피를 내밀었다. 정인은 달콤한 음료를 한 모금 마셨다. 차가운 커피가 비워진 위장을 서늘하게 채웠다.

"당분간 나 아는 체하지 말라고 했잖아."

"알아."

"근데."

정인은 벤치 등받이에 팔을 올리고 앞에 서 있는 승주를 물끄러미 바라보았다.

"……그래서 지난 사흘 동안 쌩 까 줬잖아."

"앞으로 당분간 쭉 그랬으면 좋겠다고."

그것은 승주를 위한 그의 최대한의 배려였다. 지금 이 순간에도, 혹시나 승현이 어디서 그를 감시하고 있지 않을지 불안했다. 승현은 지금 수업을 받고 있는 중일 테니 그럴 리가 없음에도, 정인은 다시 한번 주위를 둘러보았다.

"서정인, 누가 너 잡아먹냐?"

승주가 툭 내뱉자 정인이 인상을 찌푸렸다.

"뭔 소리야. 용건이나 이야기해."

"뭐가 그렇게 바쁘냐. 어차피 수업 쨌 거."

승주가 정인의 옆에 앉으며 등을 뒤로 기댔다. 정인은 심각하게 그를 바라보며 물었다.

"설마 한민우한테 또 무슨 일 생긴 건 아니지?"

"그렇게 궁금하면 전화 좀 받아 주던지."

정인은 대답 대신 반쯤 비운 캔 커피를 손으로 꾹꾹 눌러 찌그러 뜨렸다.

"한민우가 너한테 연락해도 답도 없다고 욕하더라."

"……안 그래도 마음 심란해서 하산한 새끼 괜히 찔러봐서 뭐 하는데."

그럴듯한 변명으로 들리기를 바라며 정인이 낮게 내뱉었다. 그가 민우에게 쉽사리 연락하지 못하는 이유는 물론 한방을 쓰고 있는 놈 때문이었다. 일전에 한민우의 휴대폰까지 훔쳐 낼 정도로 손버릇이 저질인 놈이니, 자신의 휴대폰에 손을 대지 않으리란 보장이 없었다.

그렇다고 해서 몰래 공중전화를 이용하면서까지 한민우의 안부를 물을 처지도 아니었다. 누구 때문에 자신이 이 지경이 됐는지를 생각하면 정인은 솔직히 그러고 싶지도 않았다.

"그 자식이 너 걱정하더라."

승주의 말에 정인이 눈썹을 움찔했다.

"……날 왜."

"내가 너 요즘 이상하다고 말했거든. 하산하면서 서정인한테 신경쇠약 옮기고 갔냐고 했다."

"……왜 쓸데없는 말을 해?"

"틀린 말은 아니잖아."

늘 밝은 표정이던 김승주는 드물게 심각한 표정을 짓고 있었다. 그가 팔짱을 낀 채 말을 이었다. 불만이 가득한 목소리에는 염려가 배어났다.

"나 사흘 동안 너 지켜봤어. 무슨 감시당하는 것처럼 주변 살피고, 교실에서는 수업에 집중 하나도 못 하고 있고, 저녁도 혼자 학생 식당에서 멀찍이 떨어져서 먹는 둥 마는 둥, 그나마도 끝나면 허겁지겁 기숙사로 돌아가기 바빴잖아. 너."

"……씨발, 너 나 스토킹이라도 하세요?"

정인의 딴에는 화제를 돌리려 아무렇지도 않게 내뱉은 말이었다.

"무슨 말도 안 되는 소리야?"

얼굴이 벌게지며 과민 반응을 하는 승주에게 시선을 돌리며 그는 캔에 남은 커피를 마저 입안에 흘려 넣었다. 승주가 그의 어깨를 잡으며 급하게 말을 이었다.

"신경이 안 쓰이면 그게 더 이상한 거잖아. 아니, 너 그전부터 좀 이상했어. 지난 주말에 민우 보러 병원 갔다 왔을 때, 갑자기 얼굴이 사색이 돼서 허겁지겁 비 맞고 미친놈처럼 달려가고……; 그래서 걱정돼서 연락하니까 당분간 쌩 까 달라는 헛소리나 하는데. 내가 너 걱정이 안 되는 게 이상하잖아."

"너 한민우한테도 그랬냐?"

정인이 숨을 몰아쉬는 승주에게 되물었다. 끈적한 날씨가 덥긴 더웠다. 정인은 어깨에 얹힌 승주의 손을 슥, 밀치듯 내렸다.

"……무, 무슨 말이야?"

손을 거두며 어울리지 않게 승주가 말을 더듬었다. 정인은 조금 짜증이 나서 후, 하고 숨을 내뱉었다.

"어제 한민우한테도 내 이야기 그런 식으로 했냐고, 새끼야."

"……대충은."

"한민우가 뭐라던?"

승주가 정인을 보며 잠시 망설였다. 정인은 운동화 끝으로 잔디가 고르게 깔린 바닥을 툭, 찼다. 괜히 승주가 이상한 소리를 한 게 아닌지 걱정이 되었다.

"너 혹시, 요즘 협박 같은 거 당하는 거 아니냐고 하던데."

"뭐?"

툭.

기분 나쁘게 꾸물거리던 하늘에서 드디어 빗물이 한 방울 정인의 얼굴에 떨어졌다. 곧 폭우가 쏟아져 내릴 것이다.

"민우 새끼, 내 말 듣자마자 바로 그러더라. 너, 주변 조심시키라고. 서정인, 모르는 사람한테 협박 같은 거 당하고 있을 수도 있다고."

"……미친 소리 하네."

정인은 피식 웃으며 떨리는 목소리를 애써 다잡았다. 한민우는 아직까지도 조승현의 정체를 모르고 있는 듯했다. 이 상황에서 한민우가 개입해 봤자 해결은커녕 문제가 더 꼬일 수도 있었다. 게다가 김승주가 섣불리 나섰다가는 그마저 위험해질 수 있었다.

"걔, 요즘 약을 너무 빨아서 맛이 간 거 아니냐고 했었던 건 너야. 그런데, 그런 새끼 헛소리를 심각하게 들어?"

정인이 눈을 치켜뜨며 날카롭게 승주에게 내뱉었다.

제발, 끼어들지 마라. 승주야.

그의 배려도 모르고 김승주가 길게 한숨을 쉬었다.

"그냥 무시하기엔 요즘 네 행동이 너무 이상하니까 그런 거 아니야. 저번에도……."

"내가 협박당할 일이 뭐가 있어? 씨발, 죄짓고 산 것도 아닌데."

그는 승주의 말을 중간에 끊었다. 자신의 죄라면 한민우 같은 멍청한 놈이랑 술김에 뒹굴었던 것뿐. 뒤늦은 후회감에 몸서리쳐 봤자 달라지는 것은 아무것도 없었다.

정인은 일부러 승주를 향해 더욱 크게 소리를 높였다.

"과민 반응하지 말라고. 입시 때문에 집에서 스트레스 줘서 충분히 짜증나."

정인은 찌그러진 빈 캔을 휴지통에 탕, 소리가 나게 던져 넣은 후

자리에서 일어났다. 이런 말까지는 하지 않으려고 했지만, 은근히 고집이 센 승주를 설득시키려면 이 수밖에 없다는 생각이 들었다.

"너까지 꼭 이렇게 사람 피곤하게 해야겠어? 한민우 귀찮은 새끼 떠나니까 이제 너까지 나한테 이러냐? 나 좀 내버려 두라고. 제발."

"……뭐?"

"비 온다, 들어가자."

"하나만 묻자."

"가면서 해."

"너, 나한테만 일부러 그러는 거야?"

승주가 그를 스쳐 지나가려는 정인의 팔을 잡았다. 예상치 못한 반응에 정인이 말을 멈췄다. 그에게 잡힌 손목이 뜨거웠다. 정인은 인상을 확 찌푸렸다.

"……뭐냐?"

빗방울이 투둑, 굵어지기 시작하고 있었다.

"그래. 과민 반응이라 치자. 한민우가 맛이 가서 헛소리하는 거고, 네가 뒤늦게 정신 차리고 입시 스트레스에 힘들어 한다 치자고. 그러면, 왜 나한테만 일부러 거리 두고 좆같이 굴어?"

승주는 드물게 화가 난 상태였다. 얼굴이 벌게진 채, 정인을 바라보고 있는 표정이 낯설면서도 묘하게 익숙했다.

"……무슨 말이야?"

빗방울에 젖어 가는 셔츠가 몸에 달라붙는 기분이 좋지 않았다. 정인이 그에게 잡힌 팔목을 탁, 하고 쳐 내며 묻자 승주가 입술을 한 번 세게 깨물었다.

"……너, 기숙사에서는 아무렇지도 않다며. 평소처럼 웃고, 떠들고

지낸다며. 평소보다 대화도 많이 하고, 속내도 더 자주 털어놓는다
며."

"뭐?"

정인의 검은 눈이 순식간에 가늘어졌다. 정인의 팔뚝에 춥지도 않
은데 소름이 오소소 돋았다. 툭. 툭. 떨어지는 빗방울의 속도가 빨라
지고 있었다.

"지금 무슨 개소리를 하는 거야?"

"말 그대로잖아. 너 지금, 나한테만 까칠하게 굴고 있는 거잖아, 이
새끼야."

"그러니까 누구한테 뭔 소리를 들은 거냐고!"

불안한 예감이 다시 온몸을 휩쓸었다. 방금 마신 커피가 위에서 위
장에서 식도로 역류하는 느낌이었다.

"네가 얼마나 이상했으면 내가 조승현한테까지 물어봤겠어? 같은
방 쓰는 놈은 너 멀쩡하게 잘 지낸다고 하던데……."

"야이, 씨발!"

정인은 승주의 멱살을 거칠게 잡았다. 주먹이 부들부들 떨렸다. 긁
어 부스럼이란 것은 이런 것을 말하는 것이었다. 호랑이 굴에 제 발
로 걸어 들어가는 멍청한 짓은 김승주가 다 하고 있었다.

"야, 너 그 자식한테 언제 연락했어? 뭐라 그랬어?"

정인이 다급하게 물으며 씩씩거리자 승주가 어이없다는 표정을 지
었다.

"넌 지금 그게 중요하냐?"

"중요해 씨발! 말해. 언제 연락했냐고!"

승주가 잡힌 멱살을 손으로 거칠게 떼어 내며 정인을 노려보았다.

"오늘 아침에 식당에서 조식 먹다가 마주쳤을 때 물어봤다. 너 안 나왔길래."

하아. 깊은 한숨이 절로 터졌다. 정인은 손을 들어 신경질적으로 머리카락을 쓸었다. 그가 쓸데없는 짓을 할 줄 알았다면, 오늘 아침에 아무리 힘이 없어도, 기어서라도 밥을 먹으러 내려갔을 것이다.

"……왜 쓸데없는 짓을 하냐, 넌?"

울고 싶은 기분에 정인은 원망스러운 눈으로 그를 멍하니 노려보았다.

"뭐가 쓸데없는 짓인데? 너랑 한방 쓰니까, 이상한 일이 있더라도 제일 먼저 그 자식이 눈치챘겠지. 안 그래도 너 요즘 이상하다 싶었는데, 어젯밤에 민우가 이상한 말 하니까 진짜 네가 협박이라도 당하고 있는 건지 뒤숭숭해서……."

"……멍청한 새끼."

정인이 흐린 눈으로 중얼거렸다.

"너 지금 뭐라고 했냐?"

승주의 얼굴이 딱딱하게 굳어졌다. 정인은 상관하지 않았다.

"부탁인데, 앞으로 제발 쓸데없는 짓 좀 하고 다니지 마라, 김승주."

"……서정인."

"누가 신경 써 달라고 했어? 너보고 걱정해 달라고 했냐? 쪽팔리게 왜 이래, 너답지 않게?"

굵어지는 빗방울이 옷을 점점 더 적시고 있었다. 정인의 기분은 점점 더 더러워졌다.

"뭐라고? 뭐? 쪽이 팔려? 하……, 좆같네, 씨발."

승주가 열이 받아 어쩔 줄을 몰라 하는 얼굴로 욕설을 내뱉었다. 정인은 그런 그를 노려보았다.

"그래. 나는 한민우 새끼처럼 누가 옆에서 따라다니면서 챙겨 줘야 되는 어린애 아니니까, 너도 성인군자 짓 그만하고 네 인생 살라고."

"그러니까 너 지금, 내가 너 신경 쓰는 게 쪽팔린다고 말하고 있는 거지, 서정인?"

그는 쓸데없이 말 한마디에 집착하고 있었다. 정인은 말꼬리를 붙들고 늘어지는 승주가 더욱 짜증이 나기 시작했다.

정인의 눈에는, 조승현의 다음 타깃이 그가 되리라고는 꿈에도 생각지 못하고 우정 타령을 하고 있는 그가 너무나도 멍청해 보였다. 뭐가 중요한지도 모르고.

"됐다. 그만하자. 보기 싫으니까, 나 간다."

"서정인."

그의 옷깃을 다시 붙잡는 승주의 커다란 손이 가늘게 떨렸다.

"놔라. 좋은 말 할 때."

싸늘한 정인의 말에 승주가 몇 번 숨을 거칠게 몰아쉬었다.

"놓으라고, 씨발아."

그의 손이 마침내 천천히 아래로 떨어졌다. 툭, 옷을 털고 지나치려는데 승주가 작게 내뱉는 소리가 정인의 뒤통수를 잡아챘다.

"……기분 나빴으면 미안하게 됐다."

정인은 귀를 의심하며 인상을 찌푸렸다. 그가 사과할 타이밍이 아니었기 때문이다. 대체 뭔가? 입장을 바꿔서 생각하면 그는 정인에게 싸가지가 바가지라고 욕을 해야 정상이었다.

뒤돌아본 정인은 그에게 물으려다 입을 다물었다. 비에 젖어 버린 옷도 최악이었지만, 승주가 벌게진 얼굴로 자신을 바라보는 것이 더욱 거슬렸다.

"네가 기분 더러울 수 있다는 거 생각 못 했어."

설상가상이다.

"……뭐?"

승주는 인상을 구기는 정인을 보며 낮은 목소리로 말을 이었다.

"……생각해 보면 네 성격에……. 괜히 여기저기 네 이야기 묻고 다닌 거, 쪽팔릴 수 있을 것 같아. 네 말대로 네가 무슨 어린애도 아닌데. 그러니까 사과한다고."

벌겋게 달아오른 그의 얼굴은 아직도 화가 풀리지 않았음이 분명했다. 꾹꾹 눌러 참는 게 다 보이는데 후, 하고 숨을 내뱉으며 사과하는 승주를 보며, 정인은 진심으로 담배가 피우고 싶었다. 이 상황에서 대체 왜 숙이고 들어오는 거지?

"미안해, 서정인."

솔직히 말해서 승주가 잘못한 일은 없었다. 그나마 실수한 거라면 협박의 주체가 조승현임을 모르고 당사자에게 위험천만한 질문들을 해 댄 것뿐.

객관적으로 봤을 때, 지금 싸가지 없이 구는 것은 정인 자신이었다. 승주는 친구로서 그에게 화가 나는 게 당연했다. 멱살을 잡고 욕을 해도 모자랄 와중에, 왜 사과를 하는 걸까. 정인은 승주의 흔들리는 눈빛을 보며 머리가 더욱 복잡해졌다.

"……알면 앞으로 쓸데없는 짓 하지 마. 간다."

가까스로 입을 열어 내뱉고 자리를 뜨는 정인의 얼굴 표정이 엉망으로 구겨졌다. 심장이 기분 나쁘게 뛰었다. 정인은 입술을 잘근잘근 씹으며 서둘러 그를 지나쳤다.

승주는 따라오지 않았다. 뒤를 돌아보면 그의 상처 입은 눈동자를 마주할 것 같아, 정인은 더욱 걸음을 빨리했다. 그의 안위를 걱정하는 것과는 별개로, 이제껏 한 번도 보지 못했던 그의 모습이 마음에 들지 않았다.

"씨발……."

결국 정인은 오후 강의를 빼먹고, 옥상에 올라와 담배를 줄지어 피워야 했다. 이로서 벌점이 더 늘어날 테지만 상관없었다.

그는 회칠이 벗겨지기 시작하는 벽에 등을 기대고 무거운 눈을 감았다. 굵어진 빗줄기가 소음을 뿌리며 땅에 떨어졌다. 비가 내리면 조금 시원해질 줄 알았는데, 아까 비를 피하지 못해 몸이 축축하게 젖어서 그런지 찐득하고 기분 나쁜 느낌은 사라질 줄을 몰랐다.

"후우……."

정인은 바닥에 떨어진 담배를 흰 운동화로 짓밟았다.

피곤한 일은 늘 연달아 일어난다. 이제껏 경험으로 봤을 때 늘 그랬다.

'왜 하필……?'

그는 벌겋게 달아오른 얼굴로 자신의 팔을 잡아당기던 승주의 얼굴을 떠올렸다. 그리고 손을 들어 관자놀이를 세게 짓눌렀다. 머리가 지끈거렸다.

그를 보는 승주의 눈동자에서 희미한 열기를 느낀 것은 처음이었다. 그것은 이제껏 한민우와 셋이서 함께 어울릴 때는 한 번도 느껴보지 못한 시선이었다.

자신이 게이임을 자각한 이후, 길지 않은 인생 동안 정인의 감은 한 번도 틀린 적이 없었다. 비단 그의 자의식이 넘쳐서만은 아니었다. 자신을 그저 동성의 친구로만 생각하는 이들과 그렇지 않은 이들의 시선이 주는 온도차는 확실했으니까.

"젠장……."

그는 라이터를 딸깍거리며 작게 욕설을 뱉었다. 미안하다고 그에게 세 번이나 사과하던 승주의 모습을 다시 떠올렸다. 정인의 미간에 주름이 깊게 팼다.

'진짜 그런 거냐, 김승주?'

처음 보는 승주의 모습은 낯설면서도 익숙했다. 싸늘한 그에게 매달렸던 과외 선생이 그러한 표정을 지었고, 파트너로 몇 번 데리고 놀았던 회사원에게 이별을 통보하는 순간이 그러했다.

「정인아……, 내가 뭐 잘못했어? 아니. 그래. 내가 무조건 잘못했어. 그러니까 네가 이러는 거겠지. 정인아. 잘못했어. 화 풀어. 응?」

이제껏 알고 지냈던 승주와는 전혀 매치가 안 된다고 생각했던 표정을 그의 얼굴에서 발견하는 순간, 부르르 몸이 떨렸다. 그 떨림은 흥분감이나 기대감 같은 것이 아니었다. 사과하는 승주를 보면서 정인이 느꼈던 감정은 확실히 부정적인 쪽이었다. 더욱 간단히 말하자면, 싫었다. 정이 떨어졌다.

언제부터였을까. 생각해 보면 한민우의 병원에서 학원으로 돌아오던 택시 안에서도 그는 조금 이상하긴 했던 것 같다. 그를 물끄러미 바라보던 시선이 조금 붉은색을 띠었던 것도 같았다.

'씨발, 넌 왜 싫은 건데?'

정인은 승주를 향하던 의문의 화살을 스스로에게 돌렸다. 스스로도 이해가 가지 않았다.

'어째서?'

얼마 전까지만 해도 자신은 승주를 마음에 들어 했다. 이 학원에서 제일 괜찮다고 생각했었다. 휴대폰 사진첩에는 아직도 몰래 찍은 그의 사진이 있었다. 그뿐인가. 한민우와 침대에서 뒹굴면서 김승주를 떠올린 적도 있지 않았던가. 그렇다면 지금 승주에게서 느껴지는 예전과 다른 공기에 기뻐해야 하는 것이 이치상으로 맞았다.

그런데 왜 이렇게 좀 소름 끼치고 싫은 느낌이 드는 걸까.

갑자기 느껴지는 감정의 괴리감에 속이 답답해져, 정인은 담배를 하나 더 꺼내 물었다.

「형은 사람의 진심이란 걸 몰라요.」

싸늘하게 힐난하던 조승현의 목소리가 갑자기 옆에서 말하는 것처럼 가까이 들렸다. 정인은 라이터를 켜다 말고 퍼뜩 놀라 주변을 살폈다. 빗소리만이 들리는 옥상에는 그 말고는 아무도 없었다.

'그냥 타이밍이 개 같았을 뿐이야.'

정인은 벽에 등을 기대고 담배를 깊게 빨아들였다. 답답하고 복잡한 속이 희뿌연 연기로 꽉 차올랐다. 갑자기 쓸데없는 관심을 보여오는 승주가 달갑지 않은 것은 지금 자신이 처한 상황 때문이 틀림없었다.

만약 한방을 쓰고 있는 놈이 자신과 친하다는 이유로 승주를 오밤중에 물이 불어 있는 하천으로 떠민다면?

그는 죽을 수도 있다. 변기 어쩌고 이야기를 할 때 승현의 눈은 딱 미친놈의 그것이었으니 그가 자신의 마음에 안 든다는 이유로 승주를 해치지 못할 이유가 없었다.

사건은 더욱 복잡해질 데고 주변인들의 조사가 들어가면 조승현의 처벌과는 별개로 그와 자신 사이에 있었던 불유쾌한 기억들도 까발려질지 모르는 것이다.

'이런 상황에서 귀찮은 일 만들기 싫은 건 당연한 거잖아.'

정인은 담배 연기를 훅훅 불어 내며 스스로를 납득시켰다. 승주의 갑작스러운 변화가 부담스럽게 느껴지는 이유는 지금 자신에게 닥친 비극 때문인 것이다.

「형은 쓰레기예요. 진심이란 게 없어.」

눈을 질끈 감고 머리를 흔들며 악마 같은 목소리를 떨쳐 내려 했지만 머릿속에 끈끈하게 달라붙은 듯 사라지지 않았다.

씨발. 대체 그 진심이란 게 뭔데.

불쑥 고개를 쳐드는 생각이 멈추지 않았다.

"……짜증나."

정인의 입술에서 희미한 중얼거림이 샜다. 흐릿하던 짜증의 이유가 점점 선명해졌다.

솔직히 말하자면 김승주만은 다르다고 믿었다. 조승현과 있었던 일을 한민우와는 상의하지 못해도, 그와는 상의할 수 있을 거라 생각했던 이유도 바로 그것이었다. 승주는 정인을 좋은 친구, 그 이상 그 이하로도 보지 않을 거라는 자신이 있었기 때문이다. 다시 말하자면 정인은 승주가 자신을 절대로 좋아하지 않을 거라는 확신이 있었기 때문에 좋아했던 것이나 다름없었다.

정인에게 있어 승주의 자리는 바로 거기까지였다.

정인은 그제야 자신이 왜 승주를 좋아했는지 알 것 같았다.

부족함 없는 집안에서 자라 밝고 구김 없는 성격의 건강하고 담백

한 놈. 만약 정인이 술김에 고백을 한다 해도 '취했냐? 미친놈.' 하고 뒤통수를 칠 것 같았던 상대. 자신을 절대로 연애 상대로 보지 않는 남자에 대한 동경.

정인이 그에게 품었던 마음은 딱 그 정도였다.

'그러니까 왜 함부로 선을 넘냐고.'

정인이 나름 예쁘게 그어 놓은 선을 승주가 멋대로 넘어오려고 하는 순간, 그가 싫어지는 것은 당연했다. 결국 김승주도 똑같았다. 그 물로 스스로 헤엄쳐 들어오는 물고기는 낚시꾼의 흥미를 더 이상 끌지 못한다.

그 사실을 자각하자 정인은 기분이 더욱 나빠졌다. 안 그래도 복잡한 이 상황에 골칫거리를 하나 더 끌어안아야 할지도 모른다니, 재수 옴 붙었다는 생각이었다.

이로서 이 끔찍한 학원에 돌아오지 않을 이유가 하나 더 늘었다. 김승주 같은 타입은 이제 보니 그가 처음 몸을 섞었던 과외 선생과 무척이나 비슷한 타입이었다. 그에게 쩔쩔매고, 집착하고, 결국에는 혼자 상처를 받을 것이다.

진심이란 게 뭔데. 그 누구에게도 자신을 좋아해 달라고 말한 적은 한 번도 없다. 섹스를 하고 싶다고 표현한 적은 있다. 하지만 그렇다고 해서 상대의 마음까지 바라는 것이 오히려 더 후안무치 아닌가. 어차피 마음이란 거, 보이지도 않고 증명할 수도 없다. 같잖은 '진심'을 가졌다고 상대에게 동일한 종류의 감정을 밀어붙이는 것은 폭력에 불과하다.

'고백하지 마라, 김승주. 제발.'

정인은 최악의 상황을 피하고 싶다는 간절한 바람을 담아 바닥에 가래침을 한 번 퉤 뱉었다.

＊　＊　＊

식판 위의 음식을 깨작거리고 있을 때였다.

드르륵.

의자가 빠지며 바닥을 긁는 소리에 정인은 눈을 들었다. 맞은편에 승주가 식판을 내려놓았다.

털썩 주저앉아 수저를 들고 밥을 퍼 먹는 그의 모습은 언뜻 봐서는 평소와 다를 바가 없는 것처럼 보였다. 그들은 한민우가 하산한 후에도 같은 테이블에서 식사를 했었다. 지난 사흘간을 제외하고.

말없이 식기만 달그락거리고 있는 그가 묘하게 자신의 눈치를 보고 있는 것을 알아채고, 정인은 입안이 깔깔해짐을 느꼈다. 불길한 예감이 사실일 거라는 확신이 더욱 짙어졌다. 이 와중에도 주위를 살펴 조승현이 없는 것을 확인하는 자신이 싫었다.

"어디 가?"

식판을 들고 자리에서 일어나는데, 승주가 그를 붙잡았다.

"다 먹었어."

"장난해?"

음식이 하나도 줄어들지 않은 정인의 식판을 보며 승주가 미간에 주름을 잡았다.

"다이어트 한다. 나 요즘."

"말도 안 되는 소리 하지 마. 아침도 안 먹고 점심도 아까 보니까 빵 먹고 대충 건너뛰었잖아."

이 정도면 확실히 스토킹이다. 정인은 인상을 찌푸렸다.

"나 때문에 그러는 거면 내가 자리 옮길 테니까 그냥 먹어."

승주의 눈빛이 염려와 걱정으로 차올라 흔들렸다. 정인이 됐다고 말하려는 찰나였다.

"안녕하세요."

뒤에서 들려오는 낮은 목소리에 정인은 저도 모르게 식판을 든 채로 얼어붙어 마른침을 꿀꺽 삼켰다.

젠장.

"저, 여기 앉아도 될까요?"

조승현이 있는 A동 건물은 이미 식사를 다 마치고 빠져나간 줄 알았는데.

"……어?"

정인은 굳어진 몸으로 천천히 뒤를 돌았다. 그와 눈이 마주쳤다. 여전히 속까지 들여다보는 것 같은 날카롭고 시꺼먼 눈이다.

"괜찮으시면 같이 식사해도 될까 해서요. 아까도 승주 선배님이랑 같이 밥 먹었거든요."

그가 정인을 보며 한쪽 눈썹을 지그시 치켜 올려 보였다.

"안 되는 게 어디 있어. 같이 먹자. 앉아."

바보 같은 김승주는 조승현의 출현이 진심으로 반가운 것처럼 보였다. 그가 끼면 자신과 정인 사이의 어색한 기류가 완화될 거라 믿고 있는 것이다.

"정인이 형."

승현이 그의 이름을 불렀다. 승현의 시선을 피하려 애를 쓰던 정인이 흠칫하며 퍼뜩 고개를 들었다.

"어, ……어?"

"어떻게 할까요?"

차가운 눈동자는 그의 대답을 기다리고 있었다. 대답을 하지 않는 그에게 승현이 다시 물었다.

"저, 여기 앉을까요, 말까요?"

남들 앞에서 승현이 그에게 말을 건 것은 처음이었다. 한민우와 어울려 다닐 때의 정인은 한민우가 쓸데없는 시비를 걸까 봐서라도 기숙사 방 밖에서 그에게 별로 아는 척을 하지 않았다. 승현 역시 마주쳐도 간단히 목례 정도를 하고 지나쳤을 뿐이었다. 딱히 이상하다고 생각한 적은 없었다. 승현은 원래 말이 없는 편이었고, 학원 내의 그 누구와도 말을 잘 섞지 않았으니까.

승현이 지금까지의 암묵적인 룰을 깨고 그에게 다가온 이유는 하나밖에 없었다. 김승주와 함께 있는 자신을 보고 심기가 불편해진 것이 분명했다.

"……앉아."

"네."

당연한 말을 들었다는 듯, 승현이 의자를 빼고 앉았다.

"먹고 와라. 난 딱히 입맛이 없어서."

빠지기 위해 정인이 작게 내뱉자 승주가 탄식 같은 한숨을 쉬었다.

"서정인 저 몸에 다이어트 한다는데, 조승현. 넌 어떻게 생각해? 너도 말이 안 된다고 생각하지?"

"네. 그러네요. 지금도 마른 편인데."

승현이 고개를 끄덕였다. 무슨 생각을 하고 있는지, 도통 표정을 읽을 수가 없었다. 제발 닥쳐 줬으면 좋겠는데, 김승주는 그런 정인의 마음도 모르고 신이 나서 떠들고 있었다.

"아침도 굶었는데 저렇게 안 먹다가 픽 쓰러지기라도 하면 어쩌려고 저러는지 모르겠다."

"같게. 천천히 먹어."

정인은 누구에게 하는 말인지 모를 말을 남기고 다급히 몸을 돌리려 할 때였다.

"정인이 형."

제발. 아무 말도 하지 말아 줘라. 조승현.

그의 간절한 바람을 간단히 무시하듯, 승현이 그를 물끄러미 바라보며 입을 뗐다.

"그냥 앉아서 드시죠?"

누가 들어도 끝을 올리는 의문형이었지만, 정인에게는 확실한 명령조였다.

"어…… 어?"

정인이 입술에 힘을 주고 비틀었다.

"김승주 선배님이 아침에도 형 많이 걱정하시던데. 식사 거르지 마세요."

그의 옆자리 의자를 드르륵 빼며 흘낏 올려다보는 눈빛에서 정인은 거부할 수 없는 메시지를 읽었다.

젠장. 정인은 입술을 씹으며 울며 겨자 먹기로 자리에 앉았다. 그들의 맞은편에 앉아 있는 김승주가 소리를 조금 높이며 끼어들었다.

"먹자 일단."

정인은 지금 그가 씹고 있는 것이 쌀알인지 모래알인지 구분할 수가 없을 지경이었다. 승주는 오후에 있었던 어색한 분위기를 만회하

려는지 계속 시답잖은 농담을 풀어 대고 있었고, 승현은 가끔 고개를
끄덕이거나 '그렇죠.' 하는 맞장구를 치며 조용히 식사를 이어 나가
고 있었다.

정인의 신경은 몽땅 왼쪽에 앉은 승현에게 쏠려 있었다. 그의 수저
가 식판을 긁는 소리까지 신경이 쓰였다.

"아까는 고마웠다, 승현아."

"아, 네. 괜찮습니다."

승현이 짧게 답했고, 정인은 고개를 들어 맞은편의 승주를 쏘아보
았다. 눈빛으로 그만하라는 메시지를 쏘았지만, 승주는 특유의 성실한
웃음을 지어 보이며 승현에게 진심으로 고마워하고 있는 중이었다.

"서정인이랑 방도 같이 쓰는데, 진작 좀 가깝게 지낼걸. 한민우 갑
자기 하산하고 나서 서정인이 좀 까칠하지?"

"……글쎄요. 그런가요?"

승현이 시래기 국을 뜨다 말고 정인에게 한 번 가느다란 시선을
주었다. 정인은 그 눈빛에 긴장할 수밖에 없었다. 손이 떨려서 새알
감자조림을 집는데 젓가락이 자꾸만 미끄러졌다.

"서정인이 원래 말을 안 가리고 툭툭 내뱉는 성격이니까 네가 이해
좀 해 줘라. 약간 눈치도 없고 마이 페이스인 면도 있거든, 이 자식."

정인이 젓가락을 식탁 위에 내려놓았다. 그만하라고 말하려는데,
입가에 뭔가가 닿았다.

"여기요."

정인의 단정한 눈썹이 미간에 확 모였다. 그는 천천히 왼쪽으로 고
개를 돌렸다. 조승현의 젓가락 사이에 얌전히 걸려 있는 감자 조각이
보였다.

"드세요."

순식간에 정인의 하얀 얼굴에 피가 몰려 달아올랐다. 안 그래도 큰 눈이 더욱 크게 뜨였다.

"얼른요."

사내새끼들끼리 음식을 집어 주는 행위는 정인의 인생에 있어서 한 번도 없었고, 있어서도, 있을 수도 없는 일이었다. 승현은 놀랍도록 태연했다. 그 짧은 시간에도 정인은 지금 그가 어색해하면 이 순간이 더욱 민망해질 수도 있겠다는 판단이 섰다.

정인은 말없이 승현의 젓가락에 걸린 감자조림을 입으로 받았다. 파스를 뿌리기라도 한 것처럼 얼굴 전체가 화끈거렸다.

"......이, 이야......, 야, 너희들 되게 친하다."

음식을 갈아 버릴 듯 씹고 있는 정인의 앞에서 승주가 말을 더듬었다. 그 역시 당황한 것이 분명했다. 이 상황에 태연한 것은 한 사람뿐이었다.

"젓가락 불편하면 포크 가져다 드려요?"

"아, 아니."

승현은 다시 단정히 젓가락을 움직여 제 몫의 감자조림을 하나 더 집은 후, 입에 넣고 맛있게 씹었다.

"룸메끼리 사이좋아 보이고, 보기 좋다. 하하."

승주가 어색하게 웃었다. 정인은 목이 턱턱 막혀 와 물을 한 모금 마셔야 했다.

"그러고 보니 서정인한테는 형이라고 부르네, 너."

"처음부터 그렇게 부르라고 하셔서요."

"아......, 하하. 난 둘이 그렇게 친한지 몰랐어."

"승주 선배님이 정인이 형이랑 더 친하시죠. 저는 그냥 룸메이트고요."

승현이 젓가락을 움직이며 대수롭지 않게 대꾸했다.

"아, 우리야……, 민우랑 다 같이 작년부터 친했으니까. 이런데서 갇혀서 2년 가까이 있으면 안 친해질 수가 없잖아."

"네, 그래서 그런지 보면 항상 같이 계시더라고요. 꼭 삼총사처럼."

승현의 대답에 굳어 있던 승주의 얼굴이 조금 풀어졌다.

"그랬지. 방학 때도 늘 붙어 다녔으니까."

"아아."

승현의 짧은 목소리에 슬쩍 날이 섰다.

"응. 작년에 시험 치기 전에 부모님들 몰래 오스트리아로 보드 타러 갔었거든. 어차피 셋 다 대학 갈 생각 없었으니까. 솔직히 말하면 진짜 그때가 제일 재밌었어."

"그래요?"

정인이 승주를 강한 눈으로 쏘아보았지만, 그는 반응을 보이는 승현을 향해 신나서 쓸데없는 이야기를 이어 나가고 있었다.

"곤돌라에서 한민우가 휴대폰으로 사진 찍는다고 설치다가 아래로 떨어질 뻔했었는데, 서정인이 겨우 끌어당겨서 잡았어. 하마터면 어디 한 군데 부러져서 패트롤에 실려 갈 뻔했었는데……, 하하, 지금 생각하면 그것도 진짜 추억이야, 그렇지?"

"야, 추억은 무슨."

정인이 말을 끊으려 했지만 소용없었다.

"그러곤 셋이서 방갈로 같은 호텔에서 술 먹다가 꼴아서 그다음 날 비행기도 놓치고……. 물론 수능도 잡치고……."

"그만해라, 김승주."

정인이 그의 말을 잘랐지만 승현이 승주를 부추겼다.

"전 재미있는데요."

"그렇지? 사실 이 다음이 더 웃겨. 어쩔 수 없이 일정이 자동 연장 돼서 호텔에 박혀 있는데, 밤이 되면 할 일이 있겠냐. 또 술 마셨지. 승현이 너, 애랑 술 마셔 본 적 있어?"

"아뇨."

승현이 고개를 저었다. 옛일을 더듬는 승주의 얼굴에 기다랗게 웃음이 걸렸다.

"서정인 저 자식이 술 취하면 주사가 좀 있거든."

"아, 그래요?"

승현이 반응을 보이자 승주가 즐겁게 말을 이었다.

"덥다고 옷 벗고 눈밭에 나가 뒹굴어서 잡아 오느라고 한민우랑 내가 개고생을 했지. 민우는 그때 서정인 동상 걸리는 줄 알고 놀라서 한국까지 전화해서 난리 법석을 떨고, 그 바람에 몰래 놀러 간 거 걸려서 한민우는 아버지한테 엄청 깨지고……."

"김승주."

정인이 수저를 탁, 하고 식탁에 내려놓았다. 소리 지르고 싶은 것을 꾹꾹 눌러 참으며 잇새로 내뱉었다.

"그만하라고."

"왜 까칠하게 그래?"

승주가 그제야 정인을 바라보았다. 자연스럽게 행동하려 했지만 승주의 눈동자가 꼭 나쁜 짓 하는 어린애처럼 미세하게 흔들리고 있었다. 정인이 미간을 찌푸렸다.

이 새끼가 아까부터 왜 이렇게 오버하는 거지.

"뭐 재밌는 이야기라고 계속하고 있냐. 쓸데없이."

승주가 어깨를 으쓱했다.

"이번 겨울에는 승현이도 우리랑 같이 가면 좋겠다 싶어서 운 뗀 거야."

"……뭐?"

정인의 가지런한 눈썹이 가운데로 모였다.

"왜. 이번엔 다 같이 가면 좋잖아. 너도 거기 좋아했고."

이 새끼가 지금 뭐라는 건가.

정인은 눈을 부릅뜨고 맞은편에 자리한 승주를 노려보았다. 그는 지금 조승현과 함께 오스트리아로 보드를 타러 가자고 말하는 중이었다. 말 그대로 찢어지게 가난한 조승현의 상황을 뻔히 알고 있으면서도.

"승현아, 이번 겨울에 시험 끝나면 같이 가는 거다. 보드도 타고, 겸사겸사 두 달 정도 유럽 돌고 오는 것도 나쁘지 않겠다. 동유럽이 의외로 볼 게 많거든."

갈수록 태산이었다. 저 녀석이 과연 그가 알던 김승주가 맞는 걸까.

"죄송한데 그건 좀 어려울 것 같은데요."

승현의 어조는 차분했지만 도리어 정인의 심장이 쿵쿵 터질 듯 뛰었다.

"왜?"

승주가 자연스러운 얼굴로 승현에게 되물었다.

"시험 끝나면 자유고, 입학하기 전에 두 달 동안 시간 많을 거 아냐."

"······시간이 없어서 그런 건 아니고요."

나지막한 목소리가 다시 대답했다.

"그럼? 뭐가 문젠데?"

"시설에 돌아가서 일도 봐줘야 해요. 겨울에는 이것저것 특히나 일이 많아서요."

"아아. 맞다. 그래도 한 달 정도는 괜찮지 않나? 거기도 일하는 사람 따로 있을 테고. 아무리 시설이라도 원생들을 노동 착취하면 안 되는 거잖아."

"시간을 빼더라도 지금 제 사정에 유럽은 좀 힘들죠."

"네 사정이 어때서?"

정인의 속이 뜨끈하게 올랐다. 옆자리의 조승현이 지금 무슨 표정인지 확인할 여유도 없었다. 그는 이글거리는 눈으로 맞은편의 승주를 노려보며 작게 내뱉었다.

"야 너 지금 장난하냐?"

"왜 또 시비야?"

승주가 작게 한숨을 쉬는 모습마저 가증스럽게 느껴졌다.

"몰라서 물어?"

"모르니까 묻잖아."

순간, 정인은 승주의 표정에서 한민우의 얼굴을 보았다. 전혀 매치가 안 되던 두 얼굴이 지독히 똑같은 표정을 짓고 있는 것이다.

정인의 입술에서 짧은 한숨이 샜다. 조승현의 사정을 모를 김승주가 아니었다. 그동안 정인이 적선하듯 그에게 물건을 건넸을 때마다 티 나게 이야기를 했었으니까.

그때 김승주가 뭐라고 했었더라.

「적당히 해. 자존심 강한 애면 티는 안 내도 기분 나쁠 수 있어.」

「기분이 왜 나빠?」

「서정인 네가 좀 섬세하지 못한 면이 있잖아. 나쁘게 말하면 싸가지가 없는 거고. 그러니까 무슨 일을 할 때 좀 신중하게 하라고. 상대방 입장도 좀 생각하고.」

그랬던 그가 지금, 승현에게 두 달 동안 유럽 여행을 가자고 권유하고 있는 것이다. 그것은 전혀 신중하지 못한, 그답지 않은 제안이었다.

속옷을 살 돈이 없어서 다 찢어진 팬티를 입고 다니는 놈한테 뭐가 어쩌고 어째? 시설 이야기까지 교묘하게 받아치는 그의 의도가 너무 분명히 보여서 헛웃음이 다 나왔다. 승주는 지금, 조승현의 반응을 보고 그를 엿 먹이려는 것이었다.

"김승주, 거기까지 해라. 그냥."

"아니……, 그러니까 왜 네가 과민 반응이냐고. 다 같이 친하게 지내자고 하는 말인데."

정인은 이런 부류의 인간들을 너무나 잘 알았다. 그것은 자신이 이제까지 많이 해 왔고, 또 제일 잘하는 짓이었다.

상대의 약점을 쿡 찌른 후, 아무렇지도 않게 웃어넘기는 것. 하나부터 열까지 판에 박힌 듯 똑같았다.

정인은 이다음에 승주가 무슨 말을 할지도, 쉽게 예상할 수 있었다.

"아. 혹시 비용이 부담돼서 그래?"

승현은 대답이 없었다.

"진작 말하지. 그건 걱정할 필요 없어. 여권은 가지고 있지? 티켓이랑 숙소는 우리가 알아서 할 테니까 넌 그냥 몸만 오면…….”

“야, 그만하라고, 씨발!”

정인은 결국 인상을 찌푸리며 그가 앉아 있는 맞은편의 의자 다리를 세게 발로 찼고, 동시에 승주가 숟가락을 식판에 던지듯 놓았다. 쇠붙이끼리 날카롭게 부딪치며 불쾌한 소음이 일었다.

“왜 이래?”

“실망이다, 김승주.”

“……뭐?”

“들었잖아, 씹 새끼야. 귀 먹었냐? 한 번 더 말해 줘?”

정인은 시뻘게진 얼굴로 자신을 바라보는 승주를 노려보았다. 그만은 다를 줄 알았다. 완전히 잘못 짚은 거였다. 자신만큼이나 인간쓰레기인 한민우와 그의 유일한 차이점이라고 생각했던 부분이 사라지는 순간, 김승주는 자갈밭에 깔린 돌처럼 더 이상 특별할 것도 없는 놈이 되었다.

“뭐가 그렇게 실망인데? 너 뭐야 진짜?”

승주가 씩씩대며 자리에서 벌떡 일어나자 그 반동에 의자가 뒤로 넘어갔다. 그가 성큼성큼 테이블을 돌아 정인이 앉은 곳으로 다가와 멱살을 쥐었다.

“왜 다른 사람 다 보는 데서 사람을 이따위로 초라하게 만드냐고!”

멱살을 틀어쥔 손이 부들부들 떨렸다. 정인은 턱을 치켜들고 눈을 내리깔아 그를 보고 어금니를 꽉 문 채 내뱉었다.

“초라하게 군 줄은 아냐?”

옆에서 묵묵히 수저를 움직이고 있는 승현이 차마 신경 쓰이지 않을 정도로, 정인은 승주의 행동이 열이 받았다. 머리끝까지 화가 난 것은 승주 역시 마찬가지인 듯했다.

"네가 아까부터 나를 무슨 전염병 환자처럼 취급하고 있잖아!"

"놔라."

작은 소란에 다른 테이블에서 식사를 하고 있던 이들이 하나둘씩 웅성거리기 시작했다.

"피하지만 말고 말을 하라고 새끼야. 내가 대체 뭐가 실망스러운데? 나한테 뭘 실망했길래 사람을 이렇게 대놓고 무시하냐고! 내가 미안하다고 했잖아, 과민 반응한 거 사과했잖아, 새끼야!"

승주가 목소리를 높였다. 그의 분노가 점점 뜨거워지는 것이 눈으로 보일 지경이었다.

"무시하는 게 아니라……."

정인은 코앞에 있는 그를 노려보며 느리게 내뱉었다. 정인은 그에게 어떻게 해야 할지 본능적으로 알고 있었다. 사람의 상처와 약점을 후비는 것이라면 그 역시 못 하는 것은 아니다. 부들부들 떠는 승주에게 작게 속삭이듯 내뱉었다.

"……네가 발정 나서 나한테 자자고 들이댈까 봐 소름 끼쳐서 그런다, 왜?"

"뭐…… 뭐?"

승주의 얼굴이 딱딱하게 굳었다.

"넌 좀 다를 줄 알았더니……. 한 번만 대 달라고 들러붙는 한민우랑 다른 게 뭐냐, 씨발?"

그의 눈동자가 당황해 흔들렸다. 정인은 그에게 싸늘한 경멸의 시선을 던졌다.

툭 찔러본 말에 그는 걸려들었다. 생각해 보면 한민우가 승주에게 자신과 그 사이에 있었던 일을 말하지 않은 게 더 웃겼다. 한민우 성격에 맘껏 으스대며 자랑하듯 내뱉었을 것이다. 실망할 건더기가 없는 녀석인데도, 배신감이 드는 것은 어쩔 수가 없었다.

삼총사 좋아하네. 어차피 다들 자기 자신이 제일 중요한 놈들일 뿐이다. 아슬아슬하게 지켜 오던 그들의 평화는 깨졌다. 어쩌면 한민우와 선을 넘었을 때부터, 예정되었던 결과였는지도 몰랐다.

"너, 그, 그게 지금 무슨……."

"됐으니까 괜히 나한테 힘 빼지 마라, 승주야."

승주는 말도 이을 수 없어 그저 입술을 깨물고 있었다. 정인은 묘한 죄책감과 분노가 뒤섞여 흔들리는 그의 눈동자를 노려보며 입술을 비틀었다. 마지막 카운터펀치다.

"너랑은 뭣도 하고 싶은 마음 안 생기니까, 귀찮게 들러붙어서 질척거리지 말라고."

푸훗, 하고 옆에서 작게 웃는 소리가 들렸다. 이 소란에도 꿋꿋이 앉아 밥을 먹고 있던 승현에게서 나온 소리였다. 승주는 목덜미와 귓불까지 시뻘겋게 달아올랐다.

"서정인……, 이 개새끼가……!"

퍽!

승주가 정인의 멱살을 잡아 일으키더니 그의 뺨을 주먹으로 세게 내리쳤다.

씨발. 이걸로 이번 달에만 얼굴을 두 번이나 맞았다.

입술에서 터지는 찝찌름한 피 맛을 느끼며 정인은 다시 그에게 주먹을 들이대는 승주를 향해 몸을 날렸다. 이번 달은 정말로, 마가 끼었다고밖에는 설명할 수 없었다.

7. 의문

학생 식당에서 벌어진 몸싸움 덕분에 정인과 승주는 벌점 20점을 받았다. 휴대폰이 압수되고 방학 때까지 바깥으로 외출이 금지되었다.

ㅡ도대체 무슨 일이야, 아들?

공중전화 수화기 너머로 들려오는 어머니의 목소리에는 희미한 짜증과 염려가 동시에 실려 있었다.

"별일 아니에요."

ㅡ아버지 신경 쓰실 일 없게 해야 하는 거 알지? 요즘 퇴직 앞두고 굉장히 예민하셔. 잠도 못 주무실 정도야.

판사 자리에서 물러나 변호사 사무실 개업 전이니 쓸데없는 사고를 치지 말라는 소리였다.

"당연하죠. 그냥, 좀……. 저도 모르게 스트레스가 쌓였었나 봐요."

－그래도 어린애들도 아니고, 다 큰 남자애들이 치고받고 주먹싸움
이 뭐야.

"죄송해요."

　－우리 아들 잘난 얼굴에 상처라도 나면 어떡하라고. 민우는 애가
좀 까지고 건방졌어도 승주 걔는 그렇게 안 봤는데, 참.

　이 상황에서도 걱정의 방향이 조금 다른 데로 튄다 싶어 정인은
피식 웃음이 났다. 허영과 과시욕이 강한 그의 어머니는 가끔 귀여
웠다.

　그래도 끝까지 그의 편을 들어 줄 사람은 역시 가족밖에 없는 건
가. 가슴 한구석이 뜨뜻해지는 느낌이었다.

"상처 안 났어요."

　터진 입술이 조금 따끔거렸다. 부어오른 눈두덩이에 시퍼런 멍이
들면 볼 만하겠다 생각하며 정인은 입맛을 다셨다.

"기스 좀 난다고 해서 값 떨어질 얼굴도 아니고."

　－당연하지, 누구 아들인데.

"그러니까요."

　수화기 너머로 어머니가 살짝 웃음을 삼키는 것이 들렸다. 그녀의
긴장이 풀린 것이 느껴지자, 정인 역시 조금은 안도가 되었다. 뒤통
수를 벽에 붙이고 정인은 스르륵 눈을 감았다.

　－참, 갤러리에서 민우 엄마랑 마주쳤었는데 민우는 서울로 돌아왔
다면서.

"……네."

　그녀가 잠시 한숨을 쉬었다가 그를 불렀다.

　－아들. 힘들어도 조금만 참아.

"······네."

정인은 수화기를 든 채 짧게 대답했다.

—조금 있으면 집에 오니까 답답해도 그때까지만 조금 더 버티고 있으란 소리야. 알겠지? 중간에 포기하는 거 죽기보다 싫어하는 양반이니까, 성질 건드리지 말고 있다가······, 기회 봐서 엄마가 아버지한테 슬쩍 한번 말해 볼게.

"······뭘요?"

—네 형이 충분히 잘하고 있는데, 너까지 고생할 필요 없잖아. 민우 힘들어서 올라온 거 보니까, 공부하는 게 보통 일은 아니다 싶고. 아니 말이야 바른 말이지, S대 법대가 무슨 강아지 이름도 아니고.

감고 있던 그의 눈이 번쩍 뜨였다.

—외국에서 학위 따도 사는 데 아무 지장 없어. 네가, 어디 가서 사고 치는 애가 절대 아닌데, 오늘 전화 받고 엄마 많이 놀랐어. 얼마나 힘들면 우리 아들이 주먹질까지 했나 싶어서.

최근에 들었던 말 중 가장 반가운 말이었다. 어머니가 마음이 약해졌다는 사실은 지긋지긋한 입시 전쟁에서 탈출할 수 있다는 소리로도 들렸다. 이쯤 되면 판을 벌려 준 김승주에게 고마울 지경이었다.

—아무튼 이번 방학 때 집에 오면 자세히 이야기하자, 알았지?

"네, 엄마."

—필요한 거 있으면 이야기하고. 응?

정인은 기뻐서 대충 고개를 끄덕이며 전화를 끊었다.

어쩌면 그가 그렇게 간절히 원해 왔던 일이 더 빨라질지도 몰랐다. 외국으로 도망갈 수 있다는 가능성이 뚜렷이 보이기 시작한 것이다. 그러면 지금 그의 발목을 잡고 있는 구질구질한 것들을 끊어 버릴 수

있을 것이다. 그중에는 물론 조승현도 포함이었다. 제 아무리 난리를
쳐 봤자, 한국을 떠서 숨어 버린 그를 따라오지는 못할 것이다. 안된
말이지만 지금의 조승현의 '사정'으로는 불가능한 일이었다.

정인은 크게 뛰어올라 소리라도 지르고 싶었다.

* * *

그는 흥분을 가라앉히지 못해 괜히 운동장을 서성거리다 기숙사로
돌아왔다. 방에는 아무도 없었다. 시계를 흘끔 보니 아직 일곱 시가
되려면 십 분 정도 시간이 남아 있었다.

방학까지 남은 시간은 앞으로 일주일. 이제 조승현에게 휘둘리는
수치스러운 시간도 안녕이었다. 무슨 수를 써서라도 어머니를 구워
삶아 외국으로 뜨는 일을 최대한 빨리 진행시킬 것이다.

정인은 가방을 대충 책상 위에 던지고 화장실로 향했다. 불을 켜고
거울을 보니 엉망이 된 얼굴이 비쳤다. 강렬한 시각적 효과에 통증이
다시 밀려오는지 얼굴이 쿡쿡 쑤시기 시작했다.

"가관이네, 진짜……."

보건실에서 입가에 붙여 준 밴드에 피가 배어 있는 것이 보기 싫
어 떼어 냈다.

"아야……."

누가 스포츠 마니아 아니랄까 봐 김승주의 주먹은 확실히 매웠다.
눈두덩이도 욱신거렸고 왼쪽 뺨은 불그스름하게 부어 있었다. 정인
도 그의 위에서 엎치락뒤치락하면서 몇 대 날린 것 같은데, 결과적
으로 맞기는 자신이 훨씬 더 많이 맞았다. 소란을 전해 들은 기숙사

사감이 달려와 그들을 떼어 놓지 않았으면 아마 더 맞았을 수도 있었다.

"개새끼, 그렇게 독하게 팰 건 뭐야, 또……."

정인은 작게 욕설을 내뱉으며 화장실에 딸린 작은 세면대에 뜨거운 물을 받았다. 자존심이 개박살 난 것은 이해하지만 사람을 이 정도로 묵사발 내는 건 조금 너무 심하지 않은가.

그는 손 닦는 수건을 뜨거운 물에 적셔 파스 냄새가 나는 것 같은 눈두덩이를 조심히 닦아 냈다.

「왜 사람을 이따위로 초라하게 만드냐고!」

분한 얼굴로 소리치던 승주의 얼굴이 갑자기 떠올라서 정인은 쯧, 하고 한 번 혀를 찼다. 언제나 담백하게 굴던 놈이 갑자기 자세를 낮추고 질척거리는 것도 싫었지만, 정인이 무엇보다 실망했던 것은 조승현을 자극하며 어린애같이 굴던 그의 태도였다.

"수준이 그게 뭐냐고, 씨발……."

김승주 역시 그를 포함한 딴 놈들과 하나도 다를 게 없었다. 상대의 약점을 찾아내어 상처 입은 자존심을 회복하며 스스로의 우월함을 강조하는 것. 이곳에 있는 버러지 새끼 같은 놈들이 제일 잘하는 짓일 것이다. 조승현이 사실 얼마나 살 떨리게 뒤끝이 강한 놈인지를 알면, 김승주 아닌 누구라도 그 앞에서 그따위로 말을 할 수 있을 리가 없었다. 당장 한민우만 봐도, 상대가 누구인지도 모르면서 꼬리를 내리고 도망간 것이 현실이다.

"멍청하게……."

작게 혀를 차며 얼굴을 찡그리자 맞은 눈 주위가 다시 욱신거렸다.

"멍만 안 들면 좋겠는데."

중얼거리며 식은 수건을 다시 뜨거운 물에 흠뻑 적셔 짠 후, 얼굴에 대고 문지르고 있는데 뒤에서 문이 열렸다.

거울에 승현과 자신의 얼굴이 동시에 비쳤다. 정인은 빠르게 몸을 돌렸다.

벌써 시간이 일곱 시가 된 것이다.

"아, 미안."

노크도 없이 들어온 것은 승현 쪽인데도, 정인은 자동으로 사과를 했다. 나가려고 하는데 승현이 몸을 비키는 대신, 안으로 들어와 문을 닫는 바람에 정인은 안에 갇힌 신세가 되었다.

비좁은 화장실에 두 사람이 있으니 꽉 차서 숨이 턱턱 막혔다. 아까까지 뜨거운 물을 틀어 놓는 바람에 공간이 더욱 열기에 차 있기도 했다. 천장에 달린 손바닥만 한 환풍구는 제 역할을 제대로 못 하고 있었다.

"볼일 보러…… 들어온 거 아니야?"

"저 신경 쓰지 말고 하던 거 계속하세요."

그는 아까 승주와 정인이 바닥에서 구르며 엎치락뒤치락할 때, 한 점 동요도 없이 밥만 먹고 있었다. 정인은 그의 시선을 티 나지 않게 피하며 문고리를 바라보았다.

"아냐, 지금 막 나가려고 하던 참이었어."

"형. 저 보세요."

정인이 흠칫하며 그에게 눈을 맞추었다. 몸을 좀 비켜서든지 나가든지 하지 않으면 자신이 꼼짝할 수 없는 것을 알면서도 승현은 입구에 선 채 움직이지 않았다. 대신 가늘어진 시선으로 정인의 얼굴을 찬찬히 훑었다. 대놓고 관찰당하는 듯한 느낌에 정인은 왠지 더

더워졌다.

"……엉망이네요."

부어오른 그의 눈을 보며 승현이 낮게 중얼거렸다.

"그래도 찢어지진 않았네, 다행히 흉터는 안 남겠어요."

"어, 괜찮아. 근데 승현아, 여기 좀 답답하지 않……."

승현이 쯧, 하고 혀를 차며 그에게 조금 더 가까이 다가왔다. 정인은 말을 끝내지도 못하고 입을 다물었다. 승현이 그를 똑바로 바라보며 양손으로 세면대를 짚고 몸을 기울였다. 정인은 승현의 팔 안에 갇혀 버린 자세로 얼어붙었다.

"아까 왜 그랬어요?"

"……뭐가."

"김승주한테 진심으로 화냈잖아요, 형."

"……어?"

갑자기 말문이 턱 막혔다.

"형 김승주 좋아하는 거 아니었어요?"

정인은 마른침을 한 번 삼켰다. 무슨 말을 해야 할지 알 수가 없어 눈만 깜빡였다. 허튼소리를 내뱉는 승주에게 진심으로 열이 받았던 것은 사실이다. 하지만 솔직히 말해서 정인보다 더 기분이 나빴어야 할 사람은 조승현 본인이었다. 그런데 그의 한쪽 입술이 묘하게 위를 향하고 있었다.

"엉망으로 쥐 터진 형 앞에서 이런 말 하는 게 좀 미안하긴 한데……."

정인은 그가 왠지 즐거워 보이는 이유를 알 수 없어 그저 입을 다물었다.

"형이 나 대신 싸워 주는 거 보니까, 기분이 좋아서 계속 참고 있었어요."

대체 무슨 수작일까.

승현이 미소 띤 얼굴로 작게 속삭였다.

"김승주 대가리 식판 모서리로 찍고 싶은 거, 겨우겨우 참았다고요."

정인은 떨리는 입술에 힘을 주어 딱 붙였다. 한 달 전의 그라면 상상할 수 없는 행동이었지만, 지금으로서는 충분히 이해가 가는 발언이었다. 실제로 정인이 승주와 한판 붙지 않았더라면, 승현이 방금 한 말을 실행으로 옮겼을 수도 있었다. 놈은 완전히 맛이 가 있으니까.

"얘기해 봐요. 왜 거기서 형이 화낸 건지."

승현이 그의 손에 들려 있던 젖은 수건을 빼내며 부드럽게 물었다.

정인은 뭐라고 대답을 해야 할지 망설였다.

"그냥……."

꼴 보기가 싫었다는 말이 맞았다. 조승현이 한가하게 여행이나 떠날 형편이 아니라는 사실을 뻔히 알고 있으면서도 모른 척, 마치 놀리듯 말을 내뱉었던 승주를 보며 열이 받아 참을 수가 없었다.

쏴아─.

승현이 손을 뻗어 세면대에 뜨거운 물을 틀었다. 핏방울이 묻은 수건이 다시 흠뻑 젖어 들고 좁은 공간이 금세 뜨거운 김으로 차오르기 시작했다.

"말해 봐요."

꽉 짜지 않아 물이 뚝뚝 떨어지는 뜨끈한 수건이 정인의 얼굴을 조심스레 적셨다. 가늘어진 그의 눈빛이 대답을 요구하고 있었다.

"몰라. 그냥……. 열이 받아서……."

"그래서 내가 기분이 좋았나? 형이 진짜 열 받은 게 느껴져서."

착 가라앉은 목소리에 은근한 흥분이 번졌다. 강렬한 시선과는 달리 얼굴을 닦아 내는 그의 손길은 부드러웠다. 세면대에 계속 쏟아지고 있는 뜨거운 물이 뿜어내는 수증기 덕분에 꽉 막힌 실내의 공기는 더욱 더워졌다.

"……김승주가 내 앞에서 장난치는 꼴이 빤히 보이니까 웃기면서도……, 솔직히 살짝 짜증이 나기 시작하더라고요. 솔직히 아침부터 이것저것 묻는 게 거슬리긴 했거든요."

승현이 피식 웃었다.

"근데 그 마음이 귀신같이 사라지는 거예요. 형이 내 대신 주먹질까지 하면서 화를 내 주는 거 보니까."

그가 무슨 말을 하고 싶은 건지 종잡을 수가 없어 정인은 눈만 두어 번 깜빡였다. 그러니까 지금 그가 히죽거리며 웃고 있는 까닭은 자신이 김승주 앞에서 그의 편을 들어 준 것이 되었기 때문이라는 것 같았다. 상황이 어찌 됐건 결과적으론 그랬으니까.

"아, 또 피 난다."

승현이 작게 혀를 차며 다시 젖은 수건으로 정인의 입술 근처를 다정하게 쓸었다.

"김승주 앞에서……. 내 편 들어 준 거잖아, 형이."

이번엔 제대로 짚었다. 정인은 마른침을 삼켰다.

"김승주가 얼굴 벌게져서는……. 엄청 상처받은 얼굴 하는데, 조금 안쓰러울 뻔했잖아요."

즐겁게 속삭이는 그의 얼굴 표정은 전혀 안쓰러운 사람의 것이 아니었다.

"아마 형한테 그런 식으로 당한 건 처음이라서 놀랐을 거야. 그렇죠?"

그가 숨을 뱉어 내며 웃었다.

"형은 사람 미치게 해서, 바닥까지 떨어뜨리는 데 참 재능이 있어요."

승현이 목이 마른 듯 혀로 입술을 한 번 축였다.

"그런 건 어디서 따로 배우는 거예요?"

"……무슨, 말이야."

"예상치도 못하게 사람 뒤통수쳐서 홀리게 하는 거 말이에요……, 저번에도 그랬고."

정인은 그의 말에 어떻게 장단을 맞추어야 할지 몰라 눈만 깜빡였다. 솔직히 말하면 좁은 화장실 안이 마치 습식 사우나처럼 숨이 턱턱 막혀 와서 빨리 바깥에 나가고 싶은 마음뿐이었다. 승현은 여전히 정인을 팔 안에 가둔 채 말을 잇고 있었다.

"형 나 싫잖아요. 되게 싫어하잖아."

그의 숨결이 닿을 듯 가까웠다. 그가 고개를 슬쩍 기울여 낮게 웃었다.

"근데, 그런 날 위해서 형이 김승주랑 치고받고 바닥에 구르면서 싸우는데……."

솔직히 말하면 그를 위해서 치고받고 싸웠다기보다 김승주가 먼저 선방을 날렸으니 어쩔 수 없었다고 하는 게 더 맞았다. 정인은 그냥 입을 꾹 다물었다. 어쨌든 사이코 같은 녀석은 지금 이 상황이 즐거운 게 틀림없었다.

"김승주 그 씨팔 새끼 빨리 족치지 않으면 형이 완전히 얻어터질 거 알고 있으면서도……."

"……."

"……형이 나 위해서 질 거 뻔한 싸움 하는 거, 계속 보고 싶더라고."

"……김승주도 맞았어."

가만히 듣고 있기에는 자존심이 상해서, 정인은 작은 목소리로 내뱉었다.

"아. 진짜?"

승현의 목소리에 옅은 웃음기가 서려 있는 것이 마음에 안 들었다.

"갈비뼈에 금 정도는 갔을걸?"

"그러게요. 형이 아까 발로 깐 곳. 그렇죠?"

손 하나 까딱하지 않았지만 그 광경을 보고 있긴 했나 보다. 이래 보여도 초등학교 6년 내내 태권도 학원을 다니고 검은 띠까지 딴 몸이란 말이다.

"……그래."

정인에게서 승현이 시선을 떼지 않은 채, 뜨거운 물수건으로 목을 한 번 느리게 쓸었다. 그가 주먹에 힘을 주자 젖은 수건에서 뜨거운 물이 주르륵 흘러내려 정인의 셔츠를 적셨다.

"고마워요."

그가 정인을 뚫어져라 바라보며 천천히 내뱉었다. 고맙다는 말이, 이토록 두렵게 느껴진 적은 처음이었다.

"하아……."

정인은 저도 모르게 숨을 크게 몰아쉬었다. 승현의 얼굴이 점점 그에게로 가까워지고 있었다. 뒤는 바로 거울과 세면대로 막혀 있어 어디로 도망갈 곳도 없었다. 그의 뜨끈한 숨결이 결국 정인의 귓가에 닿았다.

"아주 잘했어요."

그가 목을 움츠리려는 순간, 들릴 듯 말 듯 한 작은 목소리가 다시 그의 귓가에 울려 퍼졌다. 정인의 목덜미부터 얼굴까지 화끈하게 달아오르는 느낌이었다.

"조……, 조승현……, 훗!"

그의 입술이 정인의 목덜미에 닿는 순간, 정인은 결국 눈을 질끈 감고야 말았다.

"진짜 기분 좋았어요."

뜨겁게 목을 타고 내리던 물줄기보다, 그의 입안에 있던 혀가 더 뜨거웠다. 그가 할짝거리며 정인의 목을 핥았다. 정인은 목을 움츠리며 신음을 억눌렀다. 산소가 부족해진 탓인지 머리가 어질어질했다. 온몸의 피가 빨리 돌았다.

츕. 츕.

"흐읏……."

결국 간신히 참았던 신음이 흐릿하게 새어 나왔다. 단단한 빗장뼈를 손으로 어루만지고 쇄골 주위를 키스하며 맴돌던 승현이 천천히 고개를 들어 정인을 바라보았다.

정인은 숨을 몰아쉬며 엉망이 된 표정으로 그를 마주했다. 그가 수건을 바닥에 휙 던지고는 손을 들어 정인의 얼굴을 조심스레 쓸었다.

"……아파요?"

얼굴의 통증은 여전했다. 하지만 그렇다고 해야 할지, 아니라고 해야 할지 갈피를 잡을 수가 없어 정인은 입술만 씹었다. 입술 옆에 말라붙었던 피딱지가 터지며 핏방울이 조금 새어 나왔다.

"내가 죽여 버릴까요, 김승주?"

다정한 목소리와는 전혀 어울리지 않는 내용이 그의 성대를 타고 흘렀다. 정인은 당황해 그를 불렀다.

"……조승현."

"형 얼굴 이렇게 만들었으니까, 내가 김승주 얼굴 갈아 버릴까? 아니면 진짜 갈비뼈 몇 대 부러뜨릴까요? 말만 해요. 형이 하라는 대로 할게."

정인의 심장이 미치도록 빠르게 뛰었다. 승현이 눈을 빛내며 말을 이었다.

"이에는 이, 눈에는 눈이라는 말. 난 말도 안 된다고 생각하거든요. 이 세상에는 이자라는 게 있잖아요? 뭐든 더 얹어서 갚아 줘야 정상이죠. 그게 돈이건 뭐가 됐건."

그가 정말로 그럴지도 모른다는 두려움에 피가 바싹바싹 말랐다. 정인은 고개를 빠르게 저었다.

"……그러지 마."

"왜?"

그가 나른하게 물었다. 높다란 콧날이 정인에게 닿았다. 깊고 검은 눈빛. 뭐라고 대답을 해야 할까. 점점 더 숨이 가빠지고 머릿속이 아득해졌다.

"형 이제 김승주 안 좋아하잖아요. 아까 짜증 내던 눈빛은 완전 진심이던데."

"……"

"내가 잘못 본 거예요? 설마 그런 척 연기한 거야? 나 보라고, 일부러?"

그의 눈이 잔인하게 가늘어지는 것 같아 정인은 서둘러 부인했다.

"아, 아니야."

"그럼 어떻게 되든 상관없는 거 아닌가요?"

"······승현아."

"대답해요, 얼른. 김승주, 어떻게 하면 좋을지."

승현의 뜨거운 숨결과 눈빛에 정인은 제대로 된 생각이라는 것을 할 수가 없었다. 자신에게 이상한 마음을 가지기 시작한 김승주가 귀찮아진 것과, 조승현이 미쳐서 그를 때려죽이는 것은 별개의 문제였다.

"대답을 해 보시라고요."

김승주의 털 끝 하나도 건드리지 말라고도 할 수도 없고, 이제 상관없으니 네 맘대로 하라고 말할 수도 없다. 정인은 아무 대답도 할 수가 없었다. 이 상황에서는 뭐라고 말해도 정답이 될 수가 없었다.

맥박이 빨리 뛰고 입안이 바짝 말라 왔다. 숨을 몰아쉬던 정인은 결국 대답 대신 그에게 떨리는 입술을 가져갔다. 그의 신경을 분산시킬 수 있을 거라 생각해 충동적으로 내린 결정이었다.

"······."

스치는 것 같은 입맞춤이었다. 아니, 그것은 입을 맞추었다고도 표현할 수 없는 가벼운 접촉이었다. 두려움과 불안에 정인의 가슴이 밖으로 튀어나올 기세로 쿵쿵거렸다. 그의 눈빛이 순식간에 어두워지는 바람에 숨이 막혀서 견딜 수가 없었다.

역시 잘못한 건가.

"이거 봐……."

승현이 한숨을 쉬었다.

"승현아, 나, 나갈……."

이러다 한 대 맞겠다 싶어 정인이 재빨리 그를 피하려 했을 때였다.

"이러면 어떻게 놔줄 수 있겠냐고요."

한숨과 함께 중얼거린 승현이 정인의 목덜미를 잡아 끌어당기곤 입술을 한 번에 덮었다. 거친 손길과는 달리 숨이 막히게 부드러운 키스였다.

그가 혀를 내밀어 정인의 찢어진 입술을 핥았다. 옅은 고통은 그의 다정한 혀 놀림에 슬그머니 자취를 감추었다. 승현의 커다란 손이 정인의 부은 뺨을 조심스레 감싸자 결합은 더욱 깊어졌다.

축축하고 뜨거운 혀가 그에게 엉겨 붙었다. 승현은 정인의 타액을 느리게 빨아들이며 부드럽게 그의 입안에서 움직였다. 온몸의 피가 아래쪽으로 쏠리기 시작한 것은 그때였다.

"……훗……."

승현이 커다란 몸을 그에게로 완전히 숙였다. 정인의 허리가 세면 대에 닿았다. 더 이상 갈 곳이 없는 그에게 몸을 붙이며 승현이 정인 을 더듬었다.

커다란 손이 물에 젖어 달라붙은 정인의 상체를 어루만지자, 민감 한 가슴의 돌기가 승현의 손가락에 걸렸다. 정인의 몸이 자동으로 움 찔거렸다.

승현이 잠시 입술을 떼고 고개를 비스듬히 돌려 정인을 바라보았 다. 정인은 화끈 달아오른 고개를 숙였다.

"눈 피하지 마시고."

승현의 목소리에 감출 수 없는 열기가 일었다. 정인은 떨어뜨렸던 고개를 억지로 들어 그를 바라보았다.

"나가고 싶어."

그의 눈동자에 자신의 얼굴이 비칠 정도로, 그가 가까웠다.

"……먼저 꼬셔 놓고 지금 어딜 나간다는 소리예요?"

승현의 느른한 검은 눈빛이 덫처럼 그를 옭아맸다. 도저히 그에게서 도망칠 수가 없었다.

"……나한테 들이댔잖아요, 형이. 안 그래요?"

대답을 기다리지 않고, 다시 그가 정인의 아랫입술을 살짝 물었다.

"머리 어떻게 굴리는지 뻔히 알겠는데……, 그래도 성공이라면 성공이네요. 아무 생각도 못 하게 해서 입 틀어막는 게 의도였다면."

혀로 상처를 쓸 듯 몇 번이나 할짝대자 정인이 몸을 가늘게 떨었다.

"……사람 꼬시는 건 타고났어, 아주. 그렇죠?"

이어지는 그의 축축한 키스에 정인의 바지춤이 팽팽하게 부풀고 말았다. 낭패였다.

타액을 나누던 그가 입술을 살짝 떼자, 가느다란 실이 연결되었다가 끊어졌다.

"제대로 해 봐요."

그가 정인의 뺨을 검지로 톡톡 두드리며 낮게 갈라진 목소리로 속삭이듯 중얼거렸다.

"……뭘."

"제대로 키스해 보라고, 나한테."

정인은 홧홧하게 달아오른 얼굴로 그를 보며 숨을 몰아쉬었다.

"……안 그러면 김승주 보기 좋은 얼굴, 알아보지도 못하게 뭉개 버릴 테니까."

정인은 마른침을 꿀꺽 삼켰다. 그는 지금 거짓말을 하고 있는 것이 아니었다. 바지춤 아래 부풀었던 성기가 순식간에 쪼그라드는 느낌이었다.

정인은 덜덜 떨며 그에게로 입술을 가져갔다. 그가 입술이 부딪치기 직전 다시 한번 또렷하게 중얼댔다.

"난 분명히 제대로, 라고 했어요."

정인은 눈을 질끈 감았다 떴다. 세면대에서 쏴아 흐르고 있는 뜨거운 물이라도 좀 잠가 줬으면 싶었다. 공간을 꽉 채운 뜨거운 수증기에 눈앞이 흐릿했다.

그는 이 순간, 아무것도 생각하지 않기로 마음을 먹었다. 조승현이 말한 '제대로'가 무엇을 뜻하는지, 아마 자신은 죽을 때까지 알 수 없을 것이다.

그러니 이 순간만큼은 키스에 집중해야 했다.

그냥 키스에만.

키스만 하는 거다.

"하아……"

정인이 눈을 스르륵 감으며 혀로 승현의 입술 새를 부드럽게 갈랐다. 움직이지 않는 뜨거운 그의 혀가 닿았다. 정인은 고개를 비스듬히 돌리고, 천천히 그의 혀에 자신을 얽었다.

그와 눈을 맞추기가 두려워 감히 눈조차 뜰 수가 없었다. 눈을 감자 곧바로 밀려든 어둠은 정인에게 티끌만 한 용기를 불어넣어 주었다.

"……"

정인은 그의 목덜미에 손을 가져가 자신에게 끌어당기며 그를 깊숙이 빨아들였다. 치열을 훑고 입안의 천장을 혀끝으로 쓸었을 때, 승현의 성대에서 소리 없는 한숨이 터졌다.

그의 혀가 움직이고 있었다. 정인은 그와 천천히 뜨거운 타액을 교환했다. 몇 번이나 부딪혀 풀어진 승현의 입술을 제 것으로 부드럽게 문질렀다. 그의 고개가 정인에게로 더욱 숙여졌다.

"······하아······."

잠시 떨어진 입술 사이로 뜨거운 숨이 뒤섞여 흘렀다. 어느새 정인은 그의 목에 양팔을 다 두르고 있었다. 정인이 느리게 숨을 쉬었고, 승현이 가느다란 눈으로 정인을 뚫어져라 바라보았다.

"······."

뭐가 부족했던 걸까. 그가 또 무슨 말을 하기 전에, 정인은 눈을 감으며 다시 그에게 서둘러 입술을 묻었다.

"······흡!"

순간, 그의 커다란 손이 정인의 작은 엉덩이를 꽉 쥐었다. 입술이 닿은 채로 순식간에 위치가 바뀌었다.

승현은 정인을 붙잡고 몸을 빙글 돌려 그를 문 옆의 벽으로 밀어붙였다. 딱딱해진 하체가 정인에게 닿는 순간, 정인의 몸이 부르르 떨려 왔다. 정인은 그의 물건에 닿는 승현을 느끼며 신음했다. 승현이 본격적으로 정인의 입술을 집어삼켰다. 키스는 질척해졌고, 승현은 그에게 자신의 몸을 더욱 꽉 누르며 붙여 왔다.

"하아······. 하아······."

정신을 차릴 수가 없었다. 정인은 그제야 자신이 어마어마하게 흥분했다는 사실을 깨달았다. 두려움에 쪼그라들었던 성기는 어느새 피가 몰려 어느 때보다 단단해져 있었다. 목덜미가 홧홧하게 달아오르고 귀는 뜨거웠다. 아니, 온몸이 뜨거웠다.

"……조금 덥다. 그렇죠?"

승현이 가쁜 숨을 내뱉으며 몸을 조금 떼어 냈다. 등 뒤로 한 손을 뻗어 입고 있던 티셔츠를 한 번에 벗어 던지자, 땀에 젖은 그의 상체가 불빛에 빛났다. 늘 단정한 모습이 엉망으로 흐트러졌다.

정인의 두 눈은 어느샌가 홀린 듯이 그의 몸을 감상하고 있었다. 땀에 젖은 머리카락과 단단한 어깨에서 시선을 뗄 수가 없었다.

"……근데, 영 이 안에서 나가기가 싫네."

그가 입술을 비틀어 웃으며 손가락으로 정인의 턱을 들어 올렸다. 정인은 다리에 힘이 풀려 주르륵 미끄러질 것 같은 것을 간신히 참았다.

"흔히들 화장실 조명이 좋다고 하잖아요. 그래서 그런가……. 아주 정신을 못 차리겠어."

불빛 때문인가. 약한 불빛에 비친 조승현의 몸이 아름다웠다. 적당히 갈라진 근육과 납작한 복부, 조금 두꺼운 어깨와 팔뚝 모두가 눈을 잡아 끌고 있었다. 눈앞에 있는 피사체가 강렬한 자극을 남기며 뇌리에 박혔다.

"정인이 형."

그의 커다란 손이 정인의 뺨을 뭉근히 쓸었다. 흐릿한 조명에 생긴 그의 그림자가 정인의 얼굴에 드리웠다.

"아까 나한테 한 키스 좋았어요."

흠칫 놀란 정인은 그의 얼굴을 바라보며 어쩔 줄 몰라 가쁜 숨만 들이쉬고 있었다.

"봐요, 제대로 할 줄 알잖아."

정인은 지금, 놀랍게도 미치도록 흥분 상태였다. 수치심은 다 사라지고, 지독한 성욕이 그 자리를 차지했다.

덥고 습한 공기의 밀도 때문일까, 아니면 승현의 몸이 주는 시각적 자극 때문일까. 그것도 아니면 그의 뺨을 어루만지는 승현의 손가락이 선사하는 느리고 야한 촉각 때문일까.

덥다. 더워 죽을 것 같아.

정인이 무거워지는 속눈썹을 내리깔고 축축한 혀로 자신의 아랫입술을 느리게 쓸었을 때였다.

"승현아, 나 좀 더워…… 흐읏!"

승현이 갑자기 그의 셔츠를 움켜쥐었다. 검은 눈동자가 고스란히 욕망을 드러내고 있었다. 그것은 정인의 앞에서 비굴하게 매달렸던 이들과 닮아 있었지만 전혀 다른 표정이었다.

"미치게 하네, 진짜."

정인이 차마 피할 새도 없었다. 승현이 그의 목덜미에 이를 세워 박았다. 커다란 손이 정인의 셔츠 단추를 거칠게 풀어 내렸다.

"아아……!"

단추를 세 개까지 풀고 확 옆으로 잡아 찢듯이 벌리자 그의 상체가 불빛 아래 한 번에 드러났다. 승현이 손으로 그의 몸을 더듬었다. 땀인지 더운 물인지 모를 액체로 젖은 정인의 가슴에 승현의 입술이 닿았다.

"흣!"

어느새 꼿꼿이 일어난 작은 돌기를 승현이 잘근 깨물었다. 날카로운 아픔보다 저릿한 쾌감이 더욱 크게 정인의 온몸을 휩쓸었다. 순식간에 피부의 모든 솜털이 직각으로 곤두서는 듯한 착각이 일었다.

"하아……, 하아……."

그가 혀로 단단해진 돌기를 굴리며 자근자근 씹어 댔다. 이어서 쭉쭉 강하게 빨리는 느낌에 머리가 새하얗게 변했다. 정인은 고개를 흔들며 숨을 몰아쉬었다. 손끝 발끝이 찌릿찌릿해지는 기분. 오금에 힘이 탁 풀렸다.

"하흣……!"

"여기, 좋아요? 느껴?"

승현이 혀로 돌기에 느리게 원을 그리며 뭉개진 발음으로 물었다. 열이 올라 있는 것은 승현 역시 마찬가지인 듯했다. 닿는 부분에서 느껴지는 질척한 혀와 입술의 열기가 몹시도 뜨거웠다.

"그런가 보네."

"흐읏……!"

승현이 손으로 다른 쪽의 젖꼭지를 꼬집으며 다시 판판한 그의 가슴에 잇자국을 남겼다. 미칠 것 같았다. 정인은 유두에 특히나 민감했다. 성감대를 제대로 자극받은 그는 어쩔 줄 몰라 온몸을 뒤틀었다.

"승…… 승현아……, 흐으……."

하체에서 자신을 짓누르는 단단한 물건이 느껴졌다. 조승현의 흥분을 감지하자 정인의 성기 역시 더욱 딱딱하게 발기했다. 승현의 입술이 지나갈 때마다 희고 깨끗한 가슴팍이 울긋불긋하게 물들었다. 그가 다시 올라와 깨끗한 목덜미에 이를 박았다. 정인이 흐느끼듯 신음했다.

"하으읏……."

정인은 간신히 승현의 단단한 어깨를 그러쥐었다. 땀에 젖어 미끄러운 그의 살결은 뜨거웠다. 승현은 헐떡이는 정인을 쉽게 놔주지 않았다. 하얀 목에 이를 박고 거칠게 빨아 댔다. 내일이면 검붉게 자국이 날 것이 분명했다.

"하……, 하지 마, 조승현."

애원하듯 신음하자 승현이 그제야 그의 목덜미를 놔주곤 고개를 들었다. 커다란 손이 그의 얼굴을 조심스레 매만지나 싶더니 어느새 머리카락을 꽉 움켜쥐고 속삭였다.

"……지금 자신이 어떤 표정하고 있는지 알면서 그런 소리 해요?"

수납장에 붙은 작은 거울에 흐릿하게 정인의 얼굴이 비쳤지만, 조승현의 어깨에 가려 잘 보이지도 않았다. 정인은 흐려지는 눈을 애써 올려 뜨며 그에게 중얼거렸다.

"……내 얼굴이 어떤데……?"

"존나 꼬시는 표정으로 보고 있어요."

정인에게는 오히려 승현이 더욱 퇴폐적으로 보였다. 반나체에 땀에 젖어 허스키한 목소리로 중얼거리는 녀석에게서는 셔츠 단추를 목 끝까지 잠그고 책을 파던 모습을 상상할 수가 없었다. 정인이 한창 즐길 시절, 이 정도 스펙의 놈을 밖에서 만났다면 바로 호텔행이었다.

"하……."

이 와중에도 상대를 평가하고 있는 스스로가 놀라워 정인이 자조하듯 짧게 웃었다. 승현이 벌을 주듯 정인의 귓불을 물었다. 아플 거라고 생각하고 몸을 움츠렸지만, 그는 아프지 않게 여린 뼈를 잘근잘근 씹으며 혀로 귀 뒤를 진득하게 쓸었다. 정인의 몸이 고통의 반응과는 다른 의미로 꿈틀댔다.

"왜 웃어요? 형한테 쩔쩔매는 내가 웃겨서?"

그가 지독하게 야한 목소리로 속삭인다.

"……아니."

정인은 열기 어린 얼굴로 가쁜 숨을 참으며 느리게 말을 뱉었다.

"네가…… 잘 봤다 싶어서."

완벽하게 일어선 정인의 몸이 그 증거였다. 들끓는 흥분이 몸을 잠식하고, 더한 자극을 달라고 소리 없는 아우성을 지르고 있었다. 그는 지금 이 순간, 남자를 원하고 있었다.

"……네 말이 맞다고."

승현이 천천히 얼굴을 뗐다. 숨 막히게 검은 시선이 팽팽하게 당겨져 정인을 뚫어져라 바라보고 있었다.

"……지금 본인이 무슨 소리를 하는지는 알고 지껄이는 거죠?"

정인이 다시 말라 가는 입술을 축이며 고개를 끄덕였다. 아무것도 생각할 수가 없다. 아니, 생각하고 싶지가 않았다. 키스만 하겠다던 좀 전의 다짐은 들끓는 욕구 앞에 연기처럼 사라졌다.

"응. 나 좀……. 어떻게 해 줘라……, 조승현……."

제 목소리가 아닌 것 같이 묘하게 갈라진 음성이 성대를 비집자, 승현의 두 눈에서 불꽃이 튀는 것 같은 착각이 들었다.

"……씨발."

엉망으로 부풀어 오른 페니스가 마주 닿은 채 꿈틀거리고 있었다. 승현이 숨을 몰아쉬더니 조급한 손놀림으로 그의 바지와 자신의 바지를 한 번에 아래로 내렸다. 속옷까지 엉덩이 아래로 내려가자 발기한 두 성기가 공기 중에 모습을 드러냈다.

"흐윽……!"

그가 제 성기와 정인의 것을 함께 붙잡고 흔들기 시작했다. 승현이 그의 입술을 삼키자, 정인의 신음 소리가 맞붙은 입술 새로 사라졌다.

"흐음……, 흐으음!"

눈앞이 하얘지며 온몸에 저릿거렸다. 머릿속을 꽉 채운 것은 오직 지금 이 순간이 주는 미칠 듯 좋은 쾌락뿐이었다. 커다란 그의 손길에 비벼지는 단단한 살덩이는 누구의 것인지 모를 프리컴으로 미끈거려 움직임이 수월했다. 승현은 거칠게 혀를 뒤섞으며 강하고도 정확한 손놀림으로 자신과 정인을 동시에 자극하고 있었다.

"하아……."

정인은 어느샌가 그의 목에 양팔을 감고 매달리고 있었다. 죽죽 부드럽게 비벼지며 당기는 느낌. 그의 손과 딱딱한 살덩이에 짓눌린 아랫도리가 말도 안 되게 기분이 좋았다. 이게 이렇게 좋았던가? 의문할 새도 없었다. 미칠 것 같았다.

"흐읏…… 흐음……!"

붙은 입술 사이에서 비음이 섞여 새어 나오기 시작했다. 정인은 그에게 스스로 혀를 뒤섞으며 신음했다. 양팔로 그의 목에 매달리며 허리를 움찔거렸다. 승현의 손놀림은 점점 빨라졌다. 정인의 눈꼬리에 눈물이 맺혔다. 조금만……, 조금만 더…….

순간 승현의 몸이 딱딱하게 굳는다 싶었다. 그가 정인의 아랫입술을 꽉 깨물었다.

"흣!"

먼저 뿜어낸 것은 승현이었다. 커다란 손이 움직일 때마다 희고 진한 정액이 승현의 성기, 그리고 맞붙은 정인의 물건을 함께 뒤덮었다.

"하아, 하아……!"

사정감이 임박한 것은 정인 역시 마찬가지였다. 배 속이 부글거리며, 피가 잔뜩 몰려 팽창한 그의 페니스가 자신도 토해 내고 싶다고 승현의 손에서 꿈틀거렸다.

"나도……, 나도……, 하아……."

승현이 그에게서 손을 뗀 것은 그때였다. 정인은 더 이상 생각할 여유도 없었다. 숨을 몰아쉬며 제 것을 잡으려 하는 순간, 승현이 그의 팔목을 붙잡고 그를 저지했다. 대신 몸이 밀리며 꺼떡대는 아랫도리가 승현의 하체에 비벼졌다.

"……조승현……. 흐으……."

까슬한 그의 체모가 정인의 아랫배를 문지르는 것조차 참을 수 없는 자극이었다. 억눌린 욕망을 분출하지 못한 정인의 분신이 아우성을 치고 있었지만, 손을 떼어 버린 승현은 정인이 스스로도 움직이지 못하게 그를 붙잡고 있었다.

"……흐으……. 왜, 왜 이래……."

정인은 애원하는 목소리로 신음했다.

"아쉬워요?"

사디스트가 분명한 조승현의 사이코 기질이 그 순간만큼 원망스러웠던 적은 없었다. 정인이 이를 꽉 깨물고 그에게 잡힌 팔목을 빼내려 애를 썼을 때였다.

"놔……, 놔……!"

정인의 몸이 뒤로 휙 돌아갔다.

"흐으……. 읏……!"

승현이 그의 맨 엉덩이를 꽉 움켜쥐자 정인이 벽을 마주하고 이를 꽉 물었다.

"앞으로만 가면 섭섭할까 봐."

"뭐…… 뭐……?"

"걸레같이 굴지 말라고 분명히 말했었잖아요……. 근데 함부로 나꼬셔 버리면서 기대한 게 이런 거, 아니었어요?"

쏟아 낸 흔적으로 축축해진 승현의 손가락이 정인의 뒤를 쓸었다. 놀라서 딱 벌어진 정인의 입술에서는 바람 빠지는 한숨 소리 외에 아무 소리도 나오지 않았다.

조승현, 진심이야?

"움찔거리네요. 아니, 벌름댄다고 해야 하나?"

승현이 질척한 목소리로 그의 귓가에 속삭였다. 정인은 수치심에 몸을 떨었지만 자극을 원하는 구멍이 저절로 움찔거리는 것을 스스로도 제어할 수가 없었다. 승현의 손가락이 느껴지는 순간, 참았던 신음이 터졌다.

"하아……. 하아…… 아흣!"

"좁으니까 힘 좀 빼 봐요."

좁다는 말과는 달리 승현의 젖은 손은 거침없이 그의 뒤를 꾹 누르며 가르고 있었다. 큰 손에 어울리게 마디가 툭툭 불거진 손가락은 승현 자신이 조금 전 분출한 정액을 마치 윤활제처럼 뒤집어쓰고 정인의 안에 쑥쑥 들어오며 자리를 찾았다.

"흐윽!"

내벽이 자극당하자 정인은 숨을 멈추었다. 의지와는 상관없이 허리가 움찔거리고 꺼떡거리는 성기가 엉망으로 벽에 문질러졌다. 선단에서 줄줄 새어 나오는 프리컴의 양이 많아지는 것과는 반대로 입안은 바싹바싹 말라 왔다.

아무 생각도 할 수가 없었다. 승현의 굵은 손가락이 마디 끝까지 들어왔다. 정인은 이를 악물고 숨을 급격하게 몰아쉬었다.

"아……, 아……, 안 돼……, 흐읏!"

"하……, 손가락 잘리겠는데요? 형한테 박으면서 그 개새끼가 왜 질질 짜면서 병신처럼 굴었는지 이해가 될 것 같아."

뒤에서 들려오는 허스키하고 잔인한 말투마저도 자극적이었다. 정인은 무릎에 힘이 풀렸다. 주저앉고 싶었지만 승현의 다른 손이 그의 등을 꽉 누르고 있어 움직일 수가 없다.

"……승현아, 빼……, 빼 줘. 아아!"

"아예 나가지도 못하게 꽉 붙들고 있으면서 그게 무슨 말이에요."

질척이며 그의 안을 맴돌던 손가락이 살짝 틈을 만들어 벌리는가 싶었다. 그 자리에 미끄러운 손가락 하나가 더 파고들었다.

"아읏……!"

정인의 입술에서 다시 새된 신음이 터졌다. 승현의 손놀림은 유연했고, 주저함이 없었다. 꾸욱, 눌러 들어와 내벽을 넓히고 좀 더 안으로 깊숙이 진입했다.

쿡.

안쪽까지 들어온 두 손가락이 지그시 아래를 눌렀다.

"흐으읏!"

정인은 마치 전기에 감전된 사람처럼 꿈틀거렸다. 강물에서 튀어오르는 연어같이 허리가 펄떡였다. 승현이 그의 귓불을 이로 잘근거리며 젖은 음성을 뱉어 냈다.

"암캐같이 허리 흔들면서 사람 꼬시지 말라고 내가 말했어요, 안

했어요?"

"하으읏!"

"여기가 그렇게 좋아요? 울 정도로?"

다시 그가 손을 꾹꾹 눌러 전립선을 압박하자 정인은 울음 같은 신음을 내뱉으며 고개를 끄덕였다. 승현은 정인의 양 팔목을 들어 올려 한 손으로 제압한 채, 다른 손으로는 구멍 안을 마음대로 휘젓고 있었다. 승현이 뒤에서 체중을 실으며 속삭였다.

"알겠다. 여기, 그러니까 여기네. 여기. 그렇죠?"

더 이상 참을 수가 없었다. 정인은 주먹을 세게 그러쥐었다. 한계였다. 그가 차가운 타일 벽에 성기를 문지르며 신음하자 승현이 낮게 명령했다.

"싸지 마."

승현의 목소리는 잔인했다. 말도 안 되는 소리였다. 이렇게 달아오르게 해 놓고, 사정하지 말라는 것은 불가능했다.

"흐읏……!"

"지금 싸면, 내 손길에 가 버리면, 난 형한테 바로 박을 거예요. 그러니까 그게 싫으면 한 번 참아 봐요."

"안 돼, 못 해……. 흐읏……."

"내가 박아도 상관없다는 뜻이에요? 난 한민우처럼 형한테 다정하게 할 자신 없어. 묶어 놓고 기절하도록 박을 건데, 그래도 된다는 뜻이죠?"

한계였다. 정인은 더 이상 참을 수가 없었다.

"승현아, 조승현……, 제발……, 흐윽!"

"어쩔 수 없네."

팔목을 꽉 잡고 있던 승현의 손이 떨어진다 싶더니, 꺼떡이는 그의 아랫도리를 잡았다. 동시에 몸 안에 박힌 기다란 손가락 두 개가 아래를 두드려 댔다.

"싸요. 형이 원하는 만큼."

그의 목소리가 신호라도 되듯 정인의 몸이 펄떡거렸다. 그리고 승현의 손바닥에 진한 욕망을 분출하기 시작했다.

"아아, 아아!"

하얗게 백지가 된 머릿속에서 플래시가 터지는 듯했다. 정인은 벽에 이마를 박은 채 꿈틀거리며 사정했다. 눈꼬리에 맺혀 있던 눈물이 뺨을 타고 주르륵 흘러내렸다.

"아흑……. 아아, 흑!"

얼마나 쌌을까. 정인의 잦은 떨림이 겨우 멈추었다. 그제야 뒤섞인 체액 냄새가 훅, 하고 코를 찔렀다. 이것은 섹스의 냄새였다.

지금 내가, 뭘 한 거지?

승현이 스륵, 그에게서 손을 빼고 정인을 앞으로 돌렸다. 힘이 풀린 정인의 몸이 주르륵 벽을 타고 미끄러져 내렸다.

털썩.

주저앉은 정인의 눈동자가 위를 향했다. 승현의 손은 정인이 뿜은 정액으로 엉망이었다. 승현은 멍하니 바라보고 있는 정인을 내려다보며 그의 페니스를 쓰윽, 쓸어 문질렀다. 아까 시원하게 분출했던 그의 성기는 어느새 반쯤 일어서 있었다.

"오늘따라 더 많네요."

희멀건 정인의 체액이 승현의 것을 흠뻑 적시고 뚝뚝 아래로 떨어졌다. 손이 기둥에서 선단 끝까지 움직일 때마다 살덩이에서 작은 소음이 일었다. 정인은 눈을 감을 수도 없었다.

"싫어하는 사람 손에서 이만큼이나 갔어요, 형. 보여요? 흘러넘치는 거."

이건 너무 퇴폐적이다. 여태껏 정인은 깔끔하고 효과적인 섹스를 지향했고, 파트너들도 그의 취향을 맞춰 주는 편이었다. 남의 체액을 뒤집어쓰고 성기와 구멍을 자극당하며 극도의 오르가즘을 느낀 것은 처음이었다. 정인은 승현의 성기가 자신의 뒤에 박히는 것을 상상했고 그 순간 눈을 감아 버렸다.

"나한테 박힐 준비 됐어요? 이 정도면 딴소리 못 하겠죠?"

마치 자신의 생각을 읽은 듯한 승현의 말에 정인의 어깨가 흠칫 떨렸다. 아니다. 말도 안 된다. 그럴 순 없다.

"……눈 떠 봐요."

승현의 목소리가 바로 앞에서 들렸다. 정인은 간신히 눈을 떠 그를 바라보았다. 눈물을 흘려 부어오른 정인의 눈에 두려움과 떨림이 동시에 스쳐 지나갔다. 그런 정인을 물끄러미 바라보던 그가 피식, 흐리게 웃었다. 여태껏 그가 보여 줬던 표정들과는 조금 다른 웃음이었다. 승현의 손이 정인의 이마에 흘러내린 머리카락을 부드럽게 쓸어 주었다.

"쫄기는."

승현은 입술을 한 번 축이고 그에게 턱짓하며 천천히 몸을 일으켰다.

"가서 씻으세요."

승현이 뚜껑이 내려진 변기에 주저앉았다. 제 물건을 다시 손으로 잡는 그를 보며, 정인은 정말로 나가도 되는 건지 헷갈려 그를 명하니 바라보았다.

"왜요? 도와주게요?"

정인은 그의 말이 떨어지자마자 안간힘을 쓰며 일어났다. 정액으로 엉망이 된 아랫도리에 트레이닝팬츠와 속옷을 끌어올리고 간신히 문을 나섰다. 승현이 뒤에서 낮게 웃었다. 허스키한 목소리가 끝까지 그의 목덜미를 잡아채는 것 같은 착각이 들었다.

티셔츠를 대충 뒤집어쓰고 용품을 챙겨 샤워실로 향하면서도 다리가 덜덜 떨렸다. 기분이 이상했다. 그에게 빨린 가슴에 옷이 스치자 작은 돌기가 다시 단단해지며 존재를 주장했다.

쏴아―.

그는 사람들이 별로 없는 체육관의 샤워실에서 한참 동안 뜨거운 물을 뒤집어썼다. 그리고 거친 샤워 볼로 승현의 입술과 손이 움직였던 온몸을 박박 문질러 닦았다.

「내가 박아도 상관없다는 뜻이에요? 난 한민우처럼 형한테 다정하게 할 자신 없어. 묶어 놓고 기절하도록 박을 건데, 그래도 된다는 뜻이죠?」

따뜻한 물줄기가 떨어지는 소리에 승현의 목소리가 배경처럼 깔렸다.

"하아……!"

정인은 벽을 짚고 커다란 숨을 토해 냈다. 승주의 주먹에 맞았던 얼굴의 고통은 이제 느껴지지도 않았다. 대신 조승현의 입술과 손이 스쳤던 감각이 생생하게 떠올랐다. 엉덩이 안을 비집던 손이 자비심 없이 내벽을 꾹꾹 짚어 대던 느낌이 되살아나는 순간, 정인은 샤워기 밸브를 냉수로 확 바꾸었다.

"미친……."

스멀거리며 일어서려던 성기가 급격히 떨어진 수온에 놀라 쪼그라들었다. 주위에 아무도 없는 것이 다행이었다.

정인은 한참 동안 차가운 물을 맞고 서 있다가 온몸에 한기가 들 때쯤에서야 샤워실을 나섰다. 체육관을 지나 기숙사 빌딩이 보이는 순간, 그의 걸음이 우뚝 멈춰 섰다. 냉수로 샤워를 했는데도 몸이 더웠다.

정인이 고개를 흔들었다.

"하아……. 미쳤어, 서정인."

그와의 섹스를 다시금 상상하고 있는 자신을 자각하고 얼이 빠진 얼굴로 중얼거릴 수밖에 없었다.

미쳤다.

조승현에게 깔리고 엉망으로 박히는 자신의 모습을 상상하자마자 아래로 피가 몰리는 자신은 미쳐도 단단히 미친 게 분명했다.

* * *

정인은 방 안에 들어오자마자 이불을 뒤집어쓰고 누웠다. 승현의 샤워 도구가 사라진 거로 보아 놈도 씻으러 간 것 같았다. 잠시 후, 샴푸 향을 뒤집어쓰고 돌아온 그는 누워 있는 정인을 산뜻하게 지나치고는 책상 앞에 앉았다.

사각사각.

책장이 가끔 넘어가는 소리와 함께 펜이 움직이는 소리가 계속 이어졌다. 그는 늘 그렇듯 참고서를 풀고 있는 듯했다. 정인은 이불 속에서 입술을 꽉 깨물었다. 이런 상황에서도 공부에 집중할 수 있는 그에게 존경심마저 들었다.

'정신 차려, 서정인.'

쾌락에 지극히도 솔직한 자신의 몸뚱이가 지금처럼 원망스러운 적은 없었다. 정인은 손톱을 잘근거리며 필사적으로 이유를 찾았다.

비좁은 공간에서 산소가 부족해 잠깐 이성을 잃었을 뿐이다. 그가 마지막으로 한민우와 섹스했던 것이 삼 주 전이었다. 조승현에게 키스하며 유혹했던 것은 어쩔 수 없는 선택이었다. 아니, 이미 화장실 안에 들어오면서부터, 조승현은 정인을 그렇게 만들려고 작정을 했을 것이다.

'그래. 그것뿐이야.'

예고 없이 뒤를 공격했던 조승현의 의도 역시 뻔했다. 그가 먼저 싸고 난 후, 정인의 물건을 조금만 더 흔들어 주었으면 정인은 십 초 내에 사정했을 것이다. 그런데 그는 정인이 사정하기 일보 직전에 멈추고 뒷구멍에 손을 쑤셔 넣었다.

'미친 새끼……, 진짜…….'

게이도 아닌 조승현이 거기까지 하리라고는 예상치도 못했다. 자극에 목말라 있던 구멍은 예고 없이 찾아온 쾌락에 솔직하게 반응할 수밖에 없었다. 결국 눈물을 흘리고 물고기처럼 퍼덕이며 사정했다.

'씨발……, 어쩔 수 없었던 거야.'

승현은 이런 그를 암캐라고 더욱 비웃을 게 분명했지만 정인에게는 이미 더 이상 떨어질 곳이 없었다. 그의 앞에서 볼 꼴, 못 볼 꼴 다 보여 줬는데 그의 손길에 뒤로 간 것 정도가 뭐가 문제란 말인가. 어차피 승현은 정인의 성향을 알고 있다. 그것을 그의 눈으로 직접 확인했다고 해서 달라질 것은 없었다.

이성이 단순한 결론으로 그를 이끌었다.

어차피 정인은 이곳에 처박히기 전까지는 매우 자유롭게 살았다. 섹스를 한 지가 너무 오래돼서 그랬던 것뿐이다. 한민우와 뒹굴었던 적은 있었지만 그는 어차피 자신을 제대로 만족시키지도 못했다. 욕구가 확실히 충족되지 못해, 의지와는 상관없이 몸이 면역에 약해진 것뿐이었다. 그래서 앞뒤 모르고 거칠게 달려드는 그의 손길에 그렇게 빨리 갈 수밖에 없었던 것이다. 단정한 모범생 이미지였던 조승현의 퇴폐적인 이미지가 주는 간극이 숨어 있던 정인의 페티시를 자극한 것도 사실이었으니까.

'하아……'

그럼에도 계속 얼굴이 열기에 화끈거렸다. 이불을 걷고 싶었지만 그랬다가는 승현의 주의가 이쪽에 쏠릴까 두려워 움직일 수도 없었다. 정인은 눈을 감고 머릿속을 텅 비우려 애를 썼다.

'……어차피 저 새끼는 모른다.'

흐느끼듯 반응해 버린 몸뚱이보다 더욱 부끄러운 것은, 그와의 섹스를 기대해 버린 자신이었다. 승현의 손이 아닌 성기에 뒤가 뚫리는 상상을 했던 스스로였다. 이제까지 승현과 키스하고 성기를 빨리고, 그의 물건을 입으로 받아 냈었지만 그것은 다분히 강제성이 짙었다. 어쩔 수 없기 때문에 했고, 그 결과로 사정했다고 해서 그것이 정인의 의지가 섞였다고는 할 수 없었다. 하지만 오늘은 달랐던 것이다.

그는 승현과 하고 싶었다.

그리고 정인은 자신의 속내를 그가 모른다는 사실에 진심으로 안도했다.

「형은 쓰레기예요.」

어쩌면 그의 말이 맞을지도 몰랐다. 몰카를 찍고 그를 협박한 놈과의 섹스를 기대했던 자신이 정말로 쓰레기처럼 느껴져 가슴 한구석이 욱신욱신 쑤시는 것 같은 착각이 들었다.

'정신 차려, 서정인.'

손을 들어 조심히 가슴을 쓸어내리자 갈빗대 근처에서 실제로 날카로운 고통이 느껴졌다. 아마 아까 승주에게 주먹으로 맞은 곳인 것 같았다. 그는 가슴의 통증이 실제로 일어난 물리적 결과라는 것에 안도하며 길게 숨을 내쉬었다.

'생각하지 말자. 그냥, 생각을 하지 말자.'

승주와 식당에서 뒹굴며 붙었던 일이 꼭 며칠 전 일처럼 까마득했다.

스륵.

다 잊어버리자고 계속 주문을 외우다 언제 깜빡 잠이 들었을까. 얼굴을 조심스레 어루만지는 손길에 정인은 얕은 잠에서 깨어났다.

스르륵.

코끝에 강한 향이 스쳤다. 정인은 흐리게 인상을 찌푸렸지만 눈을 뜨지는 않았다. 지금이 몇 시쯤 되었는지 가늠할 수가 없었다. 사방은 고요했다.

부드러운 손가락이 그의 눈가에 무언가를 바르고 있었다. 마치 솜털을 간질이듯 천천히 조심스러운 움직임이었다. 정인은 그대로 굳은 채 가만히 누워서, 지금 자신의 얼굴에 약을 바르고 있는 조승현이 과연 어떤 표정일지를 상상했다.

눈 주위가 끝나자 그다음은 입가였다. 상처 난 피부에 연고를 바르는 손의 움직임은 지독하게 조심스러웠다. 얼마 전 그의 아랫도리를 잡아 뜯을 기세로 쥐었던 손길과는 전혀 다른 움직임이었다.

그의 구멍 안쪽을 꾹 눌러 짚어 오던 손가락은 어느 쪽일까.

젠장. 그러지 않으려고 해도 숨결이 떨렸다.

정인은 눈을 꽉 감고 최대한 숨을 약하게 쉬려 안간힘을 썼다. 머릿속이 복잡하고 심장이 기분 나쁜 속도로 빠르게 뛰었다.

이윽고 손이 떨어졌다. 승현은 움직이지 않았다.

평소처럼 그를 끌어안고 옆에서 잠들지도 않았고, 그렇다고 해서 자리를 뜨는 것도 아니었다. 자신의 곁에 앉아 있는 게 분명했지만 아무 기척도 들리지 않는 것이 이상했다.

벽에 걸린 시계의 초침 소리마저 들릴 것 같은 침묵이었다. 정인이 도저히 이대로는 참을 수가 없어 천천히 눈을 떴을 때였다.

승현의 얼굴이 바로 코앞에 있었다. 아니, 정확히 말하면 천천히 다가오는 중이었다.

"⋯⋯."

그것은 소리도 나지 않는 입맞춤이었다. 중앙을 한 번 꾹 눌렀다 떨어지는 그의 뜨끈한 입술을 느낌과 동시에 그와 눈이 마주쳐 버렸다. 승현이 정인의 얼굴을 보더니 슬며시 웃었다. 속을 다 들켜 버릴 것 같은 웃음이었다.

"⋯⋯."

심장이 쿵쾅거리는 소리가 다 들릴 것 같았다. 정인은 눈을 도로 감지도 못하고 시체처럼 누워 숨만 간신히 쉬었다.

대체 이게 뭐 하는 짓이지? 소리치고 싶었지만 목소리가 나오지 않았다.

정인의 눈가에 다시 그의 입술이 살포시 내려앉았다. 눈을 감을 수밖에 없었다.

춥.

오른쪽.

춥.

그리고 왼쪽에 차례로 키스한 후, 승현이 그의 귓가에 속삭였다.

"정인이 형."

정인의 목울대가 위아래로 움직였다. 눈을 도로 뜰 수도, 그의 부름에 대답을 할 수도 없다. 자신을 부드럽게 부르는 목소리는 예전처럼 조심스럽고 예의바르다.

"형이 얌전히 자고 있으니까 고백하는 건데요."

승현은 분명히 그와 눈이 마주쳤다. 그가 잠에서 깼다는 사실을 확실히 알고 있으면서도 그런 이야기를 하는 의도를 알 수가 없었다.

"……형이 너무 예뻐서 난 가끔 참 곤란해요."

단정한 눈썹이 미간에 모이자, 그의 손이 정인의 눈썹을 쓱 어루만지듯 쓸었다. 눈가가 저절로 움찔했다.

"보고 있으면 자꾸 마음이 약해지거든요."

승현이 그의 뺨에 다시 부드럽게 키스했다. 입술에 했던 것보다 조금 더 축축한 키스라는 생각이 들었다.

"잘 자요."

"……."

"꿈에서도 만날 수 있으면 좋겠네요."

들릴 듯 말 듯 한 소리로 속삭인 승현이 작게 키득거리더니 자리에서 일어났다.

그가 침대로 돌아가 눕자 맞은편의 매트리스가 가볍게 삐걱였다.

그의 입술이 닿았던 얼굴에 약이 잘못 발렸는지 화끈거리며 열이 올랐다. 정인의 머릿속이 더욱 복잡해졌다.

조승현.

난생처음으로 누군가가 미치도록 궁금했다. 한 치 앞도 모르는 물 속 같은 녀석의 실체가 대체 뭔지 알아내고 싶었다.

8. 반격

    정인이 그동안 수없이 많이 들어서 무뎌진 말이 있다면 그것은 '예쁘다'는 말이었다. 여자애처럼 예쁘게 생겼다는 말이 짜증났던 시기도 있었지만, 본격적으로 남자와 자기 시작하면서부터는 별로 개의치 않게 되었다.

    섹스하고 싶은 사람에게 다가가는 데 있어 그의 외모가 확실한 플러스 요인으로 작용한다는 사실을 인지하고 나서부터였다.

    "후……."

    하지만 현재 거울에 비친 그의 모습은 정인이 이제껏 들어 왔던 외모에 관련한 수식어를 전혀 떠올릴 수 없게 할 만큼 엉망이었다. 지난밤에는 조금 욱신거린다 싶었던 왼쪽 눈은 하룻밤 새 심각하게 부풀어 올라 제대로 뜰 수가 없을 지경이었고 붉고 푸른색이 오묘하게 혼합된 멍까지 들어 있었다. 터진 입술은 피딱지가 않고 부풀어 올라 지저분해 보였다. 시합에서 처참히 깨진 권투 선수 같은 몰골이었다.

"가관이네, 진짜."

세면대에 붙은 거울을 보며 정인은 고개를 절레절레 흔들었다. 이 얼굴로 바깥에 나간다는 것은 그에게 불가능한 일이나 다름없었다. 그의 얼굴을 보고 수군댈 이들의 속삭임이 벌써부터 들리는 것 같았다.

심각하게 오늘 수업을 모두 제쳐야 하는지를 고민하고 있는데 뒤에서 화장실 문을 노크하는 소리가 들렸다.

똑똑.

그가 뭐라고 답을 하기도 전에 문이 활짝 열렸다. 어젯밤인지 새벽인지 그의 얼굴에 약을 발라 주며 다정했던 조승현은 어디론가 사라지고, 이제는 익숙해진 서늘한 얼굴이 불쑥 나타났다.

"안 가세요? 밥 먹으러."

건조한 목소리로 그가 거울 속의 정인을 향해 물었다.

"어, 가야지."

"빨리 나오세요."

정인은 승현을 따라 식당에 내려가면서도, 멍든 얼굴이 부끄러워 시선을 어디다 두어야 할지 알 수가 없었다. 자신의 얼굴을 이 모양 이 꼴로 만든 김승주를 만난다면 열이 받아 다시 주먹을 날릴 수도 있을 것 같았다.

식당에 도착해서 승현은 자연스레 그의 옆자리에서 밥을 먹었고, 다행인지 불행인지 어제의 가해자는 보이지 않았다.

"······뭐 해?"

한 마디도 없이 옆에 앉아 밥만 퍼 먹던 승현은 제 몫을 다 끝내고도 정인의 식사가 끝날 때까지 자리에서 일어나지 않았다.

"형 구경해요."

어쩔 수 없이 정인은 그가 지켜보는 가운데 마지막 한 수저를 들어야 했다. 그의 시선에 옆얼굴이 따가울 지경이었다.

"다 먹었어요?"

"······그래."

"그럼 점심 때 여기서 봐요."

일어서기 전 그가 정인에게 툭 내뱉었다. 설마 앞으로 계속 이렇게 불편하게 같이 밥을 먹자는 소리인가? 인상을 찌푸리면서도 정인은 감히 거부할 수가 없어 고개만 끄덕였다. 승현은 자리를 뜨는 대신 손으로 노크하듯 가볍게 그의 팔뚝을 두드렸다.

"정인이 형."

"응, 알았어. 이따 여기서 보자."

정인은 그를 쳐다보지도 않고 대답했다.

"아까부터 왜 자꾸 내 눈 피해요?"

"······어?"

"나랑 이야기할 때 눈 안 마주치는 거, 내가 그거 싫어하는 거 알잖아요."

"······."

말을 머뭇거리는 그를 보며 승현의 목소리가 결국 딱딱해졌다.

"나한테 뭐 숨기는 거라도 있어요? 또 나쁜 짓이라도 한 거예요?"

말투에 비난조가 섞이자 정인은 결국 입을 열 수밖에 없었다.

"그런 거 아냐. 그냥……, 쪽팔려서 그래."

"뭐가요?"

"얼굴이."

"얼굴 뭐요. 맞은 데 아직도 아파요?"

"아냐."

멍든 얼굴이 쪽팔려서 아래로 고개를 처박고 있다는 말이 쉽게 나오지가 않았다. 승현이 흐음, 하고 한숨을 내쉬더니 다시 가볍게 그의 팔을 톡톡 두드렸다.

"나 봐요."

정인은 어쩔 수 없이 고개를 슬쩍 돌렸다. 옆에 앉아 한 손에 턱을 괸 채 비스듬히 그를 바라보고 있는 승현과 눈이 마주 쳤다.

"설마……."

승현이 그를 보며 눈을 느리게 깜빡였다. 가까이서 속속들이 관찰당하는 것 같은 느낌에 정인은 괜히 다친 얼굴이 화끈거렸다.

"얼굴 상처 난 것 때문에 쪽팔린 거예요?"

대답하지 못하는 그를 보며 승현의 입술이 소리 없이 위를 향했다.

"진짜 그런가 보네."

그가 살짝 웃는 모습이 자신을 비웃는 것 같아 정인은 더욱 자존심이 상했다.

"……수업 시작하겠다, 가자."

자리에서 일어서려는 정인의 팔을 승현이 잡았다. 그는 움직일 수가 없었다. 정인은 휙 주위를 살폈다. 분주하게 식사를 하는 이들 중, 특별히 그들의 테이블에 관심을 보이는 이는 없어 보였다.

"신경 쓸 거 없어요."

"어?"

"형 잘난 얼굴 어디 도망 안 가니까 걱정 안 해도 된다고요."

그의 팔을 붙잡고 내뱉는 말에 정인은 인상을 찌푸렸다. 멍든 눈가가 다시 욱신거렸다. 승현은 아무렇지도 않게 그를 보며 말을 이었다.

"나쁘지 않아요, 지금 얼굴. 약간 반항적인 미소년 같기도 하고, 섹시해."

"너 지금 뭐……."

당황에서 말을 더듬는 그를 앞에 두고 승현이 태연하게 말을 이었다.

"여전히 짜증나게 예쁘다고요. 맘먹고 꼬시지 않아도 누구든 다 자빠뜨릴 수 있을 만큼."

정인의 얼굴이 잘 익은 토마토 색으로 시뻘겋게 달아올랐다. 그가 정인에게 조금 더 얼굴을 가까이 가져갔다.

"……야하게 생겨 가지고."

승현이 작게 중얼거렸다.

"조승현, 그만해."

정인은 그에게 잡힌 팔목에서부터 솜털이 바짝바짝 서는 느낌이었는데, 정작 오글거리는 말을 내뱉은 당사자는 아무렇지도 않아 보였다.

"어젯밤에도 들었잖아요? 형이 너무 예뻐서 가끔 내가 진짜 돌아 버리겠다고 한 말."

"……그런 말투는 아니었잖아."

"안 자고 있었으면 대답이라도 좀 해 주지 그랬어요."

정인은 차마 대꾸할 말이 없어 당황한 눈만 깜빡였다.

"나는 지금 형 얼굴보다 다른 데가 더 신경 쓰이는데."

"……무슨 말이야?"

"키스 마크라는 거, 낼 때보다 확인할 때가 더 꼴리네요. 몰랐는데."

승현의 시선이 닿은 정인의 목덜미가 화르르 달아올랐다. 정인은 거북이가 등딱지에 고개를 감추듯 목을 움츠렸다. 아까 거울로 확인한 얼굴이 너무 심각해서 차마 몸을 확인할 생각은 하지도 못했다.

"수업 잘 받고, 그럼 점심 때 봐요."

승현이 가볍게 웃으며 그의 옷깃을 세워 주었다. 그리고 정신이 멍해진 정인을 뒤로한 채, 제 몫의 식판을 들고 자리에서 일어났다.

정인은 그 자리에 멍하니 앉아 있다가 식당 안의 사람들이 모두 빠져나가고 나서야 자리를 떴다. 정수기에서 물을 따라 벌컥벌컥 들이켜는데도 속이 후련하지가 않았다.

창에 비친 자신의 얼굴이 멍한 표정을 짓고 있었다. 이건 또 무슨 신종 엿 먹이기 방법인지 곰곰이 생각해 보았지만 결론이 나지 않았다.

암캐, 걸레 등 입에 담지도 못할 욕을 지껄일 때는 언제고 이제 와서 짜증나게 예쁘다는 둥 간지러운 말을 내뱉는 것은 병 주고 약 주기인가?

턱이 얼얼할 정도로 따귀를 날릴 때는 언제고 약을 발라 주는 것은 뭐였으며, 엎어 두고 강간할 것처럼 협박하더니 손 하나 까딱 안하는 것은 또 무슨 꿍꿍이인지 도무지 알 수 없는 것투성이였다.

"수고하셨습니다."

강사가 피곤한 얼굴로 교실을 떠나고 나서야 그는 공상에서 깨어났고, 자신이 목덜미를 감싸 쥔 채, 70분 수업 내내 조승현에 대해 생각하고 있었다는 사실을 깨달았다.

지잉-.

쉬는 시간에 맞추어 때마침 그의 휴대폰이 진동했다. 압수당했다가 오전에 사감에게 돌려받은 휴대폰이었다.

정인은 바지 주머니에서 울리는 휴대폰을 꺼내 들었다. 설마 조승현인가 싶은 마음에 상대를 확인하기도 전에 긴장이 되었다. 이럴 거면 차라리 그냥 계속 압수당한 채로 휴대폰 없이 사는 게 더 나을 수도 있다는 생각이 들었다.

액정에 뜬 번호는 모르는 휴대폰 번호였다. 정인은 잠시 망설이다 전화를 받았다. 스팸이면 잘 걸렸다 생각하고 욕이나 한 바가지 해 준 후 끊을 생각이었다.

"여보세요."

-서정인.

오랜만에 듣는 목소리의 주인공은 뜻밖의 인물이었다. 정인은 휴대폰을 손에 쥔 채 미간을 찌푸렸다.

"……웬일이냐, 한민우."

-승주랑 어제 한판 했다며.

수화기에서 들려오는 감이 조금 멀었다. 정인이 입술을 비틀었다.

"김승주가 벌써 너한테 고해바쳤어? 비 오는 날 먼지 나게 털린 건 내 쪽이라는 말은 안 하던?"

−너 괜찮은 거야?

한민우의 목소리에 염려가 배어나는 것이 마음에 들지 않았다. 정인은 휴대폰을 쥐지 않은 손으로 볼펜을 딸깍였다.

"얼굴 몇 대 맞은 거 가지고 안 죽어. 다른 용건 없으면 끊는다."

−서정인.

그가 다급한 목소리로 정인을 불렀다.

"왜?"

−너 정말…… 괜찮은 거냐고.

"뭐가, 인마."

−거기 있는 거 말야.

정인은 어이가 없어 피식 웃었다.

"혼자 하산해 놓고서 뭘 이제 와서 남은 사람 걱정을 해?"

−너, 협박당하고 있는 거지?

한민우의 물음에 정인의 표정이 순식간에 굳었다. 정인은 입술을 씹으며 목소리를 확 낮추었다.

"김승주한테 쓸데없는 소리 지껄인 거로 모자라 나한테까지 개소리하냐?"

−나랑 잔 일로 협박당하고 있는 거 아니냐고.

평소에도 톤이 가느다란 한민우의 목소리가 약간 떨렸다. 정인이 침묵을 지키자 그는 그것을 긍정으로 해석한 듯했다.

−조금만 참아라, 서정인. 나, 아무것도 안 하고 있는 건 아냐. 범인 찾아내서, 그 씨발 새끼 아주 토막을 칠 테니까.

"……너 지금, 어디냐?"

정인은 의자에 기대고 있던 상체를 일으켰다. 주위를 둘러보며 마른침을 꿀꺽 삼켰다. 승주의 자리가 비어 있는 게 그제야 눈에 들어왔다. 쉬는 시간, 다른 학생들은 대부분은 책상에 엎어져 자고 있거나 휴대폰을 만지작거리고 있었다.

─너도 협박당했을 줄은 몰랐어. 난, 나만 사라지면 되는 줄 알았어. 나한테만 원한 있는 줄 알았다고.

정인은 이를 뿌득 갈았다. 승주가 말을 전해 주었을 때와는 달랐다. 실제로 한민우의 목소리를 듣는 순간 그가 확실히 무언가를 짐작하고 있다는 사실을 분명하게 느낄 수 있었다.

만약 한민우도 자신과 같은 상황이었고 협박을 당했다면?

하지만 그는 여전히 가해자의 정체를 모르고 있는 눈치였다. 만약 정인이 그에게 자신이 직접 당한 일을 고스란히 말한다면, 조승현의 손아귀에서 벗어나는 데 어떤 식으로든 도움이 될 수 있을 것이다.

정인의 심장이 빠르게 뛰었다. 힘을 합치기 위해서는 일단 그와 대면하고 이야기를 해야 했다.

"너 지금 어디 있냐고, 이 새끼야."

─런던.

그의 짧은 대답에 정인의 입술에서 저절로 한숨이 샜다. 그럼 그렇지. 병원에서 마지막으로 보았을 때와는 다르게, 한민우의 목소리에서 두려움이 사라진 이유를 알 수 있을 것 같았다.

"멀리까지도 튀었네."

그의 약혼녀가 영국에서 유학 중이라는 사실이 떠오르자 더욱 열이 받았다. 누구는 도망치지도 못하고 혼자 남아 이 고생을 하고 있는데, 한민우는 안전한 곳에 꼭꼭 숨어 재미까지 보고 있다는 사실에 더욱 배알이 꼴렸다.

　－여기로 올래, 너도?

　헛소리를 내뱉는 그의 목소리는 어울리지 않게 진지했다.

　"오려면 네가 와. 헛소리 지껄이려면 와서 내 얼굴 보고 하라고."

　－계속 그러고 싶었어. 승주한테 너 이상하다는 소리 듣고는 더 그랬고.

　"놀고 있네."

　－내 연락 무시한 건 너야.

　맞는 말이라 대꾸할 여력이 없어 정인은 입을 다물었다. 수화기 너머로 잠시 머뭇거리던 그가 말을 이었다.

　－그리고 한 가지는 확실히 해 두고 싶은데, 나 김승주한테 너랑 잤다고 말한 적 없어.

　정인은 말없이 인상을 찌푸렸다.

　－승주가 나한테 어제 전화해서 난리 치더라. 아니라고 계속 변명하느라 애 먹었어. 그 자식, 원래 좀 고지식하잖아.

　"상관있냐? 네가 누구한테 떠벌리건 말건 내 알 바 아니야."

　정인이 그의 말을 반신반의하며 내뱉자 민우가 작게 중얼댔다.

　－엄청 충격 받은 것 같던데.

　김승주의 다른 얼굴에 충격을 받은 것은 정인 역시 마찬가지였다.

　－너 뭐라고 말했길래 안 그러던 애가 폭발을 하게 만든 거야?

　"그 대신 충분히 쥐 터져 줬어."

　안 그래도 머리가 복잡해 죽겠는데, 민우는 그를 더 복잡하게 만들려고 작정한 사람처럼 굴고 있었다.

　－옛날이 그리워.

애는 또 왜 이럴까. 인상을 찌푸리는 그의 귓가에 민우가 중얼거렸다.

−너랑 김승주랑 아무것도 모르고 같이 있었던 때가 제일 좋았어.

정인이 코웃음을 쳤다.

"친구랑 떡 쳤을 때부터, 좋은 시절은 끝났던 거야, 멍청아."

어차피 다 알고 시작한 관계였다. 그들의 불장난은 이곳, 사방이 막힌 산속 재수 학원이라는 특수 공간 안에서만 존재할 수 있었다. 이곳을 떠나면 그들의 섹스는 한때의 불장난으로, 시간이 지나 우연히 만나 술을 한잔하게 되더라도 절대로 입에 올리지 않을 그런 것이었다. 일이 이렇게 될 줄은 한민우와 그, 둘 중 누구도 예상치 못한 전개였다.

−너랑 잔 건 후회 안 해. 다시 과거로 돌아간대도 난 그렇게 할 거야.

"정신 빠진 새끼야, 넌 지금 그딴 소리가 튀어나오지?"

정인은 끓어오르는 분노를 참지 못하고 욕을 내뱉었다. 술과 약에 취해 성욕을 못 참고 뒹군 것 때문에 지금 이 사달이 났는데, 한민우는 태평한 소리만 지껄이고 있었다.

"난 지금 런던은 고사하고 인천도 못 가니까, 네가 서울로 와. 할 말이라면 나도 많아. 그때 자세히 이야기해."

앞으로 방학 때까지는 일주일. 조승현의 손아귀에서 공식적으로 벗어나 서울로 도망가기까지 딱 일주일 남았다.

"다시 연락해라. 그때까지는 전화하지 마."

전화를 끊으려는데 민우가 다시 그를 불렀다.

−서정인.

"빨리 말해. 수업 시작이야, 이제."

—김승주한테 며칠 전에 전화받고, 나 외삼촌한테 사실대로 말했어.

"……뭘?"

—누가 다리에서 고의로 밀어서 물에 빠져 죽을 뻔했다고. 아버지는 모르지만, 외삼촌한테 말한 것도 나한테는 큰일이야.

"그래서?"

어린애 다루듯 잘했다고 칭찬이라도 해 줘야 되는 건가. 욕설을 속으로 씹으며 정인은 성난 시선을 허공에 고정했다.

—어젯밤에 연락 받았어.

"무슨 연락."

—강에 빠진 내 휴대폰 수신 기록. 나한테 두 번 전화 걸었던 번호. 처음은 남자 숨소리. 꼴리냐고 물어봤던 장난 전화. 그리고 두 번째는……, 영상 가지고 있으니까 돌려받고 싶으면 돈 가지고 나오라는 협박 전화.

"……"

잠시 울분이 치밀어 오르는 듯 말을 멈추었던 민우가 다시 입을 열었다.

—그래서 나갔던 거야. 그런 게 있을 리가 없잖아. 누군지 얼굴 보고 줘 패 줄 생각이었는데, 씨팔……, 그렇게 뒤통수 맞을 줄은 몰랐어.

마른침이 꿀꺽, 넘어갔다. 정인은 긴장된 얼굴로 침묵을 깼다.

"그래서, 결국……. 너한테 전화 누가 한 건데."

—구멍가게 앞에 있는 공중전화였대.

"……그 가게가 어딘데."

-XX 시설 건너편.

정인의 동공이 확장되었다. 민우의 목소리에 숨기지 못하는 분노가 일었다.

-귀에 익지? 그래. 조승현 살았던 곳이야. 아니 지금도 조승현 주소 등록된 곳. 너랑 내 일, 만약 누구한테 들켰다면 가장 심증이 가는 놈. 네 방에서 한 적도 있으니까. 우리.

"……진짜 그 새끼가 그런 거야? 그 자식이……, 진짜 너 죽으라고 떠밀었다고?"

정인의 목소리가 가늘게 떨렸다. 심증만 있는 것과 그것이 사실로 입증이 되는 것은 받아들이는 느낌 자체가 틀렸다.

-나도 그런 줄 알고 당장 알아봤는데, 외출계에서 조승현 나간 기록은 없었어.

"……."

정인은 손톱을 잘근잘근 씹었다. 한민우가 다리에서 떨어졌던 금요일. 조승현에게 처음 입으로 봉사하고, 새벽에 넥타이로 손목이 묶인 채 아래를 빨렸던 날이었다.

"그럼 대체 누구라는 건데, 새끼야……."

정인은 초조한 목소리로 손톱을 물어뜯으며 물었다.

-사람 보내서 확인 중이니까, 일단 확실해지면 다시 연락할게. 민감한 상황이라서 나도 크게는 못 움직여.

"알았다. 끊자."

수화기 너머로 민우가 중얼댔다.

-……보고 싶다, 서정인.

"씨발, 끊어."

정인은 서둘러 전화를 끊었다. 가슴이 터질 듯 쿵쾅거리고 온몸에 피가 빨리 돌았다.

한민우가 움직이기 시작했다. 그리고 조승현을 의심하기 시작했다. 그는 휴대폰을 꼭 쥔 채, 마른침을 삼켰다. 제발 이것이 썩은 동아줄이 아니기를.

* * *

어머니는 결국 정인의 심신 미약을 걱정해 방학 직전임에도 불구하고 일주일 치 한약을 보내왔다. 택배가 왔다는 문자에 기숙사 1층으로 내려가 물건을 받아 드는데, 왠지 모르게 뒤통수가 따가웠다.

"……"

장대비가 쏟아지는 운동장에서 새파란 우산을 쓰고 있는 누군가가 정인을 뚫어져라 바라보고 있었다. 정인은 박스를 든 채, 눈을 찌푸리고 그에게 시선을 고정했다. 현관에서 3미터 정도 떨어진 곳에 서 있는 그는 이 학원의 학생이 아니었다.

'……뭐야.'

색이 옅은 머리카락은 둘째 치더라도, 어디 지나가다가 마주쳤을 때 잊어버릴 만한 얼굴도 아니었다. 키는 크고 몸은 전체적으로 호리호리한 스타일이었다. 비율이 뛰어나서 좋은 옷을 걸치면 모델로 착각할 수도 있을 것 같았다.

정인은 휙, 뒤를 돌아 자신의 뒤에 누가 있는지를 확인했다. 텅 빈 복도에는 아무도 없었다. 그가 바라보고 있는 것은 확실히 자신이었다.

분위기가 묘했다. 기숙사 맞은편인 강의실 건물은 특강 때문에 불이 드문드문 켜져 있었지만 운동장은 조용했다. 그곳에서 쨍한 파란색 우산을 들고 땅에 발이 붙은 듯 꼼짝도 않고 서서 이쪽을 바라보고 있는 그는 어딘가 모르게 섬뜩한 느낌마저 주었다. 배경이 다 흑백인데 그만 홀로 색을 가지고 있는 것 같았다.

"······."

그가 정인을 향해 걸어오기 시작하자, 정인은 조금 더 당황했다. 정인은 한 손으로 박스를 든 채, 우두커니 서 있었다.

"라이터 좀 빌릴 수 있을까요?"

우산을 든 채, 계단 아래에서 그가 정인에게 물었다. 정인은 문 닫힌 1층 관리실을 힐끔 쳐다보았다.

"······원생이면 여기서 담배 피우면 안 될 건데요."

"전 이 학원 안 다녀서 괜찮아요."

일부러 물은 말에 그가 고개를 저었다. 확실히 외부인이었다.

"불 없으세요?"

정인은 바지 주머니에서 라이터를 찾아 그에게 내밀었다. 어차피 외부인이라면 상관없을 거란 생각에서였다. 게다가 장대비가 퍼붓는 이 상황에 바깥에 나올 사람도 없을 것이다.

"여기요."

정인은 계단 아래로 내려가, 그에게 몇 주 전 피시방에서 가져왔던 라이터를 내밀었다. 빗줄기에 소매가 조금 젖어 들었다.

"고맙습니다."

짧게 대답하며 그가 담배에 불을 붙였다. 우산을 한쪽 어깨와 턱 사이에 걸친 채였다. 담배 연기가 빗줄기에 섞여 흩어졌다.

"여기요."

라이터를 돌려주려는 그에게 정인이 고개를 저었다.

"그냥 가지세요. 전 많아서."

"여기 학생이신가 봐요?"

뒤돌아서려는데, 낯선 이가 다시 말을 거는 바람에 정인은 어정쩡하게 멈춰 섰다.

"그런데요."

"제 친구도 여기 다니는데."

"여기 다니는 학생들이 3백 명 가까이 돼서."

정인은 건조하게 답했다. 낯선 이는 그를 관찰이라도 하듯 빤히 쳐다보고 있었는데, 왠지 기분이 묘했다.

"서로 모르는 애들이 더 많죠."

거짓말은 아니었다. 얼굴을 알아도 이름을 기억하는 사람들은 많지 않았다.

"조승현, 몰라요?"

정인의 인상이 순식간에 굳었고, 그가 후후 웃으며 담배를 깊게 빨았다.

"요즘 집에 잘 안 오더라고요. 애들이 기다린다고, 말 좀 전해 주세요. 공부하느라 바쁜지, 요샌 통 연락도 없어서."

정인을 빤히 바라보던 눈이 아래로 휘어졌다. 집이라면, 시설을 말하는 것일까. 자신을 조승현의 친구라고 밝힌 그는 관찰하듯 정인을 훑던 시선을 거두고 무해한 웃음을 짓고 있었다.

"……기회가 있으면 그러죠."

정인은 애매하게 대답했고, 담배를 맛있게 다 피운 그가 바닥에 꽁초를 버렸다. 짧아진 담배꽁초가 빗물에 금방 젖어 들었다.

"라이터, 고마워요."

그는 고개를 까딱해 보인 후, 뒤돌아 빠르게 걸었다. 이럴 줄 알았으면 라이터를 주지 말걸, 하는 생각이 들었다. 조승현을 아는 이와는 그게 누가 됐든 엮이고 싶지 않은 심정이었다.

지잉-.

때마침 바지 안에서 휴대폰이 진동했다. 정인은 한 손으로 박스를 든 채, 다른 한 손으로 휴대폰을 받았다.

-어디예요?

"어, 1층. 지금 올라가."

낮게 깔리는 승현의 목소리를 확인하며 정인은 시각을 확인했다. 곧 일곱 시가 될 것이다.

"콜라나 뭐 마실 것 좀 사갈까?"

-됐으니까 당장 올라오세요.

가라앉은 목소리가 서늘했다. 정인은 걸음을 빨리했다.

"알았어, 바로 올라갈게."

날이 어둑어둑해지고 있었다. 매일 저녁마다 그와 함께 있어야 한다는 약속은 아직도 유효했고 이곳을 나가기 전까지 정인은 어쩔 수 없이 그의 비위를 맞춰야 했다. 엘리베이터가 열리고 안에 들어섰을 때, 멀리서 아직도 이쪽을 향해 있는 파란 우산이 보였다. 정인이 인상을 썼고, 곧 문이 닫혔다.

"······."

정인은 손등으로 눈을 비볐다. 그는 분명 빗속에서 자신을 노려보고 있었던 것 같았다. 곰곰이 생각을 하다가 엘리베이터 문이 열리고 나서야 정인은 고개를 흔들었다.

'노이로제야.'

요즘 계속 시달린 탓에 과민하게 반응하는 것이 틀림없다고 생각하며 방문을 열었다.

"죽여 버린다."

방에 들어서자마자 창가에 서 있던 승현이 내뱉은 잔인한 말투에 정인은 그 자리에 얼어붙었다.

탁.

무거운 문이 자동으로 닫혔다.

"……."

그 소리에 승현이 뒤를 돌았다. 그가 휴대폰을 귀에 대고 있는 것을 보고, 정인은 그제야 그가 자신을 보고 한 말이 아님에 안도했다.

"쓸데없는 짓 하면 죽인다고 분명히 말했어."

정인은 흠칫했지만 조용히 그를 지나쳐 들고 있던 택배 상자를 조용히 자신의 책상에 내려놓았다.

"마음대로 해. 꺼져."

탁.

그가 구형 휴대폰을 책상 위에 던진 후, 앞에 있는 창문을 소리 나게 닫았다. 블라인드까지 휙 내려 버리자 불을 켜지 않은 방 안이 조금 캄캄했다.

"……무슨 일 있어?"

정인은 그를 힐끗 보며 최대한 자연스러운 목소리로 물었다. 정인은 한민우와의 통화 이후, 승현의 일거수일투족에 바짝 경계를 기울이고 있었다.

"아뇨."

승현이 그의 팔목을 잡아끌었다. 순식간에 떠밀려 침대 위로 쓰러지듯 앉은 정인의 옆에 자리하며 그가 조용히 물었다.

"무슨 일, 있기를 바라는 표정이네요."

"그게 무슨 말이야."

정인이 속을 감추며 어색하게 웃어 보였지만 승현의 얼굴에는 웃음기가 없었다.

"밑에서 뭐 했어요?"

"택배 받아 왔어."

"별일은 없었어요?"

정인은 고개를 흔들었다.

"……일은 무슨."

아래층에서 그의 친구를 만났다는 이야기는 괜히 할 필요가 없을 것 같았다. 어차피 그에게 이름을 밝힌 것도 아니었으니까.

"아무 일도 없어."

잠시 동안 정인을 빤히 바라보던 그가 부드럽게 입술을 부딪쳤다 떼어 냈다. 본의 아니게 여러 번 그와 스킨십을 하긴 했지만 아직도 다짜고짜 다가오는 데에는 익숙하지 않았다. 정인의 몸이 살짝 굳었다.

춥.

젖은 소음을 내며 입술이 떨어졌다. 승현이 느리게 물었다.

"……요 며칠 기분이 좋아 보이던데."

"그런가?"

정인은 한민우와 통화를 한 이후 최대한 그에게 고분고분하게 굴고 있었다. 괜히 신경을 긁어서 좋을 게 없다는 생각이 들었기 때문이다. 일단 이곳을 빠져나갈 때까지만 견디면, 이 악몽이 끝날 수 있었다. 한민우가 외삼촌의 손을 빌려 조승현을 어떻게 처리할지는 그가 상관할 바도 아니었고, 알고 싶지도 않았다.

"이 예쁜 머리통으로 또 무슨 생각을 하고 있는지……."

승현이 그의 머리를 쓰다듬었다. 정인은 표정을 가다듬었고, 이제는 부기가 빠져 희미한 멍 자국만 남아 있는 눈가에 열기 있는 손가락이 가볍게 스쳤다.

"궁금하긴 한데 별로 알고 싶지가 않네요. 알면 열만 받을 것 같아서."

"생각은 무슨……."

"몸은 다 나았어요?"

"응?"

갑작스러운 질문에 정인이 그에게 얼굴을 잡힌 채 되물었다. 그의 다른 한 손은 무릎 위에 얹힌 정인의 손등을 조물락거리고 있는 중이었다.

"김승주한테 맞은 데, 여기저기 아팠잖아요. 이제 괜찮아요?"

"……어."

"다행이네요."

승현이 입꼬리를 올렸다. 그는 진심으로 안심한 것처럼 보였다.

"고마워."

얼떨결에 입을 열자 그가 되물었다.

"뭐가요?"

"거……, 걱정해 줘서."

"고맙긴 뭐가 고마워요. 다 나 좋자고 그러는 건데."

"……응?"

그가 다시 진득하게 입술을 부딪쳐 오는 바람에 정인은 말을 잇지도 못했다. 두 번째 키스는 가벼운 입맞춤이 아니었다. 달콤하게 혀를 감아 오는 느낌에 의도치 않게 몸이 반응했다. 정인이 적극적으로 그의 혀를 빨기를 주저하자 승현이 슬쩍 입술을 뗐다.

"그동안 아플까 봐 손 하나 까딱 안 해 줬는데, 이런 식으로 나오면 곤란해요."

"……."

"제대로 해야 착한 학생이죠."

꽉 잠긴 목소리와 서늘해지는 눈동자에 정인은 마른침을 꿀꺽 삼키며, 그의 목에 양팔을 감고 매달렸다.

두툼한 혀에 자신을 얽으며 타액을 빨아 삼키자 승현의 성대에서 그제야 만족스러운 신음이 배어 나왔다. 키스의 농도가 짙어졌다. 그가 정인의 목덜미를 꽉 잡으며 몸을 눕히는 바람에 정인의 등 뒤에 매트리스가 닿았다.

몸을 겹친 채로, 승현이 정인의 입술을 진하게 삼켰다. 입술이 떨어지지 않으니 키스를 하면서 동시에 숨을 쉬어야 했다. 코끝을 스치는 상대의 숨결에 점점 더 열기가 번졌다. 손끝이 짜릿해지면서 피가 빠르게 돌았다. 정인은 그의 어깨를 꽉 붙잡았다.

"하아……."

팔꿈치로 몸을 지탱한 채, 승현이 입술을 살짝 떼고 그의 얼굴을 쓰다듬었다.

"이제야 좀 마음에 드는 표정이네요."

혀를 길게 내밀어 마치 달콤한 것을 맛보듯 입술 사이를 가르며 핥자 아랫도리가 점점 부풀어 올랐다. 승현의 손이 얇은 티셔츠를 쓸어 올려 그의 상체를 쓰다듬었다. 축축하고 뜨거운 손이었다.

"여기, 아파요. 아직?"

김승주에게 발로 밟힌 곳을 조심스레 짚으며 그가 물었다. 낮은 목소리가 꽉 잠겨 가라앉아 있었다. 정인은 고개를 끄덕이다 그가 손가락으로 꾹하고 세게 눌러 오는 바람에 낮게 비명을 질렀다.

"조금…… 아!"

"진짜네."

승현이 아쉽다는 듯 입맛을 다시며 손을 떼어 냈다. 눈물이 찔끔 나서 정인이 인상을 쓰자 그가 구겨진 미간에 다시 입술을 꾹 눌렀다.

"형은 거짓말 잘하니까 시험해 본 거예요. 아팠으면 미안해요."

눌린 곳이 아프고 열이 받아서 딱딱하게 일어나던 성기가 조금 시들었다.

"안 아픈데 왜 아프다고 하겠어."

정인이 그를 노려보았지만 승현은 상관없다는 듯 조금 웃었다.

"형은 거짓말 잘하잖아요."

"……진짜 아파."

"알았어요. 참을게요."

뭘 참는다는 말인지 물으려다 정인은 입을 다물었다. 분위기가 묘했다.

"나랑 할 때는 아파도 아프다고 하지 마요, 대신."

딱딱하게 구는 정인을 보는 승현의 입꼬리가 위를 향했다. 꽉 잠긴 목소리가 흘러나왔다.

"경험이 없으니까 나도 내가 형을 어떻게 다룰지 감당이 안 되거든요."

"……."

"우리 처음 섹스할 때 말이에요."

부끄럽게도 얼굴에 피가 확 몰렸다. 정인이 민망함을 감추려 입술을 혀로 쓸자, 승현이 그의 혀를 대신 핥았다. 손가락이 그의 머리카락을 빙글빙글 돌리며 감았다.

"이 표정은 뭘까? 놀라는 척하는 거예요, 아님 눈 반짝이면서 기대하는 거예요?"

"그게 무슨 말이야……."

"알잖아요, 내가 지금 무슨 말 하는지."

그가 높은 콧날을 슬쩍 정인에게 부딪혔다. 다시 부드러운 버드 키스가 이어졌다. 승현이 쪽쪽거릴 때마다 시들었던 정인의 페니스가 팽팽하게 부풀어 올랐다. 묘하게도 정인은 지금 이 순간이 자신이 그동안 해 왔던 어떤 짓보다 더 야하다는 느낌이 들었다.

"형이라면 둘 다일 수도 있겠네. 놀라는 척하면서 기대하는 거. 뭐, 그건 그거대로 잔뜩 꼴리지만."

승현이 정인의 얼굴에 얕은 키스를 이어 나갔다. 간지러웠다. 그의 앞머리가 얼굴을 슬쩍 스칠 때마저도 몸이 가늘게 떨렸다. 그의 허스키한 음성과 창밖의 빗소리가 마치 한 세트처럼 정인의 귓가에 박혔다.

"난 이십 년 동안 곱게 지켜 온 내 동정을 형한테 바칠 거거든요."

그런 건 바란 적도 없다고 말하고 싶었지만 차마 입술이 떨어지지가 않았다. 정인은 눈을 감고 그의 입술이 얼굴에 닿을 때마다 다만 움찔거리며 반응할 뿐이었다.

"근데 형이 나한테 깔려서 아프다고 싫어하면 내가 상처받을 것 같아. 그러니까, 좋은 척해요. 그때만큼은 암캐처럼 굴어도 봐줄게요."

아무리 조승현이 대물이었지만 남자를 받아 본 경험이 적지 않은 정인에게 있어서는 말이 안 되는 소리였다. 하지만 이 상황에서 그렇게 대구하면 왠지 그가 화를 낼 것 같다는 생각에 정인은 입을 꾹 다물었다.

"내 앞에서만. 나한테만 좋아하면 돼요. 형이 그것만 약속해 주면 모든 게 다 편해질 텐데."

귓가에 간질거리는 목소리가 끈적였다. 정인은 참을 수 없을 만큼 더웠다. 갈빗대를 쿡 찌르고 나서 떨어진 손은 더 이상 그의 몸을 더듬지 않았지만, 살갗은 민감해져 옷이 스치는 것조차 자극이었다.

"이제 이번 주말 끝나면 방학이네요."

"……으응……."

"형, 집에 가야죠? 검사 형이 승진해서 가족 행사도 많고 그렇잖아."

귓불이 빨리자 정인은 몸을 움츠렸다. 축축한 느낌에 팔뚝에 솜털이 일어났다.

"우리, 서울에서 만날까요? 호텔 같은 거 잡아 놓고 할까요?"

승현이 낮게 발음하는 서울, 이라는 단어에 정인은 정신이 번쩍 들었다. 설마. 서울까지 오겠다는 소리인가?

정인이 눈을 뜨자 승현이 귀를 애무하던 입술을 떼고 열기 어린 시선을 그에게 맞추었다.

"형이랑 한 번 하면 한 이 박 삼 일 정도 섹스만 할 것 같아서. 그러려면 아무한테도 방해 안 받는 데가 좋을 것 같아."

정인은 마른침을 한 번 삼켰다.

"형은 속물이니까 역시 비싼 호텔이 낫겠죠?"

"스, 승현아. 하하."

정인은 김칫국을 들이마시고 있는 승현을 보며 어색하게 웃었다. 뜨끈뜨끈하던 머릿속이 순식간에 복잡해지고 있었다. 녀석이 서울까지 오면 다 끝장이었다. 뭐라고 하고 녀석을 이곳에 잡아 두어야 할까.

"왜지?"

순간 그의 눈에 날카로운 빛이 스치듯 지나갔다. 정인은 마른 입술을 혀로 축였다.

"……뭐가?"

"왜 긴장하죠?"

조승현. 독심술을 익힌 게 아닌가 싶을 정도였다. 정인은 표정이 다 드러나는 자신의 얼굴을 탓할 생각도 하지 못하고 고개를 흔들었다.

"내, 내가 뭘?"

"……서울 가서 나 없는 동안 뭐 딴짓이라도 할 생각이었어요?"

꿀꺽. 저도 모르게 목울대가 크게 움직였다. 당황하면 안 된다. 정인은 이 순간에 강한 부정을 하는 것이 나을지, 아니면 웃으며 넘기는 것이 좋을지를 수 초간 고민했다. 후자로 결론을 내리고 입을 열려는데 승현이 더 빨랐다.

"왜, 한민우라도 만날 생각이었나?"

그가 목덜미를 지분거리던 얼굴을 확 들더니 손으로 정인의 턱을 쥐었다. 낮아진 목소리에 정인은 저도 모르게 입술이 벌벌 떨렸다. 눈을 피해서는 안 된다.

"······아니거든."

"근데 왜 떨어? 뭐가 무서워서?"

"네가 나랑 잘 거라고, 대놓고 통보하니까······, 긴장이 돼서 그래."

승현이 그의 시선을 잡아채며 날카롭게 웃었다.

"긴장? 내 손에 몇 번이나 가 놓고서, 이제 와서 내숭 떨어요? 안 어울리는 거, 본인이 제일 잘 알잖아요?"

예리한 질문에 말문이 막혔다. 승현의 긴 눈매가 가늘어지는 것을 보며 정인은 황급히 소리를 쥐어짰다. 이 상황에서 말도 안 되는 소리를 했다간 그에게 속내를 들키기 십상이었다.

"섹스가 문제가 아니라······."

"아니라?"

"네가······. 네가 또 이상한 짓이라도 할까 봐 그래."

"······어떤 이상한 짓이요?"

승현의 시선에 의문이 걸렸다. 정인은 목소리를 쥐어짰다.

"너랑 하는 거, 또 영상 같은 거 찍어서······, 곤란하게 할까 봐······, 그 걱정했어."

"아. 난 또 뭐라고."

승현이 정인의 얼굴을 다정히 쓰다듬었다. 그가 부드럽게 속삭였다.

"이제 그런 짓 안 해요. 할 필요가 없는데 왜 쓸데없는 짓을 해요. 있는 영상도 다 지웠다니까."

되는대로 뱉은 말이었지만 그의 대답은 정인에게 의외의 수확이었다. 승현이 그때 말하긴 했었지만, 정말로 이제 동영상의 존재는 없을 지도 모른다는 확신 같은 것이 들었다. 정인은 새삼 안심했다.

"......정말이지?"

"정말이에요."

그가 정인의 눈을 뚫어져라 바라보며 고개를 끄덕였다.

"난 또 형이 이상한 꿍꿍이라도 꾸미는 줄 알았잖아요."

"......꿍꿍이는 무슨......"

최대한 아무렇지 않게 넘기려는 정인을 보며 승현이 말을 이었다.

"요즘 이 동네에 귀찮은 날파리들이 모여드는 모양이에요."

그의 목소리는 태연하고, 또 건조했다.

"여기저기 귀찮게 들쑤시고 다니는 것 같은데......, 난 그게 아무래도 한민우 같단 말이죠?"

정인은 그의 눈을 피하지 않으려 죽을힘을 다했다. 입안이 바짝바짝 말라 왔지만 마른침도 삼키지 않았다.

"난 몰라, 그 자식이랑 나는 상관없어."

"네. 형이 그 새끼랑 절대, 연락 안 할 건 아는데요."

또다시 서늘해진 목소리가 사뭇 소름끼쳤다. 정인은 눈도 깜빡이지 않고 그를 응시했다. 심장이 무서운 속도로 뛰었다.

"혹시라도 길 가다가 마주치게 되면 말해 주세요."

그가 입꼬리를 올려 웃었다.

"잡아 처넣고 싶어도 증거가 없을 거라고."

"......"

"눈에 띄면 죽여 버릴 거니까 지금처럼 잘 숨어 있으라고."

정인은 살기 넘치는 눈을 빛내는 승현을 보며 최대한 빨리 그에게서 도망가야 한다는 사실을 다시 한번 절감했다. 지금 자신에게는 하찮은 복수 따위가 중요한 게 아니었다. 한번 물면 놓지 않는 미친개에게 발목이 물린 이 상황에서, 그와 붙어 봤자 회복할 수 없는 상처만 남을 것이라는 예감이 강하게 들었다.

9. 탈출

정인은 손톱을 잘근잘근 물어뜯으며 세탁물이 엉켜 돌아가는 모습을 지켜보았다.

토요일, 주말이었고 원래대로라면 외출을 했을 승현은 기숙사를 떠나지 않았다. 혼자 생각할 시간이 필요했지만 그의 감시에서 벗어나기가 힘이 들었다. 빨랫감을 들고 겨우 방을 나설 때도 그의 시선이 뒤통수에 꽂히는 기분이었다.

'대체 왜 안 나가는 거야.'

다음 주 월요일, 1학기 마지막 모의고사 성적표를 받으면 학원은 공식적으로 2주간 방학이었다. 아무리 입시를 위한 재수 학원이지만 학원의 위치가 위치인 만큼 감금 생활에 따른 스트레스를 조금이라도 풀어 주려는 의도였다. 방학이 이틀 남은 이 시점에서 정인의 긴장감은 절정에 달해 있었다.

승주는 학생 식당에서의 일 이후 눈에 띄게 그를 피하고 있었다. 어제 저녁에 샤워실 안에서 잠시 마주쳤을 때도 잠시 그를 바라보더니 이내 벌게진 얼굴로 휙 고개를 돌려 버렸다. 차라리 다행이었다.

어차피 한민우건 김승주건 그에게 느끼는 것은 갇혀 있는 공간에서 폭발하는 성적 욕망일 뿐이었다. 민우의 경우에는 그것이 조금 일찍 발현되었고, 승주는 늦었을 뿐이다.

그것이 나쁘다고 생각한 적은 없었다. 다만 정인은 그들이 자신에게 쓸데없는 감정을 품지 않기를 바랄 뿐이었다. 사람을 제대로 좋아해 본 적이 없는 그에게 섹스가 주는 쾌락적 유희를 제외한 연애 감정은 이해할 수도, 이해하고 싶지도 않은 귀찮은 것에 불과했다.

정인은 인간이란 어차피 모두 자기 자신을 제일 사랑할 수밖에 없는 동물이라고 생각했다. 그것은 피를 나눈 가족도 마찬가지였다. 정인이 이곳에 틀어박혀 적성에도 맞지 않는 공부를 해야 하는 것은 그의 아버지의 요구 때문이었다. 그가 대학에 가면 가장 행복해할 사람 역시 그의 아버지였다.

어머니는 다를까? 그녀는 어릴 때부터 모임에 그를 장식처럼 달고 다녔다. 이목구비가 뚜렷하고 예쁜 아들을 낳은 것을 어머니는 훈장처럼 여겼다. 그 과정에서 정인의 욕구는 거세되었다. 그것이 나쁘다고 생각한 적은 없었다. 다만, 인간이 타인에게 느끼는 '사랑'이란 명제 자체에 의심이 들었을 뿐이다.

「─……보고 싶다, 서정인.」

수화기에서 들리던 민우의 말에 짜증이 솟구쳤던 이유도 그 때문이었다.

'지금이 보고 싶다는 타령 따위를 할 때냐고.'

전혀 신경 쓰이지 않았던 룸메이트에게 약점을 잡히고 치부가 드러날 정도로 휘둘리고 있는 자신의 상황도 상황이었지만, 물에 빠져 익사할 뻔했던 쪽이 상황은 더 나빴다. 멍청한 한민우를 이해할 수가 없어 정인은 가볍게 혀를 찼다.

'……분명 조승현이야.'

승현의 알리바이를 깰 수가 없었지만 정인은 그가 한민우 살인 미수에 깊게 관련되어 있다고 확신하고 있었다. 외출계에 나간 기록이 없다고 해서, 몰래 나가는 게 불가능한 것은 아니다.

위잉- 위잉-.

외로이 한 대의 세탁기가 돌아가고 있는 오후의 세탁실은 텅 비어 한산했다. 오랜만에 비가 그쳐 햇살이 천장 근처 벽에 작게 붙은 창문을 헤집었다. 일기 예보는 이번 주말에 폭우가 쏟아진다고 했었는데, 지금의 하늘은 거짓말처럼 화창했고 따갑게 들이치는 햇살에 눈이 부실 정도였다.

"……."

정인의 고민은 끝을 모르고 이어졌다. 가장 커다란 고민은 역시 민우에게 사실을 말해야 할지, 말아야 할지였다. 한민우 역시 조승현을 의심하고 있는 상황이었다.

'증거도 없는데 과연 괜찮을까?'

한민우와 손을 잡으면 빼도 박도 못하게 이 문제에 깊이 관여하게 될 것이다. 그것이 과연 자신에게 유리한 일일까?

그가 눈 딱 감고, 승현의 알리바이를 부정할 수도 있었다. 그는 사건이 일어나던 날 밤, 잠을 이루지 못했고 그래서 승현이 방을 나서는 것을 봤다고. 그리고 새벽 늦게야 승현이 기숙사 방으로 들어오는 것을 확인했다고, 증인으로 나설 수도 있었다.

조승현과 그 사이에 있었던 일들은 오프 더 레코드나 마찬가지였다. 정인에게 강제로 오랄을 시키고, 밤에는 반대로 그를 묶어 놓고 성기를 빨았다고 주장할 수 있을 리가 없으니까. 그 말을 꺼내려면 조승현은 자신이 정인을 협박한 데서부터 이야기를 시작해야 할 것이다.

하지만.

원론적인 문제가 다시 정인의 뒷덜미를 서늘하게 잡아챘다. 만일 조승현을 잡아넣는 데 실패한다면 어떻게 될까. 아니, 조승현이 구속된다고 해도 문제였다. 정인은 평생 형을 살다 나온 그에게 복수당할 염려 속에 살아가야 할 수도 있었다.

'……최대한 아무렇지도 않게 떼어 내야 해.'

이 상황에서 한민우와 다시 얽혀서 좋을 것이 없다는 판단이 섰다. 서울에 가서 민우를 만나겠다는 결심은 하루 사이에 바뀌었다.

어젯밤 그를 응시하던 승현의 눈빛은 속을 다 꿰뚫어 보듯 날카로웠다. 미친개를 자극해 봤자 살점이 뜯길 정도로 물릴 뿐이다. 얼마 전에 꾸었던 악몽이 떠올랐다. 사슬에 묶인 개가 결국 미친 듯이 날뛰어 말뚝을 바닥에서 뽑아내고 그에게 달려들어 목덜미를 물었던 꿈.

어쩌면 지금 상황을 예측한 무의식이 그에게 예지몽을 꾸게 했을 수도 있었다. 인간의 뇌는 때로 상식으로 불가능한 일들을 해내니까. 그는 특히나 자기애가 강한 성격이었으니, 온몸이 그에게 위험 신호를 보내고 있는 것일지도 몰랐다.

손톱의 거스러미가 뜯겨 핏방울이 맺혔다. 따끔한 느낌에 정인은 정신이 조금 들었다.

'어떻게 한다······?'

답은 이미 알고 있었다. 그는 자신이 가장 잘하는 방법으로 승현을 떼어 내야 했다. 이제껏 정인이 만났던 이들 중 스토커 기질을 보였던 이들이 없었던 것은 아니었다. 경험상 약간 제정신이 아닌 이를 떼어 내는 데에는 강수를 두는 것보다 차라리 달래는 편이 나았다.

「우리 서울에서 만날까요?」

춥지도 않은데 정인의 하얀 팔뚝에 소름이 돋았다. 절대 안 될 말이었다. 서울로 가자마자 어머니를 구워삶든 단식 투쟁을 하든 무슨 수를 써서건 외국으로 나갈 것이다. 승현에게는 어쩔 수 없었다는 인상을 줘야 했다. 그가 믿고 안 믿고는 그다음 문제였다. 그러기 위해서는 승현이 이 시골구석에서 나오는 일은 절대 있어서는 안 됐다.

「호텔 같은 거 잡아 놓고 할까요?」

승현이 서울에 오려는 이유는 단 한 가지밖에 없어 보였다.

「난 이십 년 동안 곱게 지켜 온 내 동정을 형한테 바칠 거거든요.」

축축하게 웃었던 그의 목소리가 떠오르자 몸이 가늘게 떨렸다.

승현은 마치 예고 살인을 하는 것처럼 몇 번이나 자신에게 끝까지 가겠다는 의도를 비추었다.

정인은 그것이 단순한 협박이 아니라는 사실을 잘 알았다. 그의 눈빛을 보면 알 수 있었다. 그는 당장이라도 정인을 제 밑에 눕히고 싶어서 어쩔 줄 모르는 눈을 하고 있었으니까.

마음만 먹는다면 승현은 이미 몇 번이나 그를 깔아뭉갤 수 있는 상황이었다. 실제로 정인이 승현과의 스킨십에 반응해 버린 것은 사실이니까. 정인은 만약 승현이 며칠 전 욕실에서 그의 뒤를 치고 들어왔다 한들, 자신이 크게 반항했을 거라고는 생각하지 않았다.

"하아⋯⋯."

지난 3주 동안 승현과 함께했던 강간 수준의 페팅에 흥분해 버린 스스로도 문제가 심각했다. 정인은 길게 한숨을 쉬며 자신을 변호했다.

'몸이 멋대로 반응한 것뿐이야.'

건조 모드를 기다리는 세탁기에 동전을 집어넣은 후, 그는 다시 벽에 등을 기대고 생각을 정리했다. 승현이 서울에 찾아오는 것을 막으려면 한 가지 방법밖에 없다는 생각이 들었다.

'어쩔 수 없잖아?'

일단 섹스로 그를 달랜 후, 방학이 끝나고 산으로 다시 돌아올 2주 후를 기약하는 것이다. 물론 이곳을 떠나자마자 곧바로 잠수를 탈 생각은 없었다. 조승현과 꾸준히 연락을 지속하며 그를 안심시킨 뒤, 부모님 때문에 유학을 떠날 수밖에 없다고 말할 것이다. 최대한 아쉬운 어조로 연기하며 입시가 끝나면 돌아와서 만나자고까지 연기를 할 생각이었다.

'⋯⋯그 새끼가 믿을까, 과연?'

승현은 눈치가 보통이 아니었다. 진심이 없는 쓰레기라며 자신을 욕하던 그의 경멸 어린 시선은 거짓이 아니었다. 어설프게 연기했다가는 다 들통나기 딱 좋았다. 그 후의 결과는 생각하고 싶지도 않았다.

'어떻게 한다……'

정인은 입술을 물어뜯으며 심각하게 고민했다. 지난 3주간 너무 많이 생각을 해서 머리가 터져 나갈 지경이었다. 그가 누구 때문에 이 정도로 골치를 썩었던 적은 이제까지 한 번도 없었다.

달칵.

세탁실의 문이 열렸다. 그는 주저앉은 채 반사적으로 문을 향해 고개를 돌렸다.

"……뭐 하세요?"

그의 숨통을 조이는 주범의 얼굴이 나타난 순간 정인은 반사적으로 주먹을 꽉 쥐었다.

"어? 어……, 빨래 마르는 거 기다려."

다행히 건조기는 이제 막 작동하고 있었다. 끝나려면 삼십 분이나 넘게 남았다는 사실을 확인하며 정인이 그에게 손짓을 했다.

"끝나면 갈게. 올라가 있어."

"같이 기다려요."

그의 노력이 무색하게 승현이 정인의 옆에 털썩 주저앉았다. 햇살이 눈이 부신지 승현이 살짝 인상을 찌푸렸다. 정인은 그에게 눈을 맞춰 오는 승현을 보며 마른침을 삼켰다.

"형이랑 같이 있으려고 오늘은 외출도 안 했는데, 빨래한다는 핑계 대고 계속 여기 틀어박혀 있으면 제가 섭섭하죠."

"……응."

"그동안 바빠서 시설에 잘 못 갔어요."

승현은 한 번도 그가 지내는 시설을 집이라고 표현한 적이 없었다. 승주와 이야기를 할 때도 그랬다. 입을 다물고 있으면 그의 배경 따위 아무도 모를 텐데도, 그는 그러지 않았다.

"그래서 오늘 날이 좋으면, 이번 주엔 애들이랑 같이 축구해 주기로 했는데 그 약속도 어겼어요."

승현의 단정한 입술이 천천히 움직였다.

"약속 안 지키면 나쁜 사람이라고 말했는데……. 형이랑 같이 있으면 내가 점점 나쁜 사람이 돼 버리네요?"

정인이 생각하기에 그는 태생이 나쁜 종자였다. 하지만 그 말을 감히 내뱉을 용기는 없었다.

"형한테 물들어서 그래요."

뭐라고 대답을 해야 할까.

"……."

"책임져요."

정인은 숨을 급하게 들이쉬었다. 정인을 바라보고 있는 승현의 눈빛은 평온했다. 햇빛이 비껴가는 그의 눈동자는 이제 보니 색이 옅었다. 어둠 속에서 빛나는 시꺼먼 눈동자가 뇌리에 너무 깊게 박혀 있어서 그의 진짜 눈동자 색을 잊어버리고 있었다.

"……미안하다."

저도 모르게 흘러나온 말이었다. 정인은 황급히 말을 덧붙였다.

"그냥, 미안해서 그래. 그냥 하는 말 아니고……. 그냥, 그런 생각이 들어서……. 네 말대로 애들이랑 축구도 못 하게 됐고……, 약속도 못 지키게 됐다고 하니까 그냥……."

중언부언하는 그를 보며 승현이 작게 미소 지었다. 벽에 뒤통수를 기대고 그를 응시하는 시선은 이제 나른하게까지 보였다.

"당황하는 거 보니까, 진심인가 보네요. 형."

생각해 보면 정인이 그에게 미안할 일은 없었다. 오히려 그 반대였으면 모를까. 그런데 왜, 저절로 그 말이 흘러나왔을까. 왜, 그 순간 그에게 그냥 사과하고 싶었을까. 앞으로 일어날 일에 대한 죄의식 같은 것일까.

"형은 솔직할 때 당황해요. 거짓말할 때는 입에 침도 안 바르고 잘하면서."

정인은 말없이 눈만 깜빡였다. 승현이 입술을 조금 더 위로 끌어올렸다.

"그게 되게 귀여워요."

커다란 눈이 깜빡거리는 속도가 빨라졌다. 정인은 귀를 의심하고 싶었지만 그의 청력은 지극히 정상이었다. 지금 조승현은 그에게 귀엽다고 말한 것이다. 21살, 키 178의 성인 남자에게 할 말은 아니었다. 예쁘다는 말과는 또 다르게 충격적이었다.

"흠."

정인은 헛기침을 하며 목을 가다듬었다.

"형이 만약 진짜 나한테 미안한 거면, 앞으로 안 미안할 짓을 하면 돼요. 간단해."

또 시작이었다. 알아듣지 못할 말을 내뱉는 그의 앞에서 정인은 손에 땀을 쥐었다.

"……나한테 잘하면 되는 거예요. 어려운 거 아니야. 아, 형한테는 어려울지도 모르겠네요. 초등학생한테 미적분 가르치는 거랑 비슷하려나."

정인이 인상을 썼다. 그는 수학이라면 질색이었다. 일부러 알고서 비웃기 위해 말을 꺼낸 것일까. 혼란스러운 그의 눈동자를 직시하며 승현이 다시 중얼거렸다.

"내가 진짜 미쳐 가지고."

"……."

"형같이 못된 사람을 말이에요."

정인은 그의 시선이 부담스러워 고개를 돌렸다. 하필이면 이럴 때, 세탁실에는 아무도 들어올 생각을 하지 않았다.

"……잘 생각해 보면 한민우랑 김승주도 피해자라니까."

그의 나른한 목소리에 조금 즐거움이 깃들었다. 승현의 입에서 익숙한 이름이 튀어나오자 정인은 다시 고개를 돌려 시선을 마주쳤다.

"그 사람들이 형을 잘 몰랐던 거죠, 멍청하게도."

"……."

"처음부터 가질 수 없는 걸 바라니까, 거기서 실망하는 거잖아요."

무슨 말인지 알아들을 수가 없었다. 정인은 다만 눈을 깜빡였다.

"하긴, 이해 못 할 일은 아니긴 해요. 원래 인간은 욕심이 많으니까요."

승현의 고개가 슬쩍 옆으로 기울었다. 그의 기다란 눈이 더욱 가늘어져 안에 있는 동공이 꽉 차게 보였다.

"이렇게 보기 좋은 걸, 못 가지니까 얼마나 짜증났겠어요. 껍데기라도 가지고 싶은 마음 때문에 비참해지고."

"……무슨 말인지 잘 모르겠어. 난."

정인이 진심으로 중얼거리자 승현이 고개를 작게 끄덕였다. 초여름, 따가워진 햇살이 들이치는 오후의 세탁실 안은 조금 더웠다.

"응. 몰라도 돼요. 난 이미 포기했으니까."

정인의 반듯한 미간에 세로로 주름이 팼다. 승현이 커다란 손을 들어 햇살을 가리자 정인의 하얀 얼굴에 그늘이 졌다.

"……무슨 뜻이야?"

"형이 안 주면, 강제로라도 가지겠다는 뜻."

"……."

"빼앗겠다는 뜻이에요."

다정한 목소리와는 전혀 어울리지 않는 말이 흘렀다. 승현이 입을 열 때마다 공기의 진동이 가까이서 느껴졌다. 그에게 닿지도 않았지만 마치 시선과 목소리로 그에게 애무당하는 기분이다.

"매일 저녁 일곱 시마다, 형은 나를 생각하게 될 거예요. 나를 형 몸속에 짓이겨 넣고, 심장에 칼자국을 낼 거예요. 원래 아무도 못 들어가는 곳이었으니까 상관없잖아. 엉망으로 무너지고 괴로워서 미칠 것 같을 때, 그때 내가 가질 거예요."

정인이 숨을 깊게 들이쉬었다.

"형은 엉망진창이 돼도 참 예쁠 테니까."

승현이 소리 없이 웃었다. 정인은 뒤통수를 벽에 붙인 채, 움직일 수가 없었다. 햇살을 등진 승현의 얼굴을 바라볼 자신이 없어 그는 눈을 감아 버렸다. 심장이 조금 빠른 속도로 뛰는 것이 귓바퀴를 타고 전해졌다.

승현은 아무런 말도 하지 않았다. 빨래의 건조기가 삑삑 소리를 낼 때까지, 그는 그렇게 정인의 옆에서 손으로 차양을 만들어 햇빛을 가리고 앉아 있었다.

빨래 통을 들고 앞서 걷는 승현의 뒷모습을 보며, 정인은 위험하다고 생각했다. 그리고 빨리, 계획을 실행해야겠다고 다짐했다. 조승현에게 묘하게 감정을 이입하고 있는 스스로가 싫었다.

기숙사 방 앞에서 승현이 그를 보고 뒤돌아 미소 지었다.

"문, 열어 줘야죠. 형."

저렇게 따뜻하게 웃고 있지만 조승현이 어떤 표정을 지을 수 있는지 정인은 확실히 알고 있었다. 그는 나쁜 놈이고, 정인은 그에게서 탈출해야 했다. 그래. 그것만 생각하자.

* * *

토요일 밤이 지나 일요일 아침까지 정인은 줄곧 고민했다. 승현은 평소 일요일 아침에 하는 것처럼, 체육실에서 운동을 마치고 돌아왔고, 정인을 옆에 끼고 아침과 점심을 먹었다. 정인은 그가 없을 때 트렁크에 최대한 간단히 짐을 쌌고, 그가 방 안에 있을 때는 먼지 쌓인 만화책을 뒤적거렸다.

시간은 느리지만 확실히 흘렀다. 아침에 침대에서 하루를 고민하고 있었는데, 어느덧 석식 시간이었다. 점심이 아직 소화가 되지 않아 건너뛸 참이었다.

"왜요?"

"그냥 소화가 안 돼서."

승현이 그를 빤히 보다가 의자에 도로 앉았다.

"어디 안 좋아요?"

"······아니. 그런 건 아니고."

"내일 서울 가는 거, 너무 기대하면 섭섭한데요."

그가 고개를 기울이며 느리게 중얼댔다. 정인은 마른 입술을 한 번 축이고 시계를 보았다. 바늘은 여섯 시를 지나고 있었다.

"아니야. 그런 거."

"기대하는 사람치고 되게 심란한 표정이라는 생각은 했어요."

승현이 그를 뚫어져라 바라보며 다시 물었다.

"무슨 일이에요?"

지난 이틀 동안, 승현은 정인에게 손 하나 까딱하지 않았다. 이제는 익숙해지다시피 한 입맞춤조차 없었다. 정인은 쭈뼛거리며 입을 열었다.

"······오늘 말이야."

"오늘 뭐요?"

막상 그의 서늘한 눈매를 보며 말을 하려고 하니 입이 떨어지지가 않아서, 정인은 주먹을 한 번 쥐었다 폈다. 예전에는 아무렇지도 않게 했었던 일인데 사뭇 긴장이 되었다.

"잠깐만."

정인은 결국 침대에서 일어났다. 그리고 의자에 앉아 미심쩍은 눈길로 그를 뚫어져라 바라보고 있는 승현에게로 천천히 걸음을 옮겼다. 승현은 그 자리에서 움직이지 않았다. 정인의 입술이 그에게 사뿐히 내려앉을 때까지.

춉.

정인은 승현이 앉아 있는 의자 등받이를 양손으로 붙잡고, 그에게 한 번 입술을 댔다가 떼어 냈다. 유혹을 하는데 도리어 자신이 몸이 달아오르는 것은 이런 상황이 오래간만이기 때문이다. 정인은 스스로에게 변명하며 다시 승현에게 입술을 묻었다.

딱딱하게 다물린 입술 새를 혀로 슥, 그으며 가르고 들어가자 승현의 턱이 무리 없이 열렸다. 승현은 그를 거부하지 않았다. 뜨겁고 두툼한 혀가 곧장 그를 감아 왔다. 모든 것이 예상대로였지만, 혀와 타액을 동시에 강하게 빨리자 정인의 성대에서 저도 모르게 얕은 신음이 번졌다.

정인은 고개를 비스듬히 기울이며 그를 더욱 깊숙이 받아들였다. 몸이 점점 그에게로 기울었다. 그가 정인의 등을 아예 끌어안아 버리자 정인은 저절로 다리를 벌리고 승현의 허벅지 위에 걸터앉은 자세가 되었다.

"지금 뭐 하는 건지 물어봐도 될까요?"

허스키하게 낮아진 목소리가 닿자 정인의 귓가가 달아올랐다. 성인 남자 둘이 앉으니 인체 공학적으로 설계되었다는 비싼 의자도 삐걱이는 소리를 냈다.

정인은 대답 대신 승현의 굵직한 목덜미에 입술을 박았다. 승현을 더욱 남자답게 보이게 하는 데 제 몫을 하고 있는 곳이었다. 수컷의 냄새가 풀풀 풍기는 것 같았다. 쪽, 하고 빨자 승현의 툭 불거진 목울대가 위아래로 움직였다. 승현이 턱을 위로 치켜들며 작게 신음했다.

"하아⋯⋯."

들릴 듯 말 듯 낮게 내뱉는 음성이 자극적이었다. 정인이 그의 살갗에 깊숙이 이를 박자, 정인의 등을 움켜쥔 그의 손에 더욱 힘이 들어갔다.

춥, 마치 손톱자국 같은 자그마한 입술 자국을 남기고 정인이 얼굴을 들었다. 아무리 흥분했어도 정인은 선수였다. 승현이 했듯, 뭔가에 물어뜯긴 것 같은 자국을 목에다가 남길 수는 없었다.

"이거, 무슨 뜻이냐고 묻잖아요."

승현의 가늘어진 눈매에 열기가 번졌다. 그를 흥분시키려는 목적은 애초에 달성한 것 같았다. 정인은 그를 향해 짧게 물었다.

"싫어?"

"하."

낮게 탄식하듯 웃었지만 그의 눈동자에는 열망이 그득했다. 정인은 그를 보며 긴장한 표정으로 입술을 축였다.

"오늘……."

마른침을 한 번 삼켰다. 승현은 그의 다리 위에 걸터앉은 정인의 얼굴에서 눈을 떼지 못하고 있었다. 말해야 했다. 지금이 마지막 기회였다. 조승현을 안심시킬 수 있는 마지막 기회.

"너랑 하고 싶어."

"뭘."

그가 갈라진 목소리로 짧게 물었다.

"……너랑 자고 싶다, 조승현."

승현이 한쪽 눈썹을 위로 들어 올렸다. 그는 잠시 아무 말도 하지 않았다. 그저 이글거리는 눈동자로 정인을 뚫어져라 노려보고 있을 뿐이었다. 그 안에 담겨진 것이 욕망인지 아니면 분노인지 헷갈렸다. 설마, 화가 난 걸까. 정인은 떨리는 목소리로 준비했던 말을 이었다.

"너도 내가……. 어떤 사람인지 알잖아. 나……. 네 손길에 흥분했어. 일주일 전에 저기……. 화장실에서 그랬을 때……., 확실히 알았어. 너랑 그러는 거, 싫지 않다는 거. 아니, 사실대로 말하자면 좋았다. 많이."

본래 연기는 진심이 가미되었을 때 더욱 빛을 발하는 법이었다. 정인은 자신을 빤히 바라보는 그의 눈빛에서 느껴지는 수치심을 꾹꾹 잡아 눌렀다. 양 뺨에 화끈화끈 열이 올랐다.

"승주한테 맞은 데는 다 나았고, 이제 몸도 아프지 않아서……, 아니, 사실은 아파도 괜찮으니까……, 내일 서울 가기 전에 너랑 하고 싶다고 생각했……!"

승현이 그를 들어 안은 채 자리에서 벌떡 일어나는 바람에 정인은 말을 멈추었다. 부끄러운 자세였지만 정인은 승현의 목에 양팔을 감고 간신히 버텼다. 승현의 단단한 팔뚝이 정인의 긴 허벅지를 휘감고 있었다.

"딱 한 번만 물어요. 진심이에요?"

승현이 눈으로 그를 삼킬 듯 바라보며 지독하게 가라앉은 목소리로 물었다. 정인은 짧은 순간 지금의 결정이 지옥문을 열고 들어서는 첫걸음이 될지, 아니면 지옥을 탈출하는 첫걸음이 될지 고민했다.

"……."

뜨거운 숨을 내쉬는 승현의 가슴이 거칠게 들썩이고 있었다. 그는 자신이 말한 대로 두 번 묻지 않았다. 그는 정인의 대답을 기다리고 있었다. 정인은 눈을 한 번 감았다가 떴다.

그래. 어차피 딱 한 번이야.

"진심이야."

정인이 고개를 끄덕이는 순간, 승현이 성큼성큼 움직였다. 그리고 순식간에 정인을 그의 침대 위에 눕혔다. 어제 세탁한 시트와 베개 커버에서 짙은 향이 났다.

"하아, 승현아……, 잠깐…… 흐읏!"

그가 정인의 셔츠를 찢어발기듯 끌어올리더니 상체에 키스를 퍼부었다. 뜨거운 입술이 지나간 자리마다 상흔처럼 붉은 자국이 남았다. 빗장뼈와 유두, 쇄골과 목덜미를 차례로 빨아들이며 승현이 거칠게 이를 박았다.

"흐으, 조승현, 하앗!"

"형이 먼저 원한 거잖아요. 난 거절할 생각 없어요."

"승현아, 잠깐 잠깐만……. 흐읍……!"

혀를 뒤섞어 오는 바람에 말문이 막혔다. 그의 혀를 빨아들이는 승현의 키스에 거친 욕망이 일었다.

"씻……, 씻고 싶어, 준비하고 싶어……!"

입술이 간신히 떨어졌을 때, 정인이 소리치듯 입을 열었다. 인정하고 싶지 않은데, 긴장에 온몸이 덜덜 떨렸다.

"무슨 준비. 이렇게 준비되어 있는데, 무슨 준비가 더 필요해요."

승현이 짐승 같은 눈빛으로 그를 노려보며 손으로 그의 아랫도리를 꽉 움켜쥐었다. 빳빳이 발기된 성기에 손이 닿는 순간, 프리컴이 흘러 속옷을 적셨다.

"난 이미 완벽히 준비됐어요."

찝찝한 느낌에 그를 밀어낼 새도 없이 승현이 정인의 몸 위에 올라타 험핑을 시작했다. 얇은 바짓단과 팬티는 있으나 마나였다. 꾹꾹 정인의 것을 누르며 비벼 오는 승현의 것은 그의 말대로 이미 단단히 솟아올라 준비를 끝마친 상태였다.

"난……, 난 필요……, 해……. 흐읏."

"천천히 하면 되잖아요. 뒤는 빨아서 풀어 줄게요."

정인은 시뻘게진 얼굴로 소리를 높였다.

"안 돼!"

"……지금 장난해요?"

그의 거친 숨결이 턱 끝에 닿았다.

"먼저 꼬셔 놓고 막판에 발 빼는 건 무슨 심리예요?"

성난 개처럼 자신을 노려보는 승현을 향해 정인은 가까스로 말을 이었다.

"이제 와서 내가 왜 발을 빼겠어. 나는 그냥……."

"그냥 뭐."

승현이 뜨겁게 올라오는 숨을 간신히 참으며 그의 얼굴을 꽉 잡았다. 당장이라도 그의 다리를 벌리고 싶은 욕구를 눌러 참는 게 눈으로 보였다. 정인은 쐐기를 박듯 말을 이었다.

"네가……. 넣을 거잖아. 내가 넣게 해 줄 거 아니잖아. 난 준비가 필요해."

순간, 그가 짧게 웃었다.

"나한테 할래요?"

"……."

"그러고 싶으면 그렇게 해요. 깔려 줄 테니까."

"……뭐?"

"난 형이 그냥 나한테 처박아도 상관없으니까."

왜였을까. 순간 정인은 도발하는 것 같이 낮게 웃는 그의 모습이 지독하게 섹시하게 느껴졌다.

정인은 숨을 몰아쉬었다. 어째서 여태껏 몰랐단 말인가. 조승현은 이제 봤더니 성적 매력이 뚝뚝 떨어지는 폭탄 같은 놈이었다. 하지만 그의 말대로 할 수는 없었다. 정인은 달아오른 얼굴로 서둘러 고개를 저었다.

"난 그쪽 아냐. 그래도 일단 씻고 싶어. 불쾌한 거 싫으니까."

"난 상관없다니까요."

"처음이잖아."

"······뭐요?"

승현이 인상을 찌푸렸다. 정인은 기어들어 가는 목소리로 중얼거렸다.

"······너랑 처음인데 완벽하고 싶다고. 더러워 보이는 거 싫어."

"하······, 진짜, 씨발······. 쓸데없이······."

승현이 제 머리칼을 쓸어 넘기며 욕설을 씹어뱉는 모습마저 자극이었다. 순간, 정인은 관장이고 뭐고 다 집어치우고 그를 안을까 생각하다 다시 마음을 고쳐먹었다.

"갔다 올게."

"그럼 준비가 다 됐을 때 꼬셨어야죠. 이렇게 만들어 놓고, 사람 고문하는 것도 아니고."

"······네가 갑자기 이렇게 나올 줄은······. 흐읍······."

진하게 혀를 뒤섞으며 그가 유두를 두 손가락으로 비트는 바람에 정인의 신음이 입술 사이로 사라졌다.

"빨리 다녀와요."

"······하아, 하아······."

승현이 그에게 지독히 낮은 목소리로 중얼거렸다.

"그 준비라는 거 철저히 하고 오시라고요. 밤새도록 안길 각오로."

* * *

무슨 심정으로 뒤처리를 하고 몸을 씻었는지도 잘 기억이 나지 않았다. 정인은 몸 구석구석을 샤워 볼로 문지르며 입술을 씹었다.

'그래. 어차피 한 번은 겪을 일이었잖아.'

조승현을 완전히 안심시키기 위해서 내린 계획적인 결정이었다. 승현이 그에게 손끝 하나 대지 않아 먼저 다가가 키스부터 한 것도 그 때문이었다.

그런데 아까부터 계속 흥분한 자신의 몸이 심상치 않았다. 밤새도록 섹스하겠다는 승현의 허풍에도 그의 성기는 시들기는커녕 오히려 빳빳이 고개를 쳐들고 있었다.

'진짜 대단하다, 서정인.'

자신이 승현의 몸에 흥분한다고 했던 말은 거짓이 아니었다. 정인은 누가 볼까 두려워 발기한 성기를 감추며 서둘러 탈의실에서 옷을 걸쳐 입었다. 머리끝부터 발끝까지 프랑스산 바디 젤 냄새가 풍기도록 씻고 또 씻었으니 준비는 완벽했다. 일 층 자판기에서 500미리 생수를 뽑아 거의 원샷하듯 들이켰다. 저녁을 먹고 기숙사로 돌아오는 학생들이 보였지만, 정인은 아무에게도 신경을 쓸 수가 없었다.

탕.

빈 물병을 재활용 쓰레기통에 던져 넣으며 정인은 새삼 자신이 긴장하고 있음을 느끼고 실소했다. 내일이면 그에게서 도망갈 수 있을 거라 안심하면서도, 지금은 그에게 깔릴 순간을 기대하고 있는 자신의 이중성이 새삼 대단하게 느껴졌다. 정인은 엘리베이터 대신 뚜벅뚜벅 계단을 걸어 올라갔다. 이미 몸은 달아 있었지만 섹스 전, 피부에 열을 내서 나쁠 건 없었다.

제 입으로 동정이라고 고백한, 한 번도 경험이 없는 녀석에게 이리저리 휘둘리기는 싫었다. 적지 않은 놈들을 침대에서 울리며 갈고닦은 섹스 스킬을 어디까지 보여 줘야 하는지 고민하며 작게 난 복도 창문을 지나쳤다.

일 층에서 본 벽시계는 일곱 시를 가리키고 있었다. 길게 노을이 떨어지는 모습이 보였다. 정인은 숨을 들이쉬며 전장에 나가는 장수의 심정으로 닫혀 있는 문을 열었다.

＊　＊　＊

문을 열자 창가에 등을 돌리고 서 있는 그가 제일 먼저 보였다.

"······왔어요?"

그가 고개를 돌리고 정인을 향해 미소를 지어 보였다. 손에 들고 있던 휴대폰을 툭, 하고 책상에 던지듯 내려놓는 손길이 나른했다.

"응."

당장이라도 정인을 잡아먹을 것처럼 보이던 아까와는 달리 승현은 어딘지 모르게 분위기가 이상했다. 조금 진정이 된 것처럼 보였다. 어쩌면 긴장한 나머지 화장실에서 손으로 한 번 빼 줬을지도 몰랐다. 정인은 입술을 혀로 축였다.

이럴 줄 알았으면 나도 미리 한 번 할걸.

뒤늦은 후회가 일었지만 어쩔 수 없었다.

정인은 젖은 머리를 손으로 살짝 털어 내며 냉장고 문을 열었다. 아까 생수 한 병을 다 비운 탓에 목은 마르지 않았지만, 지금의 분위기가 어색해서 견딜 수가 없었기 때문이다.

"저도 좀 주세요."

물을 꺼내는 그에게 승현이 명령했고, 정인은 승현을 향해 걸어간 후, 뚜껑이 열린 생수통을 내밀었다.

"여기."

손이 가늘게 떨렸다. 승현이 그를 보며 고개를 저었다. 느릿한 목소리가 단정한 입술 사이로 흘렀다.

"입으로."

얼굴이 다시 화끈 달아올랐다. 타는 듯한 노을을 정면으로 받아 정인의 하얀 얼굴이 주홍빛으로 물들었다. 그는 조심스레 입에 물을 머금고 승현에게 다가갔다. 천천히 입술을 부딪치자 조금 미지근해진 물이 입에서 입을 타고 전해졌다.

주륵.

조금 벌어진 틈새로 물이 흘러내렸다. 꿀꺽 삼킨 승현이 입맛을 다시며 그의 입술을 빨았다. 야했다.

"더 줘요."

정인은 다시 물을 머금었다. 이번에는 각도를 맞추어 잘 전해 주려고 했지만, 승현이 입술을 벌려 혀를 뒤섞는 바람에 이번에도 뚝뚝 물이 턱을 타고 흘러내렸다. 샤워 후 곱게 갈아입은 새 티셔츠가 젖어 들었다.

"……다 흘리잖아……."

승현이 그의 팔목을 잡더니 생수통에 남아 있는 물을 한 번에 비웠다. 빈 물병을 던져 버리고 본격적으로 그의 목덜미를 잡고 키스하기 시작하자 차가워진 혀의 감촉이 입안을 휘감았다. 정인의 다리에 힘이 스륵 풀렸다.

"그래서 준비는 잘하고 왔어요?"

그가 속삭이듯 물었지만 대답을 할 수가 없었다. 승현이 연신 입술을 쪼아 대듯 잘게 키스하고 있었기 때문이다.

"어, 어……."

"딱 한 번만 더 물어볼게요. 확인차."

"……뭘?"

"형, 진짜 나랑 하고 싶어요?"

진심이다. 계획이고 뭐고 집어치우고라도 그의 몸은 지금 승현을 원하고 있었다. 조승현이 자신에게 선사할 자극을 기대하고 있었다.

정인은 느리게 고개를 끄덕였다. 그의 눈을 바라보는 자신의 눈동자는 분명 욕망의 빛을 반사하고 있을 것이다.

"하자. 승현아."

하루 종일 맑았던 하늘에 어느새 시꺼먼 먹구름이 몰려오고 있었다. 승현은 팔을 교차해 입고 있던 셔츠를 벗었다. 정인의 젖은 티셔츠 역시 그의 손길에 바닥으로 떨어졌다. 정인은 승현의 인도에 따라 침대에 누웠고, 곧 승현이 정인에게 체중을 실어 왔다. 맨살이 부딪치며 달아오른 피부의 열기가 그대로 전해졌다.

승현의 몸은 정인보다 훨씬 뜨거웠다. 그의 커다란 손이 정인의 하얀 상체를 쓸어내렸다. 손가락 끝에 약간의 떨림이 느껴졌다.

"추워요?"

떨고 있는 것은 승현이 아니라 자신이었던 모양이었다. 승현이 속삭이며 그의 귓가에 입김을 불었다.

"아니……."

정인은 그의 손길에 피부가 오소소 돋아나는 느낌을 만끽하며 고개를 틀어 그의 입술을 찾았다. 혀를 내밀자 그가 입을 벌린 채 혀만 부딪혀 왔다. 얇은 바지 아래 발기한 서로의 성기가 딱딱하게 닿아 비벼졌다. 타액이 얇은 실처럼 길게 늘어나 공중에서 떨어졌다.

"지금 표정, 너무 야해요."

그가 눈을 가늘게 뜨며 정인을 바라보았다. 그리고 정인이 뭐라고 말을 내뱉기도 전에 입술을 덮쳤다. 혀와 입천장, 치열을 샅샅이 훑어 내리는 그의 키스는 언제나 숨이 막힐 정도로 자극적이었다.

"흐음……!"

정인은 숨을 쉬기 위해 입을 벌리다 허스키한 신음을 터뜨리고야 말았다. 정인의 돌기를 스치듯 자극하던 승현의 두 손이 본격적으로 솟은 유두를 꼬집듯 굴리기 시작했다.

"아, 승…… 흣……!"

정인이 승현의 등에 손을 올렸다. 쭉 뻗은 등골을 훑으며 군더더기 하나 없는 그의 맨살을 손가락으로 훑으며 내려가자, 이번에는 승현이 신음했다. 그가 하체를 붙인 채 엉덩이를 느리게 돌리자 마주 붙은 성기가 그의 것에 꽉 눌려 터질 것 같은 기분이었다. 정인은 숨 막히게 자신을 감아 오는 승현의 혀를 마주 빨았다. 달콤한 타액을 제 것처럼 삼켰다.

"하아……."

붉어진 승현의 입술이 그의 목덜미에 떨어졌다. 쭈욱, 이를 세우고 빨아들이는 압력에 아아, 하는 신음이 절로 터졌다. 물어뜯는 세기로 보나 빠는 힘으로 보나 분명히 내일이면 울긋불긋한 자국이 남을 것이다. 평소 같았으면 기겁을 했을 정인이었지만 지금은 그럴 여유가 없었다. 빨리고 씹힐 때마다 드로어즈에 갇힌 페니스의 선단에서 맑은 프리컴이 줄줄 새어 나왔다.

"승현아, 훗!"

그는 빠르게 움직이지 않았다. 대신 느리고도 분명하게 움직였다. 정인의 하얀 상체 여기저기에 뜨겁고 진득한 자국을 남기고 아래로 내려가 배꼽을 혀로 느리게 핥았다. 이렇게 몸을 샅샅이 핥을 줄 알고 있었지만 막상 당하니 단전에 힘이 저절로 모였다. 정인의 손에서 시트가 땀에 젖어 구겨졌다.

"엉덩이 들어요."

승현이 속삭였다. 하체를 들어 올리자 승현이 그의 면바지와 속옷을 한 번에 무릎 아래로 벗겨 냈다. 헐렁한 바지가 속옷과 함께 뭉쳐져 바닥에 떨어졌다. 승현은 나체가 되어 숨을 헐떡이고 있는 정인을 잠시 홀린 눈으로 바라보다 이윽고 그의 아랫배에 얼굴을 묻었다. 음모에 코를 박고 키스하자 발기한 성기가 승현의 턱 아래에서 꺼떡거렸다.

"흐웃!"

뜨거운 열기가 하체에 번졌다. 정인이 허리를 치켜들자 얼굴을 비비던 승현이 고개를 들었다.

"빨아 줄까요?"

"응. 웅!"

바짝 들린 정인의 성기가 드디어 승현의 입속으로 자취를 감추었다. 그의 애무는 여전히 깊었고, 온몸이 늪 속으로 빨려 들어가는 것처럼 짜릿했다. 눈앞이 캄캄해졌다가 하얗게 밝아졌다. 정인은 바짝 마른 입술로 신음했고, 승현은 기둥뿌리까지 쭉 내려갔다가 선단까지 빨아올리기를 반복하고 있었다.

"하아…… 조승현, 하아, 아아……!"

승현의 손이 기둥 아래 처진 몰랑한 살을 만지자 정인의 발가락이 꿈틀거렸다. 정인은 입술을 깨물며 신음을 참았다.

"흐윽……!"

승현이 선단 위, 희미한 포경의 흔적을 혀로 쿡쿡 찌르며 얕게 자극했다. 동시에 타액과 프리컴이 뚝뚝 떨어져 미끄러운 살 기둥을 손으로 쥐어짜듯 압박하며 훑었다. 고환을 주무르는 또 다른 손은 다정하고 성기를 빨아들이는 입속은 뜨거웠다. 한계다.

"승현아, 빼……, 빼……!"

해일이 밀려들 듯 차오르는 사정감은 더 이상 참을 수가 없었다. 그의 입안에 쏟아 낼 것 같아 허리를 뒤로 당겨 보았지만 승현이 물러날 리 없었다. 기둥을 잡았던 손을 거두고 부푼 성기를 완전히 입안에 감춘 채, 집어삼켜 버렸다. 정인은 승현의 어깨를 꽉 잡으며 크게 신음하며 몸을 떨었다.

"흐으윽!"

쥐어짜이면서도 끝까지 빨리는 느낌에 오금에 힘이 풀릴 정도였다. 고통과 카타르시스가 함께 찾아와 정인을 강하게 덮쳤다. 세웠던 무릎이 툭 매트리스 위에 힘없이 떨어지자 승현이 그제야 물고 있던 성기를 놓아주었다.

주르륵.

대칭이 완벽한 입술에서 정인이 분출한 흔적이 승현의 타액과 뒤섞여 흘러내렸다. 정인에게는 끔찍하게 더러우면서도 동시에 퇴폐적인 장면이었다. 입안에 머금고 있던 걸 손바닥 안에 뱉어 낸 승현이 젖은 손으로 그의 사타구니를 다시 찾아 더듬었다.

"흐읏!"

미끄럽고 미지근한 것으로 뒤가 축축하게 젖었다. 정인이 뭐라고 할 새도 없었다. 승현은 힘없이 늘어진 그의 양 허벅지를 꽉 말아 쥐고는 자신이 적셔 놓은 정인의 뒤에 얼굴을 박았다.

"하지 마, 하지…… 하으읏!"

입술과 혀의 느낌이 미치도록 생생했다. 승현은 늘 그렇듯 거침이 없었다. 그가 만약, 정인의 항문을 핥으며 조금이라도 주저하는 모습을 보였더라면, 정인은 그를 밀어낼 수 있었을지도 몰랐다. 그러나 손가락을 꾹 눌러 밀고 들어와 구멍을 늘리고, 그 안에 혀를 집어넣어 쑤시는 일련의 행동에는 한 치의 망설임도 없었다.

춥. 춥. 그의 입술이 연한 살을 빨아들이며 마찰하자 민망하리만큼 생생한 소음이 들려오기 시작했다. 정액과 타액으로 찔꺽거리는 손가락이 내벽을 꾹꾹 누르고 입술과 혀로는 주름을 세듯이 핥으며 그 안까지 깊숙이 찔러 들어왔다. 이렇게 깊은 애무는 받아 본 적도 없었다. 한차례 쏟아 내고 늘어졌던 정인의 성기에 다시 피가 몰리기 시작한 것은 당연한 반응이었다. 승현이 얼굴을 더욱 안쪽으로 처박았다. 높은 콧날이 엉덩이 사이에 짓눌렸다.

"하아, 하아……!"

완벽히 풀어진 정인의 뒤는 움씰거리며 더 큰 자극을 원하고 있었다. 승현이 입술을 떼고 중얼거렸다.

"어떻게 여기도 이렇게 예뻐요, 씨발……."

이미 머릿속이 하얘진 정인에게는 잘 들리지 않는 목소리였다. 승현의 손가락이 깊게 들어오는가 싶더니 이전에 한 번 확인한 위치를 정확히 눌러 짚었다.

"하웃!"

정인의 성기는 이제 완벽히 다시 일어나 있었다. 그는 신음하며 승현의 어깨에 걸린 두 다리를 벌벌 떨었다. 정인은 완전히 조승현의 페이스에 밀리고 있었다. 이대로라면 삽입도 하기 전에 다시 사정할지도 몰랐다.

"스, 승현아……."

그가 풀어진 구멍 안으로 손가락을 하나 더 밀어 넣었다. 정인의 성기가 애처롭게 꺼떡거리며 선단을 적시기 시작했다.

"승현아, 제발……!"

승현이 그제야 손을 빼고 얼굴을 들었다. 흠뻑 젖은 얼굴이 그에게 속삭였다.

"안쪽까지 모조리 적셨어요. 그러니까 아프다는 소리 집어치워요."

그의 얼굴은 지금까지 본 것 중 가장 위험하게 보였다. 승현의 옷이 차곡차곡 침대 아래로 날아갔다. 완벽하게 나체가 된 그를 바라보자 지독한 욕구가 정인의 몸을 감쌌다. 흠 잡을 곳이라고는 없는 남성적인 피사체가 바로 눈앞에서, 짐승의 눈을 하고 정인을 내려다보고 있었다. 정인은 벌떡 일어선 자신의 물건을 손으로 훑어 내리는 승현을 보며 삽입 직전의 기대와 흥분에 몸을 떨었다.

"다리 벌려요"

관절이 삐걱대는 오래된 인형처럼 정인이 떨리는 무릎을 간신히 세워 다리를 벌렸다. 승현이 목이 타는 사람처럼 혀로 제 입술을 한

번 쓸었다.

"……넣을게요."

달아오른 그의 눈빛과 찡그린 눈썹에서 숨길 수 없는 욕망이 뚝뚝 떨어졌다. 손가락과는 비교할 수 없는 두툼한 것이 뒤에 닿는다고 느낀 순간이었다. 좁은 구멍이 밀리고, 눌리더니 주름이 삽시간에 크게 벌어졌다.

"흣!"

승현이 거친 숨을 토해 내더니 쿡, 하고 허리를 세게 밀어붙였다.

"아, 아아……, 흐으윽!"

단번에 밀고 들어온 그의 부피감에 정인은 저도 모르게 큰 소리로 비명 같은 신음을 질렀다. 아무리 젖고 풀어져 있었어도 한계까지 늘어난 구멍에 느껴지는 압박감은 대단했다. 승현이 신음하는 정인의 입술을 덮었다.

"흐음! 흐으음!"

다 들어왔다고 생각했지만 끝이 아니었다. 가장 두꺼운 귀두가 통과하고, 육안으로 봤던 것보다 더 굵고 길게 느껴지는 승현의 성기가 끝을 모르고 깊숙이 그에게 박혔다. 헉, 하고 숨이 터져 나올 지경이었다.

승현의 물건 크기와 두께가 주는 질량감 따위에 놀랄 여유도 없었다. 정인에게 몸을 겹친 승현이 정인의 손에 깍지를 끼더니 위로 올려 잡았다.

마치 만세하듯 붙들려 버린 손의 의미를 깨달은 것은 그 직후였다.

"흐윽!"

철퍽.

그의 허리가 뒤로 빠졌다 세게 내려앉는 순간, 엉망으로 살이 부딪치는 소리가 났다. 정인이 저도 모르게 승현의 입술을 콱 깨물었지만 그는 꿈쩍도 하지 않았다. 엄청난 충격에 놀라서 눈을 번쩍 뜬 순간 다시 퍽, 하고 박혔다. 정인은 작살에 한 번에 꿰뚫린 커다란 물고기처럼 퍼덕였다.

"흐으……, 흐윽!"

커다란 성기가 빠져나갈 때마다 정인의 속살이 따라붙었다. 선단 끝에 턱, 하고 걸리나 싶더니 다시 기둥뿌리까지 치고 들어와 내벽을 짓이겼다. 숨을 쉴 수가 없었다.

"조, 승혀…… 으흣!"

승현의 눈매는 더욱 길게 가늘어져 있었지만, 그 안에 번뜩이는 이채로운 빛은 알아채지 못할 수가 없었다. 그는 완전히 정신이 나가 있었다. 정인은 그런 그를 보며 순수한 두려움을 느꼈고, 그 순간 몸이 함께 반응하며 경직했다. 그에게서 빠져나오려 했지만 손은 콱 잡히고 몸은 눌려 있어 어디로도 갈 수가 없었다.

철퍽. 철퍽.

"흐읏!"

내벽을 강하게 들쑤시는 그의 움직임에 정인이 몸을 떨었다. 아득한 두려움에 사로잡히려다가 다시 쾌락의 바닥으로 내던져져 뒹구는 느낌이었다. 핏방울이 배어나는 입술이 정인에게 얕은 키스를 퍼부었다.

"가만히……."

입술을 부비며 다정하게 속삭이는 말투와는 달리 승현의 하체는 정인을 엉망으로 퍽퍽 치대며 완벽하게 따로 분리된 듯 움직이고 있었다. 깍지 낀 손에 끈적한 식은땀이 잡혔다. 정인은 짧게 잘린 손톱을 승현의 손등에 세워 보았지만, 그는 아랑곳도 하지 않았다.

"가만히 있어……."

"그, 그만……. 승현아, 그만……. 훗!"

그의 섹스는 강약이란 게 없었다. 처음부터 몰아치듯 정인을 육중하게 박아 대고 있었다. 그가 허리를 들어 올렸다 세게 내려치며 내벽을 쑤시자 정인이 악 소리를 내며 파득거렸다.

"하, 여기?"

홀린 듯 정인을 바라보며 허릿짓을 이어 가던 승현의 눈이 기이하게 빛났다. 방금 확실히 반응한 쪽을 공격적으로 박아 대자 정인의 눈가가 벌겋게 달아올랐다.

"여기구나……, 여기야, 그렇지?"

"하웃! 하아앗!"

승현의 움직임에 더욱 탄력이 붙었다. 고통스러울 정도의 쾌락에 아랫배 위에서 수평으로 승현의 몸에 짓눌려지는 정인의 성기가 타액을 질질 흘리며 울부짖었다. 손을 뻗어 함께 자극하고 싶었다. 당장이라도 뿜어내고 싶어 미칠 것 같은데 손이 붙잡혀 있어서 그럴 수가 없었다. 온몸을 꽉꽉 들이채우는 그의 움직임에 정인은 정신을 잃을 것만 같았다.

"하아, 승현아, 승현아 너무 세……, 으윽!"

"참아 봐요."

승현이 더욱 깊게 그를 쑤셨다. 내일이면 지독한 요통에 시달릴 게 틀림없었다. 정인의 눈가에서 땀방울이 주룩 흘러내리자 승현이 길게 혀를 내밀어 그의 얼굴을 핥았다.

"예쁘다, 서정인. 울어 봐요. 더 예쁘게."

손이라도 움직이고 싶었다. 당장이라도 욕망을 터뜨리고 싶었다. 정인은 거의 울먹이듯 그를 향해 속삭였다.

"승현아, 그럼 손……. 손 좀……."

"싸고 싶어요?"

"흐윽. 응. 으응!"

정인은 고개를 세차게 끄덕였다. 승현이 그런 그를 보며 사랑스럽다는 듯 눈가에 입을 맞추었다. 뜨끈한 입술마저 자극이었다. 승현은 손을 놔주는 대신 더욱 꽉 붙들었다.

"흐윽! 흐으윽!"

땀에 젖은 몸이 엉망으로 부딪쳤다. 머릿속이 새하얗게 변하고 허공에 들린 다리는 속절없이 흔들리다 승현의 허리를 휘어 감았다. 아랫배에서 욕망이 부글부글 끓었다.

"나도 갈 것 같아. 같이해요."

광인의 눈빛을 한 승현은 탐욕에 헐떡이며 그를 밀어붙였다. 정신을 잃을 것만 같았다. 정인은 몸부림치며 이를 악물었다. 쾌락의 파도가 그를 집어삼킬 듯 커다랗게 몸 전체를 덮어 오고 있었다. 간다. 또 다시.

"흐으윽!"

승현의 딱딱한 상체에 짓눌리던 정인의 성기에서 다시 한번 욕망이 분출했다. 배 아래에서 뜨끈히 퍼지는 흔적을 느끼며 승현이 그의 손을 꽉 잡은 후, 몸을 크게 떨었다.

"하아……."

무언가가 주르륵 내벽을 적실 때쯤에야 정인은 콘돔을 쓰는 것을

잊었다는 생각이 들었다. 아무렴 어떠랴. 이제 드디어 끝이다. 정인
은 두 번이나 연달아 사정한 후, 승현의 손에 힘이 풀리는 것을 느끼
며 정신을 놓아 버리기 직전이었다. 안을 꽉 채운 그의 성기가 새삼
버거웠다. 몸을 천천히 뒤로 빼며 움직이자 승현이 드디어 손을 놓아
주었다.

"괜찮았어요? 나."

"……어. 뭐."

할 말이 없어 정인은 나른한 얼굴로 입술을 축였다. 힘이 빠져 대
꾸하기가 힘들기도 했다. 승현이 커다란 손으로 상기된 그의 뺨을
슥, 쓸었다. 두 번째 손가락에 눈물이 묻어났다. 어이없게도 섹스하
는 도중에 눈물이 흘러 버린 모양이었다.

"두 번째는 좀 더 나을 거예요."

조승현이 낮은 목소리로 속삭였다. 정인은 이번이 그의 처음이자
마지막 섹스라는 것도 모르고 지껄이고 있는 그의 모습에 어이없게
도 조금 죄책감이 들었다.

"그래. 근데 조승현, 이제 좀 빼고 이야기해도 될 것 같은데."

"쳇."

갑자기 예감이 불안했다. 승현이 뾰족한 콧날을 그에게 슥, 부딪히
며 웃었다.

"이제 본격적으로 한번, 해 볼까요?"

정인이 그 말의 뜻을 알게 된 것은 바로 직후였다. 승현의 성기가
바깥으로 나갔다가 다시 꾹 눌러 들어오자 주르륵 정액이 허벅지 사
이로 흘렀다. 승현은 마치 짐승처럼 싸면서도 움직이고 있었다. 사정
후에도 부피를 줄일 줄 모르는 페니스가 다시금 그의 안을 느리게 비

집었다. 정인의 얼굴이 하얗게 질렸다.

"조승현, 안 돼."

"뭐가."

"이제 그만, 흐읏!"

"다리 이렇게 꺾고 위에서 누르면 더 좋을 것 같은데."

자신의 말을 시범이라도 보이듯 승현이 정인의 양다리를 어깨에 걸치고, 허리를 반으로 접어 버릴 듯 꺾은 후 위에서 내려찍기 시작했다.

"하아앗!"

전립선이 정확하게 압박되는 위치였다. 정인이 고개를 저으며 신음했다. 어쩔 수 없이 반응하는 신체를 보며 승현이 땀을 흘리며 웃었다.

"맞나 보네."

쿡, 쿡, 찔러 오는 자극이 너무 짜릿했다. 몸부림치는 정인의 다리가 그의 손에 잡혔다. 아니, 정확히 말하면 정인의 발이.

"미, 미쳤……, 아홋……!"

승현의 혀가 정인의 발가락을 빨았을 때, 정인이 허리가 부르르 떨렸다. 등줄기에 쾌락이 내달렸다. 보드라운 것이 한 번도 남의 손길이 닿지 않은 예상치 못한 곳을 애무하고 있었다. 그는 거침없이 발가락 사이를 혀로 훑으며 빨아 댔다.

"하지 마, 조승현, 하지, 아아……!"

"난 하고 싶어요."

철저히 준비하면서 이런 것까지는 예상하지 못했다. 그의 얼굴을 발로 차고 싶었지만 거짓말처럼 몸에 힘은 완전히 풀린 상태였다. 마치 묶어 놓고 간질이는 느낌이었다. 그 와중에 묵직하게 두드려 대는 그의 성기 덕분에 정인의 성기 역시 완벽하게 반응하고야 말았다. 욕망의 흔적이 남아 있는 끈적한 성기에서 흐릿한 액체가 다시 흘러나오기 시작했다.

"알아요? 형은 진짜 파악하기가 어려웠던 거. 이제 좀 알 것 같긴 해요. 형이 뭐에 흥분하는지. 어떤 것에 약한지. 뭘 거부할 수 없는지 같은 것."

승현이 흠뻑 젖은 발가락을 놔주고, 발등에 키스하며 중얼댔다.

"예쁘고 깨끗한 서정인은 자신이 엉망진창이 됐을 때, 가장 흥분해요."

"하아, 하아!"

그의 목소리가 아득했다. 엉망으로 흔들리는 하체만이 온몸으로 아드레날린을 뿜어 대는 느낌이었다. 오버도즈(Overdose). 딱 그 느낌이었다. 이러다 죽겠구나 싶었다.

퍽. 퍽.

아랫도리가 정인의 작고 탄탄한 엉덩이를 내려치듯 거칠게 마찰했다.

"윽! 으으윽!"

정확하게 방향을 알고 아래로 내려찍자 전기에 감전당한 물고기처럼 정인의 몸이 아래에서 퍼득거렸다. 더 이상은 무리였다. 아니, 훨씬 이전부터 그의 몸은 한계였다.

"승현아, 안 돼……, 조승현, 흑윽!"

더 이상 나올 것도 없는 페니스에서 색이 옅은 정액이 질질 흘러나왔다. 앉은 채로 미친 듯이 박아 대다가 몸을 뒤집어 정인을 위에 올리고 아래에서 위로 올려 박았다. 꺼떡이는 페니스를 쥐어짜듯 자극하며 전립선을 찌르자 정인은 이를 악물며 몸을 부르르 떨 수밖에 없었다.

"흑! 흐윽, 승현아 그만……, 이제 그만!"

애처롭게 울부짖는 그를 안타깝게 여긴 것인지 승현이 드디어 성기를 잡아 뽑았다.

"하아……."

"이리 와 봐요."

그가 정인을 끌어안는다 싶었다. 힘없는 정인의 몸이 휙, 뒤로 돌아간 것은 순식간이었다.

젠장. 조승현은 그를 뒤에서 박을 작정이었다. 정인은 무릎을 세우지 않았다. 지금 여기서 승현에게 후배위로 박히면 정말로 죽을지도 몰랐다. 시트만 움켜쥐고 엎어져 있는 그의 뒤에서 조승현이 체중을 실었다.

"자세가 힘들었죠?"

귓가에 속삭이며 승현이 깨끗한 목덜미에 입을 맞추었다. 딱 붙은 그의 몸에서 뜨끈한 열기가 일었다. 정인은 뭐라고 대답도 못 하고 끙끙 앓았다.

"그럼 이제 가만히 있어요. 내가 알아서 다 할게."

"조승현, 이제 그만……."

"쉬잇……."

뒤에서 정인을 짓누른 채 그의 물건이 다시 엉덩이 골을 짓이기듯 쑤시고 들어왔다. 미끄덩한 성기가 다시 자리를 잡은 건 순식간이었다. 끝까지 뚫고 들어온 후, 승현이 깊은 한숨을 한 번 내쉬는가 싶었다.

"아아!"

다시 시작된 하체의 움직임은 이제와는 비교할 수 없이 격렬했다.

퍽. 퍽.

개처럼 굴복시키는 자세는 아니었다. 그는 말 안 듣는 아이를 달래듯 정인의 뒤에 딱 달라붙어 귓가를 잘근거리며 아래를 쳐 대고 있었다.

"쉬잇……, 힘 빼요……."

그가 빠져나가는 틈을 타서 정인이 엉덩이를 조이자 그가 용서하지 못하겠다는 듯 퍽, 하고 쑤시고 들어왔다. 펄펄 끓는 그의 체온이 등을 타고 고스란히 전달되었다. 지금에 와서는 피부가 벗겨질 때까지 샤워를 할 필요가 없었다는 생각이 들었다. 정인의 몸은 뿌려진 승현의 정액과 땀으로 이미 범벅이었다.

철퍽거리는 아래는 말할 것도 없었다. 그에게 끊임없이 박히면서도 아스러져 가는 정신을 놓을 수 없었던 것은 그가, 아니 정확히 말하면 그의 몸이 선사하고 있는 지옥과도 같은 쾌락이었다. 허리는 끊어질 것 같고 목은 타듯이 말랐지만 몸속에서는 불꽃이 튀었다. 그 느낌이 너무 뜨거워서 델 것 같았다.

죽을 것 같아.

생각만 하려 했는데 입으로 내뱉은 모양이었다. 시트를 그러쥐고 헉헉거리는 정인의 귓가에 승현이 뜨겁게 속삭였다.

"시험해 볼까요?"

그의 입술이 목덜미에 낙인을 찍듯 내려앉았다. 시트에 엉망으로 비벼지는 페니스에서 정체 모를 액체가 줄줄 새어 나오고 있었다.

"한번 죽을 때까지 섹스해 볼까요? 난 준비됐는데."

그의 목소리는 괴로움과 즐거움이 뒤섞여 회한하게 들렸다. 주변은 어느새 깜깜했다. 몇 신지 가늠할 수도 없었다. 자그마한 기숙사 방은 비릿한 정사의 흔적으로 꽉 채워진 채였다. 정인의 눈에서 눈물이 터졌다. 성대를 비집는 신음에서 울음이 섞이자 승현의 입술이 다가왔다. 짠 눈물을 핥으며 그가 중얼거렸다.

"힘들어요?"

괴로워. 죽을 것 같아.

"난 너무 좋은데……, 어떡하지? 난 너무……. 너무 좋아서 멈출 수가 없는데……, 어떡해요?"

퍽, 하고 조승현이 다시 치고 들어왔다. 정인의 얼굴에 얕은 키스가 수없이 떨어졌다. 뜨거운 손은 깨물려 엉망이 된 상체를 몇 번이나 쓸어내렸다. 정인은 정신을 놓아 버리기로 했다. 기절을 해 본 적은 없었지만 지금이라면 그냥 정신을 놓을 수 있을 것 같았다. 눈을 감고 맥을 못 추고 흔들리는 그를 승현은 귀신처럼 알아채고 그의 허리를 번쩍 일으켰다.

"하아……!"

무릎으로 지탱하게 한 채, 그가 허리를 잡고 박아 댔다. 눈앞이 삽시간에 하얗게 명멸했다. 덜렁거리는 페니스는 정인의 의지와는 상관없이 빳빳하게 일어나 고통스러웠다. 더욱 깊게 들어오는 그의 성기 때문에 온몸에 힘이 풀렸다. 간신히 침대 기둥을 잡고 버텨야 했다. 그렇지 않으면 이대로 죽을 것만 같았다. 제발……, 제발……, 조승현…….

살려 줘.

그가 손을 뻗어 정인의 성기를 움켜쥐었다. 또 하게 할 생각이었다. 정인은 눈물에 젖은 눈으로 고개를 흔들었지만 승현은 멈추지 않았다.

"흐윽! 흐으윽!"

탕탕탕.

거친 노크 후, 잠긴 문이 덜컥거린 것은 그때였다. 정인은 아스라해지는 정신이 번쩍 들어 고개를 쳐들었다.

"열쇠로 열죠."

밖에 누군가가 있었다. 정인이 놀라 몸을 빼려고 했지만 움직일 수도 없었다.

"조, 조승현……!"

그는 엉망이 된 얼굴로 뒤를 돌았다. 어둠 속에서 승현이 그를 똑바로 바라보며 다시 한번 쿡, 허리를 찔러 넣었다.

"누가, 누가 있어!"

"……상관없어."

"흐윽!"

철컥. 철컥.

열쇠 구멍에 열쇠가 들어가는 소리가 났다. 정인은 소리를 질렀다.

"으으아아아!"

승현은 그의 성기에서 손을 떼고, 반항하는 그의 허리를 꽉 잡아 제게 붙였다. 정인은 그제야 승현이 멈출 생각이 없다는 것을 깨달았다. 아래로 쏠리는 몸의 피가 얼어붙는 것 같은 느낌이었다.

"흐윽! 흐으으윽!"

문이 활짝 열렸다. 어두웠던 공간에 빛이 쏟아져 내리듯 들어왔다.

제일 처음 보인 것은 승주의 경악한 얼굴이었다. 기숙사 사감, 그리고 푸른 제복을 입은 사람 두 명, 그들의 뒤에서 빼곡하게 안을 구경하고 있는 학생들의 얼굴이 파편처럼 눈을 찔렀다.

"……살려 줘."

정인의 입술에서 희미한 신음이 흘렀다. 머리가 박살 날 것 같았다. 아니, 그 전에 몸이 고장 날 것만 같았다.

"제발……, 살려 주세요."

그의 눈에서 뜨거운 눈물이 주르륵 흘렀다. 승현의 몸이 한 번 더 그를 치고 들어오는 순간, 침대 시트에 주륵, 묽을 대로 묽어진 정인의 체액이 흘러내렸다.

동시에 승현의 입술이 정인의 등에 닿았다.

"문 닫아."

승현이 싸늘하게 중얼거렸다.

"……방해하지 말고 꺼지라고."

문 밖을 노려보며 그의 등에 살포시 키스하면서도 승현은 결합되어 있는 성기를 빼지 않았다. 오히려 더욱 깊숙하게 정인의 안을 헤집었다. 놀라 굳어 있던 사람들 중 누군가가 소리를 쳤다.

"저 새끼 떼어 내!"

"서정인, 괜찮아?"

"조승현! 그만, 그만 못 해!"

정신을 잃어 가는 정인의 마지막 기억은 경찰복을 입은 순경들이 어쩔 줄 몰라 하며 승현을 그에게서 떼어 내는 모습. 그리고 끝까지 그를 붙잡고 허리를 털어 대던 조승현의 시꺼먼 눈이었다.

＊　　＊　　＊

"정인아, 이제 들어가야지."

어머니의 채근에 정인은 멍하니 생각에 빠져 있던 고개를 들었다. 출국 심사대의 줄은 얼핏 봐도 바깥에까지 이어질 정도로 길었다.

"큰 짐은 미리 부쳤으니까 곧 도착할 거야."

여권 사이에 꽂힌 비행기 티켓을 보며 정인이 자리에서 천천히 일어났다. 떠나는 그를 배웅 나온 것은 어머니뿐이었다. 아버지와 형은 그 일 이후, 그를 더러운 무언가를 보듯 바라보았다. 분노와 안타까움이 뒤섞인 시선이었지만 경멸이 더욱 큰 자리를 차지하고 있었다.

"잊어버려. 공기 좋은 곳에서 충분히 쉬다가 와. 하고 싶은 공부 하고. 여긴 신경 쓰지 말고."

깨끗한 옷의 먼지를 털어 주는 어머니마저도 그의 눈을 똑바로 바라보지 못했다.

"들어갈게요."

정인은 짧은 인사를 남기고 간단한 옷가지 외에는 아무것도 들어 있지 않은 기내용 캐리어를 끌었다. 출국장은 두꺼워진 옷차림의 사람들로 북적거렸다. 겨울이 그제야 실감이 났다.

7월의 하순. 그 일이 있은 지 5개월이 지났다.

조승현은 폭우가 내리던 여름날, 검찰에 기소되었다.

죄목은 살인 미수와 동성 성폭행. 국선 변호사는 전도유망한 스무 살 청년의 미래를 참작해 달라며 선처를 호소했지만 받아들여지지 않았다.

한민우를 하천에서 떠민 그를 목격했다고 증언한 것은 그와 한 시설에서 자란 남자였다. 갑작스런 그의 신고로 경찰은 기숙사에 출동했다. 그리고 그들이 목격한 것은 엉망이 된 정인을 붙잡고 미친 사람처럼 관계하던 조승현이었다.

승현은 검찰이 기소한 그의 혐의를 모두 인정했다. 정인은 한민우가 하천에 떨어졌던 날, 그의 알리바이에 관해 입을 굳게 다물었다.

수능 한 달 전.

정인은 입시를 포기하고 외국으로 가는 비행기에 올랐다.

승현이 항소를 포기하고 징역 9년을 최종 선고받은 날이었다.

*　*　*

「어, 뭐야 이거? 정인?」

「아, 그냥……. 그냥 써 본 거예요.」

「내 이름 그렇게 안 쓰는데.」

「그럼…….」

「나 바를 정(正)에 참을 인(忍)자 써. 대박이지? 작명소 갔는데 남자 사주에 도화살이 너무 껴서 이름으로 눌러 줘야 한다고 했대. 말이 돼? 그래서 난 내 이름 진짜 싫어.」

「…….」

「내 이름 바를 정(正)에 사람 인(人)아니냐고 물어본 애는 있었어도 그렇게 쓴 애는 없었어.」

「…….」

「정인(情人). 이렇게 쓰니까 왠지 느낌 있는데?」

「……형이랑은 이쪽이 더 어울린다고 생각해서요.」

승현의 얼굴은 노을빛이 비쳐 조금 붉은색이었다.

Stockholm Syndrome

2부

10. 감옥

"생맥주 한 잔 더요."

장마가 끝난 후, 도시에 밀어닥친 것은 후덥지근한 폭염이었다. 여름 최고 기온을 경신한 날이 작년 대비 15일이나 빨라졌다고 뉴스에서 떠들어 대지 않아도 몸으로 알 수 있었다. 오후 여섯 시를 넘긴 초저녁 도로의 공기는 아직도 식지 않는 아스팔트 열기를 품고 있었다.

딸랑.

대로변에서 골목을 두 개 꺾어 들어가면 바에 스툴 다섯 개, 테이블 두 개를 놓고 장사하는 허름한 선술집이 있다. 많지 않은 좌석과 재료가 떨어지면 이내 문을 닫아 버리는 들쑥날쑥한 영업시간 탓에 퇴근길 혼자 조용히 한 잔 마시고 들어가는 고객이 대부분이었다.

닫혀 있던 문이 열리자 딸랑, 하는 종소리와 함께 뜨끈한 바람이 이내 실내를 비집고 들어왔다. 차가운 물방울이 떨어지는 맥주잔을 들이켜는 정인의 옆에 승주가 자리하며 앓는 소리로 인사를 대신했다.

"인간적으로 너무 더운 거 아냐?"

"그러게."

맥주를 주문하는 그에게 눈길을 한 번 던지고 정인이 건조하게 답했다. 마지막으로 그를 봤던 때가 지난 겨울이었으니 6개월 만이었다. 그는 광고 회사의 잘나가는 카피라이터임을 증명하듯 볼 때마다 신수가 훤해졌다.

"여기 생맥 그거밖에 없어요? 아, 그럼 전 그냥 병맥주로 주세요. 있는 거 아무거나요."

올여름 내내 주류 회사에서 주최하는 야외 페스티벌 마케팅에 시달렸다며 승주가 전화로 불평하던 일이 떠올랐다. 너무 많이 봐서 이름만 들어도 질린다며 앓는 소리를 했었는데, 이곳에서 파는 저렴한 생맥주가 바로 그 브랜드였던 모양이다.

"저녁은 먹었어? 이 근처에 내가 아는 데 있는데. 한 잔만 마시고 일어나자."

"별로 밥 생각 없어."

정인이 기본 안주로 나온 양배추를 아삭아삭 씹으며 다시 맥주를 삼켰다. 승주는 순순히 고개를 끄덕이며 소매를 걷어 올렸다.

"그래, 그럼 여기서 밥도 같이 해결하지 뭐. 안주 먹을 만한 게 뭐가 있으려나……."

오랜만에 만났지만 늘 그렇듯, 그는 정인에게 허물없이 대했다. 누렇게 코팅이 변색된 메뉴판을 들여다보며 이것저것 안주를 주문하자 아르바이트생의 표정이 한층 밝아졌다. 30분째 가장 싼 생맥주만 들이켜던 정인에게 향하던 눈길도 조금 부드러워진 것 같았다.

"일은 좀 괜찮아?"

"그럭저럭."

정인은 만나자는 승주의 제안을 항상 바쁘다는 핑계로 거절했다. 바쁘다는 말도 아주 거짓말은 아니었다. 새로 들어간 무역 회사의 말단 직원에게 맡겨지는 일들은 많지 않았지만, 주말에는 번역 일도 꾸준히 하고 있었다.

"내가 아는 형이 이번에 창업했는데, 웹디자이너 뽑는다고 하더라고. 페이는 그렇게 세지 않아도 되게 열정 있는 사람이라서 같이 일하면 재밌을 거야. 그래서 말인데……."

"나 맥주 하나 더 시켜도 되나?"

정인이 그의 말을 잘랐다. 안경알에 먼지가 쌓인 건지 눈앞이 침침했다. 정인은 안경을 벗어 셔츠 자락으로 두꺼운 안경알을 닦아 문지른 후, 다시 미간에 걸쳤다.

"여기 오백 한 잔 더 주세요."

승주가 점원을 불러 맥주 한 잔을 더 시키곤 팔짱을 꼈다.

"좋은 기회야. 오래 공부한 거 아깝잖아. 그리고 너도 그 형 직접 만나 보면 생각이 달라질 수도 있고."

"그렇게 열정이 있는 사람이 왜 나 같은 놈이랑 일을 하려고 하겠어?"

정인이 툭 내뱉는 말에 승주가 인상을 찌푸렸다.

"네가 뭐가 어때서?"

"······정말 몰라서 묻는 거야?"

점원이 맥주를 가져오는 바람에 말이 끊겼다. 좁은 술집은 사람으로 꽉 차 시끄러웠지만 둘 사이에는 어색한 침묵이 감돌았다.

"그냥 마시자. 오랜만인데."

심각해지려는 분위기를 깬 것은 정인이었다. 그는 피곤한 눈으로 잔을 들었다. 물끄러미 그를 바라보던 승주는 이내 병맥주를 조그마한 유리컵에 따라 꿀꺽꿀꺽 한 번에 비우곤 부산스럽게 이야기를 시작했다.

피자 광고 촬영 중에 연예인이 더 이상 피자를 못 먹겠다고 진상을 부려 골치가 아팠다는 것부터 시작해서 봄에 동료와 테니스를 치다가 인대가 늘어나서 한참 고생을 했다는 대소사까지, 지난 6개월간 그에게 있었던 일들을 죽 늘어놓았다.

정인은 실감 나게 이야기를 늘어놓는 그를 향해 가끔 고개를 끄덕이며 맥주잔을 비웠다. 승주는 매번 그렇듯 분위기를 띄우려 노력하고 있었고 정인은 건조하게 장단을 맞추었다.

"2차 가자, 서정인."

선술집에서 나왔을 때는 고작 아홉 시를 넘긴 시각이었다. 병맥주를 꽤나 많이 비운 승주가 정인에게 어깨동무를 걸어왔다. 정인은 반사적으로 그를 탁 쳐 냈다. 승주의 손이 얼굴을 스치는 바람에 정인의 안경이 비뚤어졌다.

"아, 미안······."

보기 좋은 그의 얼굴이 금세 당황해 구겨졌다. 정인은 안경을 고쳐 쓰며 그에게 무심히 물었다.

"담배 있어?"

"……끊은 지 반년은 넘었다."

조금 서운한 표정을 짓는 승주를 보며 정인은 그제야 지난겨울 전자 담배를 딸깍이던 그의 모습이 어렴풋이 기억났다.

"아. 그랬지. 축하한다, 금연 성공."

영혼 없이 중얼거리자 승주가 뒷주머니에서 지갑을 찾아 들었다.

"사 올게. 같은 거지?"

말릴 새도 없이 그가 선술집 옆에 있는 편의점으로 들어갔다. 정인은 숨을 길게 내뱉으며 뒷벽에 등을 기댔다. 이래서 그와 만나기가 싫었다. 김승주는 마치 자신에게 빚을 진 사람처럼 늘 비위를 맞췄다.

"여기."

그가 내미는 담배를 받아 들고 비닐 포장을 뜯어 한 개비를 입술에 물었다. 적지 않게 들이부은 맥주에 오랜만에 들어간 니코틴이 합해지니 머리가 핑 돌아 어지러웠다. 승주는 벽에 기대어 담배 연기를 뱉어 내는 정인을 조용히 쳐다보고 있었다.

"담배 끊을 생각은 없는 거야? 나도 처음엔 힘들었는데, 확실히 안 피우니까 몸이 가벼워."

승주가 조심스레 입을 뗐다.

"……"

문득 예전 기억이 났다. 승주가 아직 담배를 피우던 시절, 삼수생이었던 그들이 대책 없는 미래를 두려워하지도 않고 산속에 틀어박혀 철없이 낄낄거리던, 주말이면 읍내에 하나 있는 피시방으로 달려가 나란히 모니터 앞에 앉아 소리 질렀던 시간들.

"넌 안 지겹냐?"

"뭐가."

툭 내뱉은 그의 질문에 승주가 되물었다. 술기 어린 얼굴은 조금 붉어져 있었지만, 깔끔한 모습에서 흐트러짐은 찾을 수가 없었다.

"이렇게 내 뒤치다꺼리하는 거 말이야."

"일 년에 네 얼굴 몇 번 보기도 힘든데 뒤치다꺼리는 무슨."

승주의 주머니 안에서 휴대폰이 진동했다. 그는 휴대폰을 꺼내 상대를 확인한 후, 다시 주머니에 집어넣었다. 선술집에서도 그의 휴대전화는 끊임없이 울려 댔다.

"나보다 네가 더 바쁘잖아. 그러니까 굳이 시간 내서 몇 개월에 한 번씩 내 얼굴 확인할 의무 없다고 말하고 있는 거야."

승주의 눈동자에 스쳐 가는 한 줄기 죄책감을 보며 정인은 타들어 가는 담배의 재를 손으로 가볍게 튕겨 털어 냈다.

"내가 쓸데없는 짓 할까 봐 걱정하는 거면 그러지 않아도 된다고."

"친구 사이에 그 정도도 못 하냐?"

심각하게 그를 바라보는 승주의 눈빛이 진심이라는 것은 정인도 알았다. 도피나 다름없었던 유학 생활을 마치고 서울로 돌아온 정인에게 먼저 손을 내밀었던 것도 승주였다. 그때의 사건 이후로 정인을 알던 이들은 모두 몸을 사렸지만 승주는 서슴없이 그에게 연락을 해 왔다. 귀찮다는 표시를 해도 한동안 뜸하다가 아무 일 없다는 듯 불쑥 전화를 하는 승주를 왠지 피할 수가 없었다.

이제까지는.

"응. 그냥 하지 마라."

"서정인."

정인이 고개를 젓자 승주가 주먹을 꽉 쥐었다 놓았다. 정인은 말을 고르는 그를 보며 두 번째 담배를 꺼내 들었다.

"네가 노력한다고 해서 아무것도 안 달라져. 난 그냥 이렇게 사는 게 편해."

"누가 달라지라고 했어? 너한테 한 번도 그런 말 한 적 없잖아."

"그럼 만날 때마다 이것저것 권유하는 이유가 뭔데? 운동을 해 봐라. 여행을 가자. 시시한 일 그만두고 네 적성에 맞는 일을 찾아라. 네가 정신 병원 상담의도 아니고. 그런 거 지겹다, 이제."

밤공기에 담배 연기가 흩어졌다. 눈이 따가웠다. 여름인데 어디서 꽃가루가 날리기라도 하는 걸까. 정인은 담배를 들고 있는 손으로 근질거리는 미간을 긁었다. 뿌연 연기에 승주의 얼굴이 흐려졌다. 정인은 차분한 말투로 물었다.

"너, 나 좋아하냐?"

"서정인."

승주가 살짝 당황한 표정을 지었다. 정인은 그를 똑바로 바라보며 고개를 저었다.

"아니면, 너 설마 아직도 나랑 자고 싶냐?"

마주 보는 얼굴이 딱딱하게 굳었다.

"그래서 이런저런 핑계 대면서 나 만나려고 하는 거야? 한 번 대 달라고?"

"야, 서정인."

선을 넘었다는 사실을 알고 있었지만 정인은 멈추지 않기로 했다. 이러지 않으면, 그는 평생 서정인이 성폭행당하던 순간을 만천하에 공개했다는 죄책감을 안고 살아갈 것이 분명했다. 정인이 아는 김승주는 그러고도 남을 녀석이었다.

"나, 그때 이후로 어떤 남자를 봐도 안 서."

"안 물어봤고 궁금하지도 않으니까 그만해."

승주가 미간을 찌푸리며 입술을 씹었다.

"왜 안 궁금해? 그때…… 그 시절엔 너도 나랑 자고 싶어 한다고 생각했는데. 아니었어?"

옆에 취객이 비틀거리며 지나가다 흘끔 그들을 바라보았다. 자신이 제대로 들은 건지 헷갈린다는 듯 새끼손가락으로 귀를 후비며 지나가면서도 그들에게서 시선을 떼지 않았다. 편의점 간판 불빛에 비친 승주의 얼굴이 붉게 달아올랐다.

"이제 그만하자, 서정인."

"쪽팔리지?"

정인이 그를 보며 피식 웃었다.

"한때의 치기나 불장난이었다고 해도…… 네가 한순간이라도 남자 새끼한테 그런 감정 느꼈다는 거, 쪽팔리잖아. 까놓고 너랑 나는 아무 짓도 안 했는데도."

"……."

"근데, 승주야."

정인의 목소리는 무미건조했다.

"나는 뒤가 뚫리는 장면을 사람들 앞에서 라이브로 보여 줬어."

담담한 정인과는 반대로 승주의 얼굴이 엉망으로 일그러졌다.

"널 보면 자꾸 그때 일이 떠올라. 놀라던 네 얼굴 표정, 아직도 생생해."

"……."

"잊고 살려고 해도, 계속 떠오른다고."

"미안하다, 서정인."

정인은 이제 와서 그에게 사과 따위를 듣고 싶은 것이 아니었다. 승주는 이미 몇 번이나 술에 취해 정인에게 고개를 숙였다. 경찰이 들이닥쳤을 때, 기숙사 사감을 끌고 잠긴 방문을 열었던 데 앞장섰던 이는 바로 그였다.

"네가 사과할 일이 아니야. 알잖아."

"서정인……."

"근데 세상에는 잊을 수 있는 일이 있고, 없는 일이 있어."

차분히 이야기하는 정인과는 달리 안절부절못하는 것은 오히려 승주 쪽이었다.

"나는 아닐 거라고 생각했거든? 나는 그런 일 다 잊어버리고 잘 살 줄 알았는데 그게 아니더라."

"내가, 내가 도와줄게. 서정인. 힘들면 내가……."

승주의 구김 없는 하얀 셔츠를 바라보며 정인이 고개를 저었다. 확실히 끊어 내야 한다.

"앞으로 나한테 연락하지 마라."

그것이 김승주에 대한 예의라고 생각했다. 어쩌면 진작 이렇게 해야 했을지도 몰랐다.

호의가 반복될수록 정인의 마음속에서는 부담감이 커져 갔다. 김승주가 딱히 무언가를 바라기 때문에 그에게 잘해 주는 것이 아님은 알고 있었다. 다만, 정인은 승주에게 아무것도 해 줄 수 없는 스스로가 점점 더 견디기 힘들었다.

차라리 그 사건 이후로 입을 싹 닦아 준 한민우가 고마울 지경이었다. 민우는 정해진 대로 호텔을 물려받기 위한 경영 수업 중이라는 사실을 승주에게 지나가듯 들은 적이 있었다. 한민우는 그 사건 이후로 정인에게 연락이 없었다. 자신을 빼놓고 김승주와 만난다는 사실에 실망스러울 것도 없었다. 그것이 오히려 한민우답다고 생각했다.

"너 보면 그때 생각나서 괴로우니까."

한민우와는 달리 무거운 죄책감에서 벗어나지 못해 정인의 곁을 아직까지 맴도는 승주를 끊어 내는 가장 효과적인 방법은 바로 그 죄책감을 역으로 이용하는 것이었다.

"나 좀 내버려 둬 줘."

승주는 잠시 말을 잃은 채 정인을 물끄러미 바라보다 이윽고 힘겹게 입을 열었다.

"혹시라도 내 도움 필요한 거 있으면……."

그가 말을 잠시 끊었다가 이었다.

"언제든지 연락해."

"……먼저 간다."

정인은 그에게 등을 돌리고 걸으며 이것으로 김승주에게 진 빚을 끝낼 수 있기를 간절히 바랐다.

* * *

《강제로 하지 않았습니다.》

《형이 말해 봐요. 내가 강제로 한 거예요?》

《말해, 서정인, 나랑 억지로 잔 거냐고!》

"헉……!"

눈을 번쩍 뜨자 천장에 달린 익숙한 전등이 보였다. 몸에 감겨 있는 이불이 땀에 젖어 축축했다. 정인은 잠시 숨을 몰아쉬며 가슴을 진정시켰다. 지난 밤 승주와 헤어지는 길에 집 앞 편의점에서 소주 한 병을 사서 마셨던 여파로 머리가 지끈거렸다.

그는 바닥에서 이불을 걷어 내고 일어나 허리까지 오는 조그마한 냉장고에서 생수를 찾아 마셨다. 차가운 것이 들어가자 텁텁하던 입 안의 갈증은 조금 나아졌지만 관자놀이의 통증은 여전했다. 정인은 지갑에 늘 상비하는 두통약 두 알을 입에 털어 넣었다.

'왜 또 그 꿈이야.'

오랜만에 꾸는 꿈이었다. 역시 승주를 만난 것이 화근이었나.

악몽은 한동안 잠잠하다 싶으면 어김없이 찾아와 그를 괴롭혔다. 꿈에서 보는 것은 포승줄에 손목이 묶인 채 법정에 앉아 있는 조승현이었다. 직접 보지도 않은 장면이 생생히 그의 머릿속에서 재구성되었다. 시커먼 눈으로 그를 뚫어져라 바라보는 시선에 늘 목이 졸릴 것 같았다.

《피고인 조승현에게 살인 미수와 성폭행 혐의를 인정, 징역 9년을 선고한다.》

푸른 수의를 입고 부들부들 떠는 승현의 모습은 마치 코앞에서 마주하는 것처럼 매번 또렷했다. 호송차에 실려 가기 직전, 승현은 기둥 뒤에 숨어 있는 정인을 살벌하게 노려보았다. 말하지 않아도 목소리가 들렸다.

《이제 만족해?》

9년.

말이 9년이다. 정인의 큰형과 아버지는 자신들이 가진 권력을 최대로 이용했다. 거기에는 한민우의 재력도 보탬이 되었다. 재벌 3세의 살인 미수는 작은 일이 아니었다.

조승현의 인생은 엉망진창이 된 거나 마찬가지였다. 그는 일류 대학 졸업장 대신 살인 미수와 성폭행범이라는 딱지를 평생 끌어안고 살아야 했다. 승현이 몰래 찍었던 한민우와 정인의 섹스 동영상은 존재 자체가 드러나지 않았다. 정인은 그에 관해서 입을 열지 않았다. 동영상의 존재가 수면 위로 드러난다면 정인이 게이라는 사실 역시 밝혀지게 됨은 당연했다.

입을 다물고 있는 것은 승현 역시 마찬가지였다. 동영상을 삭제했다는 그의 말은 사실인 것으로 보였고, 정인은 그 사실에 깊이 안도했다.

「우리 정인이……. 우리 정인이 어떡해요, 여보……!」

그의 어머니는 아들이 동성에게 성폭행을 당했다는 충격에 실신했다. 아버지와 형은 그가 여태껏 한 번도 볼 수 없었던 표정을 지었다.

「진짜 당한거지?」

「형…….」

「그 개만도 못한 새끼가 계속 미친 소리를 지껄인다던데…… 서정인, 똑바로 대답해!」

성관계는 합의하에 이루어진 것이라는 변호인 측 주장을 동료 검사로부터 전해 들은 형은 거품을 물고 그의 멱살을 잡았다. 아버지는 조용히 담배를 피우며 이를 방관했다.

그런 그들 앞에서 조승현을 붙잡고 섹스하자고 말한 것은 자신이라는 사실을 털어놓는 것은 불가능했다. 정인은 병원에 끌려가서 온 갖 수치스러운 검사를 다 받았고, 그에게 떨어지는 타인의 묘한 시선 을 감내해야 했다. 정인에게는 그것이 더욱 폭력적이었다.

그의 형은 그것도 모자라 그에게 심리 상담을 받게 했다. 요양원을 가장한 정신 병원에 가둬 두고 심신 미약을 들어 정인이 직접 진술해 야 할 시간을 최대한 단축시켰다. 그것은 재수 학원에 갇혀 있던 시 간과는 차원이 다른 숨 막힘이었다.

정인은 형과 아버지가 그를 그곳에 영원히 감금시킬지도 모른다는 공포에 사로잡혔다. 아무 말도 할 수 없었던 것은 어쩌면 당연한 일 이었다.

지잉ㅡ.

바닥에 아무렇게나 던져 놓은 휴대폰에 메시지가 깜빡였다. 정인 은 생수병을 들고 휘적휘적 걸어가 요와 이불을 한곳에 밀어 놓고 앉 았다.

[어제 내가 말했던 형 연락처야. 혹시나 마음 바뀌면 전화해 봐.]

그렇게까지 모질게 말을 했는데 말귀를 못 알아듣는 건 예나 지금 이나 여전했다. 입술을 씹으며 휴대폰을 내려놓자 다시 승주의 메시 지가 이어졌다.

[네가 병원 다녔던 건 알았지만 아직까지 그렇게 힘들어하는 줄은 몰랐다. 미안하다.]

정인은 벽에 뒤통수를 대고 눈을 감았다.

그날 이후 10년이 지났다. 재판이 끝나자마자 정신 병원에서 풀려난 그는 유학길에 올랐고 9년 동안 프랑스에서 지내다가 작년에 한국으로 다시 돌아왔다. 그리고 1년이라는 시간이 더 흘렀다.

아직까지라.

길다면 긴 시간이었다. 특히나 한국을 떠나 있었던 9년은 하루하루가 끔찍하게도 길었다. 동양 사람이라고는 보이지 않는 낯선 곳에 있어도 검은 머리색만 보면 흠칫하며 놀라 가던 길을 돌아섰다.

그뿐만이 아니었다. 그는 해 질 녘이 될 때면 무조건 사람들이 많은 곳에 있어야 했다. 어스름한 하늘이 완벽하게 어둠에 휩싸이기 직전에 집에 혼자 있을 때면 하루도 빠짐없이 누군가가 그를 찾아왔다. 시커먼 눈동자로 그를 바라보며 속삭였던 말투, 그의 피부를 건드리던 손가락의 체온과 그의 몸 안을 비집으며 헐떡이던 숨소리까지, 매번 마치 어제처럼 생생했다.

정인이 본격적으로 술을 마시기 시작한 것은 그때부터였다. 취하지 않고는 도저히 잠이 들 수가 없었다.

'난 피해자야.'

정인은 몇 번이나 스스로 중얼거리며 승현의 죄를 상기했다. 마지막 날, 그와의 성관계가 합의한 것이었다고 해도 거기까지의 과정은 폭행이나 다름없었다. 그러니까 조승현은 스스로의 죗값을 치르고 있는 것이다. 엉망으로 취해서 낡은 침대에 쓰러져 정신을 잃기 직전, 정인의 뇌리를 꽉 채우는 것은 승현의 깊고 음울한 시선이었다.

《혼자만 도망가니까 좋아요?》

정인이 그의 마음 한구석에 자리한 죄책감이라는 감정을 인정하기까지는 오랜 시간이 걸리지 않았다. 그는 한국과 오천 마일 이상 떨어진 파리에 있었고, 조승현의 몸뚱이는 네 평 남짓한 구치소 안에 있었지만 정인은 도저히 자신의 인생에 짙게 드리워진 조승현의 그림자에서 도망갈 수가 없었다.

한적한 카페에서 커피를 마시면서, 고급 레스토랑에서 식사를 하면서, 낙엽이 떨어지는 공원을 걸으면서, 에펠탑에서 신년을 맞아 하는 불꽃놀이를 구경하는 인파 속에 묻혀서도, 풀리지 않은 딱딱한 응어리가 돌덩이처럼 가슴 한구석을 짓눌렀다.

정인이 조승현에게 박탈한 것은 9년이라는 엄청난 시간뿐이 아니었다. 정인은 그가 누릴 수 있었던 모든 기회들을 박탈했다. 구질구질한 신파 같았던 인생에서 탈피해, 모범적으로 살아가며 한국 사회에서 소소한 성공을 거둘 수도 있었던 조승현의 인생은 꽃을 피워 보기도 전에 싹둑 잘렸다.

'내 탓이 아니야.'

정인은 늘 주문처럼 되뇌었다. 그는 산속 깊은 곳이라는 제한된 상황에서 아웃팅 협박을 당했다. 승현에게서 도망칠 생각조차 할 수 없었던 그의 반응은 당연한 것과 같았다. 조승현이 정말로 한민우를 하천에 떠밀었건 아니건, 몰카와 협박이라는 죄가 사라지는 것은 아니었다. 싸구려 와인을 박스 단위로 비우며 정인은 21년 동안 그가 했던 생각의 총합보다도 더욱 많은 생각을 했다.

「형은 진심이란 게 없어요.」

음울한 목소리는 불현듯 찾아와 정인을 괴롭혔다. 혼자 있을 때나 대학에서 강의를 들을 때, 시끄러운 인파 속에 묻혀 있을 때조차 승현이 그를 부르는 소리가 들리는 것 같았다.

「내가 원하는 게 뭔지, 아직도 모르겠어?」

거울을 보면 낯선 남자가 그 안에 있었다. 자신감과 자기애가 넘쳤던 눈동자는 혼란스러움만이 가득했다. 길어진 머리를 쓸어 넘기며 눈을 부릅떠 보아도 소용없었다.

까칠하지만 늘 당당했던 예전의 그는 어디에도 없고, 예민하게 마른 남자만이 신경질적인 눈으로 자신을 쏘아보고 있었다. 불안함과 우울함이 뒤섞인 불면의 시간들을 알코올로 희석시키며 정인은 그렇게 끔찍하게 긴 하루하루를 견뎌 냈다.

하루가 길게 느껴질수록 창살이 존재하는 감옥 안에서 이 시간들을 견뎌 내야 하는 조승현이 자동으로 떠올랐다. 정인은 심지어 감옥 안에서 죄수들이 무얼 하고 사는지 알아보기 시작했다. 정해진 식사, 샤워 시간. 짤막한 운동 시간. 직업 재활 교육이라는 명목으로 이루어지는 단순 작업들.

"……씨발."

정인은 노트북을 닫아 버리고 그 위에 엎드려 버리고 말았다. 조승현이 손에 조각칼을 쥐고 목각 인형 따위를 깎고 있는 것을 상상할수록 숨이 턱턱 막히고 열이 치솟았다. 그는 조각칼 대신 의료용 메스를 쥐고 있어야 할 놈이었다.

「의사 멋있잖아요. 돈도 많이 벌고.」

그의 표정이 잊히지가 않았다. 조승현은 이제 영원히 의사가 될 수 없다. 담배를 아무리 피워도 답답한 속이 후련하지가 않았다. 마치 피해자와 가해자가 뒤바뀐 것 같은 느낌이었다. 분명 조승현 때문에 끔찍하게 괴로웠던 것은 자신이었음에도. 그래서 지금 조승현이 그

죗값을 치르고 있는데도 정인은 마음이 불편했다.

차라리 그를 직접 마주하면 상황이 나아질까, 그렇게 생각했던 것은 조승현이 입소한 후 3년이 지났을 때였다. 정인은 3년 만에 드디어 한국 땅을 다시 밟았다.

떨떠름한 얼굴로 자신을 그다지 반기지 않는 가족의 반응 따위는 상관없었다. 어차피 정인은 조승현을 만나서 담판을 짓고, 홀가분한 마음으로 다시 한국을 뜰 생각이었다. 그의 얼굴을 보고 똑똑히 말해 주고 싶었다.

나는 너 때문에 미치도록 두렵고 괴로웠다고. 그렇기 때문에 네가 지금 감당하고 있는 것은 합당한 죗값이라고 얼굴에 대고 퍼부으면 자신이 느끼고 있는 정체 모를 죄책감이 사라질 것 같았다.

중국발 황사가 뿌옇게 하늘을 뒤덮었던 봄날.

흐린 하늘을 찌를 듯 높고 거대한 교도소 담장과는 어울리지 않게 작은 철문을 보았다. 정인은 차마 그 안에 들어갈 수 없었다. 그것은 아직도 조승현이 두렵기 때문이 아니었다.

끝없는 담장의 높이를 실제로 느끼는 것과 사진으로 보는 것은 천지 차이였다. 이 안은 세상과 완전히 격리된 공간이었다. 승현의 목소리가 귓가에 들리는 것 같았다.

《왜요? 형 마음 편해지려고 나 찾아온 거예요? 내가 이렇게 여기서 갇혀 있는 거 보니까, 이제 만족해요?》

그가 두꺼운 유리벽을 쾅, 치며 시커먼 시선으로 자신을 바라보고 입술을 올려 웃을 것만 같았다. 정인은 벽에 등을 기대고 주르륵 미끄러져 쭈그려 앉았다. 차가운 바람이 얼굴에 닿았다.

"흐……, 흐윽……."

정인은 손으로 얼굴을 감싸고 어린아이처럼 울었다. 승현이 장식으로 달려 있다고 말한 정인의 머리가 일을 하기 시작한 순간 심장이 아프게 저릿했다. 뜨거운 눈물이 뿌연 모랫바닥에 뚝뚝 떨어져 자국을 남겼다.

투둑. 투둑.

하루 종일 흐리던 하늘에서 빗방울이 떨어지기 시작했다.

"조승현……. 이 병신 같은……."

일그러진 정인의 얼굴이 축축하게 젖어 들어갔다. 어쩌면 그의 마음을 알아챌 수 있었던 순간들은 많았을지도 몰랐다.

쑥스럽게 달아오르던 목덜미, 자신을 좇아 움직이던 떨리지만 묵직한 눈빛 같은 것들을.

승현이 자신을 마음에 두고 있다는 것은 조금만 신경 쓰면 알 수 있는 것이었다. 하지만 정인은 그때마다 위선적인 친절을 베풀며 그에게 거리를 두었다.

"으흑……."

정인을 좋아한다고 고백했던 이들은 많았다. 직접 말하지 않아도 감정이 얼굴에 드러나는 타입들도 꽤 있었다. 하지만 적어도 자신을 좋아했다는 이유로 인생이 시궁창에 빠지게 된 사람은 없었다.

"등신 같은 새끼가……, 좆같은…… 또라이 같은 새끼가…… 진짜……."

정인에게 다가왔던 승현의 방법은 위험하기 짝이 없는 것이었다. 머리 좋은 조승현은, 이런 거지 같은 결과를 전혀 예상하지 못했을까?

"하아, 하아……."

정인은 피하고 싶었던 진실과 똑바로 마주할 수밖에 없었다.

더 이상 도망칠 수가 없다. 조승현은 서정인을 좋아했던 것이다.

정인은 그동안 사람이 타인을 좋아한다는 감정 자체에 의문을 품었다. 그런 것은 존재하지 않는다고 생각했고, 그러한 견해에 자신이 있었다. 이 세상에 자신보다 더 소중한 것은 없으니까. 스스로를 나락에 빠뜨리면서까지 누군가를 좋아하는 것이 불가능하다고 생각했으니까.

"미친 새끼…… 또라이 새끼…… 하아……."

조승현의 말마따나 그에게 쓰레기같이 굴었던 자신을, 승현은 좋아하고 있었다. 조승현은 이제껏 정인에게 고백했던 그 어떤 누구보다 광적으로 정인에게 매달렸던 것이다. 몰카를 찍고, 협박을 하고, 뺨을 때리고, 무릎 꿇게 했다. 육욕에 취한 정인이 스스로 그에게 다리를 벌리게 만들었다.

그 결과 조승현은 성폭행범이 되었고, 저 담장 밖으로는 나올 수가 없는 몸이 되었다. 정작 마지막 순간에 그를 유혹한 것은 서정인, 자신임에도.

머리 좋은 조승현이 그가 하는 일에 대한 위험 부담을 자각하지 못했을 리가 없었다. 하지만 승현은 정인에게 고백하는 대신 돌아가는 길을 택했다. 그가 까딱하면 둘 다 파국으로 치달을지도 모르는 행동을 했던 이유는 단 하나밖에 없었다.

승현은 정인을 너무도 잘 알았던 것이다.

한민우와 감정 없이 섹스하면서 김승주를 떠올리던 정인의 위선을. 막상 승주에게서 고백을 들었을 때 소름 끼치는 감정을 느낄 수밖에 없었던 정인의 뒤틀린 성격을.

그 어떤 감정을 들이대도 코웃음 치던 서정인을 유일하게 무릎 꿇릴 수 있는 것은 오직 '두려움'뿐이라는 사실을.

정인이 쓰레기이며 겁쟁이인 사실을 다 알고도 승현은 그에게 다가왔던 것이다. 그렇게까지 하지 않으면 정인이 그를 철저하게 무시하고 피할 것이라는 사실 역시 조승현은 다 알고 있었다.

정인은 승현이 그에게 했던 수많은 말의 참뜻을 그제야 이해할 수 있었다. 들을 당시에는 알아들을 수 없었던 승현의 '진심'을.

그는 한참 동안 자리에 주저앉아 흐느끼며 울었다. 이해할 수 없는 감정의 무게가 너무나 무겁고, 또 두려웠다.

* * *

"정인 씨, 오늘 회식도 빠지실 거죠?"

탕비실에서 나이 어린 대리 하나가 정인에게 말을 걸었다.

"제가 술을 잘 못 마셔서요."

늘 그렇듯 핑계를 대자 그가 못마땅하다는 듯, 눈썹을 들어 올렸다.

"술 못 마신다는 사람이 그렇게 매일 혼자 선술집에 죽치고 있습니까?"

정인이 물끄러미 그를 바라보며 눈을 깜빡이자 그가 오해하지 말라는 말투로 덧붙였다.

"지나가다가 우연히 본 거예요. 제 오피스텔 가는 길이 그쪽이라서. 다른 사람들한테는 말 안 했어요. 괜히 트집 잡히실까 봐. 특히 이 부장님이요."

"……네."

정인은 고개를 숙여 보이고 서둘러 커피를 내렸다. 유럽에서 식품을 수입해 팔고 있는 작은 무역 회사는 직원이 일곱 명인 소규모 업체라 술자리도 잦고 서로에 대해 관심이 많았다. 구인 광고를 보고집과 가까운 곳이라 선택한 회사였는데 이럴 때면 조금 피곤했다. 그런 그의 마음도 모르고 대리가 거들먹거리는 말투를 이어 갔다.

"서정인 씨는 왜 안경 쓰세요? 벗으시는 게 훨씬 괜찮을 것 같은데. 머리 스타일도 조금만 관리하면 확 달라지실 거예요. 제가 아는미용실 헤어 디자이너 있는데 소개해 드려요? 요즘은 남자도 관리하는 시대잖아요."

예의상 고맙다고 말하고 관심이 없다는 표시를 내는데도 그의 말은 끊이지가 않았다. 결국 커피를 다 내리고 자리로 돌아올 때까지나이 어린 대리의 충고를 들어야 했다.

"서정인 씨는 사람이 너무 붙임성이 없어요. 저래 가지고 영업은어떻게 하는지 모르겠어."

우스갯소리에 대꾸하는 대신 그저 흐리게 웃어 보인 후 모니터로고개를 돌렸다.

그는 사람들과 부대끼는 것이 피곤했다. 프랑스에서는 동료 직원들과 일 외적으로 딱히 어울릴 필요가 없었지만 한국 사회는 달랐다.월급에 별 차이가 없었던 지난 회사에서 이직을 한 것도 사람들에게시달리는 것이 피곤해서였다. 자신에게 쏟아지는 사람들의 관심을즐기고 살았던 어릴 때의 그와는 정반대의 생활이었지만, 정인은 그것이 훨씬 편했다.

두꺼운 안경테 밑으로 피곤한 눈자위를 꾹꾹 눌렀다. 월급날이 일주일도 안 남았다는 사실이 그나마 그에게 작은 위안을 주었다. 늘어 가는 통장의 숫자 역시 그를 버티게 하는 이유였다.

지잉-.

반갑지 않은 이름을 비추며 휴대폰이 진동했다. 전화를 걸어온 사람은 어머니였다. 부재중 전화 표시가 뜨고 난 후, 메시지가 도착했다.

[아버지 생신 얼마 안 남았어. 얼굴이라도 비추고 가.]

작년 추석 때 어머니의 성화에 집으로 갔다가 좋지 않은 기억만 잔뜩 얻고 돌아와야 했던 일이 떠올랐다. 프랑스에서 혼자 일을 해서 먹고살 수 있을 때쯤부터, 정인은 가족과 연을 끊고 살았다. 딱히 정인을 찾지 않는 것은 그의 가족 역시 마찬가지였다.

대외적으로 성폭행 '피해자'인 자신을 가족들이 부끄러워하고 있다는 사실을 깨달은 순간, 정인의 가슴속에서 무언가가 싸늘하게 얼어붙었다. 그의 가족은 너무나 그와 닮아 있었다. 정인은 자신의 이기적인 성격이 유전자에서 나온 것임을 다시 한번 확인할 수 있었다.

잃을 것이 많은 그의 가족에게 최우선인 사람은 역시 그들 자신이었다. 만약 정인이 게이임을 알았다면 가족들에게 먼저 의절을 당했을 것임을 확신한 순간, 정인은 그들에게서 먼저 손을 놓았다.

이제 와서 생각해 보면 기가 막힌 타이밍이었다. 설상가상, 그의 집안이 서서히 불행의 길을 걷기 시작했던 것이다. 처음 시작은 형의 뇌물 수수 스캔들이었다. 승승장구하던 부장 검사는 끝없이 아래로 추락했다. 형과 결혼 이야기가 오갔던 정치인 집안에서는 즉시 파혼을 통보했다.

판사직을 정년퇴직하고 로펌을 차린 아버지 역시 도마에 올랐다. 세상을 떠들썩하게 했던 살인 사건의 변호를 맡고 전관예우를 이용하려 한다는 사실은 뜨거운 감자로 떠올랐다. 사건에서 손을 뗐지만 한 번 떨어진 명예는 회복이 불가했다.

스타 변호사들이 줄줄이 빠져나간 로펌은 결국 사무실을 대폭 축소해야 했다. 두려움에 판단력이 떨어진 그의 어머니는 펀드 매니저에게 사기를 당해 엄청난 돈을 날렸다. 그나마 집을 저당 잡히지 않은 것이 다행이었다. 어머니는 돈 때문에 울었고, 아버지는 실추된 명예 때문에 괴로워했다.

소식이 오래 끊겼던 어머니에게서 연락이 온 것은 작년, 그가 한국으로 완전히 들어왔을 때였다. 늘 완벽하게 정돈된 스타일을 자랑하던 어머니가 세월의 흔적이 묻은 얼굴로 지난한 이야기들을 늘어놓았을 때, 정인은 왠지 모를 묘한 감정에 쓴웃음을 삼켜야 했다.

말수가 적은 그의 아버지는 명절에 찾아온 정인을 향해 이 모든 불행의 원인이 사람 구실을 제대로 못 하고 있는 그 때문이라고 독설을 내뱉었다.

「그렇게 거지같이 살 거면 한국에는 왜 돌아온 거냐?」

아버지의 기준으로 봤을 때 정인의 삶이 실패한 인생이라는 것은 자명했다. 정인은 한국에서의 불행한 기억을 뒤로하고 외국으로 도망치듯 떠났지만 그곳에서도 자리를 잡지 못했다. 돌아와서는 아버지 기대치의 발끝에도 못 따라가는 변변찮은 회사에서 박봉의 월급쟁이로 일을 하고 있으니 무시를 받는 것은 어쩌면 당연한 일이었다.

「그러게요. 그냥 십 년 전 그때 병원 옥상에서 뛰어내렸어야 했는데. 그렇죠?」

「이 자식이 어디서 그따위 말을 함부로 지껄여?」

그는 아버지의 생일에 맞춰 집으로 오라는 어머니의 메시지를 삭제해 버리고 다시 모니터로 고개를 돌렸다. 퇴근 시간까지 30분. 갈증에 술이 간절했다.

정인이 회식에 참석한 것은 즉흥적으로 내린 결정이었다. 오늘은 지갑을 신경 쓰지 않고 마시고 싶었다. 평소에는 핑계를 대며 빠지기 바빴던 그가 참석하자 직원들이 어색해했던 것도 잠깐이었다. 그들은 끊임없이 정인의 빈 잔을 채워 주었고, 모두들 거나하게 취한 채 가게를 빠져나왔다. 하나뿐인 여직원이 택시를 타고 돌아가자 사장을 비롯한 남자 직원들이 좋은 곳으로 2차를 가자고 그를 이끌었다.

"아뇨. 저는 됐습니다."

"에이…… 정인 씨, 좋아할 거라니까. 서정인 씨는 여자도 모르고 완전 숙맥이지? 서른 넘어서 경험도 없는 거 아냐? 우리가 오늘 어떻게 화끈하게 노는지 보여 줄 테니까, 응?"

"정말 괜찮습니다."

"남자는 자고로 제 구실을 해야지. 그러지 말고……."

후회할 거라는 그들의 설득을 겨우 거절하고 발길을 돌렸다. 이마에 배어 나오는 땀을 닦으며 집으로 향하는 골목으로 들어섰다.

"후우……."

숙맥이라. 피식 웃음이 나왔다.

앞으로도 그가 여자와 어울릴 수 있는 일은 없을 것이다. 여자를 옆에 앉히고 술을 먹는 것은 정인에게 전혀 흥미가 없는 일이었다.

그렇다고 해서 남자와는 가능할까.

프랑스에 있던 동안, 노력을 해 보지 않은 것은 아니었다. 그의 성향을 눈치채고 먼저 접근해 오는 남자들도 있었다. 문제는 정인이 그들과의 섹스가 불가능하다는 사실이었다. 성욕이 사라진 것은 아니었다. 매일 아침마다 발기한 성기는 여전히 초라한 존재감을 드러냈으니까.

하지만 남자와 데이트가 끝나고, 정해진 수순대로 침대로 향한 후, 타인의 손이 몸에 닿는 순간 그의 머릿속에 떠오르는 것은 조승현의 얼굴이었다.

정인이 했던 마지막 섹스. 잊을 수 없는 그 순간들.

몇 번이나 지옥 같은 쾌락을 맛보고 온몸에 힘이 쭉 빠진 상태에서 기숙사의 방문이 활짝 열렸던 그날의 장면들이 벼락처럼 그의 뇌리에 떨어졌다. 경악을 금치 못해 크게 뜨인 시선들, 그리고 그 시선을 고스란히 받아 내면서도 끝까지 정인의 뒤에 자신을 박아 넣던 조승현의 뜨거운 체온, 허벅지에 주르륵 흘러내리던 체액의 느낌까지 생생했다.

어떠한 성적 자극도 그것보다 강렬하지는 않았다. 세상 사람들에게 가장 은밀한 순간이 까발려진 치욕적인 순간에 정인의 몸은 쾌락의 정점에 까마득히 매달려 있었다. 승현은 아무것도 개의치 않은 듯, 마치 그 공간 안에 그들뿐인 것처럼 더욱 세게 정인의 뒤를 파고들었다. 문 닫아, 하고 지독하게 서늘한 목소리로 속삭이는 그의 숨결이 너무나 뜨거워서 정인은 마지막까지 시트에 묽은 정액을 쏟아 냈었다.

「살려 줘.」

그것은 감당할 수 없는 수치심과 쾌락의 바다에서 허우적거렸던 정인의 마지막 비명이었다. 얼어붙어 움직이지도 못하던 경찰들이 정신을 차리고 달려와 조승현의 몸을 강제로 떼어 낼 때까지, 조승현은 그의 정액으로 범벅이 된 정인의 뒤를 끝까지 박아 넣고 내벽을 비벼 댔다. 정인의 몸속을 완전히 제 흔적으로 채우려는 듯 두려울 만큼 처절한 몸부림이었다.

「그……. 그만!」

「왜 그래? 컨디션이 별로인 거야?」

「미안한데 그만 돌아가 줘.」

「하. 이런 매너 없는 경우는 처음이네.」

기분 나쁜 티를 내며 아파트를 나서는 남자의 뒷모습을 바라보면서, 정인은 반쯤 풀어헤쳐진 셔츠 차림으로 허탈하게 담배를 입에 물어야 했다. 아무리 술에 취했어도 조승현과의 마지막 순간을 잊는 것은 불가능했다. 승현의 얼굴이 떠올라 누구와도 몸을 섞을 수가 없었다. 그의 비웃는 얼굴이 머릿속을 비집고 있는데, 집중이 가능할 리가 없었다.

《즐거워요? 날 이 꼴로 만들어 놓고.》

정인은 씁쓸해져 입술을 씹었다. 회식 자리에서 누군가가 말아 준 소맥을 꽤나 많이 마셨지만 아직도 정신은 말짱하고 속이 허했다.

작년에 정인이 한국으로 완전히 돌아온 후, 1년이라는 시간이 흘렀다. 조승현의 출소 연도에 맞춘 귀국이었다. 형무소를 벗어나자마자 복수를 하러 찾아올 거라고 생각했던 조승현은 예상과 달리 그 앞에 나타나지 않았다. 조승현이 생활했던 시설은 이미 수년 전에 철거되어 자리를 이전한 후였다. 새롭게 바뀐 시설을 수소문해 찾아가 혹시 그의 소식을 아는 사람이 있을까 물었지만 아무도 그가 입소한 후의 행방을 몰랐다. 조승현은 그렇게, 완벽하게 세상에서 사라져 있었다.

"이천 원입니다."

편의점에서 소주 한 병을 사 들고 집으로 돌아가려다가, 정인은 발길을 멈추었다. 밤하늘에 별이 많았다. 기분 나쁘게 끈적하고 비가 많이 내렸던 그해 여름은 벌써 십 년이나 지났다.

"……."

문득 이제는 할 만큼 했다는 생각이 들었다.

출소 후, 정인의 앞에 조승현이 나타나지 않는다는 것은 그에게 복수의 의지가 없다는 뜻과 다름없었다. 그러니 정인 역시도, 자신조차 이해할 수 없는 죄책감에 사로잡혀 시체처럼 지내는 것을 끝내고 싶었다. 이제 그만, 조승현의 그림자에서 벗어나고 싶었다.

"……."

적당히 들어간 알코올은 그의 갑작스런 일탈 욕구에 힘을 불어넣었다. 그는 택시 정류장으로 걸음을 옮겨 빈 차에 올라탔다.

"어디 가십니까?"

그는 잠시 망설이다 입을 열었다.

"이태원이요."

택시는 곧장 출발했다.

"어디쯤 세워 드리면 될까요?"

정인은 한참 동안 눈을 감고 있다가 도착했다는 기사의 말에 눈을 떴다.

"저기…… 큰길 지나서 신호등 앞에 세워 주세요."

간판이 바뀐 오래된 바 앞에서 정인은 천천히 담배 한 대를 피웠다. 이곳은 십 년도 훨씬 전, 정인이 뻔질나게 드나들었던 가게였다. 어리고 반반한 게이였던 그에게 쏟아지는 시선들을 기꺼이 받아들이고, 대시해 오는 사람들을 점수 매겨 평가한 후 가장 상급의 남자와 함께 가게를 나서는 것이 생활이던 시절이 있었다.

시간은 흘렀지만 여전히 그 자리에 남아 있는 장소를 보니 용기가 생겼다. 그는 안경을 벗어 서류 가방 안에 집어넣고 덥수룩한 머리를 손으로 쓸어 넘긴 후, 천천히 지하 계단을 내려갔다.

인테리어는 바뀌어 있었지만 중앙의 바와 스툴의 위치, 그리고 컴컴한 조명은 여전했다. 오래전 그를 귀여워하던 게이 사장은 은퇴를 한 것인지 보이지 않고, 바 뒤에서 분주하게 움직이는 젊은 바텐더 몇몇이 보였다. 손님들은 예나 지금이나 혼자 온 사람들이 대부분이었다. 정인이 들어서자 바텐더와 농담을 나누고 있던 남자들이 그에게 노골적인 눈길을 던졌다.

세월이 지나도 바뀌지 않는 것이 또 있었구나.

정인은 마치 눈으로 플러팅하는 것 같은 그들의 시선을 곧바로 받으며 바 구석 자리에 앉았다. 잔술을 시키고 반을 비우기도 전에 누군가 정인의 곁으로 다가와 말을 걸었다.

"못 보던 분인데, 처음 오신 거죠?"

이십 대 초중반이나 되었을까. 상대는 어두운 조명에서도 어린 티가 확 나는 얼굴이었다. 정인은 그에게서 시선을 거두며 짧게 대답했다.

"그쪽 나이 때 자주 왔었죠."

"형도 그렇게 나이 안 많아 보이는데."

상대가 유들유들하게 말을 이었다. 정인은 다시 술잔을 입에 가져가 남은 술을 완전히 비웠다. 잔을 내려놓자마자 상대가 말을 이었다.

"저 여기 단골이거든요. 킵해 논 술 있는데, 저랑 같이 마셔요, 형."

눈치 빠른 바텐더가 얼음 버킷과 위스키를 꺼내 나란히 앉은 그들의 앞에 놓았다. 정인은 말없이 그를 물끄러미 바라보았다. 닮은 데가 전혀 없는 얼굴인데 희한한 기시감이 드는 이유는 서슴없이 그가 자신을 부르는 호칭 때문일 것이다.

「형…….」

「……정인이 형.」

"혹시 버번이 별로면 다른 술 사 드릴까요?"

정인이 말없이 바만 응시하자, 상대가 슬쩍 그의 눈치를 보았다.

"아니. 그걸로 됐어."

상대가 안심한 듯 슬쩍 웃었다. 정인은 담배를 하나 꺼내 물었다. 낯선 이가 라이터를 꺼내 얼른 불을 붙여 주었다. 폼이 익숙했다. 아마 예전의 그처럼 몇 번이나 이곳에서 파트너를 찾았을 것이다. 체격 조건도 좋고 걸치고 다니는 것도 깔끔하니 파트너를 찾는 데 그리 어렵지는 않겠다는 생각이 들었다.

"형, 여기 들어오자마자 계단에서부터 눈길 확 쏠리는 거 느꼈죠? 하하, 제가 원래는 이렇게 서두르는 편이 아니거든요. 그런데 빨리 말이라도 붙여야겠다 싶더라구요. 안 그러면 게임 시작하기도 전에 끝날 것 같아서."

키득거리는 모양새가 조금 귀엽다는 생각이 들었지만 역시나 성욕은 일어나지 않았다. 상관없었다. 어차피 섹스는 불가능할 테지만 게이 친구를 하나 만드는 것은 나쁘지 않은 시작일지도 몰랐다. 호기로운 어린 녀석과 어울리다 보면 자신도 예전처럼, 아무 생각 없이 즐기는 것이 가능해질지도 모른다는 희미한 희망마저 일었다. 정인은 담배 연기를 훅 불어 뱉었다.

"술 어떻게 드세요?"

"스트레이트."

그가 따라 준 술잔을 한 번에 털어 넣었다. 싸구려라 끝 맛이 씁쓸했지만 못 마실 정도는 아니었다. 정인이 빠르게 술잔을 비우자 상대가 신이 나서 말을 이었다.

"저 이런 말 진짜 자주 안 하거든요. 그런데 형 완전 제 타입이에요."

"네 타입이 어떤 스타일인데?"

정인이 묻자 그가 제 담배에 스스로 불을 붙이며 쭉 빨더니 한쪽 눈을 찡긋했다.

"형 같은 미인이요. 저는 얼굴 밝혀서, 형처럼 예쁘게 생긴 사람 완전 좋아하거든요."

「형은 엉망진창이 되어도 참 예쁠 테니까.」

갑자기 뇌리를 스치는 기억 한 조각에 정인이 저도 모르게 인상을 살짝 구겼다. 상대가 담배 연기를 그에게 닿지 않게 뿜으며 고개를 갸웃했다.

"아, 혹시 그런 칭찬 싫어하시나?"

"그런 건 아니고."

정인이 표정을 가다듬고 술잔을 들었다.

"그런 말을 오랜만에 들어서."

상대가 목소리를 높였다.

"겸손이 지나치시네요, 형. 패션 센스에 외모가 좀 가려졌긴 한데요, 솔직히 그 외모가 평범하진 않잖아요. 저는 그 얼굴이었으면 세상 남자들 다 따먹고 다녔을걸요?"

정인이 어이가 없어 피식 웃자 그도 따라 웃었다. 닮은 데라고는 하나도 없는 것 같았는데, 이제 보니 그도 눈매가 길었다. 마치 누구처럼.

화장실에서 나오는데 정인이 비틀거리자 누군가 그의 어깨를 잡았다.

"괜찮으십니까?"

사무적이고 딱딱한 목소리였다.

"네, 뭐."

정인은 그의 손길을 쳐 내며 세면대에서 겨우 손을 씻었다. 평소에 마시는 양을 생각하면 그렇게 무리한 것도 아닌데 머리가 핑핑 돌았다. 자리로 돌아오자 상대는 마침 계산 중이었다. 돌아가고 싶었는데 잘됐다고 생각하며 정인은 가방을 챙겨 들었다.

우당탕!

계단을 올라가는데 중심을 잡지 못해 넘어지고야 말았다. 뒤에서 달려온 상대가 정인을 부축하며 천천히 걸음을 옮겼다. 그가 귓가에 속삭였다.

"바로 앞이 모텔이에요. 조금만 쉬었다 가요."

정인은 그의 유혹을 거절하지 않았다. 정인은 지금 술에 엉망으로 취했고, 정신을 잃기 직전이었다. 차라리 잘된 일이라고 생각했다. 아예 기절해 버리면 누군가와 몸을 섞는 것이 가능할지도 모르니까.

귓가에서 낯선 목소리와 조승현의 목소리가 함께 얽혀 들었다.

"형, 괜찮아요?"

「매일 저녁 일곱 시마다, 형은 나를 생각하게 될 거예요. 나를 형 몸속에 짓이겨 넣고, 심장에 칼자국을 낼 거예요. 원래 아무도 못 들어가는 곳이었으니까 상관없잖아. 엉망으로 무너지고 괴로워서 미칠 것 같을 때, 그때 내가 가질 거예요.」

"……안 해."

"네?"

"미안하다, 조승현."

"아…… 혹시 실연한 거예요? 뭐, 상관없지. 빨리 올라가요."

엘리베이터에서 정인은 상대에게 기댄 채 끊임없이 중얼거리며 사과했다. 술기운이 온몸을 덮쳐 눈을 뜰 수가 없었다. 평소보다 몸이 더욱 무거웠다. 머리가 뱅글뱅글 돌고 다리가 늪 속으로 푹푹 빠지는 것 같은 느낌이었다.

"아아…… 씨발, 진짜……."

상대가 작게 욕설을 씹으며 그를 매트리스에 밀쳤다. 정인은 누워서 힘겹게 눈을 깜빡였다. 조승현은 어느새 사라지고 낯선 얼굴이 그를 내려다보며 옷을 벗고 있었다. 조잡한 인테리어의 모텔 천장이 빙글빙글 돌았다. 그는 어지러워 다시 눈을 감아 버렸다.

"벌려요."

셔츠의 단추가 벗겨졌다. 낯선 손길이 몸을 더듬자 정신이 조금 들었다. 기분이 나빴다.

"하지…… 하지 마."

"이제 와서 뭔 개소리를 하는 거야."

상대가 정인의 유두를 꼬집었다. 정인은 손을 들어 그를 후려치려고 했지만, 몸이 마음대로 움직이지가 않았다. 목이 바짝 마르고 머리가 빙빙 돌며 지잉-, 하는 소음이 귓가에 울려 퍼졌다. 젠장. 아주 오래전에 느껴 본 기분인데. 설마 술에 장난이라도 친 것일까.

그렇다면 물에 젖은 휴지처럼 축 늘어진 지금의 상태가 조금은 설명이 될 것이다.

"느낌 안 와? 다리를 벌리라고. 그래야 내가 박아 주지, 응?"

벨트가 끌러지고 바지가 거칠게 무릎 아래로 내려갔다.

"조금만 있으면 질질 쌀 거야. 내가 홍콩 보내 줄게요. 응?"

상대가 풀 죽은 정인의 아랫도리를 거칠게 주물렀다. 전혀 꼴리지 않았다.

'그렇게 막무가내로 하면 너도 힘들 텐데.'

정인이 흐릿한 정신으로 생각했을 때였다.

"뭐야! 씨발, 당신들 뭐야?!"

우악스럽게 뒷구멍에 쑤셔 박히던 그의 손길이 갑자기 떨어졌다. 뒤이어 상대가 놀라 소리치는 비명 소리가 들렸다.

"악! 으악!"

문이 쾅 닫히고 뭔가가 날아가 우당탕 무너지는 소리, 퍽퍽 밟히

는 소음과 입을 틀어막힌 남자가 몸부림치는 소리가 희미하게 아득
해졌다.

11. 재회

정인이 다시 정신을 차렸을 때, 그는 자신이 꿈을 꾸고 있는 거라 생각했다.

"일어났어요?"

정인은 말없이 눈을 깜빡였다. 이건 꿈인가? 느릿한 목소리가 다시 그에게 향했다.

"그 표정은 뭐예요? 놀라지도 않네요, 형은."

그제야 정인의 얼굴이 천천히 구겨졌다. 몸을 움직이려는데 팔이 꽉 조여 아팠다. 그제야 정인은 자신이 의자에 묶여 있다는 사실을 깨달았다.

"오랜만이에요, 정인이 형. 십 년 만인가?"

널찍한 책상에 다리를 쭉 펴서 꼰 채로 그가 웃었다.

"……조…… 조승현?"

"그동안 잘 지냈어요?"

꿈이 아니었다. 그를 보며 시커먼 눈동자를 번뜩이고 있는 것은 정인이 꿈에도 잊을 수 없었던 조승현이었다.

* * *

"……조승현."

정인이 다시 한번 그의 이름을 불렀다.

"네, 정인이 형."

그가 깍지 낀 손을 가슴에 둔 채, 고개를 까딱였다.

"……여기가 어디야?"

정인은 나무 의자에 팔목과 다리가 묶여 움직일 수 없었지만 입은 자유로웠다. 그는 지금 어딘가에 갇혀 있었다. 그곳은 화려한 사무실 같아 보이기도 했고, 호텔 같아 보이기도 했다. 조승현은 발목이 살짝 드러나는 검은색 트라우저에 상체를 딱 맞게 감싸는 셔츠 차림이었다. 잘 닦인 고급 구두가 창에서 들어오는 노을빛을 반사시키고 있었다.

"제 집이요."

그는 9년 동안 구치소 생활을 했던 사람이라고는 믿을 수 없이 번지르르한 차림이었다. 조승현의 온몸을 휩싸고 있는 고급스러운 소품들과 집 안의 인테리어는 정인에게 위화감을 일으킬 정도였다.

"표정이 왜 그래요?"

승현은 여전히 의자에 앉아 그를 바라보고 있었다. 과묵한 소년 같았던 이미지는 완벽하게 사라졌다. 늘 짤막하게 잘려 있던 스포츠머리는 조금 길어 고급스럽게 손질한 채였다. 뚜렷한 이목구비는 더욱 남성적으로 변해 있었다.

원래도 훌륭했던 체격이지만 예전보다 1.5배는 더 크게 느껴졌다. 그렇다고 해서 육중하다거나 둔하게 느껴지는 것은 아니었다. 다만, 위험하고 정복적인 수컷의 냄새를 물씬 풍길 뿐이었다.

"뭐가 마음에 안 들어요?"

뚫어져라 쳐다보는 검은 시선만이 유일하게 변하지 않아 낯이 익었다. 짧지 않았던 지난 세월, 머릿속에 깊이 박혀 피할 수 없던 그 시선이었다.

"잘…… 지내고 있었구나. 다행이다."

정인이 어렵게 내뱉었지만 승현은 아무런 말도 하지 않았다. 둘 사이에 무거운 침묵이 감돌았다. 그의 책상 뒤편에 보이는 커다란 창 너머로 한강을 가로지르는 다리, 그리고 줄지어 달리는 차들이 보였다. 여름 하늘은 어둑어둑해지고 있었다. 시뻘건 노을이 강 너머로 떨어지기 직전이었다.

"……다행?"

승현이 입속에서 말을 작게 굴렸다. 정인은 마른침을 삼키고 그를 보며 대답했다.

"잘 지낸 것 같아 보여서……. 진심으로 하는 말이야. 정말 다행이다, 조승현."

그가 길게 뻗었던 다리를 책상에서 바닥으로 내렸다. 서랍을 열어 담배를 하나 꺼내 불을 붙이면서도 그의 시선은 정인을 놔주지 않았다. 딸각. 딸각. 지포 라이터를 딸각이며 그가 길게 연기를 뿜었다.

"아직까지 여유 부릴 만한가 보네요. 지금 내 앞에서 그따위 말을 지껄이는 걸 보니까."

희미한 담배 연기가 너른 공간에 퍼졌다. 정인도 담배가 피우고 싶었다.

"여기가 어디냐 다음엔 형이 왜 이곳에 끌려왔는지를 묻는 게 순서 잖아요. 왜 지금 여기서 내 앞에 묶여 있는 건지…… 그 이유를 물어야죠. 안 그래요?"

비웃는 말투였지만 승현의 목소리는 한여름에 서릿발이라도 내린 듯 서늘했다. 정인은 그의 시선을 피하지 않았다.

"네가 날 찾을 줄 알고 있었으니까."

"그래요?"

승현의 입술이 위로 비틀려 올라갔다.

"사실은 좀 더 빨리 찾아올 거라고 생각했었어."

"그건 또 무슨 자신감이실까요?"

승현의 손가락에 걸린 담배가 빠르게 타들어 갔다.

"네가 날 찾아와서 복수할 거라는 거, 예상하고 있었으니까."

담담하게 이야기하는 그를 보는 승현의 눈빛에 조소가 걸렸다.

"……미리 납작 엎드리면 봐줄 것 같아서 지금 수 쓰는 거예요?"

"봐 달라고 하는 소리 아니야. 내가 잘못한 거, 알고 있어. 네가 나한테 무슨 짓을 해도……. 내가 할 말 없다는 것도 알고."

승현이 담배를 깊숙이 빨아들였다가 연기를 길게 뱉었다. 책상 위에 놓인 재떨이에 담배꽁초를 눌러 끄곤, 그가 자리에서 일어났다.

정인은 앉은 채로 고개를 들어 그를 보았다. 그간 얼마나 운동을 한 것일까. 떡 벌어진 어깨와 두꺼운 상체 근육은 위협적으로까지 보였다.

"지금 본인이 무슨 말을 지껄이고 있는지는 알고 내뱉는 거죠?"

구둣발이 움직이는 소리는 카펫에 묻혀 들리지 않았지만, 정인은 그가 지금 자신을 발로 걷어차더라도 놀라지 않을 자신이 있었다.

"……미안하다, 조승현."

승현이 그의 앞에 서서 고개를 숙였다. 그 바람에 그의 얼굴이 한층 가까워졌다. 향수를 뿌린 건지 그에게서 진한 향이 났다. 가로로 긴 눈매에 담긴 눈동자가 너무나 어둡고 삭막해서 정인은 하마터면 눈을 감을 뻔했다.

그를 가까이 마주하자 이제껏 잠잠하던 심장이 거칠게 뛰기 시작했다. 동요하지 않고 그에게 잘못을 비는 상상을 수없이 했었는데, 승현이 가까이 다가오는 순간, 정인이 수없이 했던 예행연습은 물거품이 되었다. 정인은 입안이 바짝 말라 와 혀로 입술을 축였다.

"미안해, 정말……."

"형이 나한테 뭘 잘못했는데요?"

승현이 그를 내려다보며 끝을 천천히 올려 물었다.

"나 때문에 네 인생이……."

목이 턱 막혀 말을 이을 수가 없었다. 한 마디만 더 하면 눈물이 터져 나올 것 같아 정인은 입안을 세게 씹었다. 승현이 그 대신 느릿하게 입을 열었다.

"한민우 사건 때, 내 알리바이 증언 안 해 준 거?"

"……."

"아니면 형 때문에 내가 성폭행범 돼서 교도소 들어간 걸 말하는 건가?"

"……정말 미안하다……."

결국 한 줄기 눈물이 마른 뺨을 타고 흘렀다. 정인은 훌쩍이지 않으려 숨을 짧게 들이쉬었다.

"그때 형한테 반강제로 박은 건 맞잖아. 저 반성 많이 했어요, 빵에서. 저는 제 죗값을 다 치렀고, 지금은 이렇게 선량한 소시민이 됐잖아요?"

그의 웃음이 잔인하리만큼 차갑게 느껴졌다. 정인은 울음을 겨우 삼키며 간신히 입을 열었다.

"조승현…… 내가……. 내가 잘못했어. 정말 미안하다."

정인은 흠뻑 젖은 눈으로 승현의 시선을 받았다. 그를 보는 승현의 툭 튀어나온 목울대가 위아래로 움직였다.

"지금 하는 사과는 진심인 것 같긴 한데……."

"진심이야."

"네, 그런데 형은 아직도 자신이 왜 여기 끌려와 있는지 잘 모르고 있는 것 같네요. 형이 이 자리에 있는 이유가, 내가 형 때문에 교도소 간 것 때문인 것 같아요?"

그의 말에 정인이 눈을 깜빡였다. 긴 속눈썹에 딸려 있던 눈물이 마른 뺨을 타고 떨어졌다.

"……아니야?"

정인의 입술에서 희미한 물음이 흘렀다. 승현이 고개를 가로저었다.

"아니에요."

"……그럼?"

그럼 뭣 때문에 그를 이곳에 끌고 와 꽁꽁 묶어 두었단 말인가. 그때의 복수를 하기 위해서가 아니면. 왜.

정인의 눈동자에 의문이 들어차는 것을 보며 승현이 고개를 삐딱하게 기울였다.

"전 약속을 안 지키는 사람을 굉장히 싫어하거든요."

데자뷔. 정인의 단정한 검은 눈썹이 조금 움찔거렸다. 블라인드가 걷힌 커다란 창문에서 시뻘겋게 타오르는 노을에 그의 하얀 피부가 주홍빛으로 물들었다. 정인은 승현을 똑바로 바라보았다. 겹쳐지지 않을 것 같은 예전 조승현의 얼굴이, 그의 앞에서 고개를 숙인 남자의 얼굴에 정확히 겹쳐졌다.

"……10년 전에 형이 제 앞에서 무릎 꿇고 약속한 거, 기억 안 나요?"

정인의 눈꺼풀이 가늘게 떨렸다. 그는 승현의 시선을 피하지 않았다. 아니, 피할 수가 없었다.

"이제 한민우만이 아니라…… 그 누구한테도 다리 벌리지 않겠다고……. 암캐처럼 아무하고나 자고 다니지 않는다고 그랬잖아요. 기억 안 나?"

정인이 인상을 찌푸렸다. 승현이 손을 들어 그의 덥수룩한 앞머리를 쓸어 올린다 싶었다.

"좆도 씨발……. 그 짧은 새를 못 참고 걸레처럼 아무한테나 박혀?"

승현의 손이 그의 머리카락을 꽉 움켜쥐었다.

"흐윽!"

두피에서 털이 뜯겨 나갈 것 같은 고통에 정인이 숨을 몰아쉬었다.

"그…… 그게 무슨 말이야……?"

"모르쇠로 나가면 내가 씨팔 병신처럼 네, 그럴 줄 아는 건가요. 설마?"

그가 서늘한 눈을 부라리자 정인이 당황해 말을 더듬었다.

"뭐, 뭐?"

"데리고 들어와."

그가 누구에게 말하는 건지 정인이 헷갈려 한 것도 잠시였다. 구석에 있던 문이 열리고 한 남자가 누군가를 질질 끌고 나타났다.

"흐으······! 흐으으!"

입 주위가 청 테이프로 몇 번이나 둘둘 감긴 남자는 누군가에게 짓밟힌 듯 몰골이 엉망이었다. 코뼈는 부러진 것 같았고 바지에는 오줌이라도 싼 듯 지독한 냄새가 났다. 공포를 가득 담은 눈동자가 정인을 보았고, 그를 알아본 순간 살려 달라는 듯 애처로운 신음이 막힌 입에서 터져 나왔다.

정인은 그제야 그가 누군지 알 수 있었다. 지난 밤, 바에서 만났던 어린 녀석이었다. 그제야 모텔에서의 마지막 기억이 떠올랐다. 누군가가 문을 열었고, 정인은 그가 구타당하는 소리를 들으며 그대로 정신을 잃었다.

"조, 조승현······. 승현아······."

한민우가 다리에서 떨어졌던 때의 기억이 순식간에 떠올랐다. 정인은 입술을 떨며 말을 더듬었다.

"형은 변함이 없네요. 이렇게 눈앞에 직접 들이대 줘야 인정을 하잖아요. 예나 지금이나."

승현이 잡았던 머리카락을 놓은 후, 상체를 일으켰다. 정인은 승현을 붙잡고 싶었지만 몸이 묶여 움직일 수 없는 것은 그도 마찬가지였다.

"흐으······ 흐으으······."

어젯밤의 상대는 손과 발이 묶여 바닥에 내동댕이쳐져 있었다. 꿈틀꿈틀 애벌레처럼 기는 모습이 보는 이에게 안타까움을 넘어선 공포감마저 주고 있었다.

"어떻게 할까요?"

양복 입은 남자가 승현에게 사무적으로 물었다. 승현이 셔츠 소매를 걷으며 낮게 읊조리듯 내뱉었다.

"칼 가져와."

"으으음! 흐으으음!"

바닥의 남자가 승현의 말을 듣자마자 미친 듯 출입구를 향해 기었고, 승현은 그런 남자의 배를 구둣발로 세게 걷어찼다. 입이 틀어막혀 비명을 내지를 수도 없는 남자가 숨을 몰아쉬며 고통에 뒹굴었다.

"승현아, 오해야. 조승현. 오해라고……!"

"오해? 뭐가 오해일까요?"

조승현이 미친놈처럼 중얼거리며 구둣발로 남자의 얼굴을 퍽퍽 짓밟았다.

"술에 약 탄 새끼나, 그것도 모르고 처먹은 사람이나 둘 다 짜증나긴 한데……."

"저기요, 조승현 좀 말려 주세요. 네? 조승현 좀 제발 말려 주세요……!"

정인은 고개를 돌려 양복 입은 남자를 바라보며 소리쳤지만, 그는 마치 정인의 말이 들리지 않는 사람처럼 행동했다. 양복의 사내는 15센티 가량의 은색 나이프를 손에 든 채, 정신없이 남자를 패는 조승현의 옆에서 조용히 대기 중이었다.

"칼로 바지 찢어."

승현의 명령에 그는 신속하게 움직였다. 냄새나는 더러운 바지를 밑단부터 죽죽 칼로 뜯어냈다. 죽어 가는 신음을 흘리는 사내는 얼굴이 눈물로 엉망이었다.

"승현아…… 조승현, 제발, 제발!"

바지가 완벽하게 찢기고 속옷만 입은 남자의 하체가 공기 중에 드러났다.

"칼 이리 줘."

승현이 뚜벅뚜벅 걸어가 양복 입은 남자에게서 칼을 건네받았다. 주변을 태워 버릴 듯 빛나는 노을은 서서히 한강 너머로 떨어지는 중이었다. 불을 켜지 않은 공간에 조금씩 어둠이 들어찼다. 날카로운 은색 나이프가 존재감을 발휘하며 빛을 냈다.

"어린놈의 새끼가 그렇게, 똥오줌도 못 가리고 좆대가리를 아무 데나 들이밀면 안 되지."

그가 칼날로 속옷 위에 쪼그라든 성기를 툭툭 치자 바닥의 남자는 거의 실신하기 직전으로 보였다. 테이프로 감긴 입술에서 흐느끼는 울음소리만이 흘렀다.

"흐으…… 흐으으……."

"감히 네가, 누구한테 박으려 들어."

칼을 고쳐 쥔 승현의 눈이 잔인하게 빛났다. 정인은 길게 생각할 틈이 없었다. 몸을 세게 흔들어 반동을 주자 의자와 함께 묶인 몸이 옆으로 넘어갔다. 의자가 쿵, 하는 소리를 내며 바닥에 부딪히자 딱딱한 통증이 어깨에 퍼졌다.

"……윽!"

정인은 작은 신음을 삼켰고, 그제야 쪼그려 앉아 있던 승현이 고개를 돌려 그에게 눈길을 주었다.

"승현아, 하지 마…… 제발…… 제발 하지 마……."

정인이 애원했다.

"내 앞에서 다른 사람 편드는 거, 나 그거 싫어해요. 예전에도 말한 적 있었는데, 형이 기억할 리가 없겠죠."

칼끝이 잔인하게 내려갔다. 승현의 얼굴이 무섭도록 싸늘해지는 것을 보고 정인은 큰 소리를 질렀다.

"기억해!"

승현이 그를 물끄러미 바라보았다. 정인은 숨을 몰아쉬며 말을 이었다.

"네가 했던 말, 빠짐없이 다 기억해. 조승현."

"……그래서요?"

"편드는 거 아니야. 그 새끼가 어떻게 되든 내 알 바 아니라고!"

그제야 승현이 칼을 남자의 아랫도리에서 떼어 냈다. 남자의 얼굴에서 떨어진 피와 눈물이 엉망진창으로 대리석 바닥을 적셨다. 그가 정인을 보고 나른한 목소리로 물었다.

"그럼 왜 말리는데요?"

"……."

"형이랑 상관없으면 내가 이 새끼 좆을 자르든 불알을 터뜨리든 잠자코 구경만 해야지. 안 그래요?"

예전이었다면 그의 질문에 뭐라고 대답을 해야 할지 죽어라 머리를 굴렸을 것이다. 하지만 지금은 달랐다. 정인은 눈물 젖은 눈으로 그에게 소리쳤다.

"네가 또 잡혀가는 거 싫으니까!"

승현의 흥미로운 얼굴로 한쪽 눈썹을 치켜세웠다.

"뭐라고요?"

"네가……. 또 경찰에 끌려가는 거 싫어, 조승현."

정인은 떨리는 눈으로 그를 똑바로 바라보았다.

"그러니까 그만해. 제발, 부탁이다."

그를 물끄러미 응시하고 있다가 이윽고 승현이 입을 열었다.

"정인이 형."

부드러운 목소리였지만 저변에는 분노가 낮게 깔려 있었다. 모를 수가 없었다.

"이 새끼랑 자니까 좋았어요?"

"아무 일도 없었어, 조승현. 정말이야. 어제 처음 만났고, 술 몇 잔 마시고 모텔 간 건 사실이지만 아무 일도 없었던 건 확실해."

정신을 잃기 전 누군가가 들이닥친 것이 모텔에서의 마지막 기억이었고, 몸도 멀쩡했다. 바닥에 쓰러진 이가 그것이 사실임을 주장하듯 이상한 소리를 내며 고개를 주억거렸다.

"으흐! 으으으!"

"넌 똥오줌 못 가리고 어딜 들이대?"

승현이 그의 몸 위에 올라탄 채, 나이프를 쥔 주먹으로 그의 얼굴을 퍽 퍽 소리가 나게 구타하기 시작했다. 기다란 칼날이 눈앞에서 왔다 갔다 하자 남자는 이제 거의 반 실신 상태로 보였다. 그는 바지가 벗겨진 채, 정인 쪽을 향해 흐느꼈다. 살려 달라는 애원처럼 보였다.

"어딜 봐, 이 개새끼야."

승현이 다시 칼날을 그의 눈 밑에 들이대고 짓눌렀다. 그의 뾰족한 옆얼굴에 광기가 일었다.

"눈깔부터 도려내야겠네, 씨팔 새끼."

"승현아! 제발!"

10년 만에 다시 나타난 조승현은 그 잔인함이 예전과는 비교할 수 없을 정도였다. 폭발하는 활화산처럼 승현은 그의 안에 있는 광기를 그대로 보이고 있었다.

"눈 안 떠?"

"으으으! 으으으으!"

쓰러진 남자의 성대에서는 인간의 것이라고는 믿을 수 없는 비명이 흘러나오고 있었다. 정인은 그를 향해 악을 썼다.

"네가 마지막이었어!"

승현의 너른 등이 잠시 굳어 움직이지 않았다. 정인은 다시 한번 떨리는 목소리로 외쳤다.

"너랑 한 게, 마지막이라고……!"

조승현이 고개를 돌려 그를 바라보았다. 깊고 검은 눈동자가 무슨 생각을 하고 있는지 알 길이 없었다.

"나……, 지난 십 년 동안 누구랑 몸 섞은 적 단 한 번도 없어. 물론 저놈도 포함해서."

"……지금 그 말을 나보고 믿으라는 소리에요?"

승현은 마치 그를 시험하듯 천천히 내뱉었다. 그가 바닥에 쓰러진 남자와 자지 않았다는 사실은 그를 끌고 온 사람으로부터 전해 들었을 것이다. 그러니 승현은 지금 그의 지난 시간들에 관해 묻고 있었다. 정인은 세차게 고개를 저었다.

"믿지 않아도 상관없어. 사실이 그러니까. 하지만 이건 분명해. 나, 여기서건 프랑스에서건 남자랑 잔 적 없어. 십 년 전에……, 너랑이 마지막이었어."

그러지 않으려도 했는데 목소리가 사뭇 떨려 왔다. 승현이 정인에게로 걸어와 그의 의자를 한 손으로 손쉽게 일으켰다. 그리고 한 손으로 어깨를 짚고 그의 눈을 뚫어져라 응시했다.

"다시 한번 말해 봐요. 내가 거짓말하는 거 싫어하는 건 기억하죠?"

그의 오른손에 들린 쇠붙이가 어스름히 빛을 냈다. 정인은 마른침을 꿀꺽 삼키고 덜덜 떨리는 턱을 들었다.

"마지막으로 너랑 잔 이후로 나, 섹스가 안 돼. 누구랑 자는 게 불가능해."

비뚜름하게 올라간 승현의 입술이 살짝 경련했다. 그를 비웃고 있는 걸까. 정인은 붉어진 얼굴로 입술을 씹었다.

"못 믿겠지만……. 그게 사실이야."

승현이 구부린 손가락이 정인의 입술을 쓱 한 번 쓸었다.

"……거짓말 아니라고."

"……누가 뭐래요?"

그의 목소리가 약간 가라앉아 있었다. 기다란 나이프가 카펫이 깔린 대리석 바닥에 툭 소리를 내고 떨어졌다.

"데리고 나가."

승현이 보지도 않고 지시하자 검은 양복이 물었다.

"어떻게 할까요?"

"따로 말할 때까지 어디 가둬 놔."

그가 바닥에 쓰러진 이를 질질 끌고 방을 나섰다. 승현이 나긋한 말투로 정인에게 물었다.

"왜 그랬어요? 형이 수절을 할 스타일은 아니고, 혹시 어디 몸에 이상이라도 생긴 건가?"

"……승현아."

정인은 승현을 올려다보았다. 의지와는 달리 식은땀이 배어나는 손이 덜덜 떨렸다.

"내가 잘못했다, 미안해."

"아까부터 계속 사과하시네요. 형이 나한테 뭘 그렇게 잘못했어요?"

부드러운 말투와는 대조적으로 날카로운 눈빛을 마주하며 정인은 숨을 크게 한 번 들이쉬었다.

말해야 한다.

"네가 예전에 나 좋아했던 거……."

지금 말하지 않으면 안 된다는 생각이 들었다. 지금 이 상황은 지난 10년 동안 정인이 늘, 생각해 오던 순간이었다.

"그때 알아채지 못해서…… 정말 미안하다."

잠시 둘 사이에 침묵이 흘렀다. 승현이 한 손을 허리에 짚고 선 채, 다른 손으로 머리카락을 천천히 쓸었다. 세팅이 잘된 머리카락이 그의 손가락 사이에 걸려 흐트러졌다.

"……계속해 보세요."

지독하게 낮은 목소리가 정인을 재촉했다.

"나도 그동안 생각 많이 했어, 내가 너한테 얼마나 잔인했었는지, 무신경했었는지."

지난 10년 동안 정인은 많이 변했다. 그가 지금 눈앞의 승현에게 느끼는 유감은 진심이었다.

"나 때문에……. 너 대학도 못 가고 교도소 가고……."

감정이 북받쳐 정인은 길게 숨을 내쉬었다.

"……네가 얼마나 날 증오할지 모르는 거 아니야. 이해한다고 말하면 위선적이지만…… 내가 네 입장이었더라도…… 내가 죽이고 싶을 정도로 싫을 거라고 생각해."

승현은 목덜미에 손을 댄 채, 고개를 비스듬히 기울이고 정인을 물끄러미 바라보고 있었다.

"그래서 나도…… 나도 노력했어, 조승현."

"……뭘 어떻게요?"

"지난 10년, 나한테 편했던 시간 아니었어. 변명같이 들리겠지만…… 네가 갇혀서 지내야 했던 것에 비하면 아무것도 아닐 테지만 나도…… 죽은 듯이 살았어."

"그럼 그냥 죽지 그랬어요."

승현의 검은 눈동자에는 동요가 없었다. 정인은 용서를 구하는 죄인의 심정으로 그를 간절히 바라보았다.

"네 얼굴 보고……. 제대로, 진심으로 미안하다고 말하고 싶었어. 너한테…… 용서받고 싶었어. 네가 한 거, 성폭행 아니었으니까. 그때 내가 몸이 달았었고, 너랑 자고 싶었던 거, 사실이니까."

"몸이 달아서 자고 싶었다."

승현이 정인의 말을 작게 입안에서 굴렸다.

"……그래. 그랬어. 그 순간엔."

그를 다그쳤던 형에게는 차마 말할 수가 없던 사실이었다. 조승현이 강제로 한 게 아니라, 자신도 몸이 동한 섹스였다는 것을 가족에게 도저히 밝힐 수가 없었다.

"나도 즐겼어, 너랑 섹스, 나쁘지 않았어, 아니 좋았어. 하지만…….
말할 수가 없었어. 그땐 나도 어렸어. 그래서 도저히, 도저히…….."

그래서 승현을 성폭행범으로 만들었다. 모든 것이 원인은 서정인,
바로 그에게 있었다.

"……하하하……."

승현이 마침내 마른 웃음을 터뜨렸다. 태양이 완벽하게 자취를 감
추었고, 어느새 사방에는 어둠이 가득했다. 신경질적인 웃음이 얼마
정도 지속되었을까. 그가 바지 주머니에서 담배를 꺼내 물었다.

달칵. 어둠 속에서 라이터가 켜지며 그의 옆얼굴이 불빛에 환히 비
쳤다 사라졌다.

"아아. 형은 어쩜 그렇게 사람이 한결같아요?"

그가 연기를 내뿜으며 정인에게 물었다.

"너무 변함이 없어서 솔직히 조금 감동했어요."

"……무슨, 소리야?"

"여전히 쓰레기네. 서정인. 10년 만에 만났는데, 하는 말이 나랑 하
는 섹스가 좋아서 나한테 박혔다라……. 내가 대체 이걸 어떻게 해석
해야 할지 모르겠는데……."

정인의 눈동자가 커졌다. 조승현은 기가 차다는 표정으로 웃고 있
었다.

"나쁘지 않아요. 그 이기적이고 못된 성격이 어디 가겠나 싶기도
하고."

"……."

"멍청하고 머리 나쁜 것도 여전하고."

정인의 반듯한 이마에 깊은 주름이 졌다. 그에게 용서를 구하는 마음과는 별개로 가슴속 깊은 곳에서 무언가가 울컥, 치밀어 올랐다. 이상하다. 이런 기분. 잊고 살았다고 생각했는데.

"나한테 용서받고 싶다고 했죠?"

승현이 그에게 허리를 굽히고 부드러운 목소리로 물었다.

"……그래. 그럴 수만 있다면."

"담배 피울래요?"

안 그래도 담배가 무척 고프던 참이었다. 정인이 고개를 끄덕이자 승현이 제 입술에 걸렸던 담배를 빼내 그에게 내밀었다.

"……."

"싫어요?"

"줘."

승현이 웃으며 자신이 빨았던 담배를 정인의 입에 물려 주었다. 정인은 담배를 이로 물고 깊게 빤 후, 연기를 내뱉었다. 필터는 조금 젖어 있었다.

"……정인이 형. 나한테 용서받고 싶으면……."

땀에 젖은 정인의 얼굴에 흰 연기가 어른거렸다. 승현은 눈을 가늘게 뜨고 그런 그를 감상하듯 바라보았다.

"그럼 앞으로 계속 내 옆에서, 그렇게 죄책감에 시달리면서 살아요."

정인의 미간이 구겨졌다. 단정한 검은 눈썹이 꿈틀거렸다. 이에 물린 담배가 위아래로 흔들렸다.

"……뭐?"

"아마 형은 나한테 죽지 않을 만큼 얻어터지기라도 하고 끝낼 생각이었나 본데……."

"……."

"그래서 내가 찾아오기를 손꼽아 기다린 모양인데요."

그 생각을 하지 않았다면 거짓말이었다. 정인의 마음을 꿰뚫어 보기라도 한 걸까.

승현이 비밀 이야기를 하듯 그의 귓가에 작게 속삭였다.

"내가 아는 서정인은 그 뒤에 홀가분한 마음으로 두 다리 뻗고 잘 살 성격이거든요."

두근. 두근. 심장이 거칠게 뛰기 시작했다. 승현의 숨결이 귓가에서 어른거렸다.

"아주 빤히 보이네. 머리 돌아가는 게."

정인은 아무 말도 할 수가 없어 그저 멍한 얼굴로 눈을 깜빡였다.

"그 꼴을 나더러 어떻게 참으라는 거예요, 대체……."

그가 정인의 입술에서 아래로 떨어지는 담배를 잡아 들더니 다시 깊게 빨았다. 소리 없이 웃고 있는 그의 얼굴이 지독하게 서늘했다.

"형이 내 곁에서, 그동안 내 인생 조진 죗값 다 치르고 난 후에."

"……."

"용서는 그때쯤 한번 생각해 볼게요."

말을 마친 승현은 정인이 뭐라고 입을 열 틈도 주지 않고 몸을 일으켰다. 정인은 여전히 묶인 채로 그의 뒷모습을 멍하니 바라보았다. 설마 이대로 의자에 묶인 채 감금되어 생을 마감해야 하는 건가. 한 줄기 두려움이 밀려올 때쯤, 그가 사라진 문으로 양복 입은 남자가 다시 등장했다.

"실례하겠습니다."

그가 익숙한 손놀림으로 로프를 풀어냈다. 의자 밑에 구불구불한 파란색 로프가 허물처럼 떨어졌다. 피가 안 통했는지 약하게 다리가 저렸다.

"괜찮으십니까?"

"……조승현이 뭐라고 하던가요?"

정인이 낮게 묻자, 양복 입은 남자가 슈트 재킷의 안주머니에서 카드 키를 꺼내 들었다.

"받으시죠. 이곳 열쇠입니다."

심장이 다시 쿵쿵 빠르게 뛰며 불길한 예감이 혈관을 타고 온몸에 퍼지기 시작했다. 무릎 위에서 가늘게 떨리는 그의 손에 검은색 플라스틱 카드 키가 쥐여졌다.

"매일 저녁 일곱 시. 이곳에서."

남자가 감정 없는 목소리로 조승현의 말을 그대로 전달했다.

"약속을 안 지키는 사람은 나쁜 사람이라고 하셨습니다."

"……만약 제가…… 나쁜 사람이 되면, 어떻게 되는 건데요?"

정인이 그를 바라보며 묻자 남자가 무심하게 입을 열었다.

"한강에 아까 그 새끼 시체 떠오르는 거 보고 싶으면 마음대로 하시라고."

"……."

"그렇게 전하셨습니다."

정인이 작게 숨을 들이쉬었다.

"출구는 키친을 통해 나가서 왼쪽입니다."

말을 마친 그는 다시 들어온 문으로 걸어 나갔다. 정인은 완벽한 어둠 속에서 잠시 우두커니 앉아 움직이지 않았다.

몸을 속박하던 로프는 풀렸고, 텅 빈 공간에는 아무도 없었다. 그는 손에 쥔 카드 키와 바닥에 나뒹구는 은색 나이프를 번갈아 보았다. 날카로운 칼날 끝에 묻은 핏자국을 본 순간 정인은 깨달을 수 있었다.

이것은 10년 전과 똑같은 패턴이었다. 조승현은 정인에게 하나도 변한 게 없다고 했지만, 예전과 지독하게 똑같은 것은 그 역시 마찬가지였다. 승현은 손 하나 까딱하지 않고 정인을 완벽하게 구속하고 있었다. 단 한 가지 다른 점이라면, 10년 전의 조승현이 정인을 괴롭힐 때의 동기에 애정이 섞여 있던 것과 달리, 지금 그의 마음에는 증오밖에 남아 있지 않을 거라는 사실이었다.

* * *

정인이 회식을 마친 금요일 밤에 바에 간 것을 계기로 조승현과 재회한 것이 토요일이었다. 검은 양복에게 카드 키를 받아 들고 집으로 돌아와 뜬눈으로 밤을 지새우다시피 한 후, 멍한 정신으로 일요일 아침을 맞았다.

정인은 편의점에서 도시락을 사서 먹고, 하루 종일 바닥에 누워 천장을 보며 생각을 했다. 다섯 시가 되었을 때, 좁은 욕실에서 샤워를 하고 나와 옷을 챙겨 입고 가방을 멘 후 지하철역으로 향했다.

지하철을 타고 내린 후에는 어젯밤에 왔던 출구로 지하에서 빠져나와 길을 되짚어 걸었다. 건물을 찾고, 카드 키를 이용해 경비를 통과한 후 고급 주상 복합 단지 안으로 들어갔다.

손목시계를 확인하니 아직 여섯 시 반이었다. 정인은 아무도 없는 벤치에서 담배 두 대를 피우고 난 후에야 자리에서 일어났다.

드륵.

부드러운 소리를 내며 잠금 장치가 풀렸다.

시각은 일곱 시 오 분 전. 오는 길에 몇 번이나 시각을 확인했는지 모른다. 조승현은 시간 약속을 어기는 것을 질색하는 성격이었으니까.

정인은 넓지만 썰렁한 주방을 지나쳐, 어제 그가 앉아 있던 사무실처럼 보이는 거실로 들어갔다. 대리석 바닥은 누가 청소를 했는지 얼룩 한 점 없이 반질거렸다. 24시간 전에 누가 저 바닥에서 뒹굴었다고는 생각할 수 없을 정도로 깔끔했다.

내부는 몇 평인지 짐작할 수 없을 정도로 커다란 공간이었다. 거실에는 좌석이 열 개가 넘게 붙은 커다란 소파가 있었지만 딱히 그곳에 앉을 마음은 들지 않았다. 정인은 편안하게 앉아서 승현을 기다릴 한마음의 여유가 없었다.

거실에 붙은 통유리 창으로 다가가 아래를 내려다보았다. 서울숲과 한강이 까마득했다.

대체 어떻게 된 걸까.

정인은 조승현이 출소 후 이런 곳에 살고 있으리라고는 상상도 하지 못했다. 그는 조용히 가방을 한쪽 구석에 내려놓았다. 백팩 안에는 그가 이제껏 빚을 갚는 마음으로 돈을 모았던 통장이 들어 있었다. 승현을 다시 만났을 때, 교도소에서 나와 자리를 잡는 데 쓰라고 건넬 생각이었는데, 지금 승현에게 이런 것이 필요하기는 할까.

가슴이 답답해서 다시 담배가 피우고 싶었지만 참기로 했다. 시계를 보니 벌써 7시 15분을 넘기고 있었다. 그리고 조승현은 여전히 보이지 않았다.

정인은 한참 동안 창가에 서서 어두워지는 하늘을 바라보며 승현을 기다렸다. 노을이 완전히 자취를 감추고 사방에 깜깜한 어둠이 깔렸는데도, 그는 여전히 혼자였다.

정인은 결국 소파에 가서 앉았다. 혹시 다른 방에 그가 있는 건 아닐까, 하는 생각이 들었지만 함부로 이곳저곳의 문을 열어볼 마음은 들지 않았다.

"……하아……."

갑자기 졸음이 밀려왔다. 지난 밤, 조승현과의 재회 후 한숨도 못 자고 뜬눈으로 밤을 지새웠던 탓이었다. 공간이 너무 어둡고 조용한 것도 한몫을 하고 있었다.

정인은 허리를 쭉 펴고 자세를 고쳐 보았지만, 수마를 이길 수가 없었다. 무거운 눈꺼풀을 들어 올리며 시곗바늘이 열 시를 지나는 것까지 겨우 확인하곤, 정인은 등받이에 스르륵 머리를 기댔다. 승현이 올 때까지 잠시만 눈을 감고 있다는 게, 결국 잠에 빠져 들고야 말았다.

눈을 떴을 때는 새벽 한 시가 넘은 시각이었다. 정인은 소파에 다리까지 올린 채 누워 잠을 자고 있는 자신을 깨닫고 퍼뜩 자리에서 일어났다. 캄캄한 공간에 그는 여전히 혼자였다.

"……."

소파 아래, 얌전히 놓인 그의 운동화가 보였다. 신발까지 스스로 벗고 잠을 잤다기에는 그 모양새가 너무 단정했다.

널찍한 실내에 갇힌 공기는 희미한 담배 냄새를 담고 있었다. 정인은 소파가 정면으로 보이는 책상 위 재떨이에 수북한 담배꽁초를 확인하고, 자리에서 일어나 가방을 챙겨 들었다.

조승현은 이곳에 왔다 갔다.

그러니 그가 오늘 약속을 지켰다는 사실을 알 것이다. 일말의 안도감과 함께 왜 승현이 자신을 깨우지 않고 그냥 갔을까, 하는 의문이 들었다. 용서를 구한답시고 찾아와 태평하게 자고 있는 모습을 보고 한심해서 그랬을지도 모른다는 결론에 다다르자 조금 부끄러워졌다.

내일이면 벌써 일주일째였다.

주인 없는 빈집에 정인은 꼬박꼬박 출근 도장을 찍었다. 그의 퇴근 시간은 여섯 시. 간단히 요기를 하고 바로 지하철역으로 열 정거장 떨어진 승현의 집으로 향했다. 덕분에 퇴근 후 늘 들르던 선술집은 단골을 잃었다.

처음 며칠간, 정인은 승현이 없는 빈집에서 우두커니 창밖을 보며 야경을 감상하거나, 소파에 앉아 얌전히 그를 기다렸다. 신발은 현관에서부터 벗고 들어왔다. 첫날의 실수 이후, 소파에서 잠드는 일은 절대 없었다. 대신 휴대폰으로 책과 기사를 읽으며 잠들지 않으려 애를 썼다. 집중은 되지 않았지만 번역 일거리를 꺼내 읽기도 했다.

나흘이 지났을 때, 정인은 어쩌면 승현이 앞으로도 꽤 오랜 시간 동안, 그의 앞에 나타나지 않을지도 모른다고 생각했다.

승현이 교도소에 간 후, 짧지 않은 시간 동안 정인은 그의 심리에 대해 고민했다. 10년 전에는 대체 조승현이 무슨 생각을 하고 있는 건지 감을 잡을 수가 없었지만 지금은 조금 달랐다. 그가 아는 조승현은 진심을 확인한다는 명목으로 몇 겹이나 덫을 씌우고 자신을 시험하려 할 것이라는 어렴풋한 확신이 있었다. 만약 그것이 조승현의 방식이라면 정인은 그가 원하는 대로 할 생각이었다.

시계는 자정이 가까웠다. 곧 지하철 막차가 끊길 시간이었다. 정인은 오늘은 이만 돌아가기로 마음을 먹었다. 매일 짧지 않은 거리를 택시로 다니며 비용을 지불할 수는 없었다.

정인은 천장 구석에 있는 검은 반원 모양의 카메라를 바라보았다. 카메라를 발견한 것은 이 집에 출근한 둘째 날이었다.

"……."

그는 어디선가 제3의 눈으로 정인을 감시하고 있는 것이 분명했다. 정인은 물끄러미 카메라를 바라보다 자리에서 일어났다. 만약 이 시간 그가 영상을 확인하고 있다면, 분명 화면으로 눈이 마주쳤을 것이다.

그러니까 눈인사는 한 셈으로 치자. 조승현. 넌, 그런 게 중요한 놈이니까.

정인이 가방을 들고 문으로 향했을 때였다. 넓은 책상 한쪽에 있는 사무용 전화기에서 벨소리가 정적을 깨고 울렸다.

정인은 잠시 그 자리에 멈춰 섰다. 아무도 없는 어두운 공간에 또렷하게 울리는 벨소리는 마치 자신을 부르는 것 같이 끊이지 않고 울리고 있었다. 정인은 천천히 뒤를 돌아 책상으로 다가갔다. 그리고 잠시 망설이다 수화기를 들었다.

"……여보세요."

벨소리가 끊어진 자리에 침묵이 맴돌았다. 수화기 너머의 상대는 아무 말도 하지 않았다. 정인의 짐작대로였다. 정인이 마른 입술을 뗐다.

"조승현."

정인이 혀로 마른 입술을 축이며 물었다.

"……언제 나타날 거야?"

대답 대신 라이터가 딸깍이는 소리가 희미하게 들렸다. 여전히 승현은 입을 열지 않고 있었다. 후, 하고 숨을 내쉬는 소리에 담배 연기가 묻어나는 것 같은 착각이 일었다.

첫날, 피곤을 이기지 못하고 소파에서 잠들었다 깨어났을 때 공간을 감싸고 있던 담배 연기는 그 이후 더 이상 맡을 수 없었다. 조승현이 이곳에 나타난 것은 그날 딱 하루뿐이었다.

"나, 너 기다리고 있어."

정인이 다시 입을 뗐다.

설마 사과할 수 있는 기회가 그날이 마지막이었을까. 조금 두려웠다.

―지금 나가려고 했으면서 하여튼 입만 열면 거짓말은.

마침내 수화기 너머로 승현의 목소리가 들렸다. 정인은 하아, 하고 깊게 숨을 내쉬며 천장에 매달린 카메라를 바라보았다. 그의 예상은 맞아 떨어졌다.

"지금 밤 열한 시야."

―늘 새벽 두 시까지는 기다렸잖아요. 점점 돌아가는 시간이 빨라지네요. 나중엔 문만 열었다가 그냥 가겠어.

매일 그를 지켜보고 있을 것이라는 정인의 심증은 확신이 되었다.

"계속 택시 타고 집으로 돌아갈 순 없으니까."

-왜 안 되는데요?"

"택시비가 꽤 나와. 거리상."

승현이 헛웃음을 지었다.

-······변명이라고 생각한 게 그거예요? 택시비?

아니라고도, 또 솔직히 그렇다고도 말을 하기가 힘들어 정인이 침묵을 지켰다.

-거실 옆 오른쪽에 방이 있어요.

"······그런데?"

-거기서 자고 아침에 지하철 타고 가면 되겠네요.

짤막한 한마디가 끝이었다.

"조승현."

정인은 그의 이름을 다급히 불러 보았다. 소용이 없었다. 전화가 끊긴 수화기를 천천히 내려놓은 후, 정인은 카메라를 한 번 힐끔 쳐다보았다. 조승현은 지금도 자신을 보고 있을 것이다. 그의 말을 무시하고 떠나기가 두려워, 정인은 휘적휘적 걸어가 그가 말한 오른쪽 방의 문을 열었다.

"······."

새 가구의 냄새가 강하게 났다. 침대 위에 깔린 크림색 시트는 구김 하나 없이 각이 잡혀 있었고, 깔끔한 화이트 스탠드 조명 위에는 먼지 한 톨 보이지 않았다.

한쪽에 화장실이 딸린 침실이었다. 문이 열린 붙박이 옷장에는 와이셔츠와 트라우저가 색깔별로 걸려 있었고, 그 아래 칸막이로 나뉜 장식장에는 금속 시계와 가죽 시계들, 그리고 둥그렇게 말린 벨트들이 보였다. 장식장 아래 바닥에는 비스듬히 세워진 받침대에 마치 상점에서 진열해 놓은 듯, 차례로 놓인 구두들이 보였다. 모두 한눈에 보기에도 고가의 물건들이다.

정인은 벽에 손을 짚고 잠시 생각에 빠졌다. 이곳은 승현의 침실인 것 같았다. 어떻게 해야 할지 몰라 우두커니 서 있는데 문을 두드리는 노크 소리가 났다.

똑똑.

정인은 퍼뜩 놀라 뒤를 돌았다. 문이 열리고 나타난 것은 첫날 만났던 양복 입은 남자였다.

"……조승현은요?"

정인이 그의 뒤를 살폈다. 그는 혼자였다.

"지금 출장 중이십니다."

"……그런데요?"

조승현도 없는데 나타난 용건이 뭐냐는 정인의 물음에 남자가 고개를 숙였다.

"혹시 필요한 게 있으시면 제게 말씀해 주시면 됩니다. 식사를 못 하셨으면 음식을 준비해 드리겠습니다."

딱딱하고 사무적인 목소리. 정인이 살짝 미간을 찌푸렸다.

"우리, 바깥에서 한 번 본 적 있죠?"

"……"

남자는 침묵으로 응대했다. 정인은 지난 주, 지하 바의 화장실에서 마주쳤던 얼굴을 떠올렸다. 심하게 취해 이목구비까지는 생각나지 않았지만, 괜찮으냐고 묻던 딱딱한 그의 목소리는 확실히 기억하고 있었다.

"언제부터 저 따라다녔어요?"

돌아오는 대답은 없었지만 그의 침묵에서 느껴지는 무언가가 있었다.

"일주일? 아니면 한 달 미행했습니까?"

정인의 예감이 점점 확신으로 굳어졌다. 만일 사실이 아니라면, 남자는 그런 적 없다는 대답을 했을 것이다. 정인이 선 채로 팔짱을 꼈다.

"필요한 게 뭐냐고 했죠?"

"네, 말씀하십시오."

"조승현 휴대폰 번호가 뭡니까?"

사무적인 그의 얼굴에 처음으로 표정이 떠올랐다. 곤란한 얼굴이었다. 그가 손목시계를 흘끔 보았다.

"가르쳐 주는 게 어려우면 전화 연결만이라도 괜찮으니까."

정인이 말을 덧붙였다.

"그쪽, 어차피 조승현이 시켜서 여기 온 것 아닌가요? 저 감시하라고."

"……."

"조승현한테 전하시라고요. 제가 원하는 건 조승현과 통화하는 겁니다. 할 말 있습니다, 나."

죗값을 치르라는 말이, 감시자까지 붙여 놓고 빈집에 갇혀서 창살 없는 감옥 생활을 하란 말인가? 아무리 생각해도 이건 아니었다.

"어서요."

정인의 재촉에 마침내 그가 휴대폰을 꺼내 들었다. 휴대폰을 귀에 대고 반응을 기다리는 남자의 표정에 살짝 긴장하는 기색이 어렸다.

"접니다. 갑자기 죄송합니다."

정인은 등을 돌려 통화하는 그에게로 다급히 다가가 휴대폰을 휙 낚아챘다. 그가 바로 등을 돌려 무서운 얼굴로 인상을 썼지만 차마 정인을 무력으로 제압하지는 못하고 있었다. 정인의 귓가에 조승현의 건조한 목소리가 들렸다.

ー서정인은 좀 어때.

"궁금하면 직접 와서 확인하면 되잖아."

갑자기 튀어나온 정인의 목소리에 승현이 말을 멈추었다. 잠깐의 침묵 뒤에 그가 입을 열었다.

ー……지금 뭐 하자는 거예요?

화가 깔린 그의 목소리가 살벌하게 낮았다.

"빈집 지키러 나 여기로 부른 거 아니면 와서 이야기해."

ー본인이 지금 나한테 이래라저래라 할 입장이라고 생각하는 건가요, 설마?

"할 이야기가 있어."

ー지금 해요, 그럼.

"얼굴 보고 해야 할 이야기야."

ー하.

승현이 짧게 한숨을 쉬었고, 정인은 휴대폰을 쥔 손에 힘을 주었다. 그는 조승현과의 관계를 확실히 매듭짓고 싶었다. 승현이 다시 예전처럼 그에게 모욕을 주든, 아니면 직접 말한 대로 죽지 않을 정도로 두드려 패든 상관없었다.

"바에서 만났던 이름도 모르는 놈, 네가 죽이든 말든 신경 안 써. 그날 처음 본 사이고, 어차피 나랑 상관도 없는 사람이니까."

그가 휴대폰 너머로 짧게 웃었다.

-그래. 그렇게 나와야 서정인이지.

"……뭐라고 해도 좋아."

-근데 그 새끼 때문에 형이 곤란해지는 건 귀찮을 텐데요?

정곡을 찔린 정인이 순간 움찔했지만 애써 반응을 감추었다.

"상관없어, 내가 잘못한 거 없으니까."

-알았어요. 그 새낀 내가 알아서 처리하죠. 그래서, 나한테 일부러 그 말 해 주려고 최 비서 귀찮게 한 거예요?

승현의 질문에 정인은 마치 그가 앞에 있기라도 한 듯 고개를 빳빳이 들었다.

"아니. 나 용건 안 끝났어."

-말해요.

"너 안 올 거면 나도 여기서 허수아비처럼 매일 죽치고 있을 필요 없을 것 같다, 조승현."

달칵. 대답 대신 그가 늘 들고 다니는 지포 라이터가 켜지는 소리가 다시 들렸다. 정인은 떨리는 목소리를 감추고 말을 이었다.

"너 안 오면 나도 이제 여기 발 끊을 거야."

-……뒷감당을 어떻게 하려고 형이 지금 그런 말을 하는지 모르겠네요. 난.

승현이 느릿하게 끝을 올렸다. 정인은 그가 지금 어떤 눈빛을 하고 있을지 상상할 수 있었다. 만약 눈앞에 있었으면 목을 조를 것 같은 검은 시선으로 뚫어져라 자신을 노려보았을 것이다. 아니. 실제로 목이 졸렸을지도 모르겠다.

정인은 눈을 질끈 감고 마른침을 꿀꺽 삼켰다.

"네가 여기 없으면 나도 앞으로도 올 필요 없어. 나, 네 협박 때문에 여기 온 거 아니니까."

─그럼 지난 일주일 동안 나 없어도 꼬박꼬박 찾아온 이유는 뭔데요? 무서워서 그런 거잖아. 그 새끼 내가 죽일까 봐. 아니에요?

승현의 목소리가 점점 험악해졌다.

"난 너 만나고 싶어서 온 거야."

잠시 침묵이 흘렀다. 정인은 마른침을 삼켰다.

"너 보러 온 거라고. 매일."

─……지금 또 무슨 수를 쓰시는 걸까. 정인이 형이.

그의 목소리가 낮게 떨리는 것 같은 착각이 들었다. 정인은 쐐기를 박듯, 또렷하게 말했다.

"수 쓰는 거 아냐. 나, 지난 일주일 동안 매일 새벽 두 시까지 너 기다렸어."

수화기 너머로 훅, 하고 숨을 내뱉는 소리가 들렸다. 아니. 들이마시는 소리인가? 뭐든 상관없었다. 정인은 다급하게 말을 이었다.

"조승현. 너 만나고 싶어서. 너랑 이야기하고 싶어서 계속 기다렸다고. 잠들면 네가 열 받아서 그냥 갈까 봐, 첫날 빼고는 잠도 안자고 기다렸어. 그런데, 네가 안 오면 난 어쩌라고."

─……이런, 씨발…….

승현이 가느다랗게 욕설을 지껄였다. 화가 났다고 하기에는 묘하게 높아진 음성이었다.

"빨리 와라, 승현아."

정인이 입술을 씹으며 들릴 듯 말 듯 중얼거렸다.

"올 때까지 기다릴 테니까. 빨리 와. 너무 많이 기다려서…… 지쳐서 더 이상 진짜 못 기다리겠다."

그것은 정인의 진심이었다. 지난 10년 동안 그는 승현에게 사과할 날만을 기다려 왔다. 이제는 한계였다.

―지금 당장 갈 테니까 거기서 한 발자국이라도 움직이면 죽여 버릴 줄 알아.

다급하게 내뱉는 승현의 협박에 두려움보다 안도감이 들었다.

―대답해, 서정인.

이걸로 조승현과 다시 마주할 수 있게 된 셈이었다. 그는 말 그대로 당장 튀어 올 기세였으니까.

"그래. 와서 이야기해."

원하는 말을 들은 정인은 주저 없이 그의 심복에게 휴대폰을 넘겼다. 긴장하고 있던 남자가 굳은 표정으로 전화를 받았다.

"죄송합니다. 네. 바로 준비하겠습니다."

그가 짧은 대화 후 전화를 끊었다. 정인은 길게 숨을 내쉬며 탁자에 가서 앉았다. 짧은 통화에 얼마나 기력을 소진했는지 저도 모르는 새 다리에 힘이 풀렸다.

"고맙습니다. 전화해 줘서."

남자는 못마땅함을 드러내지 않으려 노력하는 것처럼 보였다.

"쉬십시오. 필요한 게 있으시면 바깥 책상 위에 있는 전화기 내선 1번을 누르시면 됩니다."

"조승현은 언제 온대요?"

"아마 내일 오후 중에 도착하실 듯합니다."

피곤한 얼굴로 고개를 든 정인이 눈을 살짝 가늘게 떴다. 내일 오후라니. 지금 당장 온다고 하지 않았던가?

"······조승현, 지금 어딘데요?"

"스위스에 계십니다."

정인은 단정한 눈썹을 찡그렸다. 기껏해야 지방 출장이라고 생각
했었는데 조승현은 비행기로 12시간이 걸리는 곳에 있었다. 까딱,
고개를 숙이고 남자가 방을 나서는 바람에 뭐라고 말을 할 수도 없
었다.

「지금 당장 갈 테니까 거기서 한 발자국이라도 움직이면 죽여 버
릴 줄 알아.」

조승현이 이곳까지 오려면 아까 그 남자의 말대로 12시간은 걸린
다. 그 말인즉, 정인은 그가 도착할 때까지 꼼짝없이 이곳에서 그를
기다려야 한다는 뜻이었다.